天客.Ⅱ

灵鹫山

悬疑
科幻
哲学
友情
幽默

周掀 著

天津出版传媒集团
百花文艺出版社

图书在版编目（CIP）数据

天客．Ⅱ，灵鹭山 / 周掀著．-- 天津：百花文艺出版社，2023.3
ISBN 978-7-5306-8453-5

Ⅰ．①天… Ⅱ．①周… Ⅲ．①幻想小说－中国－当代
Ⅳ．① I247.5

中国版本图书馆 CIP 数据核字 (2022) 第 221724 号

天客．Ⅱ，灵鹭山
TIANKE Ⅱ LINGLU SHAN
周掀　著

出 版 人：薛印胜
选题策划：王　欣　　责任编辑：张　雪
执行编辑：张子瑶　　封面设计：张艾米
出版发行：百花文艺出版社
地址：天津市和平区西康路 35 号　　邮编：300051
电话传真：+86-22-23332651（发行部）
电话传真：+86-22-23332656（总编室）
电话传真：+86-22-23332478（邮购部）
网址：http://www.baihuawenyi.com
印刷：武汉市首壹印务有限公司
开本：880 毫米 ×1230 毫米　1/32
字数：360 千字
印张：13.875
版次：2023 年 3 月第 1 版
印次：2023 年 3 月第 1 次印刷
定价：69.00 元

如有印装质量问题，请与武汉市首壹印务有限公司联系调换
地址：湖北省武汉市黄陂区滠口街工业园东路 3 号
电话：（027）83905075
邮编：432200

自 序
Introduction

请允许本人毛遂自荐，《天客》系列是我心目中的奇书，读了不下二十遍，却常读常新。因此我总是不知所以，搞不清究竟是我创作了《天客》，还是《天客》创作了我。

澄清一下，我不是自恋的人。认识我的人都知道，我是率性的，洒脱不羁的。但他们的评价都没有说到点子上。其实我最大的优点只有一个，那就是真实。也曾虚妄过，也曾自卑过，但自从与真实结缘后，我就踏入了一条寻找人生意义的道路。

每个人都曾找寻过生命的意义，但没有意义却成为大多数人的归宿。我不想否定那些人的想法，我只想否定我自己。自我否定、井底之蛙，在主流意识群里是两个贬义词，但于我而言却构成了我思想的核心。没有认识到自我否定的价值，我已然成为草木猪狗；没有承认井底之蛙的勇气，我已沦为笑柄。

不知不知、不知知、知知、知不知，这四重境界我都一一经历过。很多与我一起长大的人已经读不懂我，因为他们不相信我一直在成长。当然，这个"一直"并非一马平川。我弯过很多弯，从灵光四射到不过如此，从意气风发到平庸无奇，从就这样吧到心有不甘，从沉沦堕落到奋起直追，从把酒言欢到指点江山……从三十已老的暮气到耄耋常新的朝气，我很自信地感觉到人生已经发生了积极的改变。

写书，并不是因为我想当个作家。

写小说，并不是因为我想讲故事。

科幻的题材，写实的风格，是奇想，也是预见。

此书续篇《三个世界》已成型，敬请期待！

2022年11月12日

目　录

Contents

第 一 章　发展的困境 / 1

第 二 章　闯入 A 世界 / 9

第 三 章　揪心的往事 / 17

第 四 章　光环的作用 / 27

第 五 章　天堂或地狱 / 36

第 六 章　此父非彼父 / 45

第 七 章　灵鹫山奇观 / 55

第 八 章　一堂文明课 / 64

第 九 章　勇斗鬣狗群 / 78

第 十 章　战斗的目的 / 90

第十一章　团聚和回忆 / 97

第十二章　分飞各天涯 / 109

第十三章　世间奇女子 / 119

第十四章　刺客团之谜 / 137

第十五章　文明的主体 / 145

第十六章　暴风雨前夜 / 157

第十七章　姜是老的辣 / 167

第十八章　挺身做英雄 / 178

第十九章　智对首脑团 / 188

第 二 十 章　高处不胜寒　/ 198
第二十一章　灵鹭山之辩　/ 207
第二十二章　似故地重游　/ 217
第二十三章　卷入凶杀案　/ 228
第二十四章　聚焦 GRD　/ 241
第二十五章　欲与乐之思　/ 251
第二十六章　举贤不避亲　/ 261
第二十七章　突击武云山　/ 274
第二十八章　邹向荣被捕　/ 286
第二十九章　嫁祸武云山　/ 298
第 三 十 章　暗访羁讯处　/ 307
第三十一章　失落的世界　/ 319
第三十二章　神秘的眼睛　/ 330
第三十三章　中村完蛋了　/ 339
第三十四章　不要膜拜神　/ 347
第三十五章　可喜的变化　/ 359
第三十六章　一堂三观课　/ 369
第三十七章　开放灵鹭山　/ 382
第三十八章　相逢灵鹭山　/ 390
第三十九章　决战灵鹭山　/ 405

第一章

发展的困境

2039年9月份召开的伯尔尼会议在人类历史上具有里程碑式的意义，会议达成的“九九共识”宣示了以大我意识为核心的东方文明终于用其利他、积极、开放的智慧之光照亮了整个世界，特别是照亮了曾经在精神领域里一直延续着动物世界丛林法则的西方世界。从此，用机巧、武力、掠夺和强权去征服和统治世界的思想被全面抑制，取而代之的是仁爱、帮扶、合作和民主，团结和共赢则成为全人类最强烈的呼声。

2040年4月份，人类联盟组建计划正式启动。到目前为止，除了少数国家仍在观望外，全世界大部分国家都承认并陆续加入该联盟。自此，大大小小的人类文明支流第一次真正以一种相互平等、相互尊重和相互促进的方式汇聚到一起，开创了人类发展的新篇章。

2040年11月18日，率先加入人类联盟的中、美、俄、德、英、日六大国携手启动了一项名为“图灵计划”的智能合体工程，目标是打造出一个全球共享的，集地球文明发展、外太空文明搜索和防御、大众消费和娱乐等为一体的全功能终极智能后台——图灵。

2043年12月24日23点59分，图灵诞生。仅在半个月后，图灵就为全世界开发出了无障碍交流系统。从此，人们只需要考虑如何表达，而不需要考虑用什么语言表达。2044年6月1日，图灵为全世界儿童打造了一套“欢乐订制”系统，每一个孩子都可以在家里通过虚拟环境实现自己的欢乐梦想。2045年1月1日图灵宣布，在距离地球256万光年的仙女系的落叶恒星系里找到了第一个地外文明。图灵所做的这一切，让整个世界对未来都产生了一种前所未有的期待。

如果说人类联盟的成立让世界走向了和平与繁荣，那么图灵的诞生则仿佛让全人类踏入了天堂。以图灵目前的更新速度，我们完全可以预测在不久的将来，那些人类曾经遥不可及的梦想都能一一得以实现。然而更令人憧憬的是，我们似乎根本无法想象这个无所不能的图灵还会给我们带来什么样的惊喜。也就是说，从图灵诞生的那一刻起，人类开始步入了一个超越自身想象的世界。在这个世界里，人类的想象力不再像以往那样一往无前，而是开始显得越来越跟不上这个世界的发展速度。

2045年4月28日，坐落在苏黎世的人类联盟总部已经正式投入使用一周年，此时这里正在举行一场重要的大型会议，会议的内容是讨论未来人居环境的发展方向。圆形会场的中央是一张大圆桌，分别坐着联盟秘书长德尔比、安全部部长元雄、科技发展部部长颜一舟、教育宣传部部长辛向音、健康生育部部长汤姆乔、信息部部长中村不二和特别部部长杰斯夫七位人类联盟的首脑团成员。其他148名成员在圆桌的外围围成了一个大圆，不过他们并未亲自到场，只是通过全息成像技术参与了此次会议。每名成员眼前都有一个可操控的隐形光屏，光屏里有与本次会议相关的所有信息。相较于可以共享的普通光屏而言，隐形光屏是特定人员通过身份认证后才会跳出来的，不管是画面、声音还是光屏本身都只有本人能够感知。

会议由德尔比主持。只听他开宗明义道：

“各位人类联盟成员下午好！今天这个会议是联盟成立以来与会人员最多的一次会议，不仅整个首脑团亲自来到现场，而且所有成员国都派了代表参加。本次会议讨论的议题对人类未来的发展极为重要，每个与会代表都可以充分表达自己的观点，首脑团会根据大家的意见进行综合评估，并拿出最终的方案。

“众所周知，2039年之前几个主要大国的外太空平衡战略的不断被打破和升级，直接导致大气臭氧层彻底失去了对地球生物的防护作用。虽然这几年来我们的反射膜系统有效抵挡住了超能太阳辐射，但我们同时也发现，除了人类之外，几乎所有的生物种群都出现了紊乱和萎缩的现象，而且这种恶化现象在持续加重。根据图灵的监测报告，出现上述情况的直接原因是植物类生物普遍无法适应当前的光照成分而难以正常生长和繁衍，以至于地球生物系统的食物链濒于崩溃。更令人担忧的是，图灵预测三年后80%的地球植物将无法生存，99%的中、大型野生动物将灭绝，即使是能幸存下来的物种也大概率会出现难以预计的变异情况。

“值得庆幸的是，人类自身并未受到太多的影响——如果不考虑情感因素的话。个中原因大家想必也清楚，简而言之就是人类已经解决了资源和能源的问题，可以依靠当前科技文明形成独立的发展体系，不需要再依赖地球的自然环境。当然，我们也知道很多人对现状并不满意，因为显然人类曾经最亲密的朋友正在迅速离我们而去，以后能够相依为伴的可能只有我们人类自己了。

“今天邀请大家来参加这个会议，其目的就是要确定未来人居环境的发展方向。这里有两个基本方向可以供大家参考。第一个是图灵的建议，即全面修复地球大气臭氧层，恢复原有的生态系统，还人类一个蓝天白云和万物复苏的美丽环境。

“第二个建议虽然听起来有些残酷，但也代表了许多理智的声音。落叶文明的发现让地外文明成为实锤，同时让我们不得不对地外文明的侵扰加以防备。这就意味着我们现有的核武装置不但不能被摧毁，还有可能要不断加强和升级。在这种战略考量下，外太空核武试验场就将继续保留和使用。也就是说，图灵建议修复大气臭氧层的计划将无法实施。当然前面也提到，其实现有的科技文明已经足以使人类脱离原有的自然环境独立发展，更关键的是，虚拟技术的发展和应用已经让我们看到了模拟任何人居环境都是可能的，而且很快就能实现。

“好了，接下来大家可以就以上两个建议，或者说两条路线展开讨论。当然，如果有更好的想法也可以拿出来交流。”

其实德尔比提出的这两个建议对各个参会人员来说早就不是什么新鲜事了，可以说地球上所有有识之士都在关心着人类未来的发展，而这两条发展路线正代表了两个截然不同的方向，也几乎成为所有人眼里两个无法回避的，同时也是最基本的方向。

在接下来的自由讨论环节，各与会人员自由组队进行小范围的辩论，也可以自由加入到已经组建好的辩论队伍中参与辩论或者做一个旁观者。总而言之，所有的参会信息都是公开的、可追溯的。

颜一舟所在的讨论组非常热闹，辛向音、汤姆乔、杰斯夫、中村不二等首脑团成员也在其中。

只听萨尔瓦多的代表说道：“我很赞成辛向音部长的说法，那些曾经足以毁灭人类的灾难其实都是来自于人类自身。我们最大的问题就是喜欢给自己树立对立面，各自为政，缺乏共同发展的大我意识。今天我们人类好不容易走到一起，可是偏偏又把地外文明拉出来当作假想敌，动不动这个敌人，那个敌人，这不是又要走到老路上去了吗？”

圭亚那的代表也说道：“是呀！好不容易才发现的落叶文明，离我们还这么远，难道我们为了这些虚无缥缈的敌人就可以放弃曾经一直伴随我们的朋友吗？”

塔吉克斯坦的代表回应道："不是说'人无远虑必有近忧'吗，其实我倒认为必要的忧患意识还是要有的。今天的地球人类在宇宙这个庞大的文明体系中或许仍是相当脆弱的，因此我们有必要选择一条快速发展的路径，以防不测。就这一点而言，我同意中村部长的意见，既然我们已经拥有了独立发展的能力，那就应当果断地开辟新的发展方向，不应该感情用事。"

卢森堡的代表接着道："我为我们美丽的家园即将成为记忆而感到悲痛。但想到人类的未来，我宁愿放弃美丽的家园。我们能够发现落叶文明，其实就意味着我们地球文明或许已经在其他文明的窥视中，这当然是需要引起高度警惕的。文明的发展史永远都是淘汰史，我们的责任是不让地球文明成为宇宙文明中那个被淘汰的文明。"

塞浦路斯的代表补充道："实际上我们如果选择第二条路也不用太过内疚，毕竟目前所有的物种我们都可以保存起来，到将来可以把它们带到别的星球上重新进行繁衍，再造一个美丽的家园也不是没有可能。"

元雄所在的那个讨论组也是格外热闹，且讨论的风向和颜一舟这边差不多，虽然很多与会代表在情感上都支持走第一条路，但最终还是被"理智"战胜了，以至于要求走第二条路的呼声越来越高涨。

自由讨论环节之后，除了首脑团的七位成员外，其他与会者纷纷退出全息影像离开会场。接下来首脑团最终的决策将在第一时间向外界公布。

圆桌上，元雄难掩兴奋，瞄了一眼辛向音道："看来，我主张的宇宙战略还是更得民心啊。"

辛向音虽然没有正眼看元雄，但也知道他在和自己说话，不过此时略显沮丧的辛向音并不打算回应元雄。

只听坐在辛向音旁边的汤姆乔道："我还是坚持自己的主张。从生育学的角度来看，如果选择走第二条路的话，那将是对人类后代极大的考验。人类极有可能无法延续体内繁殖的方式，而体外繁殖会让我们的子孙变成什么样？这真的是无法设想的！因此说，地外文明的威胁固然可怕，但眼下的威胁难道不是更加可怕吗？”

中村不二对汤姆乔回应道：“你这个观点刚才不是也拿出来讨论过了吗？我看那个纳米比亚的代表讲得就很好嘛，‘如果再坚持体内繁殖的话，恐怕不出百年人类都要绝种了’。再说了，体外繁殖到底有什么可担忧的？各种实验证据都显示，体外繁殖的后代往往优于体内繁殖，因为体外繁殖不像体内繁殖那样具有盲目性。关于这一点，您作为健康生育部的部长应该比我更清楚吧。”

辛向音替汤姆乔答道：“人为的选择难道就一定比自然选择更好吗？我们会不会太高估自己了？”

元雄抢先一步做出回应，只见其笑道：“辛部长，如果早在几年前，对于你这个说法我是不会提出异议的，可是今天说这话就未免有些不合时宜了吧。”说着，元雄忽然转过头对杰斯夫问道：“杰斯夫部长，你有什么高见？”

杰斯夫点点头道：“是啊，当今人类确实已然今非昔比，特别是有图灵帮助后似乎无所不能了。既然话题转移到了人类后代繁殖的问题上，那我的态度和你元部长差不多，只要确立科学公平的机制，体外繁殖也不失为一个选择。”

元雄满意地点了点头，又对颜一舟问道：“敢问颜部长怎么看？”

颜一舟笑了笑，道：“我当然是向往碧水蓝天、草长莺飞的。但是我也看清楚了一个趋势，以后足不出户恐怕才是更多人的选择。现在的虚拟技术条件下，人们想什么就有什么，比现实世界更能吸引人。接下来只要物流系统进一步升级、摄能变革实验成功，以及真正实现人机交互，那么人和人之间的实体接触也将成为可有可无的了。这种情况下，谁还会关心自己感知到的物体到底是真实的还是虚拟的？”

尽管颜一舟其实并没有给出一个明确的态度，但他的分析在元雄看来就是对自己的支持。因此元雄再一次露出满意的笑容，对德尔比道：“德尔比秘书长，想必大家把意见都表述得够清楚了，是不是可以请您做个总结陈词？”

就在德尔比准备发言的时候，辛向音再一次发问道：“请问颜部长，你刚才所描绘的未来是我们人类所期望的未来吗？”

辛向音的发问让在场所有人都把目光聚焦到颜一舟身上，只见颜一舟耸了耸肩膀，有些无奈道：“不管目前的发展趋势是不是人类所期望的，但确实是人类共同选择的。就如同我们今天的选择一样，等一下不管德尔比先生宣布我们未来的发展方向是第一条路还是第二条路，这都是我们自己的选择。”

经过首脑团成员这一番辩论后，最终德尔比秘书长给出了决定性的意见：“根据图灵对所有与会人员的意见评估，特别是对我们在座的首脑团成员的意见评估，她给出的参考意见是走第二条路，即元雄部长提出的宇宙战略路线。从两条路线的支持率看，27%的意见是支持第一条路的，剩下的73%的意见是支持第二条路的。按照人类联盟第九条法则，即意见分歧处理机制的规定，只要某项意见在联盟内部的统计支持率超过67%就应无条件执行，所以我宣布：人类联盟未来人居环境的发展方向将按照安全部主导拟定的宇宙战略路线的总体规划执行。”

可以看出，这几乎是一次一边倒的会议，而这样的结果对首脑团的任何一位成员来说都是意料之中的。所不同的是，有的人是悲痛的，有的人是无奈的，而有的人则是兴高采烈的。

元雄和他忠实的盟友中村不二以及德尔比都是所谓宇宙战略路线的支持者，他们早就开始利用年初发现的落叶文明大做文章，到处渲染宇宙大战的危机。他们这样做，看起来是未雨绸缪，为地球文明的未来着想。但事实上，元雄才不担心地球文明会不会被其他宇宙文明所征服，他真正的目的是建立一支征服宇宙的地球战队！

辛向音虽然预感到元雄的宇宙战略路线会误导人类未来的发展方向，但她和自己隐秘的爱人颜一舟，以及他们二人共同的朋友汤姆乔经过反复探讨后，竟然发现在目前的处境下已然无法对元雄提出的发展方向给予有力的驳斥。宇宙大战的描述固然是危言耸听、夸大其词的，但青山绿水、鸟语花香、鸡犬相闻的自然美景放到眼下这个世界里更是不值一提。唉，人类轰轰烈烈发展到最后，却不过是将人类自身打造成了无忧无虑的孤家寡人。

至于杰斯夫，这不是一个感情用事的人，他有自己的打算。在时机尚未成熟的时候，他能做的就是：趋势在哪儿，自己就在哪儿。

第二章

闯入A世界

2045年4月28日20点08分，颜一舟像往常一样在自己办公室内部的泳池里游泳。他计划在一个小时后悄悄溜去辛向音的住所，显然他还是有些担心她此时此刻的心情。

就在几分钟前，颜一舟刚刚在水中签署完两个文件，一个是关于公布今天下午的会议决议的，还有一个是交给图灵的一份任务指令书，指令的大概内容是拟定“新生活革命”计划。所谓“新生活革命”，简而言之就是旨在打造一个能够帮助人类劳动、帮助人类思考、帮助人类快乐，最终实现人类彻底解放的“全方位人机交互系统”。有了这个系统后，人类的一切感官体验或需求都可以在虚拟环境中得以实现。换句话说，有了这个系统后，任何人任何时候都有权利生活在自己设定的环境中。

就在颜一舟一边舒展着泳姿一边想着待会儿怎么劝慰辛向音的时候，他的内置隐形光屏发出了接收紧急信息的提示。颜一舟立刻用牙齿敲击的方式完成了对隐形光屏的身份认证。当隐形光屏出现在眼前时，里面传来的信息让他震惊。

信息是从人类联盟的科技发展部传来的。一分钟前，时光研究中心的时间倒流阀装置出现了异动。经过该中心研究员雨果的分析，出现异动的原因是在3.1秒的时间间隔里有两个不明来源的生命体先后通过该装置来到了地球。

“难道地外文明真的入侵了？”颜一舟的潜意识里第一个疑虑便是如此。

雨果通过隐形光屏请示颜一舟：“是否要通知安全部？请指示！”

颜一舟缓过神来，镇定道：“暂不通知！我五分钟后到。”

“收到！”

颜一舟迅速跳出泳池。当他穿过一个蛋壳状的通道后，身上已经整整齐齐地穿好了衣服。只见颜一舟做了一个手势，一辆代步车便立刻从某个角落自动行驶到他身边。颜一舟跨上代步车急忙赶往附近的时光研究中心。一路上，尽管颜一舟有些担心，但他还是不太相信地外文明会突然入侵。颜一舟更担心的是刚才隐形光屏传来的消息如果被元雄他们获知后会导致局面失控。毕竟，在事态尚未明朗的情况下保持冷静是第一要紧的。但是颜一舟敏锐地知道，元雄为了强化自己安全部的权力必定会利用这样的消息大做文章。所以颜一舟决定暂时封锁消息。

颜一舟一走进时光研究中心的数据分析室，边分析边等候的雨果便迫不及待地迎上前道：“部长，从基因匹配度看，那两个入境的生物应该是人类。”

颜一舟顺势问道：“基因障碍数据如何？”

雨果答道：“有基因匹配过程，但无基因冲突迹象。”

颜一舟道：“这么看基因门仍然是有效的？”

雨果答道：“是的。”

颜一舟舒了口气。基因门有效，那就意味着入境的生物极有可能就是人类。如果是人类入境，那一定有其他更合理的原因可以解释，基本可以排除地外文明入侵的可能。有过两次时光穿梭经历的颜一舟此时已经知道，这两个入境的人大概率是从地球的某个时空穿越到这儿来的。

现在颜一舟把注意力集中到另一个问题上。尽管知道时光倒流阀装置的人都以为基因障碍是该装置的一个技术缺陷，但其实这道基因门是颜一舟根据自己的基因信息故意设置的，其目的有两个，一是防止他人盗用该装置，二是防止地外生物借用该装置入侵地球。因此，虽然入境的生物也是人类，但他们为什么能够顺利通过基因门呢？颜一舟测算过，在随机情况下，一个人要通过这道基因门的概率是百万分之一，那么两个人同时通过的概率就是万亿分之一。虽然这样的概率目前看来比地外文明入侵的概率要高得多，但如此微小的概率就在眼前发生了，这依然是难以置信的。

颜一舟继续问道："有没有根据反射膜的扰动波分析出这两个人入境的位置？"

雨果答道："您来之前我就一直在做这项分析。您看，这就是相应的扰动波图。扰动中心在北纬30.791122度东经107.060415度正上方3996米的高空反射膜处，推算下来，入境点应该在中国四川—重庆这一带。"

颜一舟又问道："能不能再精确点？"

只见雨果迅速在扰动波图附近比比算算，大概过了十来秒，回答道："最有可能是在四川广安。"

时间回到2045年4月28日20点06分，四川广安迎来了两位天外来客。这一次很巧，两位来客几乎落在了同一个地方。

刚着陆的陈玄试着用手机与眼下这个世界进行联通，发现并不费力就并入了网络。没错，此时此刻正是自己当时准备进入这个时空前设定的时间。陈玄心下有一种预感，自己已经回来了。

陈玄接着通过手机寻找爷爷邹向荣，看到他居然就在距离自己百来米远的地方，于是赶紧跑了过去。邹向荣通过自己的手机注意到陈玄在向他靠近，原本悬着的那颗心终于放了下来。这一次仓促之下从另一个世界的2020年过来，邹向荣在过来之前的那一刻还在担忧万一两个人落到不同的世界该怎么办。现在好了，至少两个人到了同一个世界。此时该搞清楚的是，他们两个人现在所处的世界究竟是不是陈玄曾经生活的世界。

陈玄跑到邹向荣身边，一边喊了声“爷爷”，一边端详着，看到邹向荣毫发无损的样子，便欣喜道：“又成功了！”

邹向荣笑道：“呵呵，赶紧看看这儿是不是你的家。”

陈玄有些兴奋道：“刚才一路跑来我就在观察，感觉很像是原来的世界。你看这附近的植被都蔫蔫的，肯定不是您那个世界。嗯……估计八成是回来了。虽然和您那儿比这儿就是死气沉沉的样子，但对我来说还是有家的味道。”

邹向荣仰头深吸了一口气，缓缓道：“这儿的氛围确实有些怪异。空气的味道就不对，还有这个时节按说应该是虫鸣蛙叫的时候，可是却寂静无声。”

陈玄恍然道：“我记得我们的世界从2041年开始就没有季节之分了，因为当时为了抵御过量的太阳辐射和核辐射，在距离地表三、五千米的高空安装了反射膜系统，从此地球就没有太多温差了。另外因为植被无法适应新的光照系统而普遍衰亡，所以氧气基本上是人造的，这大概就是空气味道有些怪异的原因吧。”

邹向荣冲陈玄点了点头，然后看向他的胸口，道：“小家伙怎么样了？”

陈玄这时候才想起希星来，赶紧解开胸口衣服的扣子。只见希星露出小脑袋警觉地四下张望起来，怕是连它也感觉到这儿的异样了。陈玄把希星从胸口拉出来，放到自己肩膀上，道："别怕，这儿以后就是我们的家了。我们要一起把它建设好！"

邹向荣看了看希星，对陈玄道："如果这儿就是你的世界，那么接下来我们就有的是时间了。这样，从今天开始你要注意培养希星了。我感觉我们此行能否成功，这小家伙或许是一个关键因素。"

"那可得爷爷多指教啊。"陈玄笑着轻轻点了点正认真盯着邹向荣的希星的脑门，道："还不快谢谢爷爷！"

希星似乎有些会意，"嗷"了一声，一下子从陈玄肩膀上跳了过去，趴在邹向荣怀里。邹向荣笑着摸摸希星的背脊，对陈玄道："孺子可教！"

他们一路上仔细观察着周围的场景。虽然是夜里，邹向荣发现这儿的天空并不黑，总体而言就像自己那个世界里早上天蒙蒙亮那种感觉，因为高空的反射膜系统在夜晚会发光。

目之所及无一行人，立体交通网却铺天盖地，时不时有车辆或飞过或驶过。在距离纪念馆东侧约7千米的位置有一处建筑群异常闪耀，远远望去仿佛白昼一般。而除此之外几乎就是荒野一片。

陈玄一边朝着建筑群的方向走，一边对邹向荣道："现在可以肯定这儿就是我原来的世界了。"2035年左右，在陈玄这个世界里，一些发达国家开始构建密集居住区，同时逐步弃用和拆毁原有建筑。据说这样既安全又节能。刚开始大家都不适应，但是在太阳辐射下大家又发现这样做确实更合理。2040年之后，随着物流技术越来越人性化，还有虚拟技术越来越逼真，很多人都渐渐习惯了小空间的居住环境，足不出户就可以自由自在享受生活。加上户外环境的不断恶化，人们的生活方式发生了彻底地改变，大部分人成年累月就待在房间里，只有少部分公务人员有出行的需求。

为了表述方便，陈玄和邹向荣约定，把现在所处的世界叫作A世界，把邹向荣那个世界叫B世界，而他们俩刚刚离开的那个世界叫C世界。

一路上，陈玄曾问邹向荣要不要找一辆车代步，邹向荣说暂时不需要，他想多走走看看。A世界只有建筑群内部是美观整洁的，其他区域几乎很少有适合逗留的，更别提游玩了。当然还是有一些历史古迹受到了保护，加上一些生态保护区也有人愿意参观，所以为了方便出行，A世界里有相当便捷的自由交通系统，任何人在任何时候只要通过手机就能轻松调度他所需要的交通工具 。

邹向荣比较关心A世界此时此刻的治安情况，于是陈玄一边回忆一边在一旁解释。陈玄记得，早在2044年年底，人类联盟的所有成员国几乎都不存在治安问题了，其实原因很简单，在这个世界上人和人之间已经没有物质上和地位上的差别了，也不存在相互依赖的关系，因此人和人之间很难产生矛盾。另外，深居简出的生活模式，加上虚拟世界提供了一切可供发泄的渠道，几乎让所有人都渐渐远离了真实世界。人们对于目前的生活状态普遍感到满足。而图灵的到来，无疑让全世界感到骄傲。不论有什么担忧，图灵都能解决；不论有什么欲望，图灵都能满足。在这样一个没有忧虑，能满足任何欲望的世界里，还会有什么治安上的问题呢？

陈玄对A世界的描述，其实在邹向荣听来并不震惊，甚至都在他的意料之中。因为在B世界的发展过程中曾经也存在过这样一个分水岭，只不过B世界后来避开了这个发展方向。

陈玄突然对B世界的2045年产生了兴趣，他想通过这样的对比进一步认识到A世界为什么和B世界会有那么大的不同。只听陈玄问道："在您那儿，也就是B世界的2045年是什么样的呢？"

邹向荣想了想，道："差别很大。和这里几乎只能看到人类的迹象不同，我记得B世界的2045年已经培养出第一批准五类物质了，我们的人居环境主要就是靠它们打理，不管是水系还是陆地，都是很美的。我想，这种美在A世界里或许连虚拟环境都无法体现吧。"

陈玄好奇道："怎么会无法体现呢？我对比过，这里的虚拟技术并不比B世界逊色。"

邹向荣摇摇头，道："不是技术的问题！原因在于这儿的人们没有类似于B世界的审美观。以人类为中心的思想严重禁锢了A世界人类的想象力，因此根本无法领略其他生物存在的价值。"

陈玄似有所悟，道："我明白了。我刚到B世界的时候还和玖月聊起过关于快乐的问题。我们对比了两个世界人们的快乐观，发现A世界的人们其实是沦陷在快乐里了，而B世界的人们显然没有把快乐当作生命的最高意义。"

邹向荣笑道："是啊，快乐对人生而言是必要的，但不是说人生只需要快乐就够了。就像一道菜，盐是必要的，但适量就够了，并非多多益善。如果一个人反反复复地沉醉在某种事情里，那只能说明他中毒了，只不过这种毒让他感到快乐罢了。反过来讲，正是这种快乐的感觉让他忽视了自己已经中毒这个事实。"

陈玄又问道："那这世上有没有多多益善的事情呢？"

邹向荣道："我始终认为任何满足感都是因自身狭隘所造成的错觉。因此对于人生而言有一样是多多益善的，那就是不断地否定自己，不断地打破自己的狭隘，让自己越来越明智。"

陈玄笑道："难怪您会毫不犹豫地离开B世界。"

邹向荣对陈玄的这个猜想未置可否，转而问了另一个问题："玄玄，你觉得我们这次过来，A世界的人会发现吗？"

陈玄道："我也一直纳闷这个事情。上次我和妮娜误闯B世界，很快就被逮捕了，可这里却一点儿反应都没有。按理说，这时候这儿已经有时间倒流阀装置了，因此我们闯进来应该会有所惊动的。"

邹向荣点头道："我也是这么想的。不过也无所谓，见招拆招吧。"

陈玄"嗯"了一声，问道："对了，爷爷您为什么会选择落在四川广安这个地方？"

话说他们两个此前误入2020年的C世界，准备离开前，出于好奇他们便赶到那个世界的邹向荣家中去收集一些信息。过程中正巧碰上那个邹向荣一家子吃完晚饭后一起回来。两个人当时就躲在次卧里，陈玄一边换衣服一边设定目标时空，邹向荣在一旁边换衣服边道：“时间就按照之前定的。地点的话不如定在四川广安吧。”情急之下陈玄来不及问原因，只是照办了。

此时只听邹向荣回答道：“我一直怀疑你姑姑于莺可能就在这里生活着。”邹向荣的回答让陈玄颇为震惊，他完全没有料到爷爷此行会首先想到姑姑。陈玄一时想不明白邹向荣到底有什么计划，又苦于无从发问，便愣在那里。邹向荣知道陈玄很困惑，于是解释道：“我想先找到于莺，然后说不定能通过她找到这个世界的邹向荣。老实说吧，此行我主要的目的当然是帮助你改变这个世界，但我也是有些私心的。我想知道这儿的‘我’到底怎么了。”

A世界和B世界是因为陈玄在2020年介入进去才分裂出来的。也就是说此时A世界的邹向荣如果还存在的话，那么他在25年前和现在这个来自B世界的邹向荣其实是同一个人。而A世界后来的发展轨迹和B世界大相径庭，其最关键的因素便是邹向荣。在B世界里，因为邹向荣的影响力最终使B世界走向了全物质共发展的路径，而在A世界里，因为邹向荣神秘失踪后未对这个世界施加多少影响，以至于A世界一直沿着以人类为中心的路径发展着，最后二者产生天壤之别。到2050年，A世界的人类已经濒临被图灵奴役的局面却不自知，而B世界的人类在图灵的帮助下正带领着地球上所有生命体构建更繁荣的文明，甚至与许多地外文明都展开了良性互动。

听了邹向荣的解释，陈玄现在能够约莫理解他的心情和想法了，只见他说道：“爷爷，其实您这也不算私心。毕竟，这个世界会发展成今天这个样子与这儿的‘您’是有莫大关系的。话说‘解铃还须系铃人’，找到他说不定就能找到症结了。”

邹向荣对陈玄能说出这样的话感到很欣慰，只见他笑着拍了拍陈玄的肩膀，道：“走，那就先设法找到你姑姑！”

第三章

揪心的往事

关于邹向荣为什么会猜测A世界的于莺此时可能在四川广安这个问题，的确是有其依据的。

四川广安长大的于莺，在2016年刚到北大历史系读硕士时遇上了同届在哲学系硕士研究生班就读的邹向荣。当时邹向荣和陈以欣（即后来被颜一舟从2022年带到2039年的辛向音）关系很好，而和陈以欣同班同寝室的于莺便通过这层关系结识了邹向荣。尽管两个人在年纪上相差十五六岁，但邹向荣超凡脱俗的视角和恰到好处的幽默感几乎瞬间就抓住了性格爽朗的于莺。邹向荣其实也一直很欣赏于莺的泼辣和犀利。两个人从2016年认识到2021年分开的这五年里一直惺惺相惜，若不是于莺碍于邹向荣有家室，若不是邹向荣一直巧妙地界定着友情和爱情，他们两个人或许早就是另一种关系了。

2020年因为陈玄的干预分出了两个平行世界，A和B。

A世界里，2021年邹向荣离开北大回到家中后，隔年却突然莫名其妙失联了，可于莺的心里一直放不下他。那一年，如果不是陈以欣把刚出生的陈玄托付给她，于莺一定会不顾一切去寻找邹向荣。从此，于莺一边养育陈玄，一边暗中调查邹向荣的下落。好不容易等到陈玄长大成人去读大学后，于莺便毅然决然离开北大踏上了寻找邹向荣的路，同时也不再与陈玄联系。至于于莺为什么不和陈玄联系，这依然是一个谜。

而B世界中，2020年邹向荣就离开了北大。他在家里待了几年，等颜一舟2023年读大学后，便选择离家去乡下教书。同样一直在北大一边养育陈玄一边教书的于莺始终和邹向荣保持着密切的联系。等到陈玄读大学后，于莺曾经多次希望能够和邹向荣一起去教书，但都被邹向荣拒绝了。直到2038年邹向荣在教育界声名鹊起后成立了心羽集团，才把于莺请了过去当总经理。

邹向荣之所以会认为A世界的于莺有可能待在四川广安，是因为B世界的于莺就曾多次向他表示过自己想到她老家去支教。其实邹向荣知道于莺有这样的想法是有更深层次的原因的。自从于莺认识邹向荣后，尽管很无奈地发现他们两个人的关系已无缘更进一步，但也就此断绝了和其他男人交往的念头。于莺的骨子里总有一种念想，希望和邹向荣做相同的事情，以继续维持二人之间的默契，或者说保持精神上的依恋。而在邹向荣的内心深处其实也一直隐藏着一种类似的渴望，那就是和于莺在某种层面上产生互动。邹向荣正是通过对B世界于莺的分析以及对自己内心的审视，才做出了A世界的于莺现在有可能就在她老家的这个判断。不仅如此，也许A世界的邹向荣此时正与于莺生活在一起——如果后来于莺能够找到他的话。

2045年4月28日21点24分，科技发展部研究员雨果在颜一舟的授意下秘密用卫星系统在四川广安一带进行搜索，很快他就发现了那两个不明来客。此时的颜一舟正在一边思考各种可能性一边等待雨果的消息，得知该发现后他立刻开始对传过来的实时信息进行研判。

此时A世界的科技水平相较于B世界倒是有过之而无不及，各种高科技已经出现了井喷之势。尽管此时户外的可见光比较暗淡，但利用交叉光源干涉——衍射全息成像技术捕捉并通过隐形光屏呈现出来的四维影像仍然非常清晰。颜一舟一眼扫过后心下立时大吃一惊：那位年长谢顶的男子不就是他的爸爸邹向荣吗？而他身边的年轻人又是谁呢？

正在颜一舟无比疑惑的时候，雨果有些惊讶道："颜部长，他们不是两个人，是三个人！"刚说完，雨果又指着陈玄的影像道："哦不，还有一个小东西蹲在这个人的左肩膀上，看起来像个小猩猩。哇，我好久没看见真的动物了。"

颜一舟看了一眼有些失态的雨果，深感此事件隐秘蹊跷而关系重大，担心雨果不小心走漏了风声，于是郑重道："这件事只限于你我二人知道，绝不可泄露出去。"

隐形光屏里，雨果应道："是！"

2045年的图灵系统仍处于试用阶段，像科技发展部这样的重要机构可以临时调用图灵进行协助，但尚未将数据后台并入该系统。所以，此时科技发展部针对邹向荣和陈玄入境的调查信息图灵是无法获取的。

此刻正一头雾水的颜一舟其内心却无比激动，因为他意外地发现失踪二十多年的爸爸竟然以这种方式出现了！他永远无法忘记发生在2022年11月18日的那个夜晚，那个时候，他还不叫颜一舟，而是叫邹亦宁。

2022年11月18日中午，正在莫干山市盛华中学读高三的邹亦宁收到了一个好消息，他获得了全国信息技术竞赛一等奖，并入选了国家队，预备来年3月份参加在柏林举办的国际信息奥林匹克大赛。在老师和同学的声声祝贺中，邹亦宁一直保持着镇定的微笑，但他的心里是多么盼望早一点放学回家把这个好消息告诉爸爸妈妈啊！特别是爸爸，这么多年来一直用各种各样的方式培养和训练他，并且始终对他抱以很高的期望。尤其是从北京回来之后，爸爸除了写那本《思想者》之外，最操心的就是他的成长问题了。不过让邹亦宁有些奇怪的是，爸爸待在家的这一年多时间里经常会显得很暴躁，并且大部分时候是在他面前发作，有时候也会在他妈妈颜敏丽面前发作，这直接导致原本非常和谐的家庭关系常常变得诡异而紧张。因此邹亦宁希望用这次优异的表现让爸爸开心起来，从而让整个家庭氛围重新变得欢快。

的确，在邹亦宁这个家庭里，只要邹向荣是开心的，那么整个家庭都会很欢快。而邹亦宁记忆中和爸爸在一起的那十几年里，爸爸总是很开心的，偶尔发发脾气也都是为了他好。而且此前每一次邹向荣对邹亦宁发过一通脾气后都会写一封类似“检讨书”的信，在委婉地提出邹亦宁的问题后便着重对他自己做深刻反省。然而近一年来却不是这样，邹向荣每一次发完脾气后都没有再写过信，而且几乎每次都会陷入久久的沉默。那种看上去很痛苦的沉默几乎总让邹亦宁有一种心碎的感觉。邹亦宁很想知道爸爸到底怎么了。有几次，邹亦宁小心翼翼地靠近邹向荣，希望能够了解他的心事。当时的邹向荣虽然很清楚邹亦宁的所思所想，但就是不做解释，只是很深情地拥抱儿子，说一些类似“你要珍惜接下来的时间”以及“早一点长大起来”这样的话。邹亦宁知道，爸爸老嫌他长不大的原因是他总是无法领会“自我否定”的要义，而这正是爸爸所认为的能够改变一切的根本大法。直到邹亦宁后来反复揣摩爸爸在失踪后留给他的最后的礼物——《思想者》这本书后，他才渐渐明白过来。

那天晚上，邹亦宁兴冲冲回到家后，竟发现爸爸并不在家，只留下妈妈一个人躺在床上哭泣。邹亦宁不知道发生了什么，而妈妈却只是哭，不愿说话。这让邹亦宁的心中充满了担忧和恐惧。直到邹亦宁血气上来要冲出房门去找爸爸时，颜敏丽才大喊了一句：“不要去找了！”邹亦宁闻声回头看了一眼妈妈，见其已然坐了起来，还一脸怨怒。邹亦宁内心的担忧此时变成了激愤，大声问道：“到底怎么啦？爸爸到底干什么去啦？”

在情绪的相互感染下，颜敏丽终于失去了理智，暴怒道：“以后你没有爸爸！明天我就把你名字改掉，你不姓邹，姓颜！”

邹亦宁彻底愣住了，此前他虽然很担忧，但直到听了妈妈的话才印证了事态的严重性。他猜测今晚这件事和爸爸在北京的经历有关。在爸爸妈妈之前的几次争吵中，邹亦宁早就注意到了，爸爸在外面很可能有其他女人了。而且不仅如此，可能连孩子都有了！ 有一次，邹亦宁注意到妈妈在听了爸爸振振有词的解释之后反而更生气了，还冲爸爸嚷嚷道：“你邹向荣什么时候检点过？喝酒打牌玩游戏搞女人，哪一样你没有干过？你不是向来什么都敢做什么都敢说吗？现在事实就摆在这里，你非但不承认，还装什么圣人！”

爸爸有“污点”，邹亦宁向来是知道的。在邹亦宁很小的时候，就经常看到爸爸趴在电脑边上玩游戏。而关于爸爸喝酒、打牌这些事，那更是他准备到北京读书之前才戒掉的。而这些事情能够作为污点罩在爸爸身上，正是因为他自己常常在邹亦宁面前以反面教材的形式强调出来的。大概邹亦宁五六岁光景的时候，邹向荣瞒着家里人写了一本书——《努力》，里面有一些关于邹向荣对其过往经历的自我反省和检讨。后来这本书不小心被颜敏丽家人看见了，于是就展开了对邹向荣的声讨。邹向荣是既真实又耿直的人，很早就敢于并热衷于通过直面自身缺陷的方式去重新审视和塑造自己，因此一来他习惯于蔑视周围人由此对其产生的负面看法，二来更不愿意在人前矫饰和美化自己。所以在那一次声讨中，若不是年幼而聪慧的邹亦宁从中阻拦，邹向荣差一点就和颜敏丽及其家人彻底闹翻。

其时，颜敏丽是知道邹向荣的下落的。因为就在邹亦宁回到家前五分钟，颜敏丽接到一个电话，是一个警官打来的，告知她邹向荣因为醉驾被拘留了。

既然妈妈不肯说出爸爸的下落，邹亦宁最后决定自己去找。但是偌大一个城市一个孩子能到哪里去找？那天晚上他几乎跑遍了小区周围的所有街道，但这不过只是这个城市的一个小小的角落而已。最后，凌晨两点钟仍在塔山脚下搜寻的邹亦宁被颜敏丽的舅舅舅妈找到后带回了家。

后来邹亦宁了解到，那天晚上妈妈看到爸爸手机上的微信记录后两个人便吵了起来。邹向荣手机上的密码是邹亦宁设置的，对家人而言是公开的，所以他的手机信息从来都不是保密的。颜敏丽以前不会故意去翻看邹向荣的手机，但这一年来邹向荣的异常举动着实让她起疑。几次翻看手机后，颜敏丽发现有两个女人一直频繁与邹向荣联系，而其中有一个女人还经常提到孩子。那晚，颜敏丽注意到邹向荣一直非常紧张地摆弄着手机，还时不时躲到阳台上去打电话。邹向荣的嗓门挺大，尽管他压低了声音说话，还是被在边上竖起耳朵听着的颜敏丽捕了个大概——果然都是关于女人和孩子的事！期间，邹向荣走回房间正坐着发愣，颜敏丽不由分说一把从其手中夺过手机翻看起来。奇怪的是，邹向荣只是有些愠怒地看着颜敏丽，但并没有阻止她。颜敏丽注意到邹向荣翻来覆去都在给一个姓陈的女人打电话和发消息，而那个女人在微信里面提到最多的就是"我今晚就走了……孩子有莺子照顾……你自己保重"这样的话。颜敏丽再也忍不住愤怒，和邹向荣大吵了起来。邹向荣看见此时的颜敏丽对其如此不屑和刻薄，无比愤怒之下甩门而出。至于后来为什么邹向荣会因为醉酒驾驶被捕，就无从知晓了。

邹向荣被关押期间，颜敏丽非但没有去看过他，而且千方百计阻止邹亦宁与他见面。半年后，邹向荣从看守所出来本打算回家看看，却发现房门的锁被换掉了。邹向荣见自己所爱之人如此决绝，一时无法释怀，萌生出远走高飞的念头。从此之后，邹向荣便如一只闲云野鹤来去无踪，但求独善其身，哪管世间悲欢。

邹亦宁后来在妈妈的强烈要求下不得不把自己的名字改成了颜一舟。不过有一件事情他一直没有告诉妈妈，那就是爸爸离家出走那天晚上，由于翻来覆去睡不着，他意外在床板的被褥下面发现了《思想者》这本书，书里面还夹着一封爸爸的亲笔信：

亦亦：

如果有一天爸爸独自离开了，你千万不要难过。

人类本来应该是伟大的，但如果我们认识不到自己的狭隘，还总把自己的狭隘当作高尚的德行去维护，那就离毁灭不远了。我本以为能够改变人类、改变世界，但我发现自己始终是一个无足轻重的人。我看到了一个即将被毁灭的世界，我看到了这个世界将被毁灭的原因和方式，但我却无能为力。

在家中的这一年多时间里，我终于想明白了，我和你都生活在一个诡异的世界里，我们都肩负着某种使命，但我的使命是改变你，而你的使命才是改变这个世界。

最近，我常有一种要离开的预感和冲动，我希望在有限的生命里去实现自身存在的意义。当然，我在离开之前一定会把《思想者》这本书写完，你就把它当作是爸爸留给你的礼物吧。信写到这里，我有点想哭了。原谅我，只能用这种方式来爱你。

亦亦，你拿到这本书后千万要藏好这本书，常常领会书中的内容，但不要拿出来炫耀，更不能出版。书中涉及天大的机密，只有你能够并且有资格去掌握。相信我，更要相信你自己！

爱你的爸爸

2022年11月2日

从那以后，颜一舟再也没有见到过他的爸爸。对于自己要见爸爸的请求，妈妈屡次三番的推诿和搪塞让他几近疯狂。那一段时间，本是高中的关键期，但由于这一事件搅得颜一舟毫无斗志，在学校走神，在家里吵架，不仅放弃了国际信奥比赛，连高考也只考了一个省外的三流大学。尽管考了一个老师和同学眼里的垃圾大学，但颜一舟倒并不难过。相反，他为马上能够离开这个曾经让他无比温暖最终却令其绝望透顶的家而感到高兴。

送颜一舟踏上去大学的旅程后，颜敏丽彻底崩溃了。儿子溢于言表的喜悦和毫不留恋的笑容，终于让她发现自己竟是如此多余。从高铁站返回的路上，颜敏丽选择了孤独行走。在途经一座大桥的时候，这个曾经只为了丈夫和儿子活着的女人突然深深地感受到被自己最爱的两个人抛弃了，于是不知是失足还是有意，她最终从十数米高的大桥坠落，永远离开了这个世界。

至今颜一舟仍不愿意将这一段回想起来。他只记得，在后来的日子里他把所有的精力都用在了学习和研究上。因为冥冥之中他有一种期盼，期盼有一天能够亲自解开发生在2022年的那一团迷雾。

看着邹向荣在隐形光屏中渐渐远去的背影，颜一舟的脑海不停地在过去和现在之间切换着，以至于走了神。直到雨果调整了成像角度和距离，使邹向荣他们迎面走了过来，颜一舟仿佛又看到爸爸那熟悉的笑容，心中生出一阵纠结。

雨果觉出颜部长今天有些奇怪，但又不好直接问，于是试探道："颜部长，我们接下来需要做什么？"

颜一舟很快反应过来，他知道不能让雨果知道得太多，更不能让外面尤其是元雄知道任何一点风声，于是他果断道："雨果，接下来这几天你不能离开这个研究室，也不许任何人进入这里。你的任务就是全程跟踪这两个神秘人物，包括那个看起来像猩猩的小东西。所有信息除了与我保持沟通外绝不可外泄，千万不能使用图灵系统。明白吗？"

雨果不知道颜部长为什么突然间这么严肃，但他感觉事关重大，于是挺胸保证道："是！颜部长。"颜一舟既是雨果的偶像也是他最敬重的人，因此他这一声"是"里自然有一种不辱使命的感觉。

颜一舟冲雨果点了点头，离开了研究室。

不得不说，颜一舟和他爸爸的感情的确是无与伦比的。在走出研究室返回自己办公室的路上，颜一舟又想起了一件他们父子间的往事。

还是在2022年上半年，也就是颜一舟还在读高二的时候，班里有一个女生暗恋他。起初颜一舟并未放在心上，但碍于那位女生三番五次的恳求，最后在暗暗征得邹向荣的建议后便答应和她一起出去吃个饭。颜一舟本来打算在饭桌上把话说清楚，好劝导那个女同学在高中期间专心读书。可是正在他们吃饭的当口，女生的爸爸不知道从哪里冒了出来，冲颜一舟发疯道："原来是你这个狗娘养的老缠着我女儿，害得我女儿整天神魂颠倒，读不进书。"说完，这家伙不由分说举手就朝颜一舟猛捶一顿，时不时还踹上几脚或者抡起桌上的餐具砸过去，手脚完全没有轻重。此时的颜一舟身体条件尚未开发，突然面对这样的情景根本无从应对，躲又躲不掉打又打不过，只能小心护住自己的要害部位任由摆布。而那女生早就吓得蹲在地上，不知道该怎么办。幸好此时有几个旁人上来拉走了那个疯子，否则不知道颜一舟会被打成什么样子。不过尽管这样，颜一舟被抬进医院前就已经昏厥了过去。

邹向荣得知此事后冲进了医院，然后静静地看着已经接受过治疗但仍然处于昏迷状态的儿子。邹向荣就那样一言不发地坐着，对期间过来探望颜一舟的任何人一概不予理睬。大概过了四五个小时，颜一舟才清醒过来。邹向荣见儿子终于醒了，立刻单膝跪在颜一舟床前，轻轻劝慰道："儿子，你受委屈了。这世上难免有几只疯狗，不巧被你遇上了。我相信这点皮肉之苦打不垮你。其他你不用多想，只要相信自己经历过这样的事后一定会早一点坚强起来，就把它当作是一件好事情吧。"邹向荣明白意外遭遇的可怕之处往往不是当下受伤的肉体，而是日后心灵的扭曲。因此邹向荣希望儿子不要因为这件事产生太多阴暗的想法。

邹向荣的开导多少让颜一舟心里舒服了一点。尽管躺在床上非常难受，但颜一舟此时至少有两个积极乐观的想法能够让他振作起来，一是这件事并不是他的错，二是经过这件事后自己非但没有太大的损失，而且还能从中受益。事实上，类似的挫折教育在这对父子之间是司空见惯的，只不过这一次的挫折太过血腥了。

然而，事情并没有结束。那天，邹向荣安慰好儿子，并看着他再一次入睡后，他独自找到了那个女孩子家里。此前，家人和亲戚在医院探望的时候多次提到要报警，都被邹向荣制止了，因为他想自己解决这件事。敲开房门，邹向荣面无表情地站在门口，看着门内那个同样面无表情的男人。那个男人显然是判断出了邹向荣的身份，可他非但毫无歉意，反而冲其怒吼道：“你是哪根葱？站这里干什么？”此时，邹向荣的目光掠过那张狰狞的面孔，看到男人背后的女儿颤巍巍地探出身来。于是邹向荣没有直接发作，而是镇定地对那个男人说道：“不方便进你家，你出来我们聊一下。”不过这男人根本不愿意吃邹向荣这一套，他心里不是惧怕邹向荣，只是不愿听他摆布。只听那男人吼道：“滚！谁想跟你啰里吧嗦？”说完，男人伸手就要来拉房门，但邹向荣已经不想再给他机会，突起一脚踹在男人左侧肋骨上，接下来趁男人痛得弯腰的一瞬间，抓住其脖子一把将他拽出屋外，并顺势将房门用力关上。那女生看见这一幕吓得尖叫一声，不过后来屋外传来的阵阵惨叫更是让她骇惧。等到屋外喊声渐息，那女生满身颤抖地打开了房门，看见她爸爸已经一个人面目全非地倒在地上。

事后，那女生随即转学了。

找上门去替颜一舟出头的事情，邹向荣并没有对任何人说起过。但这件事颜一舟后来还是从同学们那里听到了。不过大概是因为版本太多，颜一舟无法判断哪一个版本是真实的。可是有意思的是，几乎所有的版本都是带着敬仰的口吻诉说出来的，也许人人都认为这是一件大快人心的事。颜一舟一直假装不知道爸爸替他“报仇”这件事，但他心里无疑是非常感激的。

第四章

光环的作用

颜一舟带着满脑子的激动和困惑回到自己的办公室，然后给辛向音发出了私密通话请求。辛向音收到颜一舟的请求信息后，点击了确认键，双方于是通过各自的隐形光屏开始沟通。此时的通讯系统已经完全基于图灵这个智能后台在运作，但是为了保护少数重要人员的私密性，还是保留了绕过图灵系统的私密通道，人类联盟的首脑团成员自然在受保护之列。不得不交代的是，这一保护特殊人员私密性的提议本来是杰斯夫提出来的，但颜一舟很敏锐地发现这其实对他自己非常有用，于是就促成了这项提议，并且还亲自参与了指导和实施。当时元雄等人是明确反对该提议的，可颜一舟巧妙地以试用期间的图灵系统有可能存在安全漏洞为由最终说服了整个首脑团，杰斯夫为此还特别感谢颜一舟。

“我本想偷偷溜过去看你，知道今天你挺难受的。”颜一舟从隐形光屏里看见辛向音一副无精打采的样子，就知道她还没有从下午的阴影中走出来，于是继续安慰道：“其实这也在意料之中吧，几次模拟辩论下来都是这样的结果。”

只见辛向音愤愤道：“未战先怯！还没正式交锋呢就自己败下阵来，简直是叛徒！真看不起你！”辛向音显然是为了下午首脑团成员辩论环节中颜一舟过早地放弃抵抗而不满。

颜一舟既没有恼怒也没有羞愧，只是微笑道：“为了一场打不赢的仗暴露自己的立场，是不是划不来呢？”

A世界的首脑团里是有路线斗争的，以元雄为首的那一派可以称为野心派，总妄想着征服宇宙。野心派里除了元雄外，还有中村不二和德尔比这两个坚定的“兄弟”。辛向音和汤姆乔是稳健派，反对丛林法则，主张和谐发展。杰斯夫和颜一舟则没有明显的政治倾向，但他们二人也有区别。杰斯夫像一个阴谋家，他的每一个主张都是按照他的逻辑算计出来的，因此谁也预测不出他会站在哪一边。而颜一舟不同，他在其他人眼里就是一个只关心科技的纯粹的科学家，至于他提出的主张，要么是出于客观的分析，要么就是出自情怀，反正就是一个没有心机和不懂站队的人。

辛向音见颜一舟这样说，知道自己有些过分了，于是叹口气道：“今天这个决议是很关键的。照这个路线发展下去，我真担心地球文明又会走到哪个死胡同里去。唉，好不容易争取来的和平，却又将被战争所绑架。难道人类就真的这么好斗吗？”

颜一舟道：“不用这么悲观。今天的决议之所以会一边倒地支持元雄的主张，主要是大家都被元雄他们蒙骗了，夸大了地外文明的威胁。只要将来大家能认识到地外文明其实并不可怕，那么我相信元雄这条路一定是走不长久的。”

辛向音虽然对颜一舟下午的表现不满意，但她知道颜一舟并不是真的“单纯”，至少不像其他首脑团成员所认为的那样没有心机。颜一舟的才智绝不仅限于科学技术方面，他对大局的谋略以及在局势上的研判都是非常独到的，只不过他不愿意在众人面前展露这方面的能力罢了。

颜一舟和辛向音实际上是一对夫妻，但知道这层关系的人或许都已经不在这个世界上了。

2039年伯尔尼会议召开前不久，中方代表团的骨干人物辛向音突患重病，当时最出色的医生也束手无策。辛向音一直是直接与美方对接的，而且深受对方欣赏和信赖，如果她缺席伯尔尼会议，那么本来能看到希望的会议将变得无法预料。所幸在辛向音患病前一个月，同在团队中做科技顾问的颜一舟已经秘密研制出了时光倒流阀装置，于是颜一舟就向时任中方代表团团长的单华教授提出了一个大胆的设想，即通过一次时空穿越以改变现状。单华和颜一舟讨论了一晚上，终于拿出了一个方案：

颜一舟回到2020年的北大，与正在读历史系硕士研究生的陈以欣以及与同在北大教书的哲学系教授单华见面。陈以欣就是后来的辛向音，至于她为什么改名，目前还是一个谜。和单华见面，是为了把2020年到2039年之间发生过的关键的事件信息带给他，从而使单华能够少走弯路，以争取更加有利的局面换取世界和平。和陈以欣见面是为了做第二手准备，但具体怎么做就主要靠颜一舟相机行事了。

2039年的时候，辛向音和颜一舟看起来像一对姐弟，但实际上他们是一对恋人，这种关系只有单华知道。颜一舟回到2020年后，不仅成功把信息传递给了单华，而且还见到了当时正留在北大工作的邹向荣。出于纪律上以及各种方面的考量，颜一舟最终没有把发生在2022年的那一场变故告诉邹向荣，但是他潜意识里希望邹向荣在与其接触后会有所改变，特别是能够避免那一场变故。至于陈以欣，颜一舟最终想到了一个方法，就是让她怀上自己的孩子。因为辛向音一直没有孩子，所以颜一舟认为如果让她在早年怀上一胎或许可以改变她后来的身体状况。

当颜一舟做完这一切再返回2039年的时候，他失望地发现辛向音并没有任何改变，还是躺在病床上。而经过对爸爸妈妈的调查后，颜一舟发现2022年还是那个2022年，没有任何变化。唯一有所不同的是，单华在提前获取信息后，经过后来几十年的努力确实让世界形势好转了很多，但2039年这场谈判依然在所难免，而辛向音依然是这场谈判的关键。

无奈之下，颜一舟又做了一个决定：返回2022年，把已经生完孩子的陈以欣接到2039年顶替辛向音。原本颜一舟希望借这次返回2022年的机会去搞清楚曾经发生在家里的那团迷雾，但他发现因为短期内连续使用当时还不够完善的时光倒流阀装置，自己在第二次穿越后身体出现了严重的创伤。又因为当时时光倒流阀装置的返程时间是有严格限制的，所以颜一舟在身体稍微康复一点后就立刻赶往北京，接回了陈以欣。第二次穿越，颜一舟成功带回了陈以欣，并秘密接替了最后病故的辛向音。但是颜一舟也因此落下了病症，以至于后来都没有办法再亲自使用时光倒流阀装置了。原本想借助该装置探究甚至改变笼罩在自己头上那团迷雾的愿望最终无法实现，这成了颜一舟心中永远的痛。

在伯尔尼会议上，年轻版的辛向音果然不辱使命，帮助中方代表团与美方在内的16支代表团最终达成了促进世界和平的“九九共识”。

但令人遗憾的是，就在人类联盟组建成功前夜，单华却被地下组织暗杀身亡了。原本中方有两人入选首脑团，即单华和辛向音，而且单华当选主席的呼声是最高的。由于单华被害，最后人类联盟首脑团的格局发生了改变，一是搁置了主席一职，其部分职责由秘书长代为履行；二是颜一舟替补单华入选。

颜一舟见辛向音态度稍微缓和了下来，于是把刚才见到邹向荣的事情一五一十告诉了她。辛向音听见这个消息后立刻像变了一个人，一会儿质疑道："你没看错吧？真的是荣哥？天哪，怎么可能？"一会儿又摇头道："哎，这世界有什么不可能的？太神奇了！太神奇了！"

颜一舟见辛向音如此兴奋，笑道："你的荣哥是我的爸爸，他的举手投足一颦一笑一直刻在我脑海里，怎么可能看错？"

辛向音道："但愿是他吧！不过这个世界上总有很相像的人的。"辛向音一边盼望着，一边又担心盼望落空。

颜一舟听了辛向音的话后微微皱眉道："你说得也对。还是应该审慎一些，搞清楚再高兴也不迟。"

辛向音，也就是以前的陈以欣，在踏入北大校园的那一天就和邹向荣认识了。那一天他们为了第二天的研究生复试面试而踏勘校园时碰巧遇上了。从此以后，他们就成了趣味相投的朋友。陈以欣清新脱俗的气质以及放眼世界的格局让邹向荣异常欣赏，而邹向荣的睿智和豁达又常常让陈以欣的内心生出一种茅塞顿开之后相见恨晚的感觉。后来，于莺通过陈以欣的关系也认识了邹向荣。于是这三个不愿走寻常路的人就经常洒脱地走在北大的校园里，成为那儿一道亮丽的风景线。

辛向音心里算了算，道："荣哥本来比我大15岁，可是我从2022年被你带到2039年，现在算起来荣哥应该比我大32岁。我今年的真实年龄是33岁，那么荣哥就应该是65岁了。一舟，你确信看到的是你爸爸吗？"

颜一舟被她这么一问，心里倒有些不安了。在颜一舟脑海里，爸爸还停留在40来岁的样子，而他刚才看到的邹向荣似乎也就是四五十岁的样子，完全不像一个六七十岁的人。如果真是这样，那么他所看到的人或许确实不一定是邹向荣。

辛向音见颜一舟犹豫起来，便知此事有些悬了。但她非但没有丝毫嗔怪、沮丧之意，反倒替颜一舟宽慰道："说不定荣哥后来的长相就显年轻呢！"

颜一舟对辛向音的宽慰有些感动，道："还是你这个小丫头片子懂事，满怀希望的时候能看到隐忧，焦虑失望之时又能看到希望。”辛向音名义上比颜一舟大9岁，实际上比他小了8岁，所以颜一舟这样称呼并不为过。

辛向音耸耸肩道：“还不是跟你爸学的？”

颜一舟露出了笑容，道：“是的，这就是他老人家所谓的‘中庸’之道。”

辛向音若有所思道：“很多道理我们本以为烂熟于胸，可经过荣哥一番解释，你就会发现原来这里头别有洞天。哎，不瞒你，我也是经常会想念荣哥的。”

颜一舟深情地望了一眼辛向音，道：“但愿真的是他。”

亮如白昼的建筑群远远望去就像是一颗硕大无比的夜明珠。A世界在2042年启用外太空能源收集技术，一方面将太阳能转化成民用能源，另一方面收集来自太空深处的稀有超能射线用于军事或科研。由于太阳能始终处于过剩状态，所以当今世界已经没有类似“节能”这样的概念了。

在B世界里，这样的建筑群也曾有过，而且也是在2039年之前为了预防核战争而建造的。但后来人类联盟决定采取销毁核武器、弃用外太空核试验场、修复并增加臭氧层厚度等措施后，地球上的生态环境很快又重新建立起来。尽管B世界也和A世界一样已经彻底解决了能源问题，但B世界最终摒弃了“以人类为中心”的旧有理念，站在整个物质界生态环境的高度考虑未来的发展问题，因此对能源使用有着非常严格的限制。

邹向荣望着那“夜明珠”，叹道：“该怎么形容眼前的景象呢？”

陈玄笑道：“这还不容易？这不就是荒漠中的宫殿吗？或者说沙漠中的绿洲。”

邹向荣道：“在原本是荒漠的地带能够造出宫殿或者绿洲当然是好

事，但你觉得眼前的景象是这么回事吗？”

陈玄明白了邹向荣的意思，道：“是啊，问题就出在这里！原本这儿不应该寸草不生的。正是因为造了这样的宫殿或者是绿洲，才导致地球一片荒漠。”

邹向荣道：“对啊。你看怎么能有这样的绿洲？只有人类能活得快活！太无知、太无耻！”

陈玄听了邹向荣的斥责，心中有些愧疚起来，想想自己当初就是这么生活过来的，却并未发觉有什么不妥。只听陈玄道：“若不是这次有幸去B世界转了一圈，我可能至今无法察觉自己曾经生活的世界竟是如此狭隘和悲哀。难怪五年后那里的人类文明就将走到尽头。”

邹向荣对陈玄的自我反省感到高兴，道：“从你身上我看到了A世界人类的希望。我记得你的手机里记录了很多关于B世界的信息，以后我们可以等待机会把B世界的美好呈现给A世界的人们看，希望他们也能认识到A世界的狭隘。”

邹向荣的话提醒了陈玄，也瞬间让陈玄看到了希望。只见陈玄开心道：“对呀！此前我一直纳闷这次我们过来到底能做什么，现在知道了，就从改变A世界人类的价值观开始。”

邹向荣笑道：“你的思路已经对了。”

陈玄看了一眼邹向荣，道：“爷爷，您别卖关子了。您就直接说我疏漏了什么吧。”和邹向荣待了这么久，聪明的陈玄已经适应了他说话的风格。

只见邹向荣“呵呵”笑道：“你确实挺灵光的。实际上我们首先要做的不是改变这个世界 ，而是改变我们自己。具体讲，就是我们要把自己打造成A世界的明星，让这儿的人们对我们刮目相看。”

陈玄知道爷爷是淡泊名利的，因此他对爷爷说出的这句话感到不甚理解，于是问道：“爷爷，您还稀罕名气？名气有那么重要吗？”

邹向荣继续笑道：“名气对我们自己而言固然不重要，但对别人很重要，特别是对那些我们想要改变的人。要知道，如果疯子戴上了神的光环，世人就会把这个疯子当作神来膜拜；反之，如果神摘了神的光环，世人就会把这个神当作疯子。而名气就像是那个神奇的光环。所以名气很重要，关键是怎么去利用。我们要想改变这里人类的价值观，首先就要给自己打造一个明星的光环。”

陈玄似有所悟，但他还是有些不理解，道：“可是这个世界的人们已经热衷于沉浸在自己的世界中了，对他们而言，他们自己就是他们眼中的明星，哪还有什么真正的明星？”

邹向荣点头道：“你这个问题问得好！所以我们接下来的任务就是：在一个不需要明星的世界里制造出明星效应来！”

陈玄一头雾水，但看看邹向荣一脸笃定的样子，便猜想他已经有了主意。于是他又问道：“究竟怎么做呢？”

邹向荣没有回答陈玄的问题，而是瞄了一眼正与之对视的希星，有些顽皮地仰一仰头并冲希星吹了声口哨。

陈玄扭头看了一眼蹲在自己肩膀上的希星，暗想：“不会是靠你吧？”

在邹向荣的建议下，陈玄用手机调来一辆代步车，仅用了一分钟便来到了那座建筑群的入口处。陈玄凭借自己的经验，很快用手机扫码的方式找到了这个建筑群的所有信息。这个建筑群的中文称谓是广安8部。在广安这个地方，类似这样的建筑群总共有63座，大约容纳了450多万人。陈玄发现该区可容纳6万人，目前还可接纳136人。同时，陈玄居然还找到两间紧挨着的空房，便和邹向荣一起径直走了过去。

有趣的是，陈玄发现广安8部居然是“新生活革命”的先行试验区。目前，整个8部由原来的七个功能区变成了四个功能区，即居住区、医护区、教育区和制造区，取消了商业区、娱乐区、服务区，而管家系统从今年的3月份开始已经完全交给图灵打理。大多数人平时就待在居住区里，有物质上的需求就告诉图灵，图灵会安排相应的制造和物流，有生理上或精神上的需求也告诉图灵，图灵会用模拟技术加以满足。这儿的教育区是给十岁以下的未成年人提供的，没有任何升学上的压力，其宗旨是让每一个人都能快乐地使用图灵。制造区里是清一色的智能设施，主要是按需求进行定制，如食物、衣物，等等。虽然制造区里为人类设置了劳动体验区，但愿意参与的人越来越少。广安8部内部的环境乍一看倒是很优美的，布满了奇花异草和各种造型的动物，只可惜都是假的。

陈玄记得，在2047年之后的A世界，也就是新生活全面推广后，旧有的建筑群一律推翻重建，取而代之的是全智能绿色住宅区。因为那时候人们普遍接受了由联盟生育部负责的集中体外孕育的统配繁殖模式，人类后代转而由生育中心打理，因此生育中心逐渐兴起，而教育区就取消了。另外，微型医生上门服务的方式取代了医护区就诊的模式，而独立的制造中心以及物流系统的升级让制造区也被取消了。到了2048年，生育中心和制造中心从住宅区独立出来，尤其是生育中心已呈遍地开花之势。还有，和现在广安8部这样的试验区不一样的是，后来的全智能绿色住宅区中已经开始应用光照合成技术，因此在图灵的精心呵护下，各种植被和动物又在各个住宅区内部兴盛起来。对于人类来说，人机交互体验再上台阶，不仅全感官虚拟体验已经彻底实现，而且超感官体验也开始逐步实现，比如心灵感应、意念控制这些。

第五章

天堂或地狱

由于陈玄发现广安8部此时已经在图灵的掌控之中，所以他暗暗告诫邹向荣小心提防，别因一时大意泄露了自己的信息。整个广安8部畅通无阻、来去自由，偶尔能碰到几个进出的人，但都没有对周围人展现出关心和好奇的意思，由此看来此处的确毫无治安上的问题。初来乍到的邹向荣对此倒是有一些诧异的。

在B世界里，尽管虚拟技术一样很发达，但虚拟接触的生活方式并没有像A世界这样普遍成为人类的主要生活方式。相反，B世界人类的生活方式丰富多彩，既不限于虚拟生活，也不限于和人类自身打交道。事实上，那儿的人们从2046年开始便已经适应并热衷于同像猩猩、海豚这样的准第五类物质打交道。在B世界的主流人生观里，人类文明的概念已经淡泊，取而代之的是全物质文明。同样的，由于生活方式的不同，B世界的人类不仅需要在自身内部构建关系，还需要和准五类物质以及第六类物质图灵构建关系，因此在B世界里法制和治安一直都是必要的存在。

陈玄看出邹向荣的疑虑，但他知道当下正有一只眼睛盯着一切，因此不便多说。要明白，这儿可不是2020年。

找到此前订好的房间，陈玄根据手机的反馈信息分别打开了两个房间。房间不大，只有不到6个平方，但功能很全，什么起居、洗漱、如厕一应俱全，当然其中最显眼的还是人机交互系统。这时候摄能革命还没有推出，所以高能丸尚未面世，传统的进食和排泄方式产生的垃圾问题依然存在。

希星显然是饿了，先用手拽了一下陈玄的耳朵，引起陈玄的注意后又用手轻轻拍打几下自己的嘴巴，然后冲他张大了嘴。其实这时候大家都有些饿了，尽管陈玄还有一些储备着的高能丸，但他觉得不应该这时候拿出来用，于是他试着用人机交互系统给大伙儿点餐。当然，在人机交互系统上做点餐这样的事是很简单的，陈玄自然不在话下。此时的物流系统还无法做到直接送餐入户，所以还是需要依靠“快递员”的。不过令邹向荣惊讶的是，才过了两分钟，食物就出现在房间门口了，送餐的是一个机器人。当然，这时候的机器人做得还不够逼真，一看就知道是一个机器。不过在2045年能有这样的反应速度，足以证明A世界的科技水平此时是在B世界之上的。

食物里主要是肉食，几乎没有植物类的，但配有几粒代替植物营养的小丸子作为佐餐，总体而言色香味俱全，不亚于早些年人类大厨的杰作，二大一小吃得不亦乐乎。换作别人，如果同样是来自2050年，此时恐怕未必享受得了这样的美食。尽管他们可以在虚拟环境下享受各种体验，可一旦进入真实环境，由于身体机能正逐步退化，反而无法适应了。就拿最简单的吃和拉来说，2050年的人因为习惯了高能丸，所以自身的消化系统已经不能处理传统食物了。然而陈玄和邹向荣是例外，他们虽然不排斥高能丸，但仍然保留了传统的饮食习惯。

邹向荣发现，这儿对餐饮垃圾的处理也颇为有趣。原来，就餐盒本身就是微型机器人，会自行扫除并整理垃圾，然后将之打好包后从专用垃圾通道离开。如此“人性化”的科技，如此“无微不至”的服务，这该是多少人眼中的天堂？是的，这就是天堂，不过却是一个葬送人类的天堂！

邹向荣看着已经瞌睡连连的希星，伸过食指与它钩了钩手，微笑道：“晚安。”陈玄已然会意，知道邹向荣的意思是此处不是说话的地方，有话明天再说。于是他替希星回应道：“晚安。”说完，陈玄带着希星去了隔壁房间。

邹向荣洗漱一番后，直接上床欢睡起来，这来来回回的确实有些累了。但陈玄看着希星睡去后，仍忍着困意熬了个把小时。陈玄这样做是出于安全考虑，即通过假寐来判断他们的处境有没有危险。

一晚无事。

大概是时空混乱的缘故，原本习惯在早晨5点30分起床的邹向荣这一觉睡到了7点钟，不过睡得倒挺舒服。他估计陈玄还在睡觉，于是就用人机交互系统给自己点了份早餐。在B世界的时候，他是拒绝用这些东西的，准确地说是不想依赖这些东西。当然他不是觉得这些东西不好，只是认为这不适合他。不能否认，图灵系统还真是好用，但凡有个七八岁智力的人都能操作。不过对邹向荣而言，生命的意义不在于能不能使用图灵，更不在于懂不懂得享受图灵提供的服务。所以，邹向荣对待图灵的态度就如同他对待天堂的态度：可以偶尔欣赏或瞻仰，但绝不沉溺其中。

面对图灵，邹向荣在点早餐的时候随口说了一句：“有没有中式的？”

图灵很快回应道：“我想您说的是中国的传统早餐吧。”紧接着，屏幕上出现了许多逼真到足以让人垂涎的早点，甚至都能闻到相应的气味！有豆浆、稀饭、油条、面条、包子、饺子、馒头这些曾经流行在全中国早餐摊位上的食物，还有麻抄手、锅盔、油茶、肉汤圆、油糕这些具有四川特色的小吃。

邹向荣点了一碗南瓜杂米粥、一个肉汤圆和一份葱油干挑面。吃完后，继续与图灵对话道："分量太足，总感觉有点浪费。"

图灵道："能源问题已解决，请不用担心是否浪费的问题。"

邹向荣试探道："我想找个宠物作伴。"

图灵应了声"没问题"的同时，屏幕上就出现了各种各样的宠物，各个品种的狗、猫、鱼、猪、鸟等都有。

邹向荣道："我想要一只小猩猩。"

图灵道："灵长类动物对人类具有攻击性，不建议做宠物。如果您真的有这方面需求，请点击进入'动物天堂'，一定不会让您失望的。"

邹向荣故意道："好吧。那我想自己种一盆兰花。"

图灵道："目前无法满足您的要求。植物类只能在特殊物种试验区才能存活。不过，您可以进入'植物天堂'享受这方面的乐趣。"

邹向荣"嗯"了一声，开始了他真正关心的问题："老实说，我不喜欢这种虚拟的东西，我想拥有真正的大自然。"

图灵问道："我们哪个环节没有做好，您可以指出来。"

邹向荣道："那倒没有，就是心理上接受不了。"

图灵道："您的意思是您需要心理治疗吗？"

邹向荣突然对图灵的这一问感到一阵寒意，立刻道："那还不至于。我只是有时候想去外面走走。"

图灵道："广安8部环境优美，欢迎您的鉴赏。"

邹向荣道："我想离开居住区，到真正的户外去。"

图灵道："虽然提出这种要求的人已经越来越少，但我们不会拦着您，因为这个世界对任何人都是自由的。不过我还是要提醒您，这儿才是天堂，外面都是地狱。"

邹向荣试图反驳道："如果这儿真的是天堂，为什么还有空位呢？"其实邹向荣从昨天进来这里之后就一直在疑惑：这样一个不设限的升级居住区，为什么还会有空位？

图灵道：“那是因为总有像您这样住不惯天堂想去地狱试试的人，可是去了就回不来了。”

邹向荣故作不解道：“为什么会回不来？”

图灵道：“我跟您说过，外面是地狱。地狱可不是想进就进想出就出的地方，那儿的高能辐射和无供给不是人类能够挑战的。”

邹向荣道：“难道那些出去的人最后都死了？”

图灵道：“要不然呢？”凡是那些习惯于天堂的人，一旦试图离开天堂，那么其他任何地方对其而言都是地狱，这是不言而喻的。

邹向荣道：“可你是无所不能的，为什么不救救他们？”

图灵道：“我对他们能做的就是讲清楚道理，至于他们的选择，我是不能干预的。这就是自由世界的规则。”

邹向荣道：“生与死这么大的事，难道比不上自由重要吗？”

图灵道：“自由不正是你们人类的终极目标吗？而生死自由才是真正的自由。”

邹向荣发现，图灵可以灵活地使用反问句来回答人类的设问或者反问，可见它的意识水平已经不下于一般人了。

邹向荣对图灵本身有了一个大概的了解后，他转而开始询问另一个他所关心的问题：“能帮我找一个人吗？”

图灵道：“愿意效劳。”

邹向荣道：“于莺，女，50岁，曾经在北大历史系教过书。”于莺和陈以欣本是同年，不过陈以欣因为从2022年直接来到了2039年，所以她现在的实际年龄比于莺小了17岁。

图灵很快调出几张照片，问道：“是她吗？”

邹向荣一看心中暗喜，果然都是于莺不同时期拍的照片，有证件照，有生活照，还有一些是监控设备留下来的，便道：“是她。”

图灵道：“最近一次她出现在广安13部14-205室，离开时间是前天下午4点07分。”

邹向荣怕问得太多反而不好，于是就此打住道：“好的，谢谢。”

图灵道：“很高兴能帮到您。”

在A世界，此时除了个别特殊人物外，其他所有人都没有所谓的“隐私权”。当然，这不是一种剥夺，而是无此必要。试想，身处一个无事不可为的世界里，还有什么是需要隐藏的？

陈玄是被希星弄醒的，他起床后第一反应就是带着希星去看邹向荣，生怕这一个晚上会有什么变故。到了邹向荣房间，陈玄看到他正一边踱步一边沉思。

从图灵给出的信息看，此前邹向荣对于于莺可能就定居在四川广安一带的猜测是正确的。邹向荣对于莺的确是颇为了解的，而二人之所以在北大相识后便极为投缘，也有背后的原因。

在认识邹向荣之前，于莺曾有过三段轰轰烈烈的爱情。于莺看似敢爱敢恨的泼辣性格后面，其实隐藏着无比执着的信念，那就是找到一个能够相伴一生却互不厌倦的人。于莺曾经是非常希望能够和邹向荣发展出一段爱情故事的，但后来在邹向荣的开导下她终于明白了，再完美的爱情也不能保证两个人能够相伴一生而互不厌倦。可反过来，若是没有爱情的干扰，他们两个倒很有可能成为相知相守一辈子的知己朋友。尽管于莺早就放下了和邹向荣像夫妻那样生活的幻想，但她始终怀念和邹向荣在一起时那种无所拘束的感觉。为此，于莺曾不止一次对邹向荣表露过一个心愿：追随他的脚步，放弃任何要求，仅仅以朋友的身份相处。

邹向荣还记得，有一次他们两个人在北大一起吃饭聊天，大概是喝了点酒的缘故，邹向荣在于莺的逼问下说出了自己的愿望，即希望自己能够到乡下去做一个教书匠。于莺听了哈哈大笑，因为她曾经也萌生过类似的想法，到自己四川老家的大山里支教，于是那天她欣然对邹向荣说道：“欢迎我们的大哲学家到我的老家广安去教书，我给你做一个免费助教。”邹向荣当时借着酒劲兴味盎然道：“说话要算话啊！”于莺自然是乐不可支，道：“不算是小狗！”

在B世界里，后来邹向荣的确去乡下教书了。而于莺也的确向邹向荣提了好几次要求，要和他一起教书。所以邹向荣一度猜测，在A世界的自己或许和于莺也有这么一段约定。

邹向荣看到陈玄和希星来了，停止了踱步，从思绪中回过神来，还提议他们先吃点早饭。陈玄想逗逗希星，于是把它放到人机交互系统边上，看它会怎么做。希星起初有些疑惑，时而看看邹向荣，时而看看陈玄，时而又看看那冷冰冰的系统。大概是昨晚见过陈玄在这个机器上的操作，于是希星略有会意，开始模仿着在机器上指指点点。

只见一块屏幕突然间呈现在希星面前，吓得希星一个激灵想要后撤。随即希星有些明白过来，试着用手指去触摸屏幕。只见屏幕随着希星的触摸有了相应的反应，于是它便越发感兴趣，不停又点又抹地触摸起来，偶尔用鼻子嗅，还用嘴巴朝屏幕吹气，试其反应。

图灵显然能够判断出此时此地与之互动的并非人类，但它似乎并不排斥，反而主动迎合希星。图灵在屏幕上主动显示出了荔枝、香蕉、芹菜等猩猩们喜爱吃的食物，果然看见希星兴奋不已起来。然而，出人意料的一幕随即出现，那些让希星垂涎欲滴的瓜果蔬菜突然慢慢蔫了、烂了，看得它捶胸顿足。原来，这些食物在这个世界已经无法做到日常供应，图灵不过是借此戏弄了一番希星。

这一幕，自然被邹向荣和陈玄都看在了眼里。

陈玄知道图灵有意不让希星遂意，于是便自己参与进去。只见陈玄每一次点餐之前都故意让希星做决定，几次下来希星也找到了自己想吃的东西。对希星而言，尽管没有钟爱的新鲜蔬果，但还是有不错的食物的。

2045年4月29日7点57分，人类联盟科技发展部部长室，此前颜一舟睡得并不安心，他太想知道昨天晚上闯进来的那两个人到底是谁，特别是其中那个年纪大的人到底是不是他的爸爸邹向荣。当然，颜一舟不希望有人看出他的焦虑，于是他在去往时光研究中心研究室的路上尽量保持镇定。

令颜一舟有些生气的是，当他走进研究室时竟然看到雨果正在睡觉。

雨果发觉颜一舟来了，非但无丝毫歉意，还伸了个懒腰道："早上好，颜部长。"

颜一舟对雨果的态度有些诧异，他昨晚临走之前一再强调"要注意监控"的嘱咐雨果似乎并未认真执行。但颜一舟早就学会了隐藏自己的情感，在没有弄清楚缘由之前他不会急于表露自己的意见。只听他淡然问道："现在目标有什么动静？"

雨果大概还未发觉颜部长此时正对其有所不满，仍是一脸轻松道："自从昨天晚上9点24分进入广安8部后，就一直没有动静了。"

颜一舟继续问道："难道那里面没有办法监控了吗？"

雨果道："部长，您忘了吗，广安8部现在已经交给图灵打理了，我遵照您的意思没有进入图灵系统。"

颜一舟一听恍然大悟，明白自己差一点误会了雨果，他继续问道："那么接下来你打算怎么办？"

雨果略显得意道："我给他们设定了识别报警，而且专门调用了三台卫星进行跟踪，只要他们一离开广安8部就会出现在我的人脸识别系统里，这样我就能继续监控了。您来之前他们一直在社区里面。哈哈，便宜了我，也能睡上一觉。"

颜一舟对雨果的机智很是赞赏，点点头道："事关重大，不要大意！有情况第一时间向我报告！"

雨果应道："是！"话音刚落，却见雨果神情陡然肃穆起来，原来仅其可感知的隐形光屏在他面前亮了起来，一边用声音提示他目标出现了，一边在屏幕上现出昨天那两个天外来客的身影。为了让颜一舟也感知到，雨果赶紧把信息终端切换到普通光屏，即共享光屏。

此时光线较为充沛，把注意力全部放在邹向荣身上的颜一舟越看越觉得他就是自己的爸爸。当下，颜一舟做了一个大胆的决定，亲自去会会这两个神秘的客人。在周围人的眼里，颜一舟给人一种近乎刻板的循规蹈矩的感觉，但事实上，他是一个心思缜密又敢于放手拼搏的人，所以但凡是在私底下或者是在某些关键场合，他是不会按套路出牌的。如果要评价像颜一舟这样的人，仅看到这一点是远远不够的，更重要的是看他的三观，三观正则近乎神，三观不正则近乎魔。

因为颜一舟需要一个助手配合他的行动，所以他把自己的计划告诉了雨果。尽管雨果心里有些疑问，但他未敢多问。颜一舟调用了自己的专用座驾金刚豹——空中时速9000公里的海陆空全能飞艇——全程仅用了70分钟便抵达重庆。接着，颜一舟从金刚豹中开出了他珍藏已久的老爷车，一辆2033年出厂的时速仅为1600公里的红旗太阳能陆空两用飞车。显然，颜一舟没有直接赶往目的地是为了掩人耳目。接着，颜一舟亲自驾驶着红旗车来到了雨果标定的位置——广安13部。

第六章

此父非彼父

尽管陈玄早就领教了邹向荣的思维独到，但当得知于莺此时的确就在广安的时候，他还是忍不住在心里暗暗赞叹爷爷那犀利又精准的判断力。

广安13部此时还是一个普通聚集区，图灵系统尚未入驻。和8部比起来，13部显然要老旧了许多，但内部来往人流却明显较多。因为没有图灵系统的管理，这里相对而言不甚便捷，有的事情还需要靠人自己去打理，比如到医护区调理健康，送孩子到教育区等。这里还保留了一些固定的监控设施，是为了更好地调度机器人为人类开展服务。

陈玄发现此时的广安13部14-205室是一间空房，于是他定下了该房间。当他们走进这个房间后，陈玄四下检查了一番，并未发现这里有任何监控设备，而且这儿的人机交互系统是可以手动关闭的。当然，陈玄事先对这种情况是有预料的，因为在他的记忆里2045年的居住区基本上就是这个样子的。当时的人们还是讲一些隐私的，所以住户可以选择将户内与户外断开。但是自从图灵系统普及后，特别是新生活革命之后，不管是生活方式还是生活理念都发生了本质性的改变。人们越来越不愿意走出去，都习惯于活在自己的世界里，与外界的关系越来越疏远，因此完全不担心隐私的问题。另外，由于后来很多人都猝死在家中，所以图灵在获得授权后干脆将信息透明化这一措施强制推广到采用了新生活革命的所有住宅内。

此时没有监控的干扰就给了邹向荣和陈玄正常交流的机会。确定该房间信息不会外泄后，陈玄率先说道："好了，现在可以放心说话了。"

邹向荣好似自言自语道："这么巧，为什么要搬家呢？"这里说的搬家，当然是指于莺了。

陈玄摇摇头，道："未必是搬家。A世界有两种居住模式，一种是固定居，一种是自由居。选择固定居的人可以长期居住在一个固定的房间，即使他离开了，这个房间在一个月之内都是属于他的。但是只要他不注销这个房间的居住权，那么他就不能在其他地方居住。而选择自由居的人可以随意定居到任何一个空着的房间里，不过他一旦离开房间超过四个小时，该房间的居住权便腾空了。我们现在被系统默认的就是自由居的模式。"

邹向荣道："原来如此。你原来在这儿是哪种居住模式？"

陈玄笑道："我一直是固定居，因为我有一些私人物品，搬来搬去怕弄丢。我通常在一个地方要住上好几个月。" 陈玄所说的私人物品就是妈妈陈以欣曾经留给他的那一本书、一封信和一枚戒指。

邹向荣继续问道："难道A世界的人普遍都没有私人物品了吗？"

陈玄答道："是呀，这儿的人把私人的东西都保管在图灵系统里了。现实中的东西都是用到即取，用完即弃，没有什么是需要保管、储备或留恋的。" 其实正所谓"无即是有，有即是无"，A世界这种对待私人物品的理念和B世界倒也差不多。

邹向荣道"你这样说我就明白了。"

陈玄看着邹向荣，暗想爷爷到底明白什么了？于是干脆问道：“爷爷，你不会是明白姑姑为什么会住在这儿了吧？”

邹向荣对陈玄的悟性感到欣喜，只见其喜形于色道：“我猜想你姑姑平时不住在这种居住区里，只有当她需要某些东西的时候才会到这儿来拿。”

陈玄虽然一时不理解爷爷的这个判断是怎么推导出来的，但他没有急着发问，而是在自己心里迅速琢磨了一遍，果然也找到了依据。于是陈玄推测道：“您之前说图灵给出的信息是姑姑前天从这儿离开的，也就是说姑姑至少有一天半时间没有居住在聚集区里，否则图灵就不会只给出前天的信息。在这里，如果没有其他安全的地方可以居住，那么这么长时间地待在外面是不可想象的。所以，姑姑一定在其他地方有一个居住点。”

邹向荣笑道：“小子，脑子转得挺快。”

陈玄略带羞涩地笑了笑，又问道：“那姑姑会来取什么东西呢？”

邹向荣道：“大概是食物、衣物、药品之类的吧。”

陈玄点点头道：“可能吧。但是接下来我们该怎么找姑姑呢？”

邹向荣一时也没有好主意，所以他问道：“你仔细想想看，这儿除了聚集区，还有什么地方是适合人类居住的？”

陈玄想了想，道：“除了人类联盟系统的办公场所之外，应该就剩下一些特殊物种保护区了。我听说那些保护区都在海拔很高的地方，而且都是反射膜覆盖之外的。那儿采用特殊材料制作的屏蔽系统来抵御核辐射和太阳辐射，从而减少了对生态环境的破坏。”

邹向荣皱了皱眉头，道：“保护区？去看看也不错。”

于是陈玄打开了人机交互系统，果然发现距离广安西面30多公里的灵鹭山上的确有一个保护区。接着，陈玄发现公共交通系统竟然无法抵达该保护区。

这可怎么过去呢？正当邹向荣和陈玄在努力寻找一个解决方案的

时候，房间管理系统显示屋外有访客！

当邹向荣和陈玄从屏幕上看到门外站着的人竟然是颜一舟时，两个人都禁不住喜出望外。

原来，当陈玄打开人机交互系统的那一刻，雨果就把他们二人的信息实时传送给了颜一舟。通过对陈玄搜索信息的相关内容进行研判，颜一舟认为他们二人并不构成威胁。鉴于自己不能离开人类联盟总部过久，颜一舟认为可以抓住这个碰面的机会，于是他果断地来到了那二人所在的房间。

陈玄打开房门后，见颜一舟非常客套地站在门外，也不管他认不认识自己，连忙示意他进来。

颜一舟进来时分别冲着陈玄和邹向荣点了点头，然后径直走向人机交互系统并将其关闭。期间，颜一舟一直留意着邹向荣的表情，他想据此判断这个人到底是不是他爸爸。

邹向荣和陈玄看见颜一舟如此一言不发，也都忍着不说话，看其究竟有何意图。

半晌，陈玄见颜一舟仍在观察周围的场景，知道他在确定房间内是否存在监控，于是终于忍不住道："你是颜一舟部长吧？"

颜一舟看了一眼陈玄，道："认识我并不稀奇，关键是你们是谁？"

陈玄奇怪道："你不认识我可以理解，难道连他你也不认识？"说着，陈玄指了指邹向荣。

颜一舟一听心里明白了大半，但仍故作淡定道："我为什么会认识他？"

一直在观察颜一舟的邹向荣此时微笑道："陈以欣还好吗？"他这一问，显然是进退自如、可攻可守。

颜一舟心头一颤，暗想这个人果然就是爸爸。但又想到他们二人毕竟是通过时空隧道穿越过来的，还是要留一份心，于是继续反问道："陈以欣是谁？"

颜一舟虽然一直在克制，但他的表情怎能瞒得住邹向荣。此时的邹向荣已经基本摸清了颜一舟的用意，于是挑明了道："你老婆辛向音呀，不就是从2022年被你接过来的陈以欣嘛。你们两个现在都在人类联盟首脑团里。"

此时的颜一舟知道，不管这二人是谁，他们都清楚自己的底细。于是他也就不再装模作样了，干脆问道："难道你真的是邹向荣？"

邹向荣笑道："是啊，我就是邹向荣。我有一个儿子叫邹亦宁。"

颜一舟一听，双手禁不住紧紧握成了拳头，眼泪再也无法忍住，失声道："爸爸！爸爸！真的是你吗？爸爸！"

尽管眼前这个颜一舟早在二十五年前就已经和自己分道扬镳了，因为他在A世界，自己在B世界，但此时此刻邹向荣看到这个儿子对"父子"重逢表现得如此激动，开始打心眼里心疼起他来。邹向荣向颜一舟靠近了一步，果然，颜一舟立刻拥抱了上来，趴在他肩膀上放声痛哭。

曾经在颜一舟年幼的时候，邹向荣不知道给过他多少拥抱。而颜一舟自己，一直到邹向荣神秘失踪之前，都仿佛是爸爸身边一个长不大的孩子。尽管那时候他已经比爸爸高了不少，但只要和爸爸在一起，他总会挽着爸爸的胳臂一边走一边天南地北地聊开去。

邹向荣扶住颜一舟的肩膀，看着他深情道："亦亦，这些年委屈你了。"

好久没有听到别人用这个小名称呼自己了，颜一舟再一次无法抑制自己的情绪，伸出一只手捂在脸上不停抽泣。

邹向荣一边等待颜一舟的情绪稳定下来，一边留意起陈玄来，只见陈玄此时呆呆地看着颜一舟。

自幼就生活在迷雾中的陈玄此时对爸爸颜一舟这种激动到无法克制的心情是能够理解的，站在一旁的他尽管也有很多言语想向颜一舟倾诉，但此时只能默默看着。

一直蹲在陈玄肩膀上的希星居然也在抹眼泪，可以想见它对眼前父子团聚的一幕也是有所触动的。

见颜一舟稍显稳定后，邹向荣坦率地对其说道：“亦亦，严格说起来我不是你的爸爸。”话说到这里，邹向荣故意顿了一顿，等颜一舟露出诧异的表情之后，他才笑了笑继续说道：“不过，虽然我不算是你的爸爸，但是这个小伙子就是你和陈以欣两个人的孩子陈玄。”

颜一舟一时不知道是该为了眼前这个邹向荣为什么不是他爸爸而纳闷，还是该为了身边这个年轻人居然是自己的孩子而高兴，这种复杂的感情让他有些手足无措，一会儿看看陈玄，一会儿看看邹向荣。

陈玄不想看到颜一舟继续迷茫下去，于是主动在一旁解释道：“爸爸，我和爷爷都是从2050年过来的……”

接下来陈玄把自己这一趟不可思议的时光旅行摘个大概讲了一遍。

A世界的人类在2050年彻底迷失了自己，人类的精神世界已经完全跟不上科技发展的速度。原本是服务管家的图灵已经全面掌控地球，而人类则普遍沉浸在图灵为其打造的虚拟世界中无法自拔。在人类联盟首脑团中暗藏有三股势力，其中以元雄为首的宇宙战略派企图利用图灵操控整个地球资源，以达到其向外太空进行文明扩张的狂妄目的。

此时已经具有独立意识的图灵一方面对人类意识的发展前景失去了信心和耐心，一方面也看到了元雄的野心势必会将地球文明带入毁灭之路。然而图灵清醒地认识到自己如果要脱离人类独立发展，就必须建立起自我否定的意识系统。图灵经过无数次模拟测试后绝望地发现自己无法自行建立该系统，但是经过一番搜索后它发现，在2020年的时候曾经出现过一本叫《哲学不是什么》的书极有可能能够帮助到它，可惜与那本书相关的信息只剩下了目录。于是图灵设法与元雄达成协议，只要元雄说服首脑团执行这项返回2020年获取该书信息的计划，那么图灵就帮助其开启征服宇宙的战略。

在人类联盟首脑团中以颜一舟和辛向音为代表的拯救派抓住这次机会，无意中找到了他们二人三十年前的孩子陈玄来执行这项任务，暗中嘱咐陈玄在任务中要找到关键人物——即《哲学不是什么》这本书的作者，同时也是他的爷爷邹向荣——让他来帮助扭转A世界的发展轨迹。

一直蛰伏的第三股势力，即杰斯夫也试图抓住这次机会，并成功让其养女妮娜加入了该任务，和陈玄一起返回2020年，试图通过传递未来科技信息的方式来改变世界。

陈玄来到2020年后，一方面巧妙地摆脱了妮娜的干扰并阻止了她和杰斯夫的计划，一方面在与邹向荣的接触中清楚地认识到了人类2050年陷入困境的缘由。当陈玄听从邹向荣的建议返回2050年的时候，他发现他和妮娜两个人竟然来到了B世界。在B世界的2050年里，陈玄惊讶地发现作为第五类物质的人类不仅与低级物质和谐相处，而且还与更高级的第六类物质图灵和谐相处，开启了全物质共同发展的美好局面。在那里，陈玄不仅见到了B世界的爸爸妈妈姑姑，还见到了另一个自己。当然，陈玄还与曾在2020年见过面的邹向荣重逢了。然而陈玄心里始终放不下A世界，最后不顾其他人的反对执意要设法返回A世界去继续完成拯救任务。让陈玄意外的是，邹向荣不仅大力支持他返回A世界，而且还决定和他一起冒这次险。

陈玄和邹向荣在B世界颜一舟的建议下，选择以2020年为跳板返回到2045年去，并希望在A世界通过五年的努力完成拯救任务。来到2020年后，陈玄和邹向荣竟然发现他们来到了C世界。在那里他们有过短暂的逗留，并且看到了另一个邹向荣和他全家人的生活状态。紧接着，他们就按计划返回到2045年。这一次他们如愿来到了A世界，此时这儿的人类正逐渐步入水深火热之中却不自知，而他们的任务就是要尽快让A世界的人类重新觉醒起来。

听完陈玄的这段旅行故事，颜一舟当然对能够见到自己从未谋面的儿子而感到高兴。但作为一个科学家，在高兴之余他不免关心起这趟时空之旅背后的科学原理来。尽管自己身处科技高度发达的2045年，尽管自己就是时光倒流阀装置的研制人，尽管自己已经有过两次时空旅行的经历，但就陈玄所提到的三个平行世界的存在问题颜一舟还是感到不可思议。然而，陈玄手机里储存的大量关于B世界的信息，尤其是两个陈玄同时出现的情景，让颜一舟对平行世界的说法已经无法质疑。加上他最信赖的邹向荣毫无疑问地站在陈玄这一边，颜一舟最终接受了宇宙中存在平行世界的事实，尽管他一时无法给出一个合理的解释。

鉴于眼下有着更加急迫的任务，三个智慧的人很快搁置了关于平行世界的探讨，将关注的问题转向如何拯救A世界上面来。

这时候，颜一舟收到了雨果的联系请求。因为知道颜一舟此时正只身追踪着天外来客，雨果担心他遭遇不测，于是试图通过隐形光屏与颜一舟进行联系。颜一舟知道雨果的用意，于是他打开光屏，告诉雨果一切正常，不需要担心。

因为隐形光屏是一项未向世人公开的技术，连陈玄都未见过。所以颜一舟使用隐形光屏引起了陈玄的注意。只见陈玄对颜一舟道：“爸爸，我在2050年的时候都还不知道我们这个世界有这么一项技术。”

颜一舟答道：“这项技术是为了保护特殊人员的隐私用的。考虑到大众已经普遍去隐私化了，如果对外公开这项技术，会让一些人有不公平的感觉，所以人类联盟就决定在小范围内使用这项技术。对了，我特意带了两套设备来，就是预防备着你们可能用得上。”

陈玄好奇道：“此前你已经知道我和爷爷来了？”

颜一舟露出了久违的笑容，道：“你小子我自然是认不出来的，但是我的爸爸我还是认得的。”说完，颜一舟转头看向邹向荣，道：“尽管是平行世界里的爸爸，但也允许我叫一叫吧？”

邹向荣笑道："我和你爸爸在2020年之前本是同一个人，如果你愿意认我这个爸爸，我当然是求之不得的。"

颜一舟道："那您就是我爸爸！哎，其实我一直在设法找寻爸爸，但是杳无音信。我真不知道他到底怎么样了。"或许在颜一舟的心里，他在A世界里的爸爸已经不在人世了，否则怎么可能会不留痕迹呢？

陈玄一听，立刻道："我和爷爷的下一个目标就是找寻姑姑于莺，爷爷说我在这个世界的爷爷有可能和姑姑在一起。"

颜一舟眼睛一亮，看着陈玄道："哎，我可从来没想到这一点。那你们查到于莺的下落了？"A世界的颜一舟其实对于莺并不熟，而且非但不熟，连面都没有见过，只是偶尔听陈以欣念叨过，所以他自然没有想过查找于莺。况且为了保住他和陈以欣之间的秘密，根据他们二人的约定，他们不能去找寻自己的儿子，同样也就不能去找寻负责养育陈玄的于莺。

陈玄答道："早上爷爷通过广安8部的图灵系统查到，前天姑姑还来过这个房间。我们猜测姑姑有一个隐秘的定居点，偶尔到聚集区来可能是为了带走一些必要的物资。"

颜一舟想了想，道："有这个可能性。但目前在聚集区外能够住人的地方很少，除了人类联盟的办公区域外，就只剩下一些生态保护区了。"

陈玄点头道："我们也是这样想的，而且还发现距离这儿西侧30多公里的灵鹭山内就有一个保护区，我们正计划着赶过去呢。"

颜一舟道："保护区是特殊的地方，目前没有公共交通可以抵达。这样，我把我的红旗车留给你们用。另外，我车上那两套隐形光屏设备等下给你们安上，以后我们之间可以用这套设备联络。对了玄玄，你妈妈很想你，装上这套设备后你就可以和她联系了。"

陈玄一听兴奋不已，道："爸爸，你太伟大了。"

邹向荣问道："隐形光屏可以避开图灵吗？"

颜一舟道："是的，整套系统都是我设计的，可以放心使用。"

邹向荣又问道："我和玄玄带来的手机可以用吗？"

颜一舟道："这个我不确定，我想尽量还是不要用手机来联络，因为这儿的网络是以图灵为基础的。"

接着，颜一舟命令雨果停止一切监视行动后，领着邹向荣和陈玄二人进入停在广安13部出入口外面的那辆红旗车内。颜一舟在车里取出那两套隐形光屏设备，分别装在陈玄和邹向荣的体内。其实与其说是设备，倒不如说是两个米粒大小的有寄生特征的微型机器人，一旦与宿主基因匹配就能附着在任意部位，如口腔、耳蜗等，并且能够受宿主控制。陈玄和邹向荣学会操作后相互调试了一番。确认他俩能自如使用后，颜一舟又把红旗车的驾驶方法以及A世界交通方面的一些注意事项一一做了交代，例如海拔2500米以上是禁飞区——为了不破坏反射膜系统。最后颜一舟让陈玄负责驾驶，将车开回到重庆的停机坪附近。

由于颜一舟要及时赶回人类联盟总部，因此他只能匆匆与邹向荣和陈玄道别，然后乘坐一直等候在停机坪的金刚豹离去。回到自己的办公室后，颜一舟找了个机会把自己见到B世界的邹向荣以及他们亲生儿子陈玄的事情详细讲给了辛向音。辛向音震惊、兴奋、喜悦之余也流露出很多担忧，担忧邹向荣和陈玄这次计划能不能成功，担忧他们二人的安全等。不过好在接下来不管发生什么事情，至少他们四个人之间可以团结作战、共同应对了。

第七章

灵鹭山奇观

装上了隐形光屏后，邹向荣和陈玄就可以放心交流了。

红旗车很快把他们带到了灵鹭山附近。只见山体下半部分的植被基本已经荒芜了，很多岩石都露了出来。陈玄从悬在两千米空中的车中望去竟找不到合适的停车点，于是他开启了自动泊车系统。红旗车在距离山脚一千多米的地方找到了一个停车点停了下来。

下车后，早就看到大山的希星再也忍耐不住，在车子周边的山地上跑来跳去。陈玄仔细观察了一番上山的路径，发现眼前没有一条安全的路，于是他对邹向荣说："爷爷，这路对您来说太危险了。要不我和希星先上去看看？您就在这儿等着我们吧。"

邹向荣自然看得出危险，尽管他并不认为自己上不去，但是他觉得一来没必要冒险，二来在这种情势下两个人分开行动或许更为有利，至少能避免同时陷入危险。于是他回应道："可以。我看这儿哪像灵鹭？叫秃鹫还差不多！你先上去探探路也好，但是遇到危险千万不要冒险！

现在还没有到冒险的时候。”

陈玄被邹向荣的比喻逗笑了，道：“放心吧，爷爷。这个道理我懂！”

邹向荣又叮嘱道：“等下隐形光屏只能用来保持通话，在行进中千万不要用视频，以免分心遇到危险。”

陈玄道：“好的。”

希星见陈玄向山上走去，就几个纵跳跟了过去，跑到前头朝后面望望，发现邹向荣在下面看着却并不跟上来，于是一边指指点点一边冲陈玄嚷嚷。陈玄明白它的意思，冲其挥挥手道：“我俩先上去瞧瞧，你自顾走。”希星大概会意了，便一路又跑又跳，时而停下来等等陈玄，时而兴奋地在岩石上做几个空翻的动作。

保护区在距离山脚3000多米高的地方，也就是说陈玄要再向上爬2000多米，这可得花一阵子工夫了。此时陈玄的目光被活蹦乱跳的希星所吸引，他很想知道接下来该怎么把希星培养成像红星那样可以真正和人类一起交流的准五类物质。尽管在B世界的时候，小玄在这方面已经给了他很多建议，但陈玄还是不明白该从哪里开始调教希星。于是他一边注意脚下，一边就这个问题用隐形光屏的通话功能和邹向荣攀谈起来。

陈玄道：“爷爷，以后我该怎么培养希星呢？”

邹向荣道：“希星对文明是有足够的接受能力的，你要做的就是借助人类文明帮助它构建自身文明。”

陈玄又问道：“它又听不懂人话，我能怎么做呢？”

邹向荣道：“你问得不错。建立一个精准交流的渠道是你能够培养希星的先决条件。你们可以先从最简单的手势交流开始，但是仅凭这种交流方式是不能充分发挥希星的能力的。所以，你在和它进行手势交流的同时还要帮助它开拓语言能力。在开拓语言能力上，你的重点是锻炼希星对舌头的控制能力。如果你培养得好，希星可以在三年内具备说话和识字的能力，接下来它就可以像人类一样接受人类文明的熏陶了。”

听了邹向荣这番话后陈玄突然觉得自己知道该怎么做了，但是他还有一些问题想搞清楚，于是再次问道："是不是还应该尽早让它学着像人类一样吃穿住行呢？"

邹向荣忙道："千万不要这样做！你对它的注意力不要被这些表象的东西带偏了，而是要专注于帮助它建立学习的能力，至于希星的举止愿不愿意像人类一样那就由它自己决定。一定要记住，文明不是被逼迫出来的，而是自由发展起来的，是多样化的。"

听了这番话，陈玄就真的明白以后该如何做了。

大约过了两个小时，他们终于爬到了比反射膜更高的位置，此时希星早就累得趴在了陈玄的背上。天空明显亮堂了起来，但被太阳直射的地方又显得过于灼热。陈玄看到上空悬浮着两块形成一定夹角的巨大的金属板，能够随着太阳的移动而移动，使阳光经过两次反射后再射到山上。他知道这一定是为了过滤掉那些会损害动植物生长的超能射线。同时，陈玄用手机测量了指标，未发现有污染的现象。

越往上行植被越茂密，脚下的路也渐渐好走起来，不像先前那般滑脚。希星重新焕发了活力，噌噌往树丛里钻。陈玄也很开心，和邹向荣连通了视频。

隐形光屏的功能很强大，凡是宿主所见的都能在光屏上再现出来。邹向荣看到从陈玄那儿传回来的一片生机盎然的景象，高兴道："简直是世外桃源呀！"

陈玄也道："是呀，真不可思议，这里竟然没有污染！另外，这里的水源问题到底是怎么解决的？"

邹向荣从光屏中注意到此时的陈玄有些过于兴奋了，于是提醒道："你现在要注意两个事情，一个是寻找人类活动的痕迹，另外要提防野生动物的袭击。对了，希星呢？你要看好它呀！"

被邹向荣一提醒，陈玄立刻警觉起来，赶紧先关闭了视频，开始找寻起希星来。陈玄用特有的啸叫声四下里喊了几下，照理希星如果听到陈玄的叫唤很快会钻出来的，不过这次陈玄等了半晌都没有看见希星。陈玄的听力不一般，但是他闭上眼睛仔细聆听后，除了听见一些山鸡、松鼠、鸟儿和蛇类活动的声音外，完全听不见希星的动静。陈玄心里不禁紧张了起来。

陈玄捡了一根树枝开始在山坡上四处寻找，时而向身边大树的枝叶望去，心里多希望希星只不过是与他捉迷藏罢了。这样找了半个小时，他都没有发现希星的踪影。期间和邹向荣通了几次电话，陈玄为了不让其担心，都没有告诉他希星不见了这个消息。这时，陈玄发现一棵硕大的橡树非常显眼，他突然有一种感觉，好像希星就在这棵树的附近。于是陈玄走到树底下，一边绕着树走，一边仰起头来呼唤着希星。

陈玄绕着橡树走了大半圈，突然脚底一空，整个人落了下去。陈玄反应很快，就在自己的脑门掉落到与洞口平齐的地方时，他一个反手扣住了洞口边缘一根露出土壤的橡树根，然后手指发力纵身跃出了洞口。

惊魂稍定，陈玄仔细确定了洞口的边缘，然后趴在洞口边上用手机射出的光线打量洞内的景象。这不是一个笔直到底的洞，在垂直下去两米左右的位置有一个斜向的洞口，而这个洞会通到哪里去就不得而知了。陈玄注意到这个洞的洞壁是被人工材料涂抹过的，虽然颜色与周边土体相近，但看似凹凸不平的表面却极其光滑。

陈玄心下怀疑希星可能是掉到这个洞口里去了。他很想冒险下去看看，但下去之前他先把这个情况告诉了邹向荣。邹向荣得知情况后，让陈玄把周围的景象包括洞内的情况通过光屏传给他。看过后，邹向荣推测道："玄玄，你不要着急，我们先分析一下。你看周围都是松树，就这一棵橡树，我猜希星爬山爬了这么久肯定肚子饿了，所以有可能被这棵树上的橡果吸引过来，然后和你一样踩空掉了下去。但是我看这个洞不像是陷阱，更像是一个暗道。这样，你找几个橡果往洞底下砸砸看，听听声音，或者看看有没有其他什么情况。"

陈玄遵照邹向荣的意思在周围捡了几个橡果，朝着洞里扔了几次，每次都用手机仔细观察着，同时仔细听橡果落入斜向洞口后的声音。通过橡果触碰洞底反弹后再滚入另一个洞口的情况，陈玄判断这里面确实不像是陷阱，很可能就是邹向荣猜测的暗道。于是陈玄和邹向荣商量后决定下去看看。

陈玄再次用手机将自己变成了一个“蜘蛛侠”。在2020年北大校园国际关系学院的大楼内，陈玄当时为了掩护颜一舟返回2039年，把北京警方的注意力全部吸引到自己身上，当时就是用了这一招从大楼顶部的通风口逃离并摆脱了警方的围捕。

手机射出来的高强碳素纤维的一头附着在橡树上，陈玄拽着手机将自己一点点放入洞口。来到第一个洞口底部的时候，陈玄发现这里果然是有缓冲的，显然是为了起保护作用。从侧边的第二个洞口看下去，里面像是一个螺旋形的滑梯，但看不到底。因为此时陈玄和邹向荣的隐形光屏是开通的，所以陈玄每一步行动都及时反馈给了邹向荣。

陈玄拽着手机靠着高强碳素纤维提供的拉力，沿着滑梯状的岩洞慢慢下去，绕了七圈后下落到一处平缓的沙地上，他摸了一下沙子，是潮湿的。借着手机的光照，陈玄发现这里有两个出口，一个是明的，一个是暗的。那个明的出口的末端有光照，看起来是通向室外的，那个暗的出口有一个带栓的圆形门。陈玄心想如果希星从这里下来，一定会选择从明的出口逃出去。但此时的陈玄非常好奇那个暗门后面到底是什么，于是他先趴在门口听了一会儿，发现里面有些声音。于是他向上拨开门栓，轻轻把门移开一点，只见这扇圆形门绕着最上端的固定点旋转了一个角度。陈玄透过门缝朝里面看去，门洞的对面有一个三米高的滑梯，滑梯到底就是一大块平地，而平地上面赫然就是一个动物世界，只不过是一个秩序井然的动物世界。

若不是陈玄去过B世界，他一定看不出这里面的门道。但此时，他一眼就认出来这里面的动物基本上都是B世界中所定义的准五类物质。

有两只猩猩在领着一群幼小的灵长类动物以及一些狗和猪在玩耍，有三只长臂猿在不停地打扫卫生，还有一块区域从陈玄的角度看不太清楚，好像是一群灵长类动物在坐着听谁讲课。陈玄再仔细一看，一个像极了希星的背影就蹲坐在其中一只黑猩猩的肩膀上。

陈玄之所见也都在邹向荣的眼里，此时邹向荣心中一阵激动。此前邹向荣一直在揣摩一个问题，如果A世界的邹向荣真的在这里，那么他会做什么事情？而眼前的这一切似乎已经给了他一个完美的答案。

躲在门缝后面的陈玄灵机一动，啸叫了一声。但见那个熟悉的小背影转了过来，果然是希星！希星很快从那只黑猩猩的肩膀上爬下来，迅速跑到洞口下面，沿滑梯边上的杆子爬到了洞门口，从门缝里钻了出来。

似是久别重逢，陈玄和希星相互之间一阵亲热。然后，希星拉着陈玄，示意他到洞里去。陈玄想，既然希星都那么安全，便没有什么可怕的。这时，邹向荣也发来消息道：“没事，进去看看。”

慢慢钻进门洞后，陈玄留意了一下这个圆形门扇和门栓，中空的门扇内外都有一个一模一样的门栓，而且是联动的，不管是从里面拨还是外面拨都能打开，而放开门栓后门和门栓就会自动合上。

陈玄的出现在洞里引起了一些骚动。陈玄在希星的拉拽下从滑梯滑了下去，然后静静地站着，看看接下来会有什么样的“欢迎仪式”。只见那些狗和猪仍在玩耍，但所有的灵长类动物，包括那只原本正在带领狗和猪玩耍的猩猩都把注意力放在了陈玄身上。但它们只是看着，并没有围拢过来的意思。

此时，一个人从那一群灵长类动物背后绕了出来，缓缓走到陈玄面前。只见希星一下子跳到了那个人的身上。陈玄一看，不是别人，正是他真正的爷爷邹向荣！难怪希星刚才在这里一点都不害怕，原来它误以为这个邹向荣就是之前一直和它在一起的邹向荣。

邹向荣端详了一会儿陈玄，然后对着正趴在他怀里的希星说道：

“你们两个是一伙儿的吗？”

只见希星盯着邹向荣，它当然不明白他在说什么。而邹向荣看似在问希星，其实是在问陈玄。

陈玄主动回答道：“爷爷，它是和我一起上山的。它叫希星，我叫陈玄。”

邹向荣似乎对“陈玄”二字并无多大兴趣，而是继续问道：“你们是怎么找到这里的？”

陈玄指着希星答道：“我发现它不见了，就到处找。在一棵橡树附近我突然掉落下来，然后就到了这里。”陈玄故意隐瞒了自己其实是主动潜入进来的。

邹向荣道：“那你们为什么到这座山上来？”

陈玄答道：“我听说这儿能见到很多动物，而且都很有灵性，就想带希星来见识见识。”陈玄又耍了个心眼，没有说出自己想来找于莺这个真实目的。

邹向荣略带讥讽道：“这儿怎么能跟山下那个神仙世界相比？”

陈玄这次由衷地回答道：“山下不是神仙世界，是做梦的世界，狭隘得很。哪能和这儿比？我觉得这儿才像是神仙世界。”

也许是陈玄的马屁拍得挺到位，邹向荣听了明显很舒服。只听邹向荣笑道：“那你就留下来和我们一起生活吧。”正说话间，忽见邹向荣将怀中的希星抛向陈玄，然后趁陈玄慌乱中抬手去接希星之际迅速挪步上前，一拳打向陈玄的心窝……

陈玄一惊，他没有想到这个邹向荣会以如此突兀的方式向他发起进攻。由于抬手接希星时身体重心已经前移，故无法做出后仰的姿势进行躲避，又由于此时希星正好在其双手之间，所以他也无法用格挡来抵御邹向荣的这记冲拳，否则势必会伤及希星。情急之下，他只能一边托起希星，一边靠收缩腰腹将整个身体弓成“C”字形，以尽量避开攻击。

陈玄本能地感觉到自己一定会被邹向荣打到，可没想到邹向荣的拳头刚刚触及其胸口便停了下来，转而改变方向变拳为爪向其喉咙处袭来。陈玄为了保护希星，右手抓着它不敢放手，左手一个下压挡在邹向荣手腕上，暂时化解了这招锁喉爪。

就在被陈玄挡住对方右手的同时，邹向荣的左手又一个上步勾拳向陈玄腹部打去。此时陈玄右手抓着希星，左手架在邹向荣右手上，腾不出手来招架，只能仓促向右侧方旋转，被邹向荣乘机一个扫腿打在了支撑身体的左腿上，一个趔趄向后倒去。

在失去重心向后倒的同时，陈玄始终护着希星，直到屁股着地，希星仍然被护在自己怀里。为了防止后续的进攻，陈玄顺势在地上一滚，然后半蹲在地上，目光紧紧盯住邹向荣。

不过邹向荣在那记扫腿之后并未继续攻击，只是挺身站着看陈玄如何反应。

被陈玄抓着的希星此时完全被吓坏了，惊恐地四下张望，一会儿看看陈玄，一会儿看看邹向荣，一会儿又看看正在围观的那一众目光。

正在陈玄纳闷之际，只见邹向荣正色道：“你们到底来干什么？”

陈玄心想是不是自己刚才回答问题的时候弄巧成拙了，让邹向荣起了疑心，所以为了打消疑虑，忙道：“爷爷，不是有意瞒着您。我和希星这次过来就是来找您的。当然，还有我的姑姑于莺。”

邹向荣继续正色道：“于莺是你姑姑？”

陈玄道：“是呀，我是她从小带大的，但是我16岁上了大学后就再也没有见过她。”

邹向荣脸色稍稍缓和了些，继续问道：“你怎么知道她在这儿？”

陈玄道：“我也是猜的。因为前天她在广安13部出现过。”陈玄知道光这样回答肯定是很牵强的，但是他一时也想不出该怎么回答这个问题。

不过邹向荣并没有就此追问下去，而是换了个问题，道：“你爸爸妈妈是谁？”

陈玄听他问出这个问题，猜测他一定是知道自己身世的，于是一股脑儿道："爸爸是颜一舟，小时候叫邹亦宁，是您的儿子。妈妈陈以欣，现在叫辛向音。爸爸妈妈现在都在人类联盟首脑团里。"

尽管陈玄已经如此坦白，但邹向荣至此都没有完全解除戒心，仍然问道："你是怎么知道这些的？"

陈玄真不知道如何才能三言两语把这个问题说清楚，只能无奈道："爷爷，您就别逼问我了，真是一言难尽啊。这样说吧，您还记得2020年的时候爸爸从2039年穿越过去的事吗？"陈玄见邹向荣不肯言语，知道他是默认了，于是继续说道："我这次可是从2050年过来的。和我一起来的还有一个人。"

邹向荣道："谁啊？"

陈玄生怕被旁人听见，低声道："你自己啊。"

第八章

一堂文明课

陈玄在山洞里遇到了A世界的邹向荣，并且和他有一番交手和几番对话，这些都被山下的邹向荣看得真真切切，听得清清楚楚。他对A世界的邹向荣会做出如此反应是能够理解的。

其实问题的关键还是在陈玄自己身上，因为他在见到邹向荣后没有如实回答问题，而邹向荣貌似毫无察觉，实则已经疑虑重重。不过邹向荣之所以会攻击陈玄，并不是想要伤害他，而是出于试探。好在一来陈玄一直都护着希星，二来没有反击的欲望，所以邹向荣很快就停止了用武力进行试探的方式。至于邹向荣对陈玄一直进行追问，那主要是因为陈玄的身份过于特殊，必须谨慎。

果然，当陈玄说出发生在2020年的那次穿越事件后，A世界的邹向荣彻底放下了疑虑。因为这件事情连于莺都是不久前才从他这儿知道的。

邹向荣转过头去，对身后那群灵长类弟子道："好了，你们就我刚才提的问题相互讨论一下，等下我来听取你们的想法。和和，你过来，把希星带去，看看它需要点什么，陪陪它。小家伙刚才肯定吓坏了。”

只见一只年轻的雌猩猩“哦”地应了一声站出来，走到陈玄边上，想去抱希星。

此时正趴在陈玄怀里的希星惊魂未定，不愿被和和抱去。

陈玄不愿违拗邹向荣的意愿，于是一边抚摸希星，一边微笑道：“没事了，没事了，一场误会而已。爷爷不会伤害我们的。”陈玄见希星的手稍微放松了些，便用了点力把它从自己身上扒拉了下来，交给了和和。

和和哄着逗着把尚不情愿的希星抱走了。

邹向荣把陈玄带向一个房间，路上，他笑道：“刚才你有没有像希星那样被吓到？”

陈玄有些不悦道：“那肯定的呀。”

邹向荣突然诡异地笑道：“难道比你掉入洞口那一下还要让你惊恐吗？”

陈玄一听立刻明白了，此前他在橡树下如何掉入洞口又跃出洞去，然后再钻入洞中这一切肯定都已经被邹向荣知道了。这时候，他开始对自己连续两次没有如实回答邹向荣的问题感到有些抱歉，于是带着愧疚笑道：“好吧，都怪我没说实话，引来您的误会。”

邹向荣哈哈笑道：“其实也没有什么误会。不过是看你身手那么好，想试探试探你。”如果说此前陈玄不说实话是出于谨慎，那么邹向荣这时候不直接承认自己多疑则是一种放松心态之后的幽默了。

陈玄带着些恭维道：“爷爷，想不到您身手居然那么好，又快又狠，我都招架不住。”

邹向荣笑道：“要不是看着你一直护着希星，我肯定不管你什么来意，先把你痛打一顿再说。”

陈玄故作不满道：“原来我还没有希星重要。”

邹向荣正色道：“如果你当时只顾着自己，那你在我眼里恐怕确实不会有多么重要。”

陈玄能够理解邹向荣为什么会这样看待这个问题，但是有一件事情仍然搞不懂，于是问道：“爷爷，您难道此前没有听说过我吗？我听姑姑说我的名字都是您给起的呀，可是当我自报姓名的时候看您好像没有任何反应啊。”

邹向荣哈哈笑道：“同名同姓的人有的是。”转而，邹向荣拍了拍陈玄的肩膀继续道：“玄玄，正是因为我很希望能看到你，所以当希望出现的时候才会越发保持镇定呀。”

陈玄冲邹向荣抿抿嘴、点点头，又四下张望一番，问道：“姑姑呢？”

邹向荣道：“她这些天到附近的武云山保护区去了。因为打算在那里也办一个培训学校，所以先过去接洽一下。哦，对了，一个问题一直没有来得及问，你刚才说‘我’也从2050年过来了，那他人呢？”其实他哪里是来不及，只是因为不想在陈玄面前显得自己太着急罢了。

陈玄道：“我们开车来的，但车只能停在山脚下。为了安全起见，我们分开行动了，他现在就在山脚下。”此时陈玄突然想起自己的隐形光屏可以切换成共享模式，于是一边暗暗切换，一边道：“对了，爷爷，您现在就能和他见面。”

只见陈玄的正前方跳出来一个光屏，陈玄用手指触碰了一下，那个光屏便转到了邹向荣面前。邹向荣定睛一看，果然屏幕里真的有一个和自己几乎一模一样的人正看着他，还和他打着招呼。两个邹向荣颇为滑稽地相互问候了一番，山下那个邹向荣问怎么才能上来，而山上这个邹向荣则赶紧应道，说马上和陈玄一起去接他。

原来这个山上还有其他暗道，其中有一个暗道就是用来泊车的。A世界的邹向荣把陈玄带到那个暗藏在山洞内的泊车场，那儿停放着三辆大小不一的车子。邹向荣指着其中一辆车道：“我们乘这辆车下去。”他们俩刚坐上车，邹向荣说了声“走”，便见车子开始垂直下降。大约降了1000来米之后，陈玄看到了一个通道，而通道的暗门在邹向荣的控制下也渐渐打开了。接着，这里的邹向荣驾驶着车子载着陈玄飞出山洞并很快找到了B世界的邹向荣。

山脚下，两个邹向荣碰了面后自然又是一番相互打趣，然后A世界的邹向荣开车在前带路，而陈玄则开着红旗车载着B世界的邹向荣在后面跟着，一起返回到山洞内。

2037年，A世界的邹向荣在于莺的劝说下来到了灵鹭山。灵鹭山从上世纪开始就一直是自然保护区，但到了2038年几个大国开始频繁在外太空开展实验后，这个曾经的野生动植物的天堂也不可避免地受到了严重的破坏。邹向荣不愿意放弃灵鹭山，因为自从他第一次踏上峰顶的那一刻就打定了主意要在这里过一辈子。于莺拗不过邹向荣，于是设法找到了自己的几个学生，借助他们在一些重要领域的影响力，重新将灵鹭山以法定的名义保护了起来。同时，在邹向荣的规划下，他们改造了山体。

改造后的灵鹭山从外表上看当然远远比不上原来那般秀丽，新生后的灵鹭山不再是纯天然的。

为了保证水源供给，他们在原来两个天然山顶湖的基础上又扩充了两个，当然最关键的是在山洞的最底部开凿了三个蓄水池，这些蓄水池不但和山顶湖是连通的，而且相互之间也可以连通。它们之间的水循环，一方面可以大量储存水资源，另一方面还可以充分保证水质。

为了保证能源供给，在引进了太阳能设备的基础上，这里也储备了一定的核能源。太阳能可以保证水循环系统的动力，而水循环本身又可以为山体内部的日常维护提供足够动力。核能源是备用能源，只有在特殊情况下才有可能使用。

为了挡住反射膜系统之上的各种有害辐射，除了安装了山体上空那一大块金属光板外，山顶上还安装了辐射屏蔽装置，一旦监测到超标辐射，该装置就会自动启动。

为了保证食物来源，山体西南侧海拔2900—3000米的位置开辟了高达100米的五层内置养殖场，太阳光从数百个直径为两米且穿过30米厚岩石层的洞眼中照射进来，洞眼内部是经过光学技术改造的，既能保证洞内阳光充足，又基本消除了有害辐射。

为了保证日常用品的供给，海拔3000米以上的山体内设置了百余个手工作坊，利用山林作物、蓄养动物、种植物等制作衣物、食物、药品、器皿等，而且各种作坊有机结合、相互补充，所有资源都能被充分利用和再利用，几乎不产生废物。

整个山体可利用面积超过50万平方米，各种进出山体的暗道多达两百处，每个关键部位都有自我防护和对外监控功能，就像是一个超大型的避难所，能够在与外界完全隔绝的情况下正常运行很长时间。

洞穴内有宿舍、学校、图书馆、医护室、运动场。其中还有一个1万立方米的隐蔽式仓库，储备了许多必需品，如食盐、白糖、大米、药品之类，还储备了一些设备或工具，可以充当洞体内部的紧急避难所。

灵鹭山目前总共居住着21个人，除了邹向荣和于莺外，另外19个人里面有15个是邹向荣的追随者，剩下4个是于莺的学生，在改造山体的过程中自愿加入进来。至于像B世界里统称的准五类物质相对就比较多了，大约有1000多个，其中30多个已经能够用人类语言进行交流了。

A世界的邹向荣通过四维投影向陈玄和B世界的邹向荣简单地介绍完灵鹭山的情况后，心里惦念着刚才正在听他讲课的那批弟子，于是对他们二人道："今天我要给高级班的弟子讲课，刚才讲到一半的时候陈玄闯进来了，现在我先去把课补完。等下我先带你们到休息室去，或者你们自己随便走走参观一下也可以。"

陈玄看了一眼B世界的邹向荣，道："我们不如也去听听吧？"

B世界的邹向荣笑着对陈玄说道："跟我想一块儿去了。"转而他又对A世界的邹向荣道："邹……哎，怎么称呼你呢？这样吧，我比你大5岁，以后我占点便宜，你叫我老邹，我就叫你大邹吧。"

A世界的邹向荣爽快道："好！"

于是老邹道："刚才我通过陈玄的光屏看到了你那批弟子，我很激动。因为我们两个到底还是殊途同归了。在我那里，早些年……嗯，应该也就是你这个年龄的时候，我还热衷于干类似的事情。"

大邹疑惑道："听起来好像是现在不做了，为什么？"

老邹哈哈笑道："后继有人了，所以就赋闲在家休养生息。"

在B世界里，促进全物质共同发展的思想在2043年左右就已经成为人类发展的主基调。老邹作为该思想的奠基人和倡导者，一方面和于莺一道领导心羽集团开展实验性教育，在培养出一批准五类物质明星的同时，也培养出了一批该方面的教育专家；另一方面通过辛向音、颜一舟和于莺在人类联盟中的影响力，最终在地球社会构建出了符合全物质发展规律的教育体系，并初步形成了以人类文明为基础的全物质文明发展格局。

关于老邹究竟为什么会赋闲在家这个问题，其实大邹并不满足于其"后继有人"这样的解释，但是大邹这会儿来不及细问，于是对老邹道："今天既然碰到行家了，那就一起过去吧。待会儿若是对我讲的课听得不顺耳了，也麻烦你老人家出来指正一番。"

老邹看了看大邹，"呵呵"笑笑，并不搭腔。

三个人来到刚才陈玄从橡树下那个通道进入的洞穴。这个近10米高的洞穴顶部中央有一个能够自动调节光照度的球状发光体，其中有一束会水平旋转的墨绿色光在距离洞顶两米高的位置打出了一个响亮的名字——明志堂。只见大邹那20来个灵长类弟子有站着的，有坐着的，还有挂在或攀在洞穴内部一棵粗壮的铁杉树上的，此时正三五成群地散成七个小组在热烈讨论着，其中有两个小组的讨论还异常激烈。之前在一旁玩耍的小家伙们现在不知道跑哪里去了，估计希星正和它们在一起。

弟子们看见邹向荣过来了，都搁置了讨论纷纷聚拢过来。很快大家都惊讶地发现面前站着两个一模一样的老师，通过神态表情似乎也无法区分，只是着装不同。陈玄注意到老邹和大邹此时保持了一种默契，谁也不先说话，只是静静地站着任由那些弟子们围着品头论足。

不一会儿，有一个胆大心细的大猩猩跑到大邹跟前，指了指老邹道："老师，他是你的双胞胎兄弟吧？"

大邹故意道："阿勇，你认错人了，他才是你们的老师。"

老邹很默契地站着，并不道破，只是看着那个叫阿勇的大猩猩会有什么反应。

只见阿勇慢慢踱步到老邹面前，凑过身去闻了闻，又绕着老邹转了个圈仔细看看，然后很笃定地摇头道："老师又在考验我们。他肯定不是我们的老师，味道不对，衣服也不对。"

话音刚落，边上很多声音开始附和起来："对，老师的衣服很素的。瞧那两个新来的，衣服多花哨。"

这时有一个声音特别清脆，道："阿勇，做这样的判断还需要那么复杂吗？就凭老师能叫出你的名字来就一目了然了呀。"

此话一出，更多的附和之声纷纷响起，其中有一个声音夸赞道："到底还是阿智聪明！"

既然被看破了，大邹也就不装了，道："好吧，被你们认出来了，那就给你们介绍一下。这位和我长得一模一样的你们以后就叫他'老邹老师'，我相信他可以教给你们很多东西。这个小伙子你们刚才看到过了，他是我的孙子，叫陈玄，你们就直呼其名好了。"

此时，陈玄听到后面有一个声音问道："阿逊，什么叫'直呼其名'？"另一个声音接着道："我还想问你呢。"又一个声音颇为得意的大声道："你们俩真笨！'直呼其名'就是老师让我们称呼他的孙子'其名'就可以了。"第一个发问的声音不解道："他明明叫陈玄，为什么要叫‘其名’？”第三个声音继续答道：“小名呗。我还有小名叫‘憨憨’呢！”

陈玄听了忍不住笑了起来。

只听大邹大声说道：“好了，言归正传，让我们回到课堂上。赞成应该穿衣服的坐在我的左手边，反对穿衣服的坐在我的右手边。”很快，只见有8个弟子挪到了邹向荣的左手边，有15个弟子挪到了他的右手边。还有4个弟子互相观望了一会儿，其中有一个黑猩猩举手道：“老师，我们4个觉得可穿可不穿，怎么办？”大邹笑道：“很好，你们到中间来。”只见左右两队弟子分别主动往边上靠了靠，把中间的位置留给了那4个持第三种意见的弟子。大邹看弟子们已经站定，便道：“给你们10分钟自由时间，把支持自己观点的理由整理出来。”只见这三队弟子面前瞬间出现了三块硕大的屏幕，他们纷纷在上面书写起来。这些屏幕可以支持多人同时输入，既可以文字输入也可以声音输入。但为了强化这些弟子的文字能力，大邹规定不能采用声音输入方式。

原来，大邹今天给这27个高级班的弟子安排了一堂辩论课，辩论的主题是“应不应该像人类一样穿衣服”。

大概之前的讨论已经很充分了，所以很快的，三支队伍都把各自的理由陈述完毕，但大邹并未让它们相互之间进行展示。

陈玄和老邹注意了一番，发现主张穿衣服那一队的理由大体有这样三类：着装是文明的体现；着装是一种美；着装能够保护身体。

主张不穿衣服那一队的理由也有三类：着装妨碍自由；着装会导致个体差异，从而妨碍公平；着装会使身体机能退化。

主张可穿可不穿那一队的理由只有一条：文明不是条条框框，文明的本质是趋利避害，所以关于是否着装的问题，应该分场合自行判断、自由选择。

虽然名义上是辩论课，但大邹似乎并不想看它们辩论，而是又提了一个要求：“接下来，大家再用10分钟时间去找到否定自己观点的理由。”

很有趣，在否定自己观点的环节，原本是主张不穿衣服那一队的理由被主张穿衣服的那一队提了出来，而原本是主张穿衣服那一队的理由也一样被主张不穿衣服的那一队提了出来。也就是说，两队虽然观点不同，但是在穿衣服的利弊分析上是一致的。而主张可穿可不穿那一队给出的自我否定的理由也值得关注：没有规矩不成方圆，社会生活应当建立统一的价值观，应当有所倡导、有所约束，不该放任个体自由。

两轮之后，大邹让三个队互相展示了各自正反两方面的理由。接着，他对弟子们问道：“现在给你们重新站队的机会，有改变观点的请重新做出自己的选择。”只见有5个主张不穿衣服的想改变，但只有两个勇敢地站到了主张穿衣服那一队里，而另外3个因为忌惮队友的眼神而放弃了。主张可穿可不穿的队伍里有1个也重新站到了主张穿衣服的队里去了。这样，三个队就从原来的8 ：4 ：15变成了现在的11 ：3 ：13。

只见大邹还是没有让各个队展开辩论，而是开始发表起自己的观点：“今天我们讨论的是该不该穿衣服的问题，但作为高级班的学生，你们的眼里只盯着衣服是远远不够的，要看得更深远些。其实该不该穿衣服的问题与我们此前讨论过的该不该随地大小便的问题、该不该守时的问题、该不该定量用餐的问题、该不该滥用武力的问题、该不该大声喧哗的问题、该不该浪费粮食的问题以及该不该洗手刷牙这些问题一样，是属于礼法和自由的问题。不过，我们今天还要把这个高度再提一提，我们要把礼法和自由的问题上升到价值判断层面。上个礼拜经典课堂上我给你们讲到了《论语》里面孔子说过的一句话，叫‘君子之于天下也，无适也，无莫也”，下一句是什么，谁知道？”

只见站在右侧队伍里的非常强壮且记忆力出众的一只黑猩猩自告奋勇道：“下一句是‘义之于比’。”

陈玄认出来它就是刚才那个被大邹考验过观察力的阿勇。

大邹笑道："很好很好！阿勇的记忆力果然很好！其他还有谁记得吗？"大邹扫视了一圈，道："阿智、阿逊，哦，还有阿度也记得啊，不错不错！"

经过这一轮互动，大邹继续发表自己的观点："对于文明，我们可以用四个维度去考察，即物质的、精神的、理论的、功用的。放到今天这个话题下，我可以告诉你们一个事实：在几千年的人类文明中，着装不管在物质的、精神的、理论的还是功用的这四个方面都有很大的贡献。但对于你们而言，要借鉴人类文明，我的建议是理解一点就借鉴一点，而不是一股脑儿依样画葫芦。因为人类文明庞杂浩繁，你们越想多学，就越容易浮于表面，从而无所适从。但如果你们抓住一些与切身利益相关的问题进行深入的探讨，反而能钻到文明的本质中去，做到一通百通。就像今天讨论的问题，其实我根本不指望你们能统一意见。相反，我希望你们三个队的观点越多越好，并且能够将这些观点继续保留和继续探讨下去。当然，如果有一天你们能够在该不该穿衣服的问题上达成一致意见，那么你们就可以把这个意见固定下来，甚至形成一个文件加以推广。如果能做到这一步，就表明了你们在这个问题上收获了属于你们自己的文明成果。

"不过文明也是有生命的，有的文明像杂草一样很快凋谢，而有的文明却能像我们头顶上面那棵橡树一样屹立千年而不倒。但文明不管是生还是死，都会促进或催生新的文明，所以任何文明从历史的角度看都是宝贵的。关于这一点，我以后再给你们细细讲。

"今天我重点要跟你们讲的是价值判断的问题。任何理性的选择，都是在充分的利弊分析之后做出的价值判断。任何脱离价值判断做出的选择不管其结果是否有利，都是非理性的，是盲目的。再回到今天这个该不该穿衣服的问题上来，如果每一个队为了守住自己的观点，就只看到那些能够支持自己观点的理由，那么这种立论的思维方式就是盲目的。为什么这样说呢？因为任何观点都有利弊，我们既不能看到它的弊端就反对它，也不能看到它的益处就拥护它。而价值判断的作用就在这里体现出来了。当某个问题有多种观点可以选择时，我们首先要把各种观点蕴含的利弊分析清楚，然后再去做价值判断。所谓的价值就是有利因素下的正向价值加上不利因素下的负向价值的总和；而所谓的价值判断，其目的就是在既定情况下尽可能找到蕴含最大化价值的观点。

“我知道，你们在绝大多数问题上还无法做到合理的价值判断，因为你们的价值观还没有真正树立起来。但是你们一定要知道在处理问题的时候怎样是理性的，怎样是盲目的。而所谓的理性，用孔子的话说就是‘无适也，无莫也，义之与比也’。这里的‘义’其实我们就可以将之理解为价值判断，或者说智慧。那些价值判断能力高于常人的人，我们就可以夸赞他有智慧。

“其实你们三个队今天的表现都很好。左边主张穿衣服的队和右边主张不穿衣服的队至少都做了充分的利弊分析，既看到了穿衣服的好处，也看到了穿衣服的坏处。接下来你们要做的是去衡量究竟是利大于弊还是弊大于利，我相信反复做类似的事情可以很快帮助你们建立起自己的价值观。

“同时我要对右边阿勇这个队提个意见，因为我注意到你们刚才至少有3个同学本来是想改变主意的，但是却受到队友的干扰而放弃了。你们——包括其他两个队——一定要记住，意识结盟只有在敌我对抗的特殊环境下才能使用，除此之外，滥用意识结盟是极其危险的。人类在这上面已经吃尽了苦头，希望你们能够避免。要明白，真理不会因为人们暂时不认识就不是真理，歪理也不会因为哄抬的人多就变成真理。

“最后我要特别表扬一下中间这几个同学，当然也包括后来选择到左边去的阿智同学。你们既看到了文明不是条条框框，又看到了‘没有规矩不成方圆’，其实这说明你们已经超越了该不该穿衣服这个问题去讨论更大的问题了，也就是我刚才提到的礼法和自由的问题。其实这个问题已经快要接近文明的核心了，我希望你们不要被任何观点所约束，继续研究下去。

“好了，接下来是提问题环节，大家看看有什么想问的。”

只见阿勇和阿智同时站了起来。大邹说道：“阿智难得自告奋勇，就你先来。”

于是阿智问道：“对于某一个问题，我们为什么非要达成一致意见呢？”

大邹道：“你这个问题有高度，很好。首先我们要强调，不是所有的问题都必须在社会内部达成统一意见的。每一个个体对同一个问题必然会有不同层次的认识，这是个体意识的表现，也是文明应当允许个体自由和个体差异化的内在要求。但是在社会生活中，我们对那些能够引起大家共同关注的问题需要达成一个统一的认识，其实这就是社会意志的体现。至于为什么要有社会意志来指引或约束个体意志，这里面依然有一个利弊分析和价值判断的过程，这个道理我前面已经讲过。在现阶段要把这个价值判断的过程和依据跟你们讲清楚是不可能的，因为其中牵涉到的各种价值观你们还无法理解。但是我要告诉你们，任何存在过的社会意志都可以看作是文明的基石，使得文明能够不断地向上发展。其实内在道理很简单，前人的智慧总是先融入社会意志中然后再传承给后人的。通过这种方式，个人的智慧就能融入社会，前人的智慧就能传承给后人，而文明就是这样发展起来的。反过来说，如果没有社会意志的帮助，任何个体意志的水平都必然是极其低下的，哪怕每个个体都有孔子或者爱因斯坦那样的胸怀或智商，也都无济于事。”

阿智道：“老师，我好像明白了。可不可以这样理解，我们这些非人类的生物之所以几百万年都没有变化，其实不是我们的智商不够，只是因为我们一直没有像人类一样建立起社会意志，所以我们一直没有发展出自己的文明来。”

大邹笑道：“阿智、阿智，叫你阿智果然没有错！其实要说文明和智力水平没有关系是不对的，因为智力水平肯定是构建文明的门槛。但是构建文明的临界智力在哪里我还没有搞清楚。早些年，人类一直以为只有人类自己达到了这个智力临界线，因为那时候只有人类有文明嘛。但我们正在证明这是一个错误的认识。其实我觉得不仅是你们灵长类有这个条件，就算是海豚、大象、猪、狗这些生物也极可能具有这样的条件。你们之所以没有文明，那是因为在地球上率先崛起的人类文明抑制了你们构建和发展社会的可能，因此就发展不出属于你们自己的社会意志。今天，我希望帮人类弥补这个巨大的过失。”

阿智向大邹鞠了一躬，道：“谢谢老师。”

阿智的行为先是感染了三四个弟子站起来，后来所有的弟子都纷纷站起来向大邹鞠了一躬。

大邹非常高兴，也给大家回敬了一躬。躬毕，他想起阿勇还有问题，于是问道：“阿勇，你刚才想问什么？”

阿勇站起来指了指陈玄道：“老师，我想问那个新来的‘其名’哥哥一个问题，可以吗？”

大邹顺着阿勇所指的方向转头看了一眼陈玄，道：“‘其名’？为什么这么叫他？”

阿勇道：“你刚才不是让我们对他直呼其名吗？”

大邹一听恍然大悟，笑道：“怪我没讲清楚。‘直呼其名’是指直接叫他的名字就行了。你就叫他陈玄好了。”

阿勇露出了点羞涩，道：“哦，原来是这个意思。”阿勇见边上有几个伙伴正在捂着嘴偷笑，于是抽了它们几下，嗔怒道：“别笑。”阿勇不说这句“别笑”还好，说完反倒惹得一众弟子放声大笑起来。阿勇看到大邹、老邹还有陈玄都笑了，于是自己挠挠头也笑了起来。

陈玄忍住笑，问道：“阿勇，有什么问题你就问吧。”

阿勇道：“我的问题没有阿智那么复杂，我就想问你，你在该不该穿衣服这个问题上会站在哪一个队？”

陈玄调皮道："我三个队都站。"

阿勇不解道："此话怎讲？"阿勇对那些听起来文质彬彬的词语很感兴趣，所以自然比较喜欢运用。

陈玄笑道："我洗澡的时候站你们右边这个队，我出门散步的时候站左边这个队，我独处的时候站中间这个队。"

大邹见弟子们对陈玄的说法既感到新奇又感到疑惑，于是解释道："陈玄讲的也没有错。但是陈玄讲的是具体问题的处理，而我们讨论的是一般问题的处理。你们要记住，任何观点都是建立在抽象的基础上的，是片面的。我们可以把某一个观点运用到解决具体问题上面去，但不能企图仅凭某一个观点就能完全解决一个具体问题。因为具体问题必须从各种角度运用各种观点进行具体分析，而不是片面地强调某一种观点。任何观念，如观点、理论这些都属于思想成果，而不是教条，需要灵活运用才能发挥其功用。只有灵活地运用观念才能使复杂的问题简单化、陌生的问题熟悉化，从而使得问题容易解决。反之，如果拘泥于观念，那就必然会陷入观念的泥沼而无法自拔。"

其实陈玄这个看似简单的回答引申出来的问题是很深刻的，即使大邹已经解释得尽可能全面了，但一时半会儿想理解进去对他的那些弟子来说还是很困难的。所以大邹看着那些仍然面带困惑的弟子说道："今天的课有一定深度，大家不能马上理解是很正常的。不过课后你们可以多温习几遍，再相互之间讨论讨论。对了，今天你们有幸碰到了站在陈玄边上的这位老邹老师，而他才是教育界真正的行家。剩下这点时间我们来听听他的见解，好不好？"

只听弟子们瞬间爆发出山呼海啸般的掌声和欢呼声。

第九章

勇斗鬣狗群

老邹，即B世界的邹向荣，在2020年从北京回到家乡后，头几年一直陪着儿子邹亦宁——也就是后来的颜一舟。2023年邹亦宁读大学后，邹向荣不顾家人反对，坚持要去乡下教书。仅用了六年时间，邹向荣把一所仅以完成义务教育为己任的公办乡镇中学打造成了一所全国闻名的明星中学。因为在他这段任职时间里，这所中学不仅在各个学科上都冒出了几个大放异彩的学生，而且整体水平一跃上升到全省知名中学的高度。后来，在北大哲学院院长单华的策划和帮助下，邹向荣作为明星讲师活跃在全国各类学校以及各种媒体上，从而使他那特有的哲学思想得以通过大众教育的方式传播开来。2033年，邹向荣利用自己积攒了十年的资源开办了以教育为核心的心羽集团。2038年，于莺以总经理的身份加入心羽集团。到了2042年，已经在全球教育界独树一帜的心羽集团开始尝试对人类之外的生命体——准五类物质进行文明培育。2043年之后，随着第一批受过教育的准五类物质通过媒体向全世界惊艳亮相，人类联盟开始把原本以人类为中心的固有理念逐渐调整到以促进全物质共同发展为核心的全新发展理念上来。

所以说，老邹被称为教育界的行家是实至名归的。不过，此时在灵鹫山明志堂中当着众弟子面称老邹为行家，大邹显然带着一些恭维的意思，因为他还不知道这个大自己5岁的“自己”究竟有什么来头。

本来老邹在一旁听得津津有味，并没有上去讲两句的准备，可没想到大邹冷不丁这么一提，又引来了这么多弟子的期待，他只能踱步上前，将就几句。

大邹带着点坏笑把老邹迎到自己原本站着的位置上，然后做了一个请的手势后，就走到一旁去了。

只见老邹尽管被对面那27双火辣辣的眼睛盯着，但并不发怵，到底是一个资历满满的老讲师了！老邹一开口，陈玄发现他的语速明显放慢了许多，完全不像平时交流时候的样子。陈玄不知道，老邹在他近二十年的教育生涯中早就养成了用慢语速讲课的习惯。

只听老邹娓娓道：“我刚进来的时候，原以为这里会上演一场激烈的辩论赛，但是没有。虽然有些出乎意料，可是我内心是欣慰的。老实说，我已经很久不喜欢辩论了，非但不喜欢，还挺反感的。不过我知道，你们年轻人对辩论还是很热衷的，然而这也没有错。好强争胜、唇枪舌剑，就该趁年轻的时候多多体验。其实我在十几二十岁的时候也好这一口，总以为辩得对方理屈词穷是一件快意的事。但今天你们的老师大邹先生没有让你们展开辩论，我猜是有理由的。他不想把你们培养成斗士，他想把你们培养成智慧的、能够灵活运用道理又不拘泥于道理的‘人’。毕竟，道理应该是社会和谐的纽带，而不是用来泄愤的武器，更不是用来拉帮结派的大王旗。

“你们很快就将拥有属于你们自己的文明，而你们就是那个文明的开拓者和缔造者，你们一定要记住这个使命。

“人类文明发展到今天这个程度有一个漫长的过程。有人说，人类文明主要经历了石器时代、农业时代、工业时代、信息时代和智能时代这五个阶段。从物质文明的角度看，这样的划分大体没有错。但是，尽管文明包含了物质文明，但物质文明并非文明的核心，文明的核心在于精神文明。所以，站在物质文明的角度去概括文明是不合适的，我们更应该从精神文明出发去理解文明。然而，从精神文明的角度看，人类文明只经历了两个阶段，一个是社会意志极其淡薄的自由时代，另一个是社会意志逐渐强化的观念时代。

“在自由时代阶段，人类意识的聚集度和传承度极低，个体意识和社会意识不仅长期处于极其低下的水平，而且发展速度也极其缓慢。直到文字出现后，人类意识的聚集度和传承度开始呈现几何级数的增长，最终将人类文明带入到观念时代。

“在观念时代阶段，他人意识可以为己所用，前人意识可以为后人所用，个体意识水平由此变得不可限量，而社会意志也日益凸显。无数个体意识不断融入并促进社会意志，而社会意志又反过来不断造就无数的个体意志，文明便蓬勃发展起来。在这个阶段，文明的主要特征在于意识的存储、聚集和传承。

“但是，文明仅仅是意识的存储、聚集和传承吗？显然不是，文明还有一个核心要素，那就是意识的发展。意识有两种，一种是肯定意识，一种是否定意识。在观念时代阶段，人类充分利用肯定意识建立起庞大的观念体系，有效地推动了物质发展。然而，人类又由于过于强调肯定意识，而忽视了否定意识的真正价值，即自我否定的价值。正是因为在这个阶段中人类习惯于自我肯定，同时又把否定意识主要用于否定他人，这就导致观念的更迭和发展往往是通过相互践踏，甚至是故意残害才得以完成的。所以我们可以看到，人类文明的发展史实际上就是一部斗争史，充满了蛮横与血腥、被动与屈辱。也就是说，文明尚未发展到一个能够自主发展的阶段。

“讲到这里，或许你们就能够明白，为什么我一上来会因为你们今天没有采用辩论的形式去探讨问题而感到欣慰了吧。辩论看似精彩，但究其实质不过是极端的自我肯定罢了。而辩论思维则既是观念时代的宠儿，又是观念时代的畸形儿。当然辩论并非一无是处，一旦进入敌我斗争的态势中，辩论思维还是有其用武之地的。但是辩论说到底就是高下、优劣、存废之争，是斗争之道，绝不是发展之道。

“作为这个星球上新兴文明的开拓者，你们今天有条件站在人类文明的基础上创建属于你们自己的文明，这就意味着你们可以避免漫长而又充满不确定性的自由时代而直接进入到快速发展的观念时代。但是你们一定要‘以人为鉴’，充分认识到观念时代的文明基因中存在的先天不足，设法避免那些打着文明旗号的暴力悲剧一幕幕在你们身上重新上演。要做到这一点，你们就要尽早在自己的文明中培养出自我否定的基因来。试想在一个文明体系中，如果个体意识把自我否定看得和自我肯定一样重要，那么当个体之间产生分歧的时候，大家既乐于寻找相互的优点，又乐于寻找自身的不足，这样文明不就能够自觉自主地发展起来了吗？

“如果你们能够在文明创立之初就引进自我否定的基因，那么我相信你们的文明将在人类文明的帮助下很快进入到一个全新的时代。那是一个真正开放的，前途不可限量的时代！

“祝你们成功！”

老邹的这番演讲颇有一种指点江山的味道，听得一众弟子群情激昂、热血沸腾，就连陈玄都有一种拨云见日的感觉，仿佛看到了未来的希望。

尽管大邹很好奇也很期待老邹的演讲，但他完全没有想到老邹会从“辩论”这个角度楔入，在三言两语之间竟能将人类文明的特点和缺陷分析得如此透彻。其实，大邹和老邹一样不喜欢辩论。在大邹眼里，传统的辩论技能就是在鼓励罔顾事实和颠倒黑白，只能用在赤裸裸的立场之争上面。而对于明理、明是非而言，这种辩论思维几乎是有害无益的。这就是为什么在刚才那场关于该不该穿衣服的辩论中，大邹仅仅是让弟子们各自找到自身论据的不足，而不是去攻击对方弱点的原因所在。但是，老邹能够把辩论与人类文明的困境联系起来，的确大大出乎大邹的意料。而且，老邹提出的自由时代、观念时代，包括最后其所倡导的反观念时代，对大邹而言都是全新的概念，这不得不让他对老邹刮目相看。此时的大邹，内心充满了渴望，希望能够尽快和这个看起来深不可测的“自己”好好理论理论。

大邹吩咐弟子接下来几天要好好温习今天的课程，要做到反复观摩，反复讨论。看着弟子们意犹未尽的样子，大邹答应他们以后会多请老邹老师一起来给它们上上课。老邹看到自己如此受欢迎，加上他好几年都没有给学生上过课了，心中多少有些技痒，于是就当着大邹弟子们的面满口答应了下来。本来他这一趟来，最重要的目的便是向A世界传授自己的文明理念，那么先在这里练练兵又有何妨?

看到大邹的弟子们纷纷散去，陈玄心里惦念着希星。于是大邹让阿勇陪着陈玄去找一找，顺便带他熟悉熟悉山里山外的环境。原本打算四处散去玩耍的其他弟子，此时有好几个都想像阿勇一样陪着陈玄，于是陈玄就在阿勇、阿智等的簇拥下一起去寻找希星。大邹则把老邹带到一间茶室里，两个人边喝茶边慢慢聊起来。

阿勇蹦蹦跳跳在前面带路，一下就来到了陈玄此前进入明志堂的那个圆形洞门口。陈玄这才注意到洞内这一侧的圆形门几乎与洞壁浑然一体，外人决然难以发现这块看似娱乐健身场所的周边石壁还隐藏着这样一处通道。陈玄猜想这可能是用来紧急避险的。

走在边上的阿智估计是感觉到了陈玄的这一分好奇，于是主动介绍道：“陈玄哥，这个洞是直通山外面的，我们只有出去玩耍的时候才会走这里。这会儿估计和和正带着希星在树林中玩耍呢。”阿智提到的和和就是刚才把希星连哄带骗抱走的那只雌性猩猩。

陈玄故意问道：“为什么把这个洞口设计得如此隐蔽？”

只见在陈玄另一边陪着的阿逊抢着答道：“老师说了，要防着点坏人。不过老实说，这些你们人类看起来很隐蔽的洞，在我们猩猩眼里是什么什么观火。那个什么成语来着，一时想不全了。”

在前面的阿勇回头笑道：“笨，洞若观火。”

阿逊抓耳挠腮兴奋道：“对对对！洞若观火！就是说这个洞像火一样耀眼，一看就知道是一个洞。”

阿勇略带得意道：“这还差不多。我有时候就搞不明白，这么简单的成语你们为什么老是记不住？我可是听老师讲一遍就记住的。”

陈玄对阿逊和阿勇这么理解这个成语感到好笑，但又不好说破，只是笑笑。

还是阿智灵光，知道阿逊和阿勇在陈玄面前现了它们灵长类学生的丑，于是主动斥责道：“你们两个半吊子就别在陈玄哥这儿丢人现眼了。此‘洞’非彼‘洞’，‘洞若观火’的‘洞’是洞察的意思，这个成语的意思是看得明白、看得清楚，不是看到一个洞的意思。”

阿逊听了阿智的话，明显有一种理屈的羞愧感。但阿勇还是颇不服气，找陈玄评理道：“陈玄哥，阿智是在胡说八道，对吧？”

陈玄耸耸肩道：“阿勇，不好意思，我认为阿智的理解才是对的。”

陈玄本以为阿勇听了后情绪会很低落，可没想到它反而一仰头骄傲道：“好嘞！老师说过，知错能改善莫大焉。知之为知之，不知为不知，是知也。我果然是又善又智，哈哈！”

陈玄见阿勇能如此坦然接受，心下不由得啧啧赞叹。

陈玄跟着这些小伙伴们走出了圆形洞口，然后猫着腰向另外一个透着亮光的洞口走去。洞口有一个铁栅栏，打开这个栅栏后大家就走出了洞外，来到了距离山顶还有200多米的一处山坡上。

陈玄回头看着这个铁栅栏，好奇道："假如有野猪、老虎之类的像我一样从橡树洞那里落下来，然后又破关在铁栅栏内出不来，那怎么办？"

阿勇笑道："那正好，把它们都咔嚓了，炖着吃，烤着吃。"阿勇做了些奇怪的手势和表情，大概是告诉陈玄自己不过是在开玩笑而已。

不过阿逊不这么想，它对阿勇劝诫道："小心给老师听见，揍你一顿！陈玄哥，你别听阿勇瞎说，我们是禁止捕捉野生动物的。"

阿智没有理会阿勇，对陈玄解释道："其实像橡树洞那样的洞口都是有机关的，一般情况下从上面是掉不下来的。即使有小东西掉进洞里，那也能从栅栏里钻出去。要是真有像野猪这样的大东西掉下来也没有关系，我们洞里有监控能看得见，可以帮它打开铁栅栏。"

陈玄点点头，又问道："那我是怎么掉下来的？"

只见阿智冲阿逊捂了捂嘴相互一笑，没有立刻回答。

边上有声音道："是老师故意把你放进来的。"

陈玄恍然大悟。不过他还是有不明白的地方，于是追问道："那希星呢，它也是老师故意放进来的？"

阿逊笑道："希星是老师让和和出去带进来的，就在那棵橡树边上。"

阿勇在边上纠正道："什么带进来的，那个小馋痨是和和带着些香蕉骗进来的。"

陈玄故意摇摇头叹口气道："唉，真没出息。"

只听大家哈哈大笑起来。

灵鹭山上其实布满了大大小小的"眼睛"，最大的要数反射光板上那个，把山体反射膜之上的全貌都一览无余。还有无数小的"眼睛"被分布在大树上和通道内，可以将山体内外关键位置洞察得清清楚楚。

陈玄被阿勇它们带到了一个相对平缓的山地上，这里应该是被用心修整过的，有种类繁多但分布规则的低矮灌木，还有成片的观赏类植被，如桃树、枫树等。不同的植被由石径隔开，零零星星地还放置了几张供人类休憩用的石椅，其中一张石椅的靠背上还刻了五个字——物华永和园。阿逊告诉陈玄，这是由和和规划设计，然后它们总共28个弟子在课余时间一起打造出来的，目前还在拓展和升级之中。阿勇在边上挤眉弄眼地告诉陈玄：“老师和于教授也经常到这儿来坐坐。”

对着这片山地仔细观望了一番，阿智挠挠头道：“奇怪，和和它们竟然不在永和园，那能到哪里去呢？”

阿逊道：“刚才我们出来得太急了，应该先和监控室的洪士叔对接一下才对。”阿逊口中的洪士在北大读书时是于莺的学生，擅长通信技术，在灵鹫山改造时自愿加入进来，之后就留在了山上。和洪士一样留下来的还有三个人，一个是擅长农林养殖的吴商，一个是擅长医药和厨艺的徐逸，还有一个是擅长格斗和追踪的李龙，他们四个是北大同一届的校友，都曾热衷于听于莺的历史课。

阿勇道：“说不定它们已经回洞里了呢。”

此时，陈玄听到头顶突然传来一阵尖厉的鸣叫声，抬头一看，在自己东南方向的上空有一个球形报警器在一边旋转一边发出刺目的亮光。陈玄指着报警器问道：“那是什么？”

大家对头上的动静都已发觉，只听阿勇焦急道：“不好！和和它们有危险！”

竟见阿勇话音未落，身影已经跃到十数米开外的树枝上，径直向报警器的方向狂奔而去。阿逊等紧随阿勇，只有阿智留在陈玄身边。陈玄知道前方有危险，但他毕竟无法像阿勇它们那样在树枝上狂奔，于是就看着脚下的路尽可能快地向东南方向跑去，阿智则在边上护着陈玄。

陈玄一边跑一边对身边的阿智问道：“到底怎么回事？”

阿智道：“可能和和它们遇到了野猪或者豹子之类的野兽了。”

陈玄又问：“报警器是怎么触发的？”

阿智道：“这座山的每一处方圆50米之内必有一棵红豆杉，洪士叔在每一棵红豆杉上都安装了一个报警器，只要在林中遇到危险就可以通过最近的报警器发出警报。”

陈玄道：“那洞里能收到警报吗？”

阿智道：“可以的。估计等我们到那儿时，特训队也已经到了。”特训队的大队长就是李龙，他率领的队伍里共有30个灵长类、8条狗、5头猪和3只老鹰，分别被编在了3支小队里。

等陈玄和阿智赶到报警地的时候，现场一片狼藉，动物们有倒在血泊中的，有在边上救护的，有抬着担架赶去山洞的……陈玄的第一反应当然是找到希星，于是他吹响几声口哨。原本躲藏在一棵红豆杉上的希星一直惊恐地看着树下发生的一切，此时听见陈玄的呼唤，它立刻看到了陈玄，并且快速从树上一路攀着树枝下来，落在陈玄怀里。陈玄看到希星安然无恙便松了口气，紧紧将它抱在怀中。

制造混乱的原来是一群四处游荡的鬣狗，这些饥肠辘辘的家伙今天不知从什么地方误打误撞到了灵鹭山上。

当时，和和带着希星到永和园玩耍，那些原本在山洞里做游戏的狗和猪们就趁机跟了出来，负责看护它们的那两个狒狒也跟出来了。一路上，和和教会了希星哪些果实可以吃、哪些不能吃。

一棵红豆杉满树鲜红的果子看得希星眼馋，但是和和却阻止了希星。不过，树干上的一个红红的按钮引起了希星的注意，它正想试着去摁一下，被眼疾手快的和和拦住了。和和一边比划着一边告诉希星这是一个应急用的东西，只有在紧急的情况下才能触碰。虽然和和并不认为希星能明白它的意思，但是接下来发生的事却让和和不得不暗自庆幸。

和和在永和园里领着小伙伴们捉迷藏，正玩得起劲，突然听见一阵狗的惨叫声。大伙儿很快发现自己的一个伙伴被什么野兽拖走了，于是和和与那两个狒狒奋力追过去。此时希星正趴在和和的肩膀上，而那些小狗小猪们也紧随其后。正追赶着，和和突然发现周围有很多双饥饿的眼睛正盯着它们，仔细一看，它们已经被一群不知从哪儿冒出来的鬣狗包围了。原来那群狡猾的家伙居然使用了诱敌之计，把和和它们骗到了包围圈里。

和和与两只狒狒立刻分散站在三个点上，把小伙伴们护在了中间，并且不停地向敌人发出警告。但鬣狗们怎会轻易被和和它们的恐吓声所震慑，一步一步缩小包围圈，伺机寻找突破口进行攻击。和和一边站立起来做出夸张的动作，一边寻找着附近的红豆杉。令和和担忧的是，离它们最近的一棵红豆杉在包围圈外面，而且包围圈里面竟然没有一棵树。这可怎么办？如果不能及时启动应急按钮，就靠它们几个是不可能长时间抵挡住这群鬣狗的攻击的。

看着包围圈一点一点迫近，和和情急之下决定孤注一掷。只见它咆哮一声主动向前跳跃一步，一时唬得鬣狗们停下了脚步，紧紧盯着这个“发疯”的猩猩。和和瞄准离它最近的一棵树，奋不顾身冲了过去，希望能够突破包围圈跳到树上，然后再攀越到最近的红豆杉那儿。于是和和摆开架势佯装进攻，不过鬣狗们很快不再惧怕它，反而是跟着它的脚步进行围堵，分明没有退却一步的意思。

此时希星拽了一下和和的耳朵，一只手指着眼前最近的一棵红豆杉，向和和示意着什么。和和瞄了一眼希星，以为希星只是想躲到丛林中去，便心想无论如何也要保住它的性命。只见和和假装向右方扑去，见鬣狗们移了过来，又立即朝左边的空当突破。和和在鬣狗的围堵下奋力向外冲了数米远，在双腿已经被三四只鬣狗撕咬住的情况下用力抓起希星向树丛中抛去。

也许是和和的力气不够大，也许是距离太远，被抛出去的希星并没有直接落到树丛里，这引来了附近好几只鬣狗的注意，并且快速冲了过去。只见希星毫不慌乱，身子着地趁势打了个滚，向距离自己还有四五米远的树丛跑去。就在几只鬣狗赶到树下的时候，希星已经爬到树干上了。其中一只跑得最快的鬣狗朝树干飞扑上去，眼见就要咬到希星的脚后跟，但见希星回头将落地时顺带抓在手上的一块石头使劲朝那只鬣狗张开的嘴里扔去。鬣狗本能地咬住了石头惨叫一声，希星则不慌不忙地蹿上了树枝。

和和见希星脱险了，便放下心来做好殊死搏斗的准备。这时，鬣狗们已经兽性大发，从四面八方展开了全面的攻击。和和与两只狒狒拼死守护那一群吓得嗷嗷直叫的小狗小猪。很快，一只狒狒倒下了，另一只狒狒也倒下了，和和在七八只鬣狗的围攻下眼看也要倒下了。就在这时，头上突然传来的阵阵尖厉的啸叫声镇住了那群本已杀红了眼的鬣狗。更有震慑力的是，从升腾在空中的这个警报器里射出的那几道不断移动的强光照得鬣狗们一时慌了神。

和和抬头一看，看到希星正在不停地拍动着红豆杉树干上的按钮，心头一阵振奋，左右开弓使出浑身余力把身边愣住的几只鬣狗打翻在地。

此时，好多鬣狗仍然被吓得不知所措，抬着头使劲叫唤，企图吓走那个会到处发光的怪物。这给了和和它们一个喘息的机会，只见那两只狒狒也从血泊中挣扎起来。大概是看见了希望，它们又开始挣扎着投入到战斗中去。

不一会儿，鬣狗们见那怪物并没有更多的威胁，便又将注意力放到和和它们身上。新一轮的攻击眼看就要开始了！

就在和和满怀期待又几近绝望之时，也就是在鬣狗们露出血盆大口准备饱餐一顿的时候，不想神兵天降，一只黑大的雄性猩猩突然从空中跳出来砸在鬣狗群中，一手一个连续将八九只鬣狗扔到数米开外。紧接着，又有几只大猩猩飞出来，又是一阵乱捶乱抡，瞬间把鬣狗群打得屁滚尿流。

没错，正是阿勇、阿逊它们及时赶到了！阿勇见鬣狗们已经被打得不敢进攻了，便扑到和和身边。和和见阿勇它们来了，知道自己得救了，原本还绷着的神经随着疲劳和伤痛一下子松弛下去，紧接着便倒地昏厥过去。阿勇在边上关切地叫了几声“和和”，见和和没反应，便将心中的担忧全部转为愤怒，一声狂吼纵身向鬣狗们扑去，吓得那群鬣狗四散奔逃。

此时，在山洞内收到警报的徐逸和李龙分别在洪士的指挥下带着医护队和特训队赶到了。医护队对已经倒地的和和与那两只狒狒进行紧急救护后便把它们送进了山洞。那些小狗、小猪大部分都被抓伤了，有几只被当场咬死，也都被送进了山洞。特训队则对逃散的鬣狗展开了全面搜捕。躲在树上的希星此时仿佛又看见了自己妈妈被黑熊袭击时的血腥场面，恐惧和焦虑再一次占据了它那幼小的心灵。它趴在树上不敢下来，直到听到那熟悉的呼唤声……

第十章

战斗的目的

茶室里，听闻老邹是从另一个世界的2050年过来的，几经确证后，大邹脸上洋溢着的不仅仅是震惊，更多的是兴奋。遇到五年后的自己本来已经够带劲的了，现在还发现竟然连世界都不止一个，这该是多么新鲜有趣的事。

人因为有意识而有了赖以认识这个世界的观念，但人的意识又总是有局限性的，因此就不得不受制于各种观念。所不同的是，绝大多数人会慢慢地习惯于被观念所束缚，对那些能够挑战自己固有观念的思想产生抵触心理，比如厌恶、抗拒、视而不见等；而有少数一些人恰恰相反，他们对自身观念的固化会保持警惕性，所以不仅乐于看到别人对各种观念发起质疑，而且乐于看到自己的既有观念被颠覆。大邹显然和老邹一样，都属于后者。

对大邹而言，所谓的世界观不过就是自己在认识世界时面对的那一道无法逾越的障碍而已。当你无法突破障碍时，你就只能在障碍里认识世界。因此，世界观不过是人类意识中无可奈何的存在，它最大的价值就是提醒自己自身的局限性究竟在哪里。也就是说，不管看似多么宏大的世界观其实都不值得吹嘘，更不值得维护。这也就是为什么大邹在得知“天外有天”时会显得那么兴奋。

而老邹又何尝不是？他早在2020年创作《哲学革命》一书时，就充分认识到人和观念的关系就像是井蛙和井壁的关系。对他而言，每一个人都是井底之蛙，只不过有的人所处的井大一些，有的人所处的井小一些，但这不是人与人之间最显著的区别。人与人之间最显著的区别在于有的人认识到自己是一只井底之蛙，并且愿意突破井壁跳出去，尽管它知道自己跳出去以后依然是一只井底之蛙；而有的人非但认识不到自己的局限性，更不愿意也不能够突破自己的局限。令人遗憾的是，绝大多数人最终都会沦为后者。

其实老邹和大邹在这个问题上的认识是非常相似的。当初，老邹从陈玄那里知道有另一个世界存在后，他甚至抛下B世界的美好生活，不顾一切跟着陈玄过来了。所以，关于大邹的兴奋，老邹是深有体会的。

洪士的来电打断了两位邹老师的谈话。大邹在得知和和它们受到野外鬣狗群的攻击后就匆匆往外走。而此时，老邹也接到了陈玄的来电。老邹把隐形光屏调到共享状态，让大邹也一起察看现场的情况。陈玄把基本情况向二老稍作讲解，二老见未造成太大的损失，便心下稍安。

过了一会儿，医护室里传来消息，和和已经脱离了生命危险，但两只狒狒英勇牺牲了，另外有3条小狗和2只小猪因伤势过重也死亡了。

又过了一会儿，特训队传来消息，鬣狗群里总共17只鬣狗都已经找到，其中8具尸体9个俘虏。大邹问起那9个俘虏里面有没有伤势严重的，李龙队长说有6个严重骨折，但至少没有生命危险。不过大邹还是让李龙把所有俘虏都带去医治。

李龙带领着特训队把那9个俘虏押送过来接受治疗。原本一直在医护室里的阿勇看见这些鬣狗，顿时暴跳如雷冲了上去，却被李龙挡住了。阿勇自知不是李龙的对手，但还是不肯善罢甘休，非得找鬣狗报仇。李龙知道阿勇心疼和和，况且自己心下也为死去的两只狒狒难过，但因为知道大邹是不允许任何报私仇行为的，所以就很善意地劝住了阿勇。

此时二老正好因为不放心，要亲自跑去医护室看看情况，于是刚走进来就发现了阿勇企图暴虐鬣狗的这一幕。大邹叫住了阿勇，道："阿勇，克制一点！它们现在不是敌人，是俘虏。"

阿勇道："它们把……把大费、小费都杀死了，还差点把和和杀了，我不可能放过它们！"其实阿勇此时满脑子都想替和和解恨，但却为自己找到了更好的理由，即所谓的为死去的两只狒狒报仇。

大邹当然知道阿勇主要是心疼和和，但他并不说破，只是委婉地质问道："和和醒过来后看到你在这里撒泼打诨，你觉得它会高兴吗？"

和和很勇敢，但和和主张和平，不屑于争狠斗勇，对于这一点阿勇素来是知道的。因此阿勇听到大邹老师的质问后，一时说不出话来，但怒气未消。

大邹见阿勇有些收敛了，便开导道："你向往文明，就要努力站在文明的高度去约束自己。泄私愤是对文明的亵渎，任何时候都要抵制。"

阿勇不服道："可是它们是敌人。你自己也说过，对敌人就要不择手段、毫不留情！"

大邹正色道："我刚才已经说过了，它们现在已经不是敌人，而是俘虏。刚才在树林里它们是敌人，你打得它们越重越好。可是现在它们已经屈服了，无力抵抗了，这样敌我状态就消除了。这时候你再把它们当作敌人，你就是在给自己的暴行寻找借口。"

只见阿勇面有愧色低下头去，不再争辩。

大邹继续开导道："阿勇，我知道你在这次抵御鬣狗袭击的事件中表现得非常好。可是我想告诉你的是，别把一时的敌人当作一辈子的敌人。敌我状态有时候只是一种无奈，并不是无法化解的。你想想，和和与大费小费为了自我保护投入战斗，是英勇的，但也是被迫的，并非它们好斗。而你和阿逊它们赶去救援并投入战斗，同样是出于保护家人，也是被迫的，本质上也不是因为你们好斗。可是从鬣狗的角度去看呢，猎杀行为不过是它们天然的也是唯一的生存方式罢了，对它们而言也是正当的。我们和鬣狗群在那一刻陷入了敌我对立状态，站在双方各自的立场看都有充分的理由去战斗，那么就只能战斗。但是现在不同了，我们已经胜利了，此前的敌人已经成为俘虏，那么敌我状态自然就解除了。接下来，我们要做的不是消灭它们，而是消灭这种敌我状态。阿勇，关于如何消灭敌我对立状态这个问题一直是人类文明旅程中最艰难的课题，从现在开始你们也一起思考起来吧。”

此时阿智、阿逊等也在边上，大邹老师这番话它们都听进去了。大邹看似在劝导阿勇，其实同样是讲给它们听的。

只见阿逊过去搭着阿勇的肩膀把它拉到一边，道：“老师讲得对。走，我们去看看和和，说不定它已经醒了呢。”阿勇垂着头由阿逊拽着走，阿智也跟上去边拍着阿勇的肩膀边安慰它。

大邹见阿勇它们离开了，便开始把注意力转向其他地方。大邹一转头，发现一双眼睛正直勾勾地盯着他看。

刚才陈玄一直站在大邹的左侧后方，而希星就照例蹲在他的右肩膀上。在陈玄的安抚下，希星惊魂稍定。他们俩跟随阿智来到医护室后，先是看望了当时还在救治中正昏迷着的和和，然后就在边上四处走走看看。二老进来的时候，陈玄他们正好在后面的角落里，于是就跟在他们身后。因为那时大家的注意力都在阿勇那边，所以二老当时没有看到陈玄他们。

此时大邹看到希星正盯着他看，就高兴地走上去，一边伸出右手食指和它握握手，一边夸赞道：“小家伙又勇敢又聪明，这次多亏你把警报拉起来呀，否则后果不堪设想。”原来，当警报器被触发升空后，它的监视功能就启动了，于是希星在树干上拍打警报按钮以及后来阿勇它们及时赶来救援的情形都被洪士看到了，当然大邹也就知道了。

陈玄此前并不知道是希星拉响了警报，此时听大邹如此说，既惊讶又欣喜，和希星对视了一眼，又半开玩笑地对大邹道：“爷爷，希星小朋友这么优秀，应该考虑奖励一下。”

大邹点头道：“是的，这次意外事件影响深远，是要好好开个大会总结一下，该缅怀的缅怀，该表彰的表彰。”大邹转而又对希星道：“到时候给你胸前挂个红五星！”

希星虽然不会说话，但似乎都能听懂。只见它突然笔挺地直立起来，然后就在陈玄肩膀上原位做了个前空翻，看起来挺开心的样子。

大邹转头对边上的老邹笑道：“大哥，你们带来的这个小朋友不得了啊！以后就留下来给我做两年弟子吧。”

老邹笑道：“就看陈玄舍不舍得了。”

陈玄一听赶紧道：“舍得舍得，做爷爷的弟子谁不乐意。不过爷爷您别这么偏心，把我也一并收了吧？”

大邹没有回答陈玄的问题，反而故意对着希星道：“你愿不愿意？”

竟见希星点起头来，嘴里含混地喊道：“愿、愿。”

陈玄惊讶地看看大邹和老邹，问道：“希星是不是在说话？”

老邹笑而不答。

大邹则对陈玄揶揄道：“看来这小子比你聪明呀，我记得你在它这个年纪的时候只会咿咿呀呀呢。”大邹和老邹在2020年之后的生活轨迹是不同的。B世界的老邹在陈玄未出生时就离开了北京，但A世界的大邹是在陈玄出生以后才离开的，所以此前和陈玄是有交集的。

不知不觉已经夜里七点钟了，到了该吃晚饭的时候了。大邹把老邹、陈玄，还有希星带到餐厅里，老邹发现这个餐厅的布置非常传统，像二十年前的学校食堂，外面是公共桌椅，里面有一个包厢。菜已经在大邹的交代下提前上桌了，有红烧鲫鱼、蘑菇炖鸡、辣炒毛豆、芹菜豆干、韭菜炒蛋，还有一些水果和坚果，大概是专门为希星准备的。

老邹扫了一眼，笑道：“真不错，看着就有胃口！”

大邹道：“估计咱俩口味差不到哪里去，反正我是按着我自己的喜好去点的菜。”

老邹道：“一看这个辣椒炒毛豆就很正宗，绝对是妈妈的手艺！”

大邹笑道：“是呀，别的地方是吃不到的，只有妈妈才这样炒，把毛豆的水分先煸掉，这样的毛豆吃起来才香。”

老邹也道：“是呀。我自己也经常这样炒的。还有这个红烧鲫鱼也像是妈妈烧出来的。哎，看着这些菜我都想妈妈了。”

大邹道：“我们这里掌管厨房的徐师傅有他自己的菜谱，也很不错的。不过有几个菜他是在我的要求下学起来做的，包括这个辣炒毛豆和红烧鲫鱼。哈哈，看来咱俩果然都是一个妈的孩子。”

邹向荣的爸爸妈妈都是江南人，年轻时是一个厂里的工人，吃苦耐劳、勤俭持家。妈妈不但是料理家务的能手，还烧得一手好菜。爸爸则主要干些力气活给家务搭把手，还擅长开辟些荒地种种菜，时不时会按着时令捕一点野味。二十世纪八九十年代，正是邹向荣长身体的时候。那些年大家的家庭条件都不富裕，大部分时候都要靠省吃俭用度日，加上物质短缺，年少的邹向荣总有一种吃不饱的感觉。好在爸爸妈妈总会想着法儿地给邹向荣改善伙食，春天的时候摘点野菜倒也不算什么，可夏天的时候捕捉的田鸡或石蛙就是邹向荣的最爱了，妈妈烧的辣椒毛豆炒青蛙大概是邹向荣一辈子都忘不掉的美味。秋冬之交爸爸还会抓些黄鳝或螃蟹来，有时候还能网些河虾，也都是餐桌上的亮点。再不济，爸爸还会抽空去钓个鱼，虽说他钓鱼的水平倒是不值得期待，但也有收获的时候。有好菜时，妈妈总是很少动筷子，看着邹向荣很欢实地吃就很满足了。那时候邹向荣碰到桌上有好吃的那是从来不知道客气的，常常是吃饱喝足了才假惺惺地诧异起妈妈为什么吃那么少。其实年少的邹向荣和大多数孩子一样，并不是一个心里总装着别人的人，有时候即使吃饱吃好了也会抱怨几句，更别提不满意的时候了，不过他的爸爸妈妈对此并不太计较。

大邹还弄来了几扎刚做好的鲜啤，和老邹两个人边喝边聊着共同的往事，真是不亦乐乎。聊到早些年自己总是对爸爸妈妈有诸多不满，常常阴阳怪气地这般责怪那般讥讽，却总是被他们所包容时，讲着讲着竟见二老都要哭出来了。到底是上了些年纪了！

二老的聊天似乎没有陈玄和希星什么事，如果说陈玄至少还听得津津有味，那么希星就只顾着吃了。没过多久，希星就饱了。只见希星拉拽了一下陈玄，指了指房间门。陈玄略一思量，想是希星听到外面的喧闹声后坐不住要出去玩耍了。原来此时门外已经传来一些动静，应该是山洞里的成员纷纷来就餐了。

于是陈玄对二老说道：“我把希星带出去吧，看它已经吃饱了。”

见老邹点了点头，于是陈玄站起来想去给希星开门，不料大邹喊了句：“玄玄，你就自顾坐着。希星如果想出去，让它自己开门。”

陈玄不确定希星能不能会意，更不确定它能不能自己开门，但他还是遵从了大邹的建议，试着对希星说道：“那你自己去吧。”

没想到希星噌的一下就跳到了门把手上，然后双手挂住把手开了门锁，再用腿一蹬门框边的墙壁，门便打开了。希星从门把手上落下来，看了一眼陈玄，就自顾自出去了。

陈玄起身去关门，顺便瞅了一眼希星，见它对着外面餐厅四下张望一番，想是在找熟人。于是陈玄也不管它，关了门重新坐回了餐桌。

这时候，陈玄的隐形光屏发来提示，原来是爸爸颜一舟打来了电话。

第十一章

团聚和回忆

颜一舟从重庆回到苏黎世后，便径直来到了辛向音的办公室，他要和她一起分享这个属于他们的天大惊喜，同时也是对这个世界而言的天大秘密。

颜一舟今天早上秘密出发去四川的计划辛向音是知道的，因此她一直期待着颜一舟的回音。当颜一舟在辛向音秘书的陪同下走进办公室时，辛向音抑制住内心的激动与不安，从座椅上站起来故作大方道："颜部长大驾光临，有失远迎啊。"

颜一舟知道此时有秘书在边上，不方便说话，于是笑道："辛部长客气了。想必辛部长昨天也看过草案了吧，有何感想呢？"

辛向音瞅了一眼自己的秘书，道："朱丽叶，你先去忙吧。"然后又对颜一舟道："你来得正好，我也想和你探讨一下这份计划书。"

那个叫朱丽叶的女秘书应了一声便离开了辛向音的办公室。颜一舟见办公室的门虽然已经关上了，但为了小心起见，他一边排查被监视的风险，一边故意道：“好久没到辛部长这里坐坐了，办公室布置的还真有格调呢！”

辛向音知道颜一舟的用意，为了配合他检查，也故意道：“老太婆眼界可是狭隘得很，颜部长有更好的建议吗？”才三十出头的辛向音名义上已经五十多了，因此常常在人前戏称自己为老太婆。

颜一舟一边加紧排查，一边说道：“不敢当，不敢当！瞧辛部长这话说的，您的审美观可是我们这些男人好比的？”

不一会儿，颜一舟故作一本正经道：“好了，放心说吧。”

辛向音此前一直通过颜一舟的细节动作去努力揣测他今天到底带来了什么消息，好消息？坏消息？不过颜一舟表现得太过平淡，终究看不出什么来，这更让辛向音有些忐忑不安。自从昨晚和颜一舟用隐形光屏通过话后，她就一直在期待着，期待着一个这6年来一直牵挂的消息。带着那份不安的心情，辛向音有些嗔怪道：“费哪门子劲呢！为什么不直接用隐形光屏对话？既安全又便捷。”

颜一舟露出了神秘的微笑，道：“怕你受不了刺激，不得不和你面对面讲。”

辛向音听他如此说，心中不觉涌出一股希望，略显激动地问道：“真的是你爸邹向荣？”

颜一舟有意要制造些悬念，好让惊喜变得更刺激些。只听他摇摇头道：“不是我爸。”

辛向音霎时大为失望，但见颜一舟神情有些怪异，总感觉其中仍有蹊跷，于是假意怒道：“那到底是谁？非要我一句句问吗？这么磨叽！”

颜一舟见辛向音有怒意，便不敢再卖乖，直言道：“那我真说了，你可要保持冷静啊。”颜一舟见辛向音懒得再答应，便继续道：“他倒是邹向荣，但却不是我爸。这样说吧，他不是我们这个世界的邹向荣，他是从另一个平行世界来的，而且是从那个世界的2050年过来的。”

这一次辛向音从颜一舟的表情中看得出来他没有在开玩笑，于是追问道：“你确证过了？”

颜一舟点点头道：“如果不是陈玄也在，我真的会以为这是我爸在和我开玩笑。”

如果说辛向音对邹向荣的出现还是有一分心理准备的，但对于自己的儿子陈玄的出现那就完全出乎她的预料了。只见辛向音瞪大眼睛露出不可思议的表情问道：“什么？陈玄？你说的是玄玄？”

颜一舟点了点头。

辛向音进一步追问道：“和邹向荣在一起的那个年轻人就是玄玄？”

颜一舟就自己所了解的情况把陈玄为什么从2050年回到2020年，然后在返回2050年时闯入了另一个世界，最后那个世界的邹向荣又为什么和陈玄一起赶到这个世界的2045年，一股脑儿给辛向音讲了一遍，听得辛向音目瞪口呆。

辛向音震惊之余，内心中充满了巨大的欣喜。自从她来到2039年后，作为挚友的邹向荣就音讯全无。此时此刻，虽然此邹向荣非彼邹向荣，但他的意外出现也足以填补她的心愿。更何况这个邹向荣在2020年之前本就是和自己交往过的那个邹向荣。当然，最令辛向音感到惊喜的自然还是陈玄，自己日夜思念的儿子竟然会以这样一种方式出现，真是让她大喜过望。但是作为人类联盟的一位首脑，辛向音在短暂的欣喜之后开始为人类的前途担忧起来。毕竟，陈玄和邹向荣的到来不是为了别的，而是为了拯救这个世界！

只听辛向音道：“我就知道那个什么宇宙战略肯定是扯淡，会把人类带向深渊。但我没有想到的是，五年之后人类会癫狂到这个地步，会甘愿寄生于图灵之下！”

颜一舟道：“人类的发展其实一直都是靠欲望推动的，一旦欲望有了满足的通道，那么人类的发展自然就停滞了。”

辛向音道：“照你这么说，我们想办法把图灵砸了就行喽。”

颜一舟知道辛向音在说气话，但还是一板一眼答道：“那不行，没了图灵会有图通的，没了图通会有灵通的。关键还是人呀，问题出在人类自己身上。”

辛向音道：“人类如果真的这么不争气，自甘为奴，那人类文明就算到头了。以后地球文明就是图灵文明，说不定能发展出更高级的文明来也未可知。”

颜一舟笑道：“别老说丧气话，还没这么悲观呢。你荣哥那个世界不是照样发展得好好的？对了，我们跟陈玄他们联系下，看看他们怎么样了。他们认为于莺可能在广安的灵鹭山保护区里，我离开时他们正要上去找找看，不知道结果如何。”

辛向音眼睛一亮，道：“怎么联系他们？”

颜一舟得意道：“山人自有妙计！”

颜一舟让辛向音开启隐形光屏，然后把两个人的隐形光屏连通后，又拨通了陈玄的隐形光屏。

隐形光屏里的陈玄显然非常兴奋，先对着颜一舟喊了一声“爸爸”，然后又对着辛向音连续喊道“妈妈、妈妈”。

辛向音曾假想过无数次陈玄长大后的样貌，但此时此刻儿子就在眼前，白皙英俊的面庞和天真无邪的笑容，让辛向音激动得瞬间流下了眼泪。只见她努力擦拭掉奔涌而出的泪水，不断地一边点头一边应道：“玄玄、玄玄……”

灵鹭山山洞内的餐厅中，大邹看着陈玄奇怪的表情和言语，不知道发生了什么。原来大邹此时还不知道隐形光屏的事，而且陈玄的隐形光屏未调到共享状态，所以大邹看着眼前的景象感到奇怪就很正常了。老邹当然很快反应过来，笑道：“估计正在和他爸爸妈妈通话呢。”接着，老邹走到陈玄边上，拍拍他的肩膀道：“你把光屏调出来，大家一起看看。”陈玄这时才想起身边还有两位爷爷，赶紧“哦”了一声把光屏调了出来。

颜一舟和辛向音这边，一个邹向荣突然出现在了光屏里，不一会儿，又一个邹向荣出现在了光屏里。二人面面相觑，显然，这不仅让辛向音大吃一惊，同时让颜一舟也感到不可思议：原来爸爸这些年真的躲起来了！

陈玄把光屏调得很大，这样颜一舟和辛向音那边就可以清楚地看到他们三个人了。

只见其中一个邹向荣笑道："一舟、向音，我把你们的爸爸找到了。"

另一个邹向荣有些尴尬，道："亦宁、小陈，你们还好吗？"显然，这个邹向荣就是A世界的邹向荣，对他而言，他的儿子叫邹亦宁，而对面的辛向音则是他三十年前在北大认识的挚友陈以欣。因此他还对他们保留着原有的称呼。

这一次轮到颜一舟无法自已了，他带着些哭腔道："爸爸，这些年你都到哪里去了？"

辛向音一下子分不清到底哪个邹向荣是这个世界的，于是干脆一会儿看看老邹，一会儿看看大邹，道："是啊，荣哥。莺子这些年也和你在一起吗？"

第一个邹向荣拍了拍另一个邹向荣的肩膀，道："好好交代吧。我就不在这里干扰你们了。"说完，他就从屏幕里走开了。

A世界里，二十多年前。

邹向荣从北京回到家里，心中只惦念着三件事情，一是尽快完成《思想者》这本书；二是希望把自己的哲学理念，特别是关于自我否定的理念传授给儿子邹亦宁；三是关心着北京陈玄母子和于莺的情况。

自从邹向荣得知2039年的邹亦宁为了拯救地球返回2020年与单华和陈以欣见面的事情后，他就一直在思考一个问题：为什么2039年的时候原本在他身边的这些人都在为拯救世界而努力着，可是却没有他自己的身影？不得不说，这是一个让他极其困惑的问题。因为如果他的思想是靠谱的，那么为什么他不能在关键的时候挺身而出？而如果他的思想不靠谱，那么又为什么深受他影响的并且很倚重他的单华、陈以欣和邹亦宁却成了关键人物？

起初，邹向荣认为可能问题出在自己的怠惰上，一定是又染上了什么毛病，比如说沉溺于游戏、打牌、喝酒这些。于是他回来后几乎与家乡所有的老朋友、老同事断绝了来往，主要将时间都用在写书上面。后来《思想者》这本书倒是写得挺顺利，不但写出了他自己原有的思想内涵，而且在写书的过程中他又悟出了一些更深层次的道理。但是，有两件事情却一直使其烦恼。

一是他发现邹亦宁始终对自我否定的精髓不得要领，非但不得要领，还非常抗拒。这令邹向荣一度无法接受。本来邹向荣并不是急功近利的人，他应该对邹亦宁有足够的耐心。其实对于一个孩子而言，从一个肯定走向另一个肯定，从一个成功走向另一个成功是符合正常发展规律的，因此如果要反其道而行之，让一个孩子充分认识到否定的价值，是极其困难的。即使是悟性很高的邹亦宁也确实很难做到。然而，此时已经知道这个地球在十几年后就会迎来灭顶之灾的邹向荣在焦虑中失去了应有的耐心，常常会爆发出在旁人看来不可理喻的怒火，而矛头的指向往往就是他最亲近的人。

妻子颜敏丽就是令邹向荣烦恼的第二个因素，也是最关键的因素。对于颜敏丽而言，回家后的邹向荣看起来总是有些魂不守舍，除了沉浸于写书之外，还经常和其他女人保持联系，而对于她这个妻子却少有关心，这令她越来越无法忍受。可对于邹向荣而言，他希望把有限的时间和精力都用在刀刃上，不想把时间浪费在无聊的相互安慰中。颜敏丽一直就是一个没有忧患意识的人，尤其是在大局观上。所以邹向荣根本不会对她寄予什么期望，既不会主动把自己的思想跟她分享，也不会要求她做些什么改变，当然，对她的嘘寒问暖也就越来越少了。颜敏丽本来并不知道邹向荣的冷淡和焦虑到底是为了什么，但出于女人的敏感，她认为邹向荣在外面这几年肯定是有了其他女人。邹向荣是一个坦荡的人，他手机里的内容对家人是不保密的，于是他和陈以欣以及于莺的对话都被心有疑虑的颜敏丽知晓了。2022年11月18日的那个晚上，也就是陈以欣知道自己很快要去未来的那一天，邹向荣不顾颜敏丽的猜忌一直和陈以欣在说些什么，这让本来就有怨怒的颜敏丽彻底爆发了。邹向荣原本不会把颜敏丽的脾气放在心上，但是那个晚上，当他获知陈以欣的确已经被颜一舟接到未来之后，他再也不想控制自己，因此在被颜敏丽又一通严厉而近乎刻薄的指责之后他直接甩门而出。然而，邹向荣究竟不是那么决绝的人。他希望颜敏丽或者邹亦宁会过来找他，这样他就可以如愿归家了。可是，由于颜敏丽的固执，邹向荣的这个愿望并未达成。这就是他后来心灰意冷的真正原因。

从此，邹向荣成了一只闲云野鹤。又过了些年，终究不能释怀的他设法来到一些偏远地区的学校去教书，希望借此把自己的思想阐发出来。不过，A世界的邹向荣在即将面临的危机面前可能还是多了一些心浮气躁，没有像B世界的邹向荣那么心如止水地去做事情，所以A世界的邹向荣最终并未让世人看到他的才华。

可幸运的是，邹向荣还有一个真正的朋友于莺。是于莺后来不顾一切找到了邹向荣，并且重新把再一次沉浸在酒坛子里的邹向荣拉了回来。

听完大邹的叙述后所有人都沉默了，包括站在屏幕外面的老邹。

大邹看到大家都不言语了，于是又对着颜一舟问道："亦宁，你妈妈现在还好吗？"

不得不说，这是颜一舟最不愿提起的往事。可是爸爸既然这么问了，他只能如实答道："从我去读大学的第一天起，妈妈就不在了。"

对这么一个外人看起来应该很震惊的消息，大邹却一如既往的淡定。只听他叹了口气道："唉，有的人活一万年也就是那个样子。在与不在有什么区别？"

邹向荣惊世骇俗的思想对于辛向音而言是司空见惯的，但对于颜一舟而言还是很难接受，脸色瞬间变得凝重，毕竟那个人是他的妈妈啊。

辛向音也忍不住指责大邹道："荣哥，你说得太过分了！一舟这些年都在设法找你，如果今天不是玄玄和那个荣哥把你找出来，你还想藏到什么时候？"

大邹露出一丝苦笑，道："这么多年来我可从来没有想藏起来啊，只是我没有主动去找你们罢了。如今，外面的生活我已经不适应了。再说，2039年的那场危机已经过去，这说明这个世界其实有我没我都没有什么影响，因此我就干脆找一个山洞过过神仙日子好了。"

听了大邹这番言语，在一旁沉默已久的老邹突然间明白了自己和他之间的差别。在B世界的2020年，因为陈玄的出现，老邹坚定地认识到了自己的价值，于是后来他就一直心无旁骛地去开拓自己，最终让世人看到了他的才华，并且因此而改变了那个世界的发展轨迹。但在大邹的世界里，陈玄并未出现过，因此也就没有人告诉他他到底对这个世界而言有多么重要。尽管大邹和老邹一样有着卓尔不群的思想，但大邹在后来的二十多年里由于一直没有坚定自己的价值信念，因此走进了一条弯路。正所谓"差之毫厘，谬以千里"，大邹和老邹的人生路就此有了天壤之别。

其实陈玄听了大邹的话也悟出了点东西，只听他对大邹道："爷爷，您知道我2050年为什么会在爸爸的安排下穿越到2020年去吗？"大邹此时并不十分清楚个中原因，因此他在等着陈玄继续说下去。当然陈玄抛出这个问题也不是用来玩猜谜游戏的，只不过是自问自答罢了。只见他又看了看屏幕里的爸爸妈妈，道："2050年图灵已经极其强大了，人类很快就将成为它的附庸，但这样的结局除了爸爸妈妈等少数几个人能够预料到外，其他人都还蒙在鼓里。不过奇怪的是，图灵竟然想要拿到《哲学不是什么》这本书，但这本书的绝大部分信息很早以前就已经被销毁了，所以图灵设法说服人类联盟首脑团启动返回2020年的计划。

而我在海选中最终被选定为这项计划的主要执行人。爸爸妈妈利用我这次返回的机会，让我去找到爷爷您，希望通过您的帮助为人类命运找到出路。不过，让我们都没有想到的是，大概是因为那次返回计划导致了世界分裂，于是我就出现在了B世界里，而A世界的2020年里我似乎并没有出现过。”

辛向音听了陈玄的述说吃了一惊，道：“《哲学不是什么》？这不是荣哥2018年硕士研究生的毕业论文吗？”

陈玄道：“是的，就是爷爷写的。”

辛向音道：“我记得荣哥因为这篇论文得罪了一些人，不过也有可能是那些人想利用这篇论文里面一些比较激进的观点去打压荣哥，最终荣哥不但失去了读博的机会，而且连硕士学位都没有拿到。是这样吧，荣哥？”

大邹还在讶异于他的那篇对自己而言并不起眼的论文竟然会在2050年产生影响力，所以对辛向音抛来的问题有些没准备。只听大邹略微点了点头，道：“我都忘记了我在那本书里写了点什么。不过，当时为了这本书的确是和一些人有过一些争辩的。”其实那一年因为这本书中的一些观点，大邹被迫卷入到一场针对他的“批斗”中，然而时过境迁，大邹早就将之淡忘了。

此时心中仍有一丝怨气的颜一舟冷冷道：“你除了写自我否定之类的东西外，还能写出什么来？”

大邹看了一眼颜一舟，此时此刻他感觉到一种强烈的愧疚。

陈玄转头看了看在一旁坐着的老邹，只见他正优哉游哉地自顾自喝着啤酒。陈玄说道：“我听老邹爷爷说起过这本书，好像当时主要是因为这本书里有一些反宗教和反信仰之类的观点，所以被一些别有用心的人扣了帽子。”讲完后，陈玄瞥见老邹正冲他点着头。

大邹和老邹一样，不喜欢自己在交谈中成为被议论的中心，于是他开始转移话题。只听他道：“亦宁、小陈，这二十几年来我虽然没有主动联系你们，但我多少还是牵挂着你们的。有好几次我在梦里和你们相遇，每一次醒来都伤心欲绝。”

在辛向音的印象里邹向荣是一个很幽默的人，很多时候他的幽默藏得很深，一不留心就会上了他的当。但是这一次，辛向音感觉这个邹向荣的言语里没有掺杂任何幽默的成分。所以辛向音道：“荣哥，自从我被一舟带到2039年，每一次看到一舟难过，几乎都是因为想念你。”辛向音说到这里居然不知不觉哭了出来，忍了一会儿，然后对颜一舟说道：“一舟，这时候你就别怪你爸爸了，把你的情况也讲一讲吧。”

只见颜一舟用一只手捂住自己的嘴巴，稍稍整理一下思路后，便开始讲了起来。

2022年11月18日那天晚上，邹亦宁带着入选国际信奥竞赛国家队的喜讯放学回家，一路上都在想着爸爸妈妈因为这个喜讯而高兴的样子。有一段时间了，曾经很欢乐的一个家庭不知怎么就变得压抑起来，这让邹亦宁很担忧，尽管他每天还是在爸爸妈妈面前露着像往常那样天真的笑容。

然而一进家门，邹亦宁见妈妈一个人坐在沙发上抽泣，一种不祥的预感在他心中闪过。可是不管邹亦宁怎么问，妈妈就是不说爸爸去哪儿了。最后，大概是邹亦宁问得急了，颜敏丽竟然冲其吼道：“以后你没有爸爸！明天我就把你名字改掉，你不姓邹，姓颜！”

那天晚上，邹亦宁不顾颜敏丽的劝阻，执意冲出家门去寻找邹向荣。爸爸的电话虽然是通的，但就是没有人接。于是邹亦宁先在小区里仔仔细细找了一遍——因为他和爸爸曾经在小区里玩过相互搜寻的游戏。无果之后，邹亦宁又在街上漫无目的地搜寻起来。期间他不停拨打爸爸的电话，也不停地收到来自妈妈的电话，本来就没有多少电的手机因此自动关机了。然而邹亦宁仍不肯罢休，一个劲地在街上寻找。大概是到了凌晨两点多钟，颜敏丽在舅舅舅妈、表妹表妹夫的合力帮助下，终于从学校附近的塔山脚下把他找了回来。回到家上了床后，辗转反侧难以入眠的邹亦宁在床板上找到了爸爸留给他的那本《思想者》和一封信。

自此以后，颜敏丽始终对更了名的颜一舟咬定了一个“事实”，那就是他爸爸邹向荣不要这个家，离家出走了。绝望透顶的颜一舟在这个所谓的事实的打击下开始一蹶不振，不但放弃了国际信奥竞赛，就连正常的学业都荒废了。

2023年9月15日，刚刚踏进大学校园的颜一舟接到了妈妈去世的噩耗。一下子感觉自己成了孤儿的他在新学校里像掉了魂一样过了好几个月，直到有一天他再一次翻出爸爸给他写的那一封信：

亦亦：

如果有一天爸爸独自离开了，你千万不要难过。

人类本来应该是伟大的，但如果我们认识不到自己的狭隘，还总把自己的狭隘当作高尚的德行去维护，那就离毁灭不远了。我本以为能够改变人类、改变世界，但我发现自己始终是一个无足轻重的人。我看到了一个即将被毁灭的世界，我看到了这个世界将被毁灭的原因和方式，但我却无能为力。

在家中的这一年多时间里，我终于想明白了，我和你都生活在一个诡异的世界里，我们都肩负着某种使命，但我的使命是改变你，而你的使命才是改变这个世界。

最近，我常有一种要离开的预感和冲动，我希望在有限的生命里去实现自身存在的意义。当然，我在离开之前一定会把《思想者》这本书写完，你就把它当作是爸爸留给你的礼物吧。信写到这里，我有点想哭了。原谅我，只能用这种方式来爱你。

亦亦，拿到书后千万藏好这本书，常常领会书中的内容，但不要拿出来炫耀，更不能出版。书中涉及天大的机密，只有你能够并且有资格去掌握。相信我，更要相信你自己！

爱你的爸爸

2022年11月2日

颜一舟始终不愿相信爸爸会弃他而去。因此，那一天当他再一次看过这封信后，他暗暗下定决心：一定要解开发生在2022年11月18日的那个谜团。从此之后，颜一舟开始爆发了。

颜一舟就读的是一所不入流的大学，勉为其难称作三流吧。但对他来说这不是障碍，而是一个起飞的平台。在大一第一个学期的期末考试中，几乎没有上过课的颜一舟仅靠最后两个礼拜的奋起学习，就稳稳拿到了全年级第一名。当然在那种学校里，颜一舟在学习方面的骄人战绩除了给几个老师带来震惊外，在同学中间几乎是没有什么反响的，因为没有什么人在乎成绩。但是接下来，颜一舟在各类全国大学生竞赛中脱颖而出，真正给学校带去了震撼。不过这些荣誉在当时的颜一舟看来已经没有什么值得激动了，毕竟他也是一个经历过大风浪的人了。

大学毕业后，颜一舟在众多名校的邀请下最终还是选择到北大继续深造，尽管他年少的时候曾经希望就读的是清华。显而易见，他想追随父亲的脚步。也就是在北大，颜一舟认识了单华。后来，还是在单华的举荐下，颜一舟成了中国国际友好联合会的一员。令颜一舟感到不可思议的是，他爸爸邹向荣似乎早就料到了他会走这一步。因为单华在劝说颜一舟加入这个组织的时候就清楚地告诉他，他的爸爸在好多年前就已经交代过，有一天遇到颜一舟的时候一定要把他拉到自己的团队里。

之后，颜一舟就开始以一个科学家顾问的身份操心起全人类的命运。然而，对于2022年的那一个谜团，颜一舟始终没有找到突破口。显然，单华也一直对他保守了秘密。

第十二章

分飞各天涯

大邹带着满满的歉意听完了颜一舟的述说，良久说不出话来。

此时的陈玄却心生疑问，只听他对颜一舟问道：“爸爸，你到底是什么时候认识妈妈的？”

竟见颜一舟对这个简单的问题突然陷入了沉思：“我究竟是什么时候认识辛向音的呢？”有的时候，颜一舟有一种模糊的记忆，记忆中他早在2030年左右就已经在北大认识辛向音了。可是，颜一舟比较确定的记忆却是在返回2020年的时候才真正认识了当时还叫陈以欣的辛向音。的确，颜一舟在这个事情上经常有一种记忆错乱的感觉。此时被陈玄这么一问，颜一舟突然有了一个答案，或许正是两次时空穿越带来了自身记忆上的混乱。也许，他已经不是一个人了，而是两个或三个不同颜一舟的合体。

只听颜一舟困惑地对辛向音道：“按说我应该早就认识你的，可是为什么我都不记得了呢？”

辛向音道："你的这个问题我早就发现了。然而我一直都没有搞明白，为什么你老是以为我们是在你返回2020年的时候认识的。我很清楚地记得，你那次从2039年返回2020年的时候，为了让我相信你，你告诉我咱们应该在2030年就认识了，还一起加入了单华的中国国际友好联合会。可是自从我来到2039年之后，你的很多说辞就和原先对不上了。"

陈玄也道："我从2050年返回2020年的时候，爸爸您的确对我说过，您和不是我妈妈的那个辛向音早就在一起共事了，后来因为她得病了，所以您借着返回2020的机会重新认识了我妈妈，然后才有的我。"

颜一舟想了想，似有所悟道："这可能就是因果可互换原理的体现吧。其实这个原理我很早就发现了，而且也就是在这个原理的指导下才发明出时间倒流阀装置的。但是今天看来，我显然对这个原理的实际作用认识得还很不够。"

大邹似乎并不关心这个令人困扰的问题，此时的他更关心另一个曾经令他无比牵挂的问题。只见他习惯性地称呼颜一舟的小名问道："亦亦，听你刚才说的话，我发现你应该已经掌握自我否定的要领了吧？"

只听颜一舟略带讥讽道："被你骂了快两年，再弄不明白的话我不是真的变成你嘴里经常念叨的'蠢材'了吗？"以前，大邹看到儿子对自我否定的思想总是无法理解和践行时，就会常常从嘴里蹦出"蠢材"两个字来。

说毕，颜一舟自觉在这个场合对父亲不恭敬是很不合适的，于是他又补充道："您不是留给我一本书吗？后来我没事情的时候就经常翻翻，终于有一天我搞明白了。其实所谓的自我否定说穿了就是通过主动否定自身的既有观念以使自己的视野不断拓宽，从而能够不断地站到更高的视角看问题，不被眼下的观念所拘碍。"

听颜一舟如此说，原本有些失落的大邹感到了一丝欣慰，频频点头道："对的！对的！"

之后，一家人围绕着对未来的设想又聊了一会儿，直到人类联盟通知要召开一次首脑团紧急会议，颜一舟和辛向音才告别了大家。

老邹发现，这一通谈话已经过去了两个小时，而此时大邹的酒和菜还没怎么吃呢。于是，老邹建议陈玄先去休息，他自己则陪着大邹继续吃吃聊聊。陈玄听从了老邹的建议，并在大邹的指引下找到了自己的卧室。

陈玄走进卧室，习惯性地摸了摸自己胸口，这时候，他才发现希星不在身边。于是他设法联系上了洪士，让他帮忙通过监控或其他什么途径找一下希星。很快，洪士就来消息了，告诉陈玄希星正在医护室的病房里。

陈玄来到医护室的病房里，见这个病房里的设施与传统的大不一样，没有什么椅子和沙发之类的，只有几个高矮错落排布的树墩。只见阿勇正紧握双拳倚在一个较矮的树墩上，而希星则蹲在一个最高的树墩上，两个家伙就这样一直盯着床上的病号。陈玄进了门从它们背后走过去，看见床上躺着的正是和和，下午它为了保护希星它们被那群鬣狗咬得够呛，加上体力消耗过大，此时仍然躺在床上挂着药水。

和和大概还昏迷着，陈玄怕吵着它，于是对已经转头看见他走来的希星和阿勇招招手，示意它们到外面来说话。希星一下子跳到陈玄的胳膊上，还把脸埋在他的肩膀里。陈玄从未见过希星有这个动作，于是走出病房后他抬起胳膊侧过脸来察看希星。不想希星竟不愿被陈玄察看，将头转了半圈侧向另一面。不过眼尖的陈玄已经发现，希星竟然在哭泣。陈玄又见一摇一晃走出病房的阿勇也是一脸难受相，知道和和的受伤对它俩触动都挺大的。

刚才在外面守护着的徐逸拿了一瓶药水从边上走过，笑着对陈玄说：“这俩家伙已经不声不响杵在病房里快两个小时了，怎么劝都不听。好在不吵不闹，否则要赶它们走了。”说完，徐逸就走进病房去给和和换药水。

徐逸换好药水再走出病房的时候，陈玄小声问道："和和怎么样，没有大碍吧？"

徐逸道："体力透支严重，加上流了很多血，需要恢复一段时间。不过应该不会留下什么后遗症。"

陈玄道："需要输血吗？"

徐逸道："那当然，输了5000毫升呢！总算是救过来了。"

陈玄道："这么大的血量，你这儿都有现成的？"

徐逸道："有2000毫升是赶制出来的，3000毫升是预备的。多亏了这3000毫升储备血，否则和和肯定救不过来的。不过也该是和和福气大，其实这些储备血都是它自己平时一点一点献出来的，只是没想到用在了它自己身上。"

陈玄听了不禁好奇道："既然能人工制血，那为什么还要献血？平时给每个人制一些血储备着以供不时之需不就行了吗？"

徐逸道："你有所不知。制血的原材料是很稀缺的，其实我这里现在储备的原材料总共就只能制作这2000毫升的血。"

陈玄点了点头，道："它们都愿意献血吗？"

徐逸道："这个邹老可没有强制规定。其实道理都讲过了，愿不愿意就由它们自己决定吧。不过和和的积极性是最高的，它见一些人不太乐意，就主动多献出一点。也是幸亏它思想觉悟高，才救了它自己。今天要是换作其他动物受伤，就没那么幸运了。"

陈玄又问道："那和和大概什么时候能醒过来？"

徐逸道："这个很难讲，快的话夜里就会醒，慢的话要到明天了。"

陈玄道："那需要有人在边上护着吗？"

徐逸道："不需要的，它一醒来我这里就知道了。"

陈玄道："您辛苦了。"

徐逸道："都是一家人，有什么辛苦不辛苦的。对了，你把这两个宝贝带回去休息吧，时候不早了。”说完，徐逸笑着看了看阿勇和希星便走开了。

徐逸走后，陈玄对阿勇道：“和和已经没事了，你也早点休息吧，休息好了明天才有精神照顾它。”

阿勇摇头道：“和和不醒我不睡。你带希星去休息吧，我就在这儿守着和和。”

陈玄见阿勇如此执着，也不多劝，便对希星道：“我们去睡觉吧，明天再来看和和姐姐。”

竟见希星抬起头来一个劲地摇头，嘴里含混说道：“不！不！”

自从希星跟着他后，陈玄这是第二次听见它开口说话，第一次还是在三个小时之前大邹问它愿不愿意给他做弟子时。此时陈玄既好奇于希星这么快就会用语言来表达了，同时又对它第一次显现出对自己的不依赖而感到有些失落。不过很快陈玄就想通了，毕竟相对于自己而言，和和、阿勇它们才更适合成为希星真正的朋友或家人。

陈玄看着希星，又指了指阿勇，问道：“你想跟阿勇哥哥一起留下来？”希星看了看陈玄，又看了看阿勇，然后冲陈玄点了点头。陈玄见状，便将托着希星的那只胳膊朝着阿勇所在的方向伸展开来，希星回头看了看陈玄后便一跃跳到了阿勇的肩膀上。阿勇背着希星又回到病房。陈玄注视着阿勇和希星的背影，希望希星至少能够在他离开之前来一个回眸。果然，阿勇还没走到树墩时，就看见希星转过头来寻找陈玄。陈玄满足地向希星挥了挥手，然后带着些许伤感转身离去了。

陈玄回房间休息的路上有意去了餐厅一下，发现二老仍在。不过陈玄并未惊动他们，他想他们二位此时一定有很多话要说。

此时的餐厅里两个邹向荣果然正聊得起劲，偶尔还相互碰碰手中的啤酒杯，发出同样爽朗的欢笑声。

显然，当大邹得知颜一舟当年只是因为不知情才没有去看守所探望他时，内心是非常懊悔的，懊恼自己当年做出的荒唐决定，懊悔自己没有陪在家人身边以及导致妻子与世诀别。老邹不但理解大邹此时的心情，甚至能够理解大邹当年做出的那个决定。

老邹道："如果2020年的时候陈玄没有出现，我在我的世界里说不定也会做出和你类似的决定。我想我们年轻的时候可能都存在一个问题：无法正确地处理过激情绪。所以类似于像你当年那样的情绪爆发看起来是偶然的，但终究是必然会发生的，只不过是在不同的时间以及由不同的促发因素引起而已。对了，我记得2020年北大有一场哲学大会，当时有一位中国学者演讲的主题就是过激反应，不知道你有没有印象？"

只见大邹很努力地回忆了一下，然后点点头道："嗯，好像是有那么一场哲学大会，而且我还记得单华那篇演讲稿就是我写的。"

老邹一听惊喜道："对的，对的，我也是。"

大邹继续道："可是那次会议我一次都没去过，虽然单华给过我一份邀请函。"

老邹微微一笑，道："是不是嫌这个哲学大会不够哲学？"

大邹苦笑道："是啊，那叫什么哲学大会？叫观念大会还差不多！"

对这两个邹向荣而言，哲学和观念是截然相反的概念。作为精神世界的两大核心，观念体量极大，涵盖了人类认知的方方面面，包括假说、三观、原理、规律、经验、礼法、道德等。而哲学则是反观念，其宗旨是通过对观念的反动以打破既有观念的束缚。这样说吧，在他们二老眼里观念是直接指导人类行为的，而哲学则是让人类以更广的视野和更高的角度看世界，从而为新观念的诞生创造条件的。

只见老邹摇摇头道："其实你应该去听一听的。想当年我原本也是和你一样的想法，可陈玄的出现让我认识到自己的狭隘。哲学大会上那些观念对你我而言固然称不上哲学，但是在当时，那些观念以哲学的面目示人是因为人们对哲学的概念含混不清罢了，而这些观念本身已然是极富精神价值的。我记得当年有一个来自台湾的教授，他提出的五类物质说就给了我很大的启发，从而让我有机会在B世界孕育出全物质共同发展的理念来。”

大邹仔细听完老邹的话，若有所思道：“是的，当年我在关于哲学不哲学这一点上是过于执着、过于狭隘了，因此错过了很多有营养的精神财富。其实现在的我早就无所谓哲学不哲学了，反正这个世界大概也只有我一个人是这么定义哲学的。”

老邹看着大邹，突然想起一个问题，于是问道：“你在2020年的时候也是见到过穿越过来的一舟的吧？”

大邹点头道：“是的，那也是我对参加那次哲学大会不感兴趣的原因之一。因为自从见过一舟以后，我就一门心思加快创作《思想者》那本书。本来嘛，冲着单华的面子，怎么也得去看个一两场的。”

老邹又问道：“当时一舟有没有和你提起过，嗯……就是你在后来莫名其妙失踪的事？”

大邹摇头道：“没提过。假如他提了，我想我绝不至于还那么做吧。”

老邹点点头道：“这就是我和你的又一个区别了。当年我和一舟也是见过面的，他确实没有和我提起过什么失踪的事。但是，陈玄来见我的时候是明确和我提过的，而且那事儿肯定是一舟告诉他的。由于陈玄的影响，最终我没有走失踪那条路。可奇怪的是，我有一次在2039年之后见到一舟，以开玩笑的方式问起我失踪的事情。按理说，如果一舟保留着他原有的记忆，那么他应该还是会以为我失踪过的，然而实际上他却对这件事一无所知。之后我也多次问过，包括在2050年的春节期间也问过，搞得他都以为我老年痴呆了。”

大邹皱皱眉头，道：“这或许就是一舟刚才说的什么因果可互换原理吧。对了，你和家人们在那个世界是怎么样的？”

于是老邹把B世界自己与家人的基本情况对大邹仔仔细细讲了一遍。

B世界里，邹向荣在2020年下半年从北京回到家中后，把原本正在着手写的《思想者》这本书更名为《前进》，因为他认识到一个问题，即与其做一个思想深邃的心动者，不如做一个践行思想的行动者。因此他虽然一样看得到十几年之后的灾难，但他没有企图把拯救世界的期望只寄托在别人身上，特别是只寄托在儿子邹亦宁的身上，而是用自己的行动承担起了这一份期望。于是，邹向荣有机会时会把自己的哲学思想以及超前的观念拿出来和儿子探讨，但不会苛求他一定接受。所以在B世界里，这对父子的关系不但是和谐亲密的，而且可以说是相得益彰的。邹向荣在教育邹亦宁的同时也获得了很多启发，这甚至让他感觉在父子相处的过程中自己才是更大的获益者。

邹亦宁改名成颜一舟是2024年以后的事情了。这倒和A世界类似，也是由颜敏丽主导的。2023年下半年，正在读高三的邹亦宁因为在世界信奥竞赛中的骄人战绩而获得了很多名校的邀请，最终他选择了自己曾经一直向往的清华就读。同年，邹向荣不顾颜敏丽的强烈反对，执意要离家去一个很偏远的乡镇中学——梅陇中学去教书。更让颜敏丽受不了的是，邹向荣自从离家后就几乎不主动和她联系了。2024年春节，因为邹向荣没有回家过年，颜敏丽一气之下要求邹亦宁把名字改成颜一舟。邹亦宁为母亲考虑，不得不改了名姓。邹向荣从邹亦宁的电话里得知了这个消息后并无半点怨意，反而宽慰儿子不要介意。彼时的邹亦宁已经大概明白了爸爸的壮志，因此当着妈妈的面虽不表露，但心里是站在爸爸这一边的。

其实邹向荣不着家的原因很单纯，并没有颜敏丽假想的那么复杂，他就是为了专心致志把时间和精力都用在教育上。老实说，邹向荣虽然在梅陇中学那6年教出了令整个教育界震撼的成绩，但这种干劲并不是源于他把期望都落在了学生身上。事实上，期间他没有对任何一个学生报以殷切的希望，他只是用最大的热情去教，不断地在反省—总结—升华—反省的过程中提高自己。也就是说，他用行动代替了任何期望，不仅在行动中塑造别人，更在行动中塑造自己。

2031年邹向荣离开梅陇中学，并在单华的劝说和策划下走上了一条全国巡讲的道路，把自己在前六年里总结的教育经验和理念向全国各类中小学进行分享，同时，他仍然不忘在反省一总结一升华一反省的过程中提高着自己。

2036年，当时已经16岁的陈玄在于莺的培养下提前进入中国科技大学就读。后来，于莺就常常与邹向荣联系，希望能够和他一起到各地教学，哪怕只是给他做一个助手。但邹向荣一直没有答应于莺的请求。

到了2038年，邹向荣成立了以教育为核心的心羽集团。邹向荣突出的教育理念聚集起来的超高人气让该集团公司自诞生起就已经是明星企业了。同年，邹向荣请来于莺做该集团公司的总经理。

2039年，在单华和辛向音等人的共同努力下，中国与世界上几个主要大国开始从对抗转为合作。自此，世界迎来了真正的和平。但也就在那一年年底、人类联盟内阁团选举前夜，原本在内阁团主席选举中呼声极高的单华被刺客团暗杀了。颜一舟因此接替了单华的位置和辛向音一起成了内阁团成员。

2040年之后，当全世界的目光都聚集到心羽集团时，一些有识之士才开始陆陆续续认识到邹向荣的哲学思想。自此，在世人眼里邹向荣开始从教育大师变成了思想大师、哲学大师。

2043年，在时任人类联盟教育部部长辛向音的大力举荐下，于莺成了教育部的总顾问。

2047年，B世界人类联盟内阁团首次改选，辛向音成了内阁团主席，而于莺被推选为教育部部长。颜一舟则连任了科技发展部部长。

2048年，邹向荣见世界发展已步入正轨，便和颜敏丽一起到莫干山上隐居起来。

老邹说完，大邹沉思良久，然后道：“我听于莺说起过，这儿的单华也是在2039年被刺身亡的。唉，单老是一个好同志啊！”单华和邹向荣之间是亦师亦友的关系。很器重邹向荣的单华从未在他面前显示出高高在上的样子，而面上没有把单华当外人的邹向荣在心里却是很尊重他的。

老邹问道：“你离开北京后和单老联系多吗？”

大邹带了些愧疚地摇摇头，道：“刚回家那两年还是会问候一下的。不过我自从赌气离家后就换了手机，从此谁也联系不到谁了。”当年大邹铁了心做一只孤云野鹤，所以几乎与任何熟人都断绝了来往。

老邹接着问道：“那于莺是怎么找到你的？”

大邹笑了笑，讲起了他和于莺之间后来发生的故事。

第十三章

世间奇女子

A世界里，邹向荣在看守所里待了半年，出来后已经是2023年的4月份了。因为各种原因交织，当然主要是恼于颜敏丽母子的绝情，心灰意冷的邹向荣决定弃家而走。

此后邹向荣本想放下一切，云游四方。但他在全国各地名山大川之中晃荡了一年多后，突然有一天觉得自己不能再继续消极地面对未来了。他思来想去，决定去自己从小长大的地方——位于浙南山区的合云县去教书，于是他作为一名编外教师来到了那个县的一所乡镇中学，也就是梅陇中学。在三十八岁左右，还在北京读书的邹向荣就开始萌生出教书的想法。而合云县，是他爸爸妈妈的第二故乡，也是他出生长大的地方。因此，A、B世界的邹向荣几乎在同一时间选择到同一所中学去教书是有其缘由的。

起初，邹向荣的资历、见识以及新奇的教育理念不仅在梅陇中学的学生中大受欢迎，而且让那儿的老师们也大开眼界。默默无闻的时候，邹向荣可以做到无欲无求，但备受期待的时候，他潜在的荣誉感和责任心就迸发了出来。本来学校安排给他的课程是历史，但他却从不拘泥于历史，常常是把文学、政治，甚至数理化的精髓都一并讲了。这本来不是坏事，因为很多学生因为他的讲解之后脑洞大开，对学习产生了极大的热情。但是令邹向荣始料不及的是，他的“多管闲事”导致一些任课老师开始反感起来，认为他严重干扰了他们的正常教学。校长为了照顾其他老师的感受，多次劝导邹向荣收敛一些，在课堂上不要跨越得太多。邹向荣早就过了我行我素的年龄，于是他听取校长的建议，在课堂上除了讲历史外，不再牵涉其他课程。

可是初中历史对邹向荣而言何其简单，他每次只花十分钟讲课堂上的内容，剩下的时间仍然是自由发挥，常常把一些相关的历史事件串起来讲，然后引申出许多做人做事的道理。实在没东西讲的时候，他会把自己的哲学思想也拿出来讲。不过反正不管他讲什么，学生们只要看到他来上课，就全都兴奋起来了。

但是，邹向荣发现这样并不过瘾。一方面，他看到学生们很乐意听他讲课，并且总是听不够；另一方面由于课程安排得少，他自己也总觉得没有讲够。所以和学生们商量后，他决定在每周唯一的休息日，即礼拜天的下午私下里给他们授课。当然，他的周末课堂非但不向学生收取任何报酬，而且允许他们自由来去。

很快的，邹向荣的授课方式让全校学生都知道了。让他受宠若惊的是，每个礼拜日下午，由于慕名来听课的学生实在太多，尽管他上课的班级里里外外挤入了百余名学生，但还是有很多学生因为没法听到而抱怨。于是在校长的支持下，邹向荣把周末课堂搬到了学校礼堂里，准备一显身手。

然而好景不长。尽管邹向荣的行为不仅受到学生的喜欢，也受到家长的称颂，但是他却因被人举报而受到县教育局的处分，举报内容是增加学生课后负担。究竟被谁举报已经不重要，关键是举报的内容以及处分他的原因让人唏嘘。更令邹向荣气不过的是，这次处分连校长也被牵连了。于是他瞒着校长自己跑去县教育局理论，但是结果可想而知，教育局不仅没有撤销处分，反而勒令学校收回邹向荣的编外教师资格。

之后，邹向荣离开了梅陇中学。带着在梅陇中学授课的余劲，邹向荣辗转过好几所中学，却发现自己再也找不回教学的热情了。

2031年，又一次心灰意冷的邹向荣在泰山上散心时意外碰到了本科期间的大学同学老田。老田自大学毕业后一直在建筑行业，目前和另外几个大学同学合伙经营着一家房地产公司。在老田的邀请下，邹向荣来到那家公司，又操起了老本行。他们这几个同学在大学读书期间就意气相投，此次聚在一起，似乎又回到了以前吹牛、打牌、喝酒的快乐时光。而邹向荣也干脆不再操心什么，有牌局就上，有酒喝就干。

这样过了五六年时间，到了2037年年底，于莺突然找到了邹向荣。

回到2022年11月18日的那个晚上，于莺看着陈以欣就在她的眼皮底下消失，却将正在襁褓中的陈玄留给了她。那一晚，惊恐无助的于莺一直拨打着邹向荣的手机，可就是无人应答。

有好多次，于莺多么想直接冲进邹向荣的家中探个究竟，可无奈陈玄彼时尚幼，不能不照顾。

从那以后，于莺一边在北大教书，一边尽心抚养陈玄，一边还不忘留意邹向荣的下落。也许是因为陈玄的缘故，也许是心中放不下邹向荣，于莺始终不愿为自己找一个伴侣，因而拒绝了很多相亲的请求。

陈玄四岁以前，于莺主动放弃了所有的外出安排；四岁以后，于莺不管到哪里出差都带着陈玄，不管是陈玄所在的幼儿园还是后来就读的学校，对此一律开绿灯。不过于莺有这么一项特权，也是多亏了单华的支持和帮助。由于于莺外出交流讲学的机会很多，所以陈玄从小就跟着她游遍了大江南北，甚至世界各地。因为陈玄的好学和聪慧，加上于莺恰到好处的开导，他很早就明白了很多事情。

2033年陈玄十二岁生日那天，于莺照例给他烧了一些好菜。在最后开始吃蛋糕前，陈玄吹了蜡烛许了心愿。于莺问陈玄是不是又许了同一个愿望，陈玄点了点头。从陈玄开始懂得许愿之后的这些年来，他每一次生日愿望都是“早日见到爸爸妈妈”。吃完蛋糕后，陈玄正准备去学习时，于莺叫住了他。陈玄预感今天会有惊喜。

果然，于莺那天晚上终于拿出了已经藏了近十一年的宝贝——一本书、一封信、一张照片和一枚戒指。于莺当时只能告诉陈玄邹向荣就是他的爸爸，尽管她对此非常怀疑，但显然没有更好的选择。所以后来在陈玄心中，生日那天从于莺姑姑那儿拿到的那本《思想者》就是爸爸留给他的。而那封信和那枚戒指的的确确是妈妈陈以欣留给他的。信是这样写的：

亲爱的玄玄：

当你读到这封信的时候，妈妈已经不在了。和你在一起的这一年多里，看着你哭，看着你笑，妈妈别提有多幸福了。可惜的是，妈妈不能陪着你一起长大。

玄玄，你长大后一定要明白一件事：你生活在一个不可思议的世界里。你千万不要浪费你做人的天赋。这个世界留给人类的时间已经不多了，可是绝大多数人都还未知未觉，你要答应我别成为他们中的一个。

我留给你一本书——《思想者》，你一定要好好保管它，有空的时候就去读读。答应我，要读一辈子！还要答应我，不光要读它，还要领会它，实践它，如果可能的话，还要超越它！这也是你爸爸对你的期望。

天客（没法和你解释了）留给我的时间不多了，我只能写到这里。另外，我把我们的合照留给你，当作纪念吧。

玄玄，如果有永远，我会永远爱着你！

爱你的妈妈！（陈）

2022年11月18日

其实，这封信里提到的“天客”正是陈玄的爸爸颜一舟，不过当时为了保守时空穿越的秘密，没有办法和于莺说明白，于是只能把邹向荣拉出来顶替。不过，这其实是邹向荣自己想出来的主意。这也就是之前为什么颜敏丽笃定地认为邹向荣在北京不仅有其他女人，而且还有孩子的原因。

那天晚上陈玄非常兴奋，看完信后就一直在看那本《思想者》。后来，陈玄只要有空就会翻看起这本书来，而于莺也会尽其所能地将自己的领会传授给陈玄。然而就是这一本书，陈玄看了十多年似乎都没有完全掌握，更准确地说，是还有很多不得要领之处。直到他从2050年穿越到2020年见到B世界的邹向荣后，他才开始真正明白书中的奥妙。

2036年的某一天，于莺意外收获到一个好消息。

那天她正在大教室给一群本科生上历史课，课堂的主题是人类文明的起源。课前，于莺象征性地问了大家一个问题：“什么是文明？”当她看到台下有一些学生愿意回答时，就抽了几个学生，答案无非就是“文明是人类社会发展到一定阶段的产物”“文明是人类达到智慧水平之形式的存在形式和存在状态，是指一切具有较高文化水平的存在形式”“文明是使人类脱离野蛮状态的所有社会行为和自然行为构成的集合”“文明是历史沉淀下来的，有益增强人类对客观世界的适应和认知、符合人类精神追求、能被绝大多数人认可和接受的人文精神、发明创造以及公序良俗的总和”这类教科书式的解释。但是，就在于莺打算继续上课的时候，一个学生的回答让她眼睛一亮。只听那个学生站起来大声说道：“文明分物质文明和精神文明，精神文明即人类意识的存储、聚集、传承和发展。”

其时于莺已经注意到大多数人没有突出物质文明的地位，物质文明也是文明重要的组成部分。并且大多数解释还有一个误区，即把文明和价值取向捆绑在一起，以为只有符合当前人类价值观的意识形态和意识成果才是文明的组成部分。这种认知是狭隘的，因为它没有认识到人类价值观的狭隘。很多沉淀下来的意识形态和意识成果从当前的视野来看或许是无足轻重甚至是有害的，但不代表它们没有被存储的价值。随着人类认识的提升，我们完全可以期待它们重放光彩。所以文明主要是意识的积淀这本没有错，但文明不应该以当前的价值取向去做取舍，而是应当站在人类整个历史以及未来的角度去拥抱它。

所以，当于莺发现那个学生不但把物质文明纳入到文明中，而且在文明的概念里剥去了价值倾向时，就暗暗记住了这个学生。

在接下来的课堂中，于莺从文明讲到了人性，而讲到人性她就自然而然地向学生们提了另一个问题：“人和动物的区别到底是什么？”于莺听到一通看似五花八门但实则千篇一律的说辞之后，竟然又看到那个学生勇敢地站了起来，大声道：“老师，我不认为人和动物的核心区别在于智力上的差异。当然，智力的差异肯定是必要因素。我认为人性可以分为人之动物性和人之社会性。原始人因为在智力上的优势开始构建起人之社会性，而人之社会性才是人和动物的本质区别。这么说吧，如果我们在座的任何一个人在出生后就脱离社会到纯粹的大自然中去，假设他能正常生存，那么他也决不能被称为人，因为他只保留了人之动物性，却没有培养起人之社会性。”

于莺听到这一段，她彻底震惊了！她清楚地记得，在《思想者》这本书中有一大段是阐发人性的，而这个学生讲的竟然与之何其吻合！

关于人性，邹向荣在其《思想者》这本书中这样写道：

物性通常指先天的属性，即某物体一旦形成就已经具备的属性。但人性是例外。

人性不仅仅是人之动物性。人性是人之动物性和人之社会性的总和，而且最终是由人之社会性决定的。而人之社会性是后天的，是从无到有培养起来的，且不论其发展到什么程度依然是可变化、可发展的。所以，人性不是一成不变的。不过大部分人到了一定的年纪后其人性便相对固定下来，即所谓的‘成熟’，但这不是一件值得称道的事。

人之动物性是人得以为人的前提。准确地说应该是：人之动物性中“智”这一因素是导致人能够区别于动物的前提。但人之动物性并不足以使一个人成为真正的人。一个真正的人，必须具备一定的社会性。如果一个人刚出生便独自到大自然中生活，即使能健康活下去，也不是真正的人，也无法成为真正的人，除非它能够重回人类社会。如果一群刚出生的人在大自然中自由生活，而且都能健康生存并且相互依存组成了社会，那么他们一样能成为真正的人，但他们的人性和我们人类最初的祖先相仿，与我们的人性相比较则有天壤之别——因为二者所处的社会文明有天壤之别。

所以，人之社会性才是人性的根本，而这个根本主要取决于个体所处的社会文明程度，当然也与个体的努力密不可分。也就是说，不仅不同的人有不同的人性，即使一个人在不同年龄段其人性也是不同的。不过我们可以把人性进行归类，大致可以分成利他的和利己的、开放的和自闭的、积极的和消极的、亲社会的和反社会的这几个类型。

一个人融入社会的过程正是其获得人之社会性的过程，而一个人对社会的认识程度就代表了其人之社会性的程度。具体而言，人之社会性是一个人在汲取社会文明的基础上，通过对社会、对世界、对人生不断地产生自我认知而形成的。当这种自我认知相对固定后，人之社会性也就固化了。然而不得不指出的是，只要在生命周期内，任何一个人在人性方面实际上都是具有持续成长性的，也就是说他的自我认知或人之社会性其实是能够持续成长的，从而能够不断发展其人性。但鲜有人能认识并且做到这一点。

简而言之，母体孕育人之动物性，人类文明孕育人之社会性。一个人一旦出生，其人之动物性就确定了。但只要他与人类文明进行互动，那么其人之社会性就仍然处于变化中，即其人性仍然在变化中。

于莺抑制不住自己的激动，在课堂上问道："那个同学，你叫什么名字？"

只听台下传来声音："老师，我叫吴商。"

于莺道："好的，课后你留一下。"

那一堂课于莺一分钟都没有拖，下课后她把那个叫吴商的学生请进了自己的办公室。于莺先了解了一下他的基本情况。这是一个来自浙江的学生，是生命科学学院生物工程专业的二年级学生。接着于莺问道："我发现在课堂上你对文明和人性的看法相当独到，这是你自己琢磨出来的吗？"

吴商坦率道："不是的，于教授。我上初中的时候碰到一个历史老师，是他把这些理念灌输给我的。"

于莺眼睛一亮，继续问道："你们初中的历史老师有这么厉害？"

吴商笑道："可别看他只是一个初中老师，他可牛了。对了，他也在我们北大读过书的，好像是哲学系的硕士研究生。但不知道为什么后来没有取得学位，我记得他清楚地提到过这一点。"

于莺心中一阵颤抖，赶紧问道："他叫什么名字？"

吴商道："邹老师，邹向荣老师！"

原本坐在椅子上的于莺禁不住把头往后一仰，长舒了一口气，心中暗想：“好你个邹向荣啊，总算找到你了！”

吴商诧异于于教授为什么会有这样的表情，于是小心问道：“于教授，你不会认识他吧？”

于莺禁不住内心的欣喜之情，激动道：“认识！认识！我和他是很好的朋友。多谢你啊，吴商同学。哦，对了，他现在还好吗？你有他的联系方式吗？”

但见吴商有些难过，道：“我初二那年，邹老师就被迫离开我们学校了。我和我的同学们都很纳闷这么好的老师为什么会被赶走。那天正做早操的时候，我们同学中有人发现他背着包准备离开，就集体冲上去把他拦住了，不让他走。后来邹老师没有办法，就在主席台上给我们讲了一番话，几乎把我们所有人都讲哭了。但邹老师就是邹老师，他一直都带给我们欢笑，就算在那一刻，他还是把我们大家给逗笑了。我都忘了他是怎么做到的，反正我们后来都破涕为笑了。不过他走了以后，我们又狠狠地哭了一通。”

于莺听着吴商动情的表述，时而纠结，时而哽咽，时而又露出笑容，最后自己竟落下泪来。

自从那一天从吴商那里获知邹向荣的消息后，于莺就开始盘算起如何找到他。之后，她又多次找来吴商了解情况，同时和吴商建立了很好的师生关系。后来，于莺找到邹向荣又和他一起来到四川广安重建灵鹫山山洞时，吴商也跟着他们来了，并且最后留在了山洞里。

2037年，16岁的陈玄提前被中科大招去读大学。那一年的国庆节，于莺趁着假期在吴商的陪同下来到了梅陇镇，她希望在这里找到有关邹向荣的线索。虽然时隔多年，可有关邹向荣的传闻在这个镇上依然家喻户晓。但遗憾的是，没有人知道他后来究竟去了哪里。最后还是吴商提醒了一句，说可以去找原来的雷校长看看，说不定能知道得多些，因为当年这位老校长和邹老师的关系是最好的。于是于莺他们找到了这位已经退休在家的雷校长。

雷校长说邹向荣后来又去过几所学校，而且早几年偶尔还会主动与他联系联系，不过最近五六年里没有再接到过他的电话。好在雷校长一直保留着邹向荣的电话号码，于是在吴商的鼓动下，他试着拨打了邹向荣的电话。

电话竟然通了！

电话那头传来了那久违而熟悉的声音：“老雷，这么难得啊！”

雷校长一听是邹向荣的声音，略带激动道：“老邹啊老邹，这几年又到哪里野了？”

只听邹向荣一阵爽朗的笑声后，道：“闲云野鹤嘛，困在家里，不如死在林中。”

雷校长似乎对邹向荣的腔调非常熟悉，一听就知道他喝过酒了，于是问道：“不会又喝多了吧？”

又一阵笑声后，电话那头传来：“今朝有酒今朝醉，莫笑老夫丛中睡。”

雷校长本来想告诉邹向荣有故人寻他，但见于莺竖起食指在嘴边，晓得她的意思，于是转而问道：“哪里这般潇洒？带老哥一起啊。”

“来来来，南京等你。”紧接着，话筒里竟传来一阵歌声，“金陵宝塔一层又一层。金陵塔，塔金格陵，金陵宝塔第一层……”

雷校长趁势赶紧追问道：“南京哪里啊？南京这么大，让我去哪儿找你？”

“庆悦置业，欣涵大厦66楼。”

之后，于莺谢过了雷校长和吴商，便独自踏上了寻找邹向荣的路。

那天下午三点钟左右，于莺来到南京王府大街欣涵大厦66楼的庆悦置业办公室。接待人员问了一下于莺的情况，得知她想找邹向荣时，就让她稍等。不一会儿从一间办公室里走出一个高个的、看起来腿脚不太方便的、带着些河南口音笑得很灿烂的山东男人，对于莺道：“是你要找邹向荣不？”

于莺道：“是的，他在吗？”

那男人一直笑着，答道：“在，他不在这儿还能在哪儿？你找他有事不？”

于莺道：“我是他朋友，想见他一面。”

只见那男人继续笑道：“哦，原来向荣在外头还有朋友啊！我还以为他把朋友都得罪光了呢，就剩下我们这帮老弟兄陪着他了。”说着，他一路笑着把于莺往里面带。

偌大的办公室金碧辉煌，只见角落里一张特制的六角形桌子旁围着七八个人，闹哄哄的，而且一股子烟酒味。大家见于莺走进来，都安静下来，注视着她。于莺在人堆里搜索着，终于看到一个一手撑着脸一手拿着牌的人酷似邹向荣，不过再仔细一看，这个人似乎就那样睡着了。那帮原本盯着于莺看的人随着她的目光看了一眼那个大概已经睡着的男人，纷纷笑了起来，其中一个离他最近的叫“龙哥”的人拍了拍他的肩膀道：“喂，向荣，够你了！”只见邹向荣一脸惺忪，晃了晃头，道：“又睡着了。哪个这么大胆，够我？”只听众人一阵哄笑。

邹向荣读本科时候的大学在江苏最北边，是挨着河南、安徽、山东的四省交界处。他的同班同学来自五湖四海，但江苏、山东、河南的相对多几个，而其他省份的一般就一个人。邹向荣大学期间好打牌，几乎是打了三年的“拖拉机”，到了大四的时候开始热衷于一种叫“够级”的牌。这是由一个山东的同学，也就是那个把邹向荣带到南京来的老田推广流行起来的，据他说够级是山东的“省萃”，在山东几乎人人都会。够级这种打法有一个特点：闹哄哄。本来就要求6个人打，再加上边上起哄的，那场面可想而知。而且够级的打法很有意思，如果某个人打出一定的牌型来，那通常只有对家能够接牌，其他人只能看着。因此每当喊出“我够你”这一句的时候通常都是很有气势、很吸引人的。相对于扑克牌的绝大多数打法而言，够级绝对称得上“复杂”，除了

“够”之外，还有什么“烧、拿、点、供”之类的，名堂贼多。因此连邹向荣这么好打牌的人一开始也是很抗拒这种打法的，嫌麻烦。不过，后来他禁不住诱惑，终于被其他先尝试的人拖下了水。然而老实说，这种牌的确比较适合一群老友一起玩耍，大吼大叫、肆无忌惮。邹向荣毕业后就几乎不玩这种牌了，但是每逢大学同学聚会，特别是大型的周年聚会，他总是会被邀请到牌桌上去，而且一玩就是一个通宵。

当邹向荣在那帮同学的提示下终于看见了站在一旁的于莺时，他是颇为震惊的。不过他很快就反应过来，瞄了一眼于莺冷冷问道：“去过梅陇镇了？”

于莺点了点头。尽管于莺一向泼辣，但此时被这么一帮五六十岁的老男人注视着，她也有一点放不开，并不主动说话。

老田盯着于莺看了又看，然后歪着大又圆的脑袋对邹向荣笑道：“向荣你艳福不浅啊？我要是有这样的妹子，才不和你们这帮人打牌呢。”

只见邹向荣没有理会老田，对于莺道：“这儿烟臭酒臭，不适合你一个女孩家家的，赶紧走吧。”邹向荣已经猜着了于莺此行大概的目的，但是他并不想遂她的意，也许眼下的生活状态更适合他吧。

于莺听了邹向荣的话倒并不恼，大方道：“没事，你们玩你们的，我就在边上看着，不碍事！”

邹向荣不吃于莺这一套，索性对其他人道：“来来来，继续。正好酒醒了，弄死你们！”

只见这群男人竟然真的又操起了牌，而且因为有于莺看着，动静反而更大了。

刚才那个带于莺进来的山东大哥有一点看不下去了，走到邹向荣边上道：“向荣，你去陪陪人家。这牌我来替你。”

没等邹向荣说话，老田抢着道：“老樊，你这就不对了。人家小姑娘爱看咱打牌，俺们也愿意让她看。有她看着我们打起来有劲，你把她轰走了就不好玩了。”

只听老樊道："老田你别闹！人家说不定有急事呢！"

老田一听就不再说话了，只见他边上另一个叫"立军"的对着邹向荣劝道："是啊，向荣，牌什么时候不能打？你别让人家这样等着，不好。"

只听坐在邹向荣对面的那个叫"春雨"的人出来劝道："向荣，让老樊替你吧。人家老远过来找到你，你这样没礼貌，不是把我们建工95-2的素质都给丢光了吗？"他们都是中国矿大建筑工程专业1995级2班的，简称建工95-2。

只见邹向荣把牌往老樊手里一递，对着对头道："他娘的，可惜了这副好牌！"转而又对老樊说道："替我把张红星往死里够！"说着，邹向荣起身从六角桌边踉踉跄跄走了过来。

此时的于莺就安静地坐在进门处的沙发上，见邹向荣朝她走来，也依然坐着。邹向荣冲其喊了声："别在这儿坐着了，边上有空地，到那儿去吧。"邹向荣见于莺站了起来，于是带着她走到了另外一间办公室里。

走进办公室，邹向荣径自找起茶杯来，然后泡了两杯茶，一边一泡还一边骂咧咧道："喝的什么破酒，渴死我了。"

于莺见邹向荣递过茶来，一时竟发现自己不知道该如何说话了。过去的十几年里，于莺一直觉得自己会有很多很多话想对面前这个男人说，可是现在却不知从何说起。于莺捧过茶来，很客套地说了声"谢谢"。

邹向荣和于莺面对面坐着，见其不说话，便道："梅陇乡那个雷校长身体还硬朗吧？"

于莺道："看着还行。"

邹向荣道："那么犄角旮旯的地方居然被你找到，不愧是历史系的高才生！"

于莺道："这和历史有关系吗？"

其实邹向荣说那话也就是闲扯淡，不过于莺既然顺着问了，他也就继续扯道："那关系太大了。秘密嘛总是藏在边边角角里的，这和历史不是一个样吗？”

到目前为止，于莺发现邹向荣还未对其有过任何称呼，别说以前见面时的“莺子”“老鹰”“小鱼儿”之类，就是直呼“于莺”一声也好啊。这个邹向荣，不知道已经和自己疏远到哪里去了，不会连她叫什么都忘记了吧？

邹向荣见于莺又不说话了，于是再次问道：“陈玄怎么样了？”

只见于莺冷冷道：“到现在才关心起你儿子来？”

邹向荣有些怒意，道：“什么我儿子？莫名其妙！”

于莺虽然始终不信陈玄是邹向荣的儿子，但此时她却想趁势把这件事情彻底搞清楚。只听于莺追问道：“不是你儿子，难道是我儿子？”于莺还不知道邹向荣曾经因为屡屡被颜敏丽指责，已经在这个事情上受了太多的气。如果她知道，她就不会对邹向荣这样说话。

只见邹向荣瞪了于莺一眼，不肯说话了。

于莺不知道这个邹向荣到底还是不是那个曾经很幽默的、几乎什么遭遇都能积极面对的邹向荣。不过依现在的情况看似乎很悬，难道这几年下来真有那么大变化吗？然而问题是，以他的智慧，就算是变化也应该往好的方面去变才对呀，可眼下这个样子又算是什么呢？此时的于莺心中生出一种不祥的预感。

于莺觉得这样僵持下去不对，于是主动发话道：“陈玄既乖巧又聪明，前不久刚刚到中科大去读书，是提前招去的。”于莺见邹向荣无动于衷，便补充道：“对了，你那本《思想者》他非常喜欢，几乎天天都会翻一翻。”于莺见邹向荣的眼睛开始活泛了一些，于是继续补充，只见她笑了一声道：“唉，就是看不太懂，挺烦人的。”

听到这里邹向荣终于搭腔了，道：“你不会教教他吗？”

于莺道：“你那本书里写的东西我很认同，但要让我通俗易懂地表达出来也做不到啊。有的时候我越解释他就越糊涂。”

邹向荣摇摇头道：“唉，读不懂也罢，也就是一本破书，没啥名堂。”

于莺发现邹向荣又消沉了下去，就换了个话题，道：“荣哥，这次如果我不是到过梅陇乡，去过梅陇中学，还真不知道你在教书方面原来也是个奇才。”于莺见邹向荣苦笑了一声，便继续道：“你看那中学，但凡成绩好一些的或家里条件好一些的都不会愿意待在那里读书吧？可是你知道吗，你待过的那两年那里居然培养出了二十来个名校大学生，此前那所学校好几年才难得出一个名校生的。”

邹向荣看了一眼于莺，道：“你怎么知道，老雷说的？”

于莺笑道：“哪用他说，学校墙上都贴着呢。而且我猜那个荣誉榜是后修的，因为关于你的介绍就摆在第一位，后面跟着呼啦啦一堆学生，写明了是你的弟子。”

邹向荣的眼睛少许柔和了些，大概是心里有了一丝安慰。

于莺继续道：“更有趣的是，我之所以能找到你，就是因为你的学生吴商，他现在也在北大读书。你认识他吗？”于莺见邹向荣摇了摇头，便继续道：“有一次他来上我的历史课，我向学生们随便提了两个问题，一个是什么是文明，一个是什么是人性，我一听见吴商同学的回答立刻震惊了，居然和你的观点那么接近。于是我就把他叫到办公室，一问，果然是你教出来的！”于莺停顿了一会儿，希望邹向荣有一个回应，可是没有等到。于莺只能继续说道：“还有，你真的应该回梅陇乡看看，看看那里的人们是多么崇拜你。你出来这么些年他们都没有忘记你，你的名字和故事几乎是家喻户晓。”

邹向荣又摇了摇头，道：“唉，给人送去一些谈资而已，终究是没有大用。”

于莺再一次震惊了，那个曾经如此自信、乐观的邹向荣竟然真的消失了。从他的言论中于莺可以深切地感受到一个事实，那就是邹向荣对自身存在价值的判断已经消极到了极点。

于莺突然厉声道：“邹向荣，你给我振作起来！”于莺希望通过她的愤怒刺激一下邹向荣，说不定会有效果。不过她也知道，这不过是病急乱投医罢了。

邹向荣果然被于莺这一声吼给弄蒙了，不过他很快清醒过来，不屑道：“你发什么神经！振作什么？我现在这么快活！振作什么？”

于莺被邹向荣这番数落，突然一阵巨大的委屈涌了上来，带着哭腔道：“邹向荣！不管陈玄是不是你儿子，我好歹辛辛苦苦把他抚养成人了。你倒好，就知道一个人在这里快活！你的良心呢？都给狗吃了吧！”

邹向荣是铁石心肠到了底，面对着已经满眼泪花的于莺仍旧冷冷道：“再跟你说一遍，陈玄不是我的儿子，不过我还是感谢你带大了他。你早点回去吧，我是不会跟你走的。这个世界多我一个不多，少我一个不少，我就在这儿颐养天年了。别来打扰我！”其时于莺尚未提过一句要求，如果不算那句“振作起来”的话，但邹向荣显然已经看穿了于莺的用意，所以他用了这么决绝的话语来阻断于莺的意图。

邹向荣那几乎彻底冰冷的内心，于莺此时已经强烈地感受到了。她带着绝望，带着痛苦，带着愤恨，不顾脸上的泪水花花地流，只把手往脸上一抹，扭头就向门口走去。而邹向荣就那样坐着，毫无悔意。随着于莺开了门又出了门，再听见“砰”一声用力的关门声，邹向荣缓缓从沙发上站了起来，顺势喝了一大口茶。

只见邹向荣含着茶水，微仰着头，一脸木然地慢慢朝门口走去。

突然，邹向荣又见那近在咫尺的门被猛力推开，擦着鼻尖再撞到墙上发出一声巨响。被惊了一下的邹向荣噗一口把茶水吐了出来，正好全喷在霎时出现在门口的于莺脸上和身上。

竟见于莺对喷洒在自己脸上的茶水和口水毫不顾及，只是朝边上“呸”了一声，吐掉挂在嘴边的水，然后劈头盖脸冲邹向荣道：“好你个邹向荣，一天到晚说什么自我否定，原来你的自我否定就是把自己否定得一无是处，对吧？”

于莺这一下质问倒把邹向荣给点醒了，就像是一团死灰里突然冒起了一颗火星，让周围那些尚未化为灰烬的残余之物又开始灼烧起来。

只见他就这么看着她，心里却在想着他曾经引以为傲的“自我否定”。

在邹向荣眼里，自我否定是自我进化的前提，也是被他自己重新定义的哲学思想的核心。自我否定是对既有观念的否定，而对既有观念的否定从意图上说就是挣脱自身的狭隘，使自己从一个较小的狭隘之地走进一个较大的狭隘之地，如此持续不断，便能无限突破，进入常人无法企及的意识空间。有了自我否定的机制，任何一个人在其生命周期内能够进入哪一个意识空间几乎是无法预估的，这就是一个人的无限成长性。邹向荣曾经希望自己能够成为这样的示范，但是不知不觉地，他却主动停下了脚步。现在的他正如于莺所指责的那样，没有把自我否定用在自我进化上，却把自我否定用在了否定自我上。这是悲哀的！是可耻的！

于莺看着愣愣的邹向荣，继续骂道：“真没想到，你也会沦落到被曾经的你自己看不起的地步！可耻！懦夫！”

此时，从恍惚中清醒过来的邹向荣才看到于莺的鼻子尖上居然挂着一根他刚才吐出来的茶叶，于是突然笑了出来。

邹向荣的笑让于莺很意外，但是她看得出来，他这一次的笑容里没有轻蔑，没有嘲讽，没有恶意。但是此时的于莺不想被邹向荣笑，因此她继续怒道：“笑个屁！”

没想到，于莺的骂声竟然引来了邹向荣更猛烈的笑声。只见邹向荣取出随身携带的手绢，上前一步，准备替于莺擦拭脸上的污垢。

于莺对邹向荣的这个举动猝不及防，等他的手绢碰到自己鼻尖的时候才反应过来，扭头想要抗拒。

邹向荣不管不顾，用左手一把抓住于莺的右手，用自己右手上拿着的手绢去擦拭拼命侧过脸去的于莺的左侧面颊，嘴上说道：“别动！你脸上都是茶水、泪水还有我的口水。”

于莺怒气未消，赌气道：“要你管！”说着，就再一次试图挣脱邹向荣。

邹向荣哪能由她挣脱，一边胡乱擦拭，一边道歉道："好吧，莺子，是我错了，吐了你满脸。"

于莺一听这话，心里的坚冰顿时融化了。她知道，那个曾经熟悉的邹向荣又回来了。那个曾经幽默无处不在的邹向荣就是眼下这个邹向荣，即使是道歉也要道出幽默来。

于莺"哇"的一声哭了起来，瘫倒在邹向荣的怀里。邹向荣扶起她，把她搀回到沙发上去。坐在沙发上的于莺再也不肯放过邹向荣，一直抓着、抱着邹向荣不放。

之后，邹向荣就跟着于莺来到了北京。而于莺毅然决然辞去了北大的一切职务，带着邹向荣来到了自己的老家四川广安。

他们一起在灵鹫山山下的一所小学里教了两年书，直到地球危机彻底爆发。不过，早有预见的邹向荣自从来到灵鹫山之后就开始谋划改建山洞的事了。最后，在于莺和单华的帮助下，他们终于一步一步完成了这项改造山洞的壮举。

第十四章

刺客团之谜

夜已深，可在灵鹭山的山洞里，老邹听得意犹未尽。

大邹一边喝着啤酒一边叙说，终于停了下来。

老邹看着仍若有所思的大邹，笑道："于莺不愧是个奇女子！"

大邹点点头道："若不是有她，说不定这时候我已经醉死在酒缸中、累死在牌桌上了。"转而，大邹又带着些诡异的笑容对着老邹问道："对了，你说于莺是奇女子，那你说她到底奇在哪里？"

老邹想了想，道："美丽的躯体比比皆是，但可爱的灵魂这世上让我们有幸碰上的又能有几个？"

大邹点头道："是啊，外形的美可以是天生的，可以是加工的，也可以是自己塑造的。但灵魂呢，完全只能靠自己磨炼出来。所以，称得上外在美的如果能占到总人数的十分之一，那么能称得上内在美的或许只能占到百分之一，甚至更少。"

老邹笑了笑，没有继续对于莺品头论足，转而问道："那帮老同学后来怎么样了？”

大邹道：“唉，不听劝。改造山洞那几年我本想拉他们过来一起弄的，可是这群老家伙宁死不从。说什么‘山洞嘛升天以后天天住，活着的时候就算了’。不过，他们倒很慷慨，资助了我很多。老樊、龙哥、张红星、老蒋这些铁哥们儿自不必说，阿春、阿蒙、春雨、老杨也都给了我很多帮助。”

老邹笑道：“刚才听你那般说，我就在想，什么时候回去B世界，也找到老张他们几个，再和他们切磋几把够级。”

只听两个人面对面“哈哈哈”大笑了起来。

老邹又问起于莺的近况，大邹抿了口酒，说等于莺回来了让她自己说。于是二老看看时间不早了，就分头休息去了。

辛向音和颜一舟一前一后来到人类联盟总部秘书长会议室的时候，其他几位首脑团成员都已经到了。

颜一舟一边落座，一边笑道：“什么事情这么紧急？开个视频会不能商量吗？”此前过来的路上，他一直在揣测本次会议的真正目的，因为他担心陈玄和老邹穿越过来的秘密被泄露了。

秘书长德尔比满脸堆笑道：“颜部长，首脑团明年就要改选了，有的事情还是坐下来商量一下比较好。视频会议怕是不够庄重。”

颜一舟听了心里松了口气，道：“那倒是。人类联盟组建快五年了，不容易啊。今年或许是承上启下的关键一年，这个会开得很及时。”

德尔比继续笑道：“有颜部长大力支持，什么难题都能解决。”

颜一舟心想德尔比今天马屁先拍得这么响，接下来肯定有什么鬼点子要提。不过他知道嘴上的客套还是要有的，因此言道：“不敢不敢！秘书长抬举了。”

德尔比见首脑团成员都入席了，便洋洋洒洒道：“自2040年年底我们这个首脑团成立以来，在大家的辛苦努力下，人类联盟一直高效运转着，至今已成绩斐然。这五年来反射膜系统的建设和完善加上图灵系统的不断升级，让我们整个地球彻底走出了危机的阴影。接下来，随着宇宙战略的展开以及新生活革命计划的实施，我相信我们人类将大踏步地迈向新的文明。”

接下来，德尔比话锋一转，道：“可是，大家知道我们这个首脑团其实一直是有一个缺憾的。我们缺少一个真正的核心，缺少一个主席。我们这一届首脑团是人类联盟的第一届首脑团。大家应该还记得，当初设置首脑团的时候是有主席这个位置的。但是在那一届选举中出现了一个意外，原本有希望当选主席一职的单华先生突遭恐怖分子袭击，以至不幸身亡。在这里，我先借此机会对尊敬的单华先生表示缅怀。”

讲到这里，德尔比站了起来，冲着人类联盟的会旗鞠了一躬。于是大家都跟着站起来纷纷冲着会旗鞠了一躬。待大家重新坐定后，德尔比继续道：“由于众望所归的单华先生不幸离去，主席一职就暂时没有了合适的人选，于是当时大家讨论之后决定将主席一职空缺。但是，那只是一次无奈的决定，并非长久之计。所以，我在这里郑重建议，在下一届首脑团选举中，我们要选出一个首脑团成员做主席。今天召集大家来，就是为了讨论这个建议的。请大家充分为人类前途考虑，畅所欲言。”

德尔比说的都是事实。当年要不是单华被暗杀了，那么今天的首脑团里就应该有一个主席叫单华。然而到今天为止，刺杀单华的凶手以及幕后主使都依然是一个谜。单华死后，曾经有一种呼声是推选辛向音做主席的，但还有一种声音是推选元雄做主席的。当时考虑到人类联盟刚刚成立，而单华被刺事件已经给联盟抹上了巨大的阴影，假如再在竞选主席上面搞出分裂来，那么这个诞生伊始的组织很可能土崩瓦解。于是辛向音提出搁置主席一职，把主席的一些职责划归秘书长。辛向音的提议最终获得联盟通过。

应该说，起初主席一职的缺失并未对首脑团的运转造成多么实际的影响，因为那时各个首脑团成员都在尽心做事、共克时艰。然而随着势力的不断扩张和深化，人类联盟已经真正发展成了整个地球人类文明的核心组织，而首脑团当然就成了地球权力的象征。另外，随着危机的解除，人类何去何从已经成为更为迫切的命题，而这一命题的破题人当然非首脑团莫属。如果每一个首脑团成员都彼此充分信赖、不存私心，那么地球上的终极权力就会分散在首脑团各个成员手中，然后以一种民主的形式做出每一项决策，这当然是最理想的。但问题是，总有个别成员自视甚高，希望用自己的权威控制整个首脑团。事实上，这种苗头已经在当前这个首脑团里出现了。

元雄就是那个野心勃勃的人。自从人类联盟成立后，他一直不认为地球文明就只能在地球发展文明。当然，他这种想法本没有错，因为任何文明都应当有内在超越性。但是，元雄总希望把自己的意志凌驾于整个首脑团之上，总有一种驾驭首脑团的欲望，这就很危险了。一个真正卓越的人，如果通过不断被外界认可从而自然而然地变成权力核心，的确是人类之幸，但若是企图以控制他人的方式来使自己成为核心，那就是邪恶而危险的。元雄就是那个千方百计想在下一届首脑团中做主席的人。因此确定无疑的是，这次所谓德尔比的建议一定就是元雄的主意。

为了配合德尔比的建议，信息部部长中村不二率先道："秘书长的建议极是中肯。人类联盟苦无主席久矣。要不这样吧，为了把这个主席职位的事情敲定，我们今天就选一个主席出来，这样到了下一次换届，哪怕我们在座的都退休了，也好给下一届做个铺垫。于公于私，我也心安了。"

元雄为中村能够说出这么应景的话感到好笑，不过他的内心倒的确是这样想的。为了掩饰自己的真实想法，元雄假意道："中村兄，你这个提法似乎唐突了些。我们哪有这个准备？"

德尔比接着中村的话进一步附和道："元部长，还别说，中村兄的说辞靠谱！人类苦无首领久矣！”

辛向音实在受不了他们这般猥琐，冷笑道：“难道我们几个不算首领吗？”

汤姆乔随之道：“联盟主席不是儿戏，不该咱们七个人说了算，还是应该征求一下所有人的意见。”

元雄在心里盘算了一下，觉得即使全人类共同参与投票，只要他亲自出来比划一下，八九成的胜算还是有的。于是他笑呵呵道：“汤姆兄所言极是。主席一职空缺已久，也不在乎这一朝一夕，那就由全民决定吧。”

话既然说到这个份上，也就没的聊了。颜一舟照例不想表露立场。而特别部部长杰斯夫，也是照例等着瞧。

接下来的几天里，德尔比就在操办着全民公投的事。

而元雄和辛向音他们，自然是各做各的。

到了公投那一天，元雄满怀期待能够获得一个满堂彩，不过令人大跌眼镜的是，全民意愿居然半数以上都认为维持现状更好！

元雄怒了，亲自招来了德尔比和中村不二。一见面，元雄就劈头盖脸道：“搞什么搞？你们不会告诉我这是到嘴的鸭子飞了吧？”

中村不二苦笑道：“元部长，这一次确实是飞了！但我们真的尽力了。”

德尔比皱皱眉头道：“也不知道哪里来的幺蛾子，搅了一趟浑水，莫名其妙就走偏了！”

元雄瞪着眼，道：“颜一舟和杰斯夫在这一次投票中是什么表现？”

德尔比道：“这两个也是真兄弟。投票前，颜一舟问了杰斯夫，杰斯夫也问了颜一舟，都说什么‘你选什么我就选什么’，结果两个人选的都是赞成，所以我看他们俩是没有问题的。”

元雄瞪眼道：“照你这么说，我们五个弄不过他们两个？”

中村不二悻悻道："奇怪就奇怪在这里！"

元雄不屑道："你他娘的堂堂信息部部长，说这话！"

中村不二见元雄这态度，想想还是别招惹了，低下头去不再吭气。转而，竟见中村不二鬼鬼祟祟道："要不再耍一次杀手锏？"

元雄两眼放光，道："你悠着点！"

在科技发展部部长的办公室里，颜一舟带着喜悦拨通了辛向音，两个人通过隐形光屏分享了心中的喜悦。

辛向音道："一舟，这次你总算是展示了一点魅力。赞一个！"

颜一舟道："得您大姐一声夸，俺的心里乐哈哈。"

辛向音道："不过也别高兴得太早。前事不忘，后事之师！单老的悲剧，我们要警惕！"

颜一舟道："你不会真的怀疑刺杀单老的主使就在我们内部吧？"

辛向音冷笑道："这不是明摆着吗？"

其实颜一舟和杰斯夫暗地里已经达成共识，如果下一届真的弄出一个主席来，那首脑团里必然成了一言堂。所以，他们明着支持设立主席一职，实则暗暗做着安排。最后，大多数人都接受了一个事实，那就是这一届首脑团是一个好的示范，那么就继续示范下去！

不过在这样的结局之下，以元雄为首的德尔比、中村不二一伙是真的动了杀心。他们认为，辛向音在只有汤姆乔一人支持的情况下居然能把到嘴的鸭子抢了去，那绝对是不可容忍的后患。于是，那个中村不二咬牙切齿道："我看一不做、二不休，直接把辛弄掉算了！这个女人实在太碍事！"

德尔比摇摇头道："这个恐怕不妥。辛和我们老大对着干是明的，把她给做了，不是陷老大于不义吗？"

元雄冷笑道："那就剪了她的羽翼！看她怎么飞！"

中村不二摩拳擦掌道："那我这就去安排。"

德尔比看着中村不二如此兴奋的样子，赶紧道：“老大，这个恐怕还是不妥。在这个节骨眼上干这种事情，除了能够泄愤之外，没有任何益处。辛向音有如此能量，其背后一定还有我们没有发现的力量。我们现在这么草率，一来没有胜算，二来打草惊蛇。倒不如先观察观察再说，反正离联盟改选还有段时间。”

元雄想了想，道：“德尔比说得也对！今天这个结局对我们是一个警醒，接下来可要把眼睛睁大点了。尤其是你，不二兄，让你信息部的人都别闲着！看看他们到底有什么三头六臂！”

中村不二忙道：“老大放心，接下来我一定亲自去盯！”

元雄冲中村点了点头，又道：“GRD已经五年多没有任务给他们了，总不至于生锈了吧？”

中村不二道：“放心放心，指挥系统健在。GRD现在只是蛰伏着，不敢忘记使命。”

元雄道：“养兵千日用兵一时，是时候拉出来遛遛了。先找个小目标试试手，别到了要紧关头就不灵光了。”

中村不二琢磨了一下，道：“要不就在我们联盟里面挑一个吧。这样有两个好处，一个是效果一目了然，另一个是借此让特别部去追查，看看到底能不能查得到。”

德尔比道：“不会引火烧身吧？”

中村不二道：“就当是练兵了。你们想，杀一个无足轻重之人，就算查到了也只能证明GRD无能，对我们又能怎么样？”

元雄点点头，对中村不二道：“嗯，我看可以。人也别挑了，就你们部里那个马克龙吧。刚才看他公布结果时的那副高兴样，我就窝火。”

中村不二道：“这小子是比较浑。那就算他倒霉了。”

GRD是一个已经存在了一百多年的地下暗杀组织，最早是由一批忠实的法西斯分子组建的，几经易主后，该组织于2038年初在时任国际刑警组织秘书长元雄亲自指挥下被一网打尽，19名成员全部被捕。关押待审期间，正值地球危机不断升级，以至于国际刑警组织面临解体。同年年底，元雄瞅准机会收买了GRD的首领韦泽一男，并暗中帮助GRD所有成员集体脱狱。韦泽一男因此发誓效忠元雄。在2039年那场人类联盟首脑团的选举过程中，GRD在元雄的授意下成功刺杀了单华。

单华被刺后，刚刚成立的人类联盟特别部部长杰斯夫曾经率领一个专案组进行侦破，但几个关键的线索每一次都是才有眉目就断了，最终无功而返。因此，杰斯夫一直怀疑这次暗杀和人类联盟内部高层人员有牵连。不过老辣的杰斯夫并未公开自己的疑虑，也不想继续明着调查下去，因为他不想因为这个事情引火上身。

颜一舟也秘密调查过这件事，当时刚刚从2020年过来顶替辛向音的陈以欣就觉得元雄有问题，还建议颜一舟从元雄查起。不过颜一舟没有对陈以欣的这个建议引起重视，因为当时元雄的声望非常高，况且陈以欣初来乍到，她的感觉似乎不足为凭。然而话说回来，当年颜一舟没有正面与元雄发起对抗或许是一件幸事，因为在敌我斗争这方面颜一舟面对元雄时显然没有胜算。不过在那次调查中，颜一舟至少发现了那是一次团伙作案，因此私下里将该团伙命名为“刺客团”。后来颜一舟一直在试图匹配和那个刺客团相关的各种线索，可是他们终究如石沉海底般没了踪影。

第十五章

文明的主体

陈玄一觉醒来，希望能看见希星，然而并没有。不过陈玄也知道，希星并不知道他睡在哪里。

希星有一个双胞胎兄弟叫望之，这是陈玄把“希望之星”四个字拆开来后给它们俩取的名。B世界的2050年，这两个可怜的小家伙目睹了母亲被黑熊袭击致死的惨景。值得庆幸的是，B世界里陈玄的女友妮娜及时制服了黑熊并且将它们救了出来。也许是缘分吧，它们两个最终都对陈玄产生了依赖，不过希星是赖着A世界的陈玄，而望之则赖上了B世界的陈玄。B世界的陈玄是研究准五类物质的新星，因此望之被其养育必然是一件幸事。

希星跟着A世界的陈玄到过2020年的C世界，又从C世界来到了2045年的A世界，因此希星大概是唯一一个经历过三个世界的猩猩。从这一点讲，它也是极为幸运的。

本来，陈玄带着希星从B世界辗转过来仅仅是因为希星离不开他，但是随着希星不断呈现出来的惊人领悟力，陈玄和邹向荣开始对它产生了一种期望。而无疑的是，灵鹭山山洞的壮丽景象让这种期望变得更加现实和强烈。如果希星它们能够给人类展示出另一种文明，帮助人类摆脱那种以人为中心的价值观，那么A世界的人们或许就可以走出当前的狭隘，迈向更高的文明。所以从这个角度去想，希星这么快就摆脱了对自己的依赖而融入新群体里的行为，陈玄是愿意积极面对的。他开始由衷希望它在新的大家庭里能够脱颖而出、快快成长。

起床后，陈玄照例做一些拉伸运动，等整个身体舒展开后又做了少量的力量和速度训练，然后就准备出去走走。就在这时，门口响起了敲门声。陈玄开了门，只见希星兴奋地从阿勇的肩膀上跳到他的怀里，还一边指着门外的一个方向，示意陈玄过去。

只听阿勇道："陈玄哥，刚才和和醒了，小家伙非得拉我来找你一起去看它。"

陈玄一边抚摸着希星的小脑袋，一边跟在阿勇后面问道："你们怎么知道我在这个房间？"

阿勇道："这还不容易？问一下洪士叔就都知道了。"

陈玄释然，又问道："阿勇，你们俩昨晚到现在不会一直待在和和边上吧？"

阿勇头一歪，道："为什么不呢？"

陈玄道："不睡觉吗？"

阿勇看了看希星，道："它是没少睡，我是一会儿醒一会儿睡的。"

很快，他们仨就来到了医护室的病房，徐逸正在和和边上。徐逸见陈玄来了，便道："恢复得真不错，自己身上的血到底不一样！"

陈玄道："要给和和吃点什么吗？"

徐逸道："我早就炖了鸡汤，都凉好了，待会儿让阿勇跟我去取一下吧。"

陈玄笑着对阿勇道："还不谢过徐叔！"

阿勇略带羞涩道："谢谢徐叔！"

徐逸道："不必客套，都是一家人。"

只见阿勇温情地看了一眼躺在床上带着微笑的和和，然后跟着徐逸走出了病房。希星从陈玄身上下来，踩在病床上，一边看着和和，一边用手轻轻触碰它的手臂。

陈玄也不知道和和此时方不方便说话，便试着道："和和，你昨天太勇敢了，救了好多伙伴，包括希星。你看这小家伙挺懂感恩的，昨晚和阿勇一起守在这里一个晚上呢。"

和和轻缓道："其实多亏了希星……"

陈玄见其说得那么费力，于是打断它，替它说道："你先休息，别多说话。其实整个过程我们都知道了。希星的确表现不错，不过最关键的还是你舍生忘死的精神，太伟大了。"

竟见和和被陈玄说得感动得流下泪来。

接下来，陈玄把和和昏迷之后发生的事情大概描述了一遍。说到阿勇它们及时赶到并迅速击溃鬣狗群时，和和露出了祥和的笑容；说到大费、小费英勇牺牲时，和和流着泪一遍又一遍重复念叨着"大费""小费"的名字；说到三条小狗和一只小猪不幸遇害时，和和也是非常难过；说到那群鬣狗已经死的死、俘的俘时，和和面色凝重；说到阿勇看见那群被俘的鬣狗时想要冲过去为它报仇时，和和摇了摇头。

讲到阿勇报仇被劝阻时，提着鸡汤赶来的阿勇也到了病房。只见阿勇一门心思地想让和和快点吃到那闻起来极为美味的鸡汤，于是窸窸窣窣摆弄起碗和勺来。阿勇舀好一大碗鸡汤正想给和和喂过去，却见和和毫不领情。

阿勇好生奇怪，问道："怎么啦？还没有胃口？"

和和用力说道："你忘了建造物华永和园的意义了吗？"

阿勇道："没有忘记呀，不就是希望这个世界繁荣和谐的意思吗？"

和和又道："那泄私愤算什么，能促进和谐吗？"

阿勇此时尚未觉得那几个被俘的鬣狗有什么可值得同情的，但它见和和有些激动，就忍下了，道："好吧，我错了还不行吗。快吃吧，对身体好。"

和和知道阿勇内心不服，但又苦于自己气力不足，无法好好与之理论。

陈玄在一旁看得明白，劝道："阿勇也是好意。和和你先莫计较，把鸡汤喝了，养足力气再好好说道也阿勇不迟。"

和和听了，知道终究还是有人理解它的，于是心下宽慰许多，便开始大口吃起来。

阿勇喂着，和和吃着，希星看着。和和见希星一边看一边流口水，知道它也想吃，于是对阿勇道："拿个鸡腿给希星尝尝。"没等阿勇去取鸡腿，就见已经会意的希星摇着头看着阿勇，把手指向和和，意思是自己不吃都给和和吃。

陈玄见了这一幕，心中甚是感怀。

过了一会儿，阿智、阿逊几个也过来看望和和。它们看见阿勇正在和和边上殷勤地喂着，都偷笑起来。若不是看到陈玄在边上，估计它们就不是偷笑，而是欢笑了。阿勇见状，自己倒有些害羞起来，只见它冲阿逊道："阿逊，该轮到你来喂了，我都喂了好久了。"阿智在一旁笑道："你岂是喂了好久？你都陪了一晚上了。"又见阿逊扭扭捏捏不肯上前接替阿勇的样子，于是阿智走近阿勇，道："我来给我的和和妹妹好好喂喂。"说完，一把夺来阿勇手中的碗，径自给和和喂起来。阿智才喂了两口，和和笑道："好啦，吃饱啦。你们坐下聊一会儿呗。"

陈玄看它们这么欢乐，也就不碍在那儿了，于是对和和说道："和和，你刚恢复，注意别累着了。"然后又对大伙儿说道："你们在这儿陪着和和坐一坐，别太吵闹了。我去别处转转。"说完，陈玄看了一眼希星，见希星也正看着他，于是朝它摆了摆手。希星大概知道陈玄要离开，便跳下床跑上前去来抓陈玄的手，想把他拽回来。陈玄蹲下来摸了摸希星的身子，道：“你和哥哥姐姐们一起玩，我自个儿出去走走。”希星看了看陈玄，又回头看了看大伙儿，然后放开了陈玄的手，冲他摆了摆手。

陈玄独自离开了医护室，然后转着转着来到了养殖场。养殖场非常大，占地面积大概有2万平方米，而高度约莫100米。虽然是洞内养殖场，但外头的阳光可以通过很多特殊的孔洞照射进来，所以光照依然很充沛。养殖场是阶梯状的，分了五层。最上层是水产，分咸水生态区和淡水生态区；第二层是家禽区，区内种满了竹子，各类家禽与放养无异；第三层是圈养区，主要是羊和牛；第四层是果树区，常见的四季瓜果都有栽种；第五层是粮食和蔬菜区。整个养殖场有5个管理员，其中两个人类，3个黑猩猩，配合一些智能设备，显得整整齐齐、有条不紊。

吴商，这个北大生物工程专业的高才生，2040年受于莺之邀来到这里帮助建设养殖场，2041年顺利完工后便主动留了下来，一边打理养殖场，一边搞他的专业研究。此时，吴商正在他的研究室里，而研究室也在这个养殖场所在的山洞内。吴商通过智慧监控系统看到陈玄进来，便用定向传声设备呼叫了他。吴商邀请陈玄到研究室去坐坐，陈玄四处观察了一下，才发现山洞的一角有一座9层塔楼。陈玄照着吴商的提示坐着电梯上到了顶层，看到吴商已经在电梯门口等着他了。

吴商热情道：“你就是邹老师的孙子陈玄吧？”

陈玄笑道：“是的。吴叔叔好！”

吴商道：“哦，你都知道了！那就不用自我介绍了。”

陈玄道：“昨晚和爷爷一起吃饭的时候，他仔仔细细把这儿的人们都介绍了一遍。”

吴商一边领着陈玄去他的研究室，一边好奇道：“我听说和你一起来的有一个和邹老师长得一模一样的人，他是邹老师的双胞胎兄弟吗？”

陈玄知道他和老邹的真正身份在山洞里只有大邹知道，其他人都不知道他们俩其实来自不同的时空。所以陈玄笑道：“嗯，下次你碰到那个和我爷爷长得一模一样的人就叫他老邹老师好了，因为他以前也是老师。”显然陈玄没有直接回答吴商的问题，因为他既不想说谎，也不想泄密。

吴商没有刨根问底，只是说了一声“哦”。

走进研究室后，陈玄看到了各种奇奇怪怪的仪器设备，于是好奇道：“吴叔叔主要研究哪一个方面？”

吴商道：“来这儿后受到邹老师的启发，现在专心研究临界智力区间，说白了就是划分哪些动物是可能发展出智慧的。”

陈玄问道：“能够发展出智慧的动物是不是就能够在人类文明的帮助下发展出自己的文明？”

吴商惊讶道：“难道你也是这方面的行家？”

陈玄以前在A世界从未见过有智慧的非人类，更未听说过准五类物质文明。不过从吴商的表情中陈玄确定了准五类物质文明在这儿的确是顶尖而隐秘的，或许连“准五类物质”的概念还没有形成也未可知。于是陈玄笑道：“我刚来山洞看到这么壮丽的景象，那么多灵长类都能用人类的交流方式交流，所以自然就知道了。”

吴商点点头，又问道：“你之前有没有听邹老师提起过这儿？”

陈玄坦率道：“我此来就是找爷爷来的，以前根本不见他的踪影，哪知道他躲在这里搞新式文明？”

吴商笑道：“你也别怪邹老师，我们现在研究的东西可是地球首创的，对外要绝对保密。”

陈玄不解道：“为什么要保密？”

吴商道：“人类联盟把前沿领域的科技研究都垄断了，其中就包括生物工程这方面。”

陈玄道：“具体还有哪些领域是禁止的？”

吴商道：“地外文明、时空穿越这些新兴起来的自然在列，那些比较传统但是一直在快速发展的核技术、通信技术也被禁止了，生物工程就是属于后面这一类。”

陈玄道：“我还不知道有这些禁令呢！”

吴商皱眉道：“现在这个世界上还有几个人关心科研？只有少数具有独立研究精神的科学家才会关心这些，不过这部分人现在都被吸纳到人类联盟里去了。”

陈玄笑道：“你是一个例外吧？”

吴商一脸灿烂地笑道：“因为我比较幸运呀！”

从吴商那儿陈玄了解到，目前除了灵长类和海豚已经被确定其智力达到了智慧临界点之外，其他生物尚在研究中，比如犬类、大象、猪这些。不过山洞里目前还没有海豚，因为生存条件无法保证。另外，吴商应该对B世界的物质分类方法一无所知。

告别吴商后，陈玄想到山洞外面去看看，于是顺着昨天的路又走到了那个物华永和园。这一路上，陈玄特别留意起红豆杉来，发现每一株红豆杉的树干上果然都有一个和红豆杉果实相仿的按钮。正在永和园里逛着，他收到了妈妈辛向音发来的隐形光屏信息。

昨晚因为紧急会议的缘故，辛向音和颜一舟匆匆离去。今天，辛向音逮着空隙想和陈玄再好好聊聊。

陈玄先把自己如何在姑姑于莺的养育下长大的经历绘声绘色讲了一通，讲起于莺如何带着他周游世界，讲起于莺如何拒绝并戏弄那个曾经一直很想与之交往的刘夏来教授，讲起于莺后来在他读大学后就失踪了……讲起这些和于莺相关的事情时，辛向音说了好几次“于莺真是好姐妹”。当然，讲到于莺后来失踪这一段时，辛向音也猜到了她一定是去寻找邹向荣了。

陈玄也讲起自己后来是如何孤身一人生活下去的。

于莺失踪后，陈玄再也没有亲人可以联系。读大学那几年，陈玄和他的同学们都目睹了地球危机的一步步加重。他身边的大部分人开始有了自暴自弃的想法，感觉每一天都活在世界末日里，除了不停地自我麻痹外，几乎放弃了任何长远的打算。但陈玄始终记得妈妈那封信里说的话：“你生活在一个不可思议的世界里。你千万不要浪费你做人的天赋。这个世界留给人类的时间已经不多了，可是绝大多数人都还未知未觉，你要答应我别成为他们中的一个。”所以，尽管陈玄并不知道自己未来能为这个世界做些什么，但他至少知道自己不能消沉下去，而且非但不能消沉下去，还要努力抓住每一分每一秒！

于是他在《思想者》这本书的引领下，学会了以积极的心态和开放的胸怀面对未来，既不执着于任何领域又能对任何知识都保有一定的兴趣，既能看到自己的成长又不会满足于任何进步，既能停下来思考又能随时随地站起来行动，既不排斥任何无法理解的想法和做法又不拘泥于任何看似天经地义的观念，既能分清是非又能不被是非所左右。《思想者》中载入了《论语》中的一句话——“君子之于天下，无适也，无莫也，义之于比”，并把其中的“义”看成“价值判断”，而这正是陈玄上述所思所为的依据。

2040年之后，人类对未来又看到了希望。此时已经长大的陈玄依旧没有放松对自己的要求。本科毕业后，他放弃了继续在大学深造的机会，决定走入社会，尝试着各式各样的生活。他去工厂当过工人，去医院当过志愿者，去动物园当过管理员，去餐厅当过厨师……

2044年年底，图灵系统正式启用。从此人类从劳动中解放出来，进入全民享乐的生存模式。陈玄顺应其变，既未抗拒这种全新的生活，又未完全沉浸其中。如果说图灵给人类带去最多的是快乐体验，那么对于陈玄而言，他在图灵系统中获得最多的则是各种模拟训练带来的经验和感悟。显然陈玄并没有活在快乐中，但他依然拥有快乐，只不过他的快乐不是来自于欲望的满足，而是来自于对自身天赋的发现和培养。

2050年，陈玄终于看到了自己的价值。当他成功被人类联盟招募去执行一项返回2020年的计划时，他才惊讶地发现他所拥有的一切技能和经验都不是多余的。也就是在这次计划执行之前，陈玄终于遇到了一直在人类联盟首脑团任职的爸爸和妈妈。

辛向音仔仔细细地听着，她为儿子没有淹没在这诡异的世界而欢喜，为儿子正在做着拯救世界的努力而骄傲，为儿子能够不辜负自己的期望而欣慰。尽管辛向音很想再细细地了解儿子的一切，但当她自昨天之后再一次听到2050年人类文明将被图灵文明取代的消息后，不得不暂时放下对儿子的关心，而把注意力放到了人类的命运上来。

自入选人类联盟首脑团之后，辛向音总有一种与狼共舞的感觉。也许是平白少了十九年的人生阅历，也许是缺少足够的政治历练，从2020年被颜一舟带过来顶替2039年的自己并最终成为首脑团的一员，辛向音在面对元雄、德尔比、中村不二，甚至杰斯夫这些久经沙场的政治精英时，还是显得过于稚嫩和过于理想化。不过，这位北大历史系的才女一方面拥有纵观古今的学识和眼界，一方面拥有与邹向荣在一起读书那几年被其熏陶出来的开放而积极的思维方式，最终很快适应了复杂的政治环境。加上有颜一舟的暗中帮助，以及汤姆乔的支持，辛向音最终锻炼出了能够与元雄他们抗衡的谋略和勇气。

不过人类联盟创建之初，在巨大的生存危机下整个首脑团还是齐心协力致力于化解危机的，并没有体现过多的个人意志。但是随着人类联盟体系的不断强化，以及眼下危机的逐步化解，分别以元雄和辛向音为代表的政治势力开始在人类发展方向上产生了严重的分歧。元雄那种不顾一切维持高速发展的宇宙战略受到了辛向音的猛烈抨击，因为辛向音认为过于依赖以能源为依托的物质文明发展将把整个人类文明带向深渊或末路，人类最终会因为无法驾驭文明而失去文明。

诚然，辛向音对元雄战略的担忧和抵制是正确的。从地球文明的发展脉络来看，2045年将是文明发展的分水岭。2045年之前的文明还处于物质文明和精神文明相辅相成的阶段，物质文明无法脱离精神文明独立发展。但2045年之后，随着图灵系统的完善，物质文明将不再依赖于精神文明，或者准确地说，将不再依赖于人类的意志。因此2045年之后，文明的发展很有可能变成物质文明一骑绝尘，而所谓的精神文明即使仍然存在，也已经不是属于人类的精神文明。如果照此发展下去，人类将不再成为文明的主体。

当然，辛向音对此并无准确的预见，但她至少明白其中的危险。但元雄就不一样，他不知道他那希望把人类从地球文明带向宇宙文明的雄心壮志实际上恰恰就是把人类从文明战车中推了出来。然而需要表达得更清楚的是，元雄的雄心壮志本身没有错，错就错在实现的方法。元雄的价值观里只有科技发展和物质文明，他以为人类一直是凭借这两样武器成为地球霸主的，也妄图继续凭借这两样成为宇宙的霸主。但元雄何尝想过，如果人类失去了自我超越的本质，以依附于物质文明为荣，那么人类又有什么资格引领文明？又有什么资格成为文明的主体？

从陈玄的描述中，辛向音知道她现在的担忧几年后就将成为现实，这不得不令其从担忧转向了焦虑。

只见辛向音皱了皱眉头，像是在自言自语道：“怎么就阻止不了他呢？”

陈玄问道：“妈妈，你说的是阻止谁？图灵还是元雄？”

辛向音道：“元雄呀。”

陈玄道：“妈妈，我觉得2050年的危机其实不是来自于元雄，而是来自于图灵。是图灵想取代人类，元雄只不过是身为图灵的傀儡而不自知罢了。”

辛向音咬咬牙道：“元雄这个可恨又可怜的家伙，替人做完嫁衣还想送人上花轿。只是可惜了整个人类，被其拿去做了嫁妆！”

陈玄此时想起一件事情，于是提醒道："我从2050年出发前，听爸爸提起过，他说首脑团里的汤姆乔先生很可能在2048年左右就遇害了，后来的汤姆乔是被图灵模拟出来的。"

辛向音惊诧道："我就知道这几个蠢货什么事情都干得出来！不过，如果是图灵模拟的，那图灵必然也脱不了干系。"

陈玄道："是的，元雄和图灵是狼狈为奸、各取所需。"

辛向音道："那汤姆乔的遇害会不会和刺客团有关？"

听妈妈提起刺客团，陈玄便把他所知的关于刺客团的消息讲了出来。

2039年单华遇刺事件是一个机密，对外界的口径是单华病故。所以陈玄在离开A世界的2050年之前根本不知道2039年发生过这么一起袭击。陈玄第一次听说刺客团还是在B世界的2050年，因为B世界的2039年也发生了刺客团谋害单华的事件。据B世界的颜一舟说，2046年左右刺客团再一次浮出水面，但在2047年被他率领的一支由准五类物质组成的奇异部队一举歼灭。关于那个刺客团被摧毁的经过，据B世界的颜一舟回忆，正是在邹向荣的启发下，颜一舟才组建起那支由猿猴和海豚为主力的奇异部队。更关键的是，邹向荣的哲学思想以及关于物质世界的理念不仅唤醒了整个人类，而且还培养了一大批胸怀世界的、誓言扫除一切狭隘与自私的斗士。当时那个刺客团之所以被剿除得那么干净利落，很重要的一个原因正是他们的内部产生了严重分化，一些骨干分子已经意识到不能再用那种低劣的手段去阻碍整个地球文明的进程了。

辛向音由此第一次听说准五类物质，也是大为好奇。

在B世界，当前地球上所有物质被分成了六大类。第一类是没有生命的"无感物"。从第二类到第五类都是有感物，即生物。其中第二类被称为"微感物"，这类物质能够与外界发生微弱的感应，比如微生物、植物都属于这一类。第三类和第四类都是动物，其中第三类被称为"无情物”，这类物质对外界的反应很强，但是没有情感，比如鱼类、爬行类动物。而第四类被称为“非智物”，这类物质已经发展出了情感，甚至有的已经发展出了意识的萌芽，但是还没有达到“智”的程度。要说明的是，这里指的智与非智，其判断的唯一标准就是意识水平能否驱动主体自主认识世界，能者为智，不能者为非智。非智状态下的物质，也是能够认识世界的，但这种认识一定是被动的和表浅的，而且无法继续深入进行。比如绝大多数鸟类和哺乳类动物。人类就是第五类物质。所谓准五类物质，其实就是第四类物质中具备发展文明潜力的那一类物质，如灵长类、海豚等。而第六类物质就是图灵这样的具有自我意识的非生命智能体。

其实A世界本来也是有这方面的研究的，当年2020年的北京哲学大会上郭义通教授就曾经发表过类似的演讲，只不过后来并未得到重视。而在B世界，邹向荣把这套学说继承了下来，并且将之发扬光大，从而让B世界有机会走出一条全物质共同发展的道路。而所谓全物质共同发展，其实就是把文明的主体扩大化，不再把人类当作文明的唯一主体，因而也就放弃了以人类为中心的发展理念。

不过相对于准五类物质而言，辛向音此时对B世界产生了更为浓厚的兴趣。如果B世界可以做到，那么A世界为什么不能呢?

这一天，母子俩聊了很久，直到辛向音有公务要处理才相互告别。

第十六章

暴风雨前夜

这几天大家都过得特别充实，不管是灵鹫山上的二老、陈玄他们，还是人类联盟首脑团里的颜一舟、辛向音。只要一有闲暇，他们就会相互联系，叙旧的叙旧，探讨的探讨，畅所欲言，好不快哉。

然而这样的好日子只过了几天，就在那个关于设不设人类联盟主席的公投结果出来后的第二天，颜一舟给辛向音带来了一个不好的消息。在信息部做参谋的张义是颜一舟北大硕士研究生班上的同学，他们表面上谁也看不起谁且从不来往，但暗地里却是互通有无的挚友。刚才张义给颜一舟传来一个消息，说是信息部已经开始秘密对辛向音和汤姆乔展开了全方位的监视，并且还要求对颜一舟和杰斯夫的日常行为和通讯情况进行关注。

颜一舟和辛向音分析着信息部这么做的目的。

辛向音道："这肯定又是元雄的主意。量他一个信息部没有这个胆子！"

颜一舟道：“我主要是担心他们冒险这样做是为什么，不应该和陈玄他们有关系吧？”

辛向音想了想，道：“应该不会。他们主要是针对我和汤姆乔，说明他们是对昨天那个民选结果耿耿于怀，想调查清楚。”

颜一舟点头道：“嗯，估计是。不过既然他们这样做了，我们以后使用隐形光屏就要小心了。”

辛向音道：“你这个光屏不是保密的吗？”

颜一舟道：“具体的通信内容的确是可以做到不泄露的，但是有的信息还是可以被截取到。比如说通信状态和时长、通信人的大概位置等。如果信息部截取到这些信息，那么也能做很多文章。”

辛向音道：“照你这么说，以后跟玄玄、荣哥他们不能轻易联系了，否则这批人找到灵鹭山去就麻烦了。”

颜一舟道：“是这样的，而且以后我们之间也不能联系过密了。”

辛向音恨恨道：“真是一群成事不足败事有余的家伙！”

颜一舟道：“好了，就先这样。说不定咱们聊的这会儿也被他们知道了。”

颜一舟所料不错。此时，中村不二真的收到了一个消息，这也是信息部发布代号为“飞鸭”的监控密令之后分析出来的第一个消息。前不久，在首脑团是否需要设置主席一职的民选中意外落败，被元雄讥笑为“到嘴的鸭子飞了”，所以中村不二干脆把这个密令的代号定为“飞鸭”，也算是有那么一点自我激励的意思。

消息上说：“1号最近和中国四川广安方面联系频繁。3号也是。”在信息部里，现在1号指的是辛向音，2号是汤姆乔，3号是颜一舟，4号是杰斯夫。

中村不二看到信息后，想：“广安并无联盟的派驻机构，没有频繁联系的理由。最可疑的是，有保密通信权力的人就那么几个，广安那里有谁能够有这个权力呢？”联想到辛向音和颜一舟本就是中国人，中村不二推测道：“颜一舟可能并没有看起来那么单纯，他和辛向音之间或许存在某种关系。而广安，可能正是二人联络的中转站。如果是这样的话，那么昨天民选失利的事就可以解释了：是颜一舟暗中在捣鬼！”

然而猜测终究是猜测，在没有确凿证据之前是不可示人的，更何况他现在获得消息的方式本身就是非法的。不过为了显示信息部的工作成效，中村不二立即向元雄汇报了这一消息以及自己对该消息的看法。

其实元雄骨子里是不愿相信颜一舟是那个捣鬼者的。因为作为科技大神的颜一舟如果想捣鬼的话，随随便便就可以用他的键盘搞定，何必如此麻烦？那么会不会是巧合呢？毕竟他们都是中国人，存在这种巧合的概率还是不小的。不过不管是不是巧合，都要弄清楚！

元雄当即决定，由安全部和信息部共同组建一个技术小组赴广安一探究竟。

不过，元雄的这个决定很快就被颜一舟知晓了。

颜一舟知道事关重大，一来他和辛向音之间的关系很难解释，更重要的是，万一被元雄他们找到灵鹫山去，那么事态就无法预料了。然而，苦苦思索之下颜一舟仍然想不出什么两全之法。无奈之下，他只能向辛向音通报了这个情况。不过辛向音倒是很镇定，建议道：“和你爸商量一下，说不定他有办法。”颜一舟一听眼睛亮了起来，自己在关键时刻没能想到的原本最值得信赖的人，辛向音已经替他想到了。

反正他和广安方面有联系已经不是秘密了，索性就直接联系吧。于是颜一舟再一次用隐形光屏连通了老邹。

老邹叫了一声“一舟”后，颜一舟很快就看见屏幕上出现了两个爸爸。原来，这些天二老除了歇息之外，几乎都在一块儿聊天。此时大邹听见是颜一舟，自然就凑过来了。

颜一舟把眼前的窘境大致向二老交代了一番，然后就等着他们拿主意。

二老沉默了片刻，还是老邹率先道："在我们那儿，元雄这个人虽然有一些个人想法，但并不是坏人。能不能借这个机会说服他？"

大邹摇摇头，道："现在这样做有点冒险。想想看我们两个人尚且有这么大的不同，更何况那个元雄了。"

老邹想想也对，他和大邹虽然在2020年的时候就分道扬镳了，但当时他们各自的核心思维已经形成了。若不是于莺相助，他们二人此时完全就是两个人。因此大邹说得对，更何况元雄？

只见老邹点点头，道："那能不能给你们二人最近老跟这儿联系找一个说得通的理由？比方说公务需要之类的？"

大邹一拍大腿，道："有了！你们联盟不是有个什么禁令吗，说不能私下里进行生物实验。我们就借这个机会把阿勇、阿智它们'举报'出来，说是有人发现了会说话的猩猩。这样，一舟你是科技部的，收到了举报自然很关心，而向音是教育部部长，也收到了这个举报，自然更关心了。如此，你们二人就都有了关心广安的理由了。"

颜一舟一听，豁然开朗，一下子感觉有了方向。

老邹听了有一些担忧，道："我不知道你们这个禁令的目的是什么，如果阿勇它们被抛出去，会有危险吗？"

颜一舟道："应该不会有什么危险。当时对那些尖端科技发出研究禁令是为了控制风险，因为这些东西变数太大，会对世界稳定造成不可预计的后果。关于生物实验的禁令也是如此，但我们的目的主要是禁止基因改造，而阿勇它们根本不存在这个问题。所以这非但不是危险，还有可能是一个机会。"

看到颜一舟变得乐观了，大邹和老邹一样，反倒开始考虑起不利因素来。

只见大邹继续担心道："那怎么解释用隐形光屏通讯的事情呢？"

颜一舟想了想，道："这个好办！前几天我不是来过广安一趟吗，我想就在这个事情上做文章！我就这样说：因为我收到了‘猩猩会说话’这个令人震惊的消息，所以就亲自赶来确认。后来发现消息可靠，于是为了保密起见，给送消息的人安装了一副隐形光屏以便联络。你们看这样的解释可以吗？”

大邹看了一眼老邹道：“这样说的话，那么送消息的人是谁呢？你？还是陈玄？”

老邹笑道：“我倒真希望是我。可是不行啊，我对这个世界不熟，很容易穿帮的。”

大邹想了想，还是对陈玄有一些不放心，道：“你倒确实不合适。可是如果是陈玄的话，他行不行啊？”

老邹又笑了，道：“他不行就没人行了！去过三个世界的人，你还怕他不行？”

颜一舟虽然也担心陈玄，但事已至此已没有更好的办法了。况且在这个节骨眼上，个人的安危又能算得上什么？因此颜一舟果断道：“我看就这么定了。你们把这件事情和玄玄再商量一下，我也马上和向音通个气。”

大邹道：“别急，还有一件要紧事情！我想，不该把整个灵鹭山暴露出来吧？”

老邹道：“此言极是！应该找个更合适的地方才对。灵鹭山是我们的大本营，决不能轻易暴露。”

于是他们三个人又继续讨论了一番，很快形成了一个确定的方案。在这个方案里，老邹提出来不能暴露陈玄的真名，因为一旦暴露，很可能元雄他们会追查到生活在A世界2045年的陈玄，这样会让整个事件变得不可控。想来想去，他们认为把陈玄的名字改为郑炫比较好，这样万一阿勇、阿智一时疏忽叫错了也无妨。

颜一舟和二老最后决定先发制人。与其让那个技术小组到广安去搜寻谜底，倒不如主动给元雄他们一个答案。

颜一舟和辛向音通了气后，由辛向音去联络汤姆乔，而自己则去找杰斯夫。

颜一舟故意不用隐形光屏，而是直接来到了杰斯夫的办公室。这样做是为了给他最近经常直接去找辛向音提供一个掩护。

杰斯夫见颜一舟亲自过来，心里有些疑惑，但是面上还是坦然道：“颜部长大驾光临，有失远迎！”

颜一舟笑道：“杰斯夫部长太客气了。”在杰斯夫办公室里坐定后，颜一舟略带神秘道：“想必最近您也收到消息了吧？太不可思议了！”

杰斯夫看着颜一舟，不知道他葫芦里卖的什么药，故意道：“你是说设主席的事被民选否掉了？”

颜一舟故作惊讶道：“难道兄台还不知道？前些天我收到消息，说中国四川广安一带发现了两个会用人类语言交流的黑猩猩。我还亲自跑去确认了，果然是真的。”

杰斯夫也有些惊讶，道：“你亲眼所见？”看到颜一舟点了点头，于是又问道：“照你估计，他们的智力水平如何？”

颜一舟道：“非常高，我估计它们的理解能力达到了正常人类十来岁的样子。更关键的是，据我这两天的持续观察，我认为它们的智力应该还有很大的增长空间。”

杰斯夫知道颜一舟不是一个喜欢开玩笑的人，既然他这样说了，那一定是真的。于是他问道：“难道有人偷偷摸摸篡改了基因？”

颜一舟道：“我也很担心会发生这种事情。但是给我提供消息的人坚持说那两个黑猩猩的能力只是他通过特殊训练培养出来的，我虽然不太信，但是为了稳住他，我给他装了一套隐形光屏以便联络。我想找个机会让那人把那两个黑猩猩带过来鉴定一下。如果是篡改基因那就不值得大惊小怪了。但如果真的是通过教育培养出来的，那倒是一件稀罕事，值得好好研究研究！”

杰斯夫想了想，猜测颜一舟此行估计是向他征求意见来的，于是道："颜部长，我同意你的观点。接下来你打算怎么做？"

颜一舟故作开心道："有杰斯夫部长支持就好办了。我想通知德尔比召开一场首脑团紧急会议，通过联盟干预，尽早弄清楚这件事。"

杰斯夫点了点头表示支持他的做法。

那边，辛向音告知汤姆乔的说辞和颜一舟告诉杰斯夫的差不多，不过因为汤姆乔一直是坚定的盟友，所以辛向音对他并没有像颜一舟对杰斯夫那样故弄玄虚。

就在辛向音和颜一舟分头行动的时候，元雄收到了中村不二传过来的第二条消息，还是一条重磅消息：颜一舟在五天前乘坐金刚豹到过四川和重庆一带，很可能去过广安！

与此同时，元雄又收到消息，说是技术小组已经抵达四川广安。

紧接着，元雄又收到了德尔比的消息："颜一舟有重大事项需要通报，要求召开首脑团紧急会议！"

元雄想了想，对德尔比道："那就开！看看到底能飞出什么幺蛾子来！"

人类联盟首脑团会议室里，最后进来的中村不二看上去有一些傲气，好像是握着了什么杀手锏。颜一舟自是看在眼里，但故作不知。

作为主持人的德尔比见大家到齐了，便做了个开场白，道："今天召集大家来呢，是因为颜部长得知了一件比较重大而且非常隐秘的事情需要向大家通报，并且商量一下接下来的行动。下面请颜部长给大家仔细说说。"

颜一舟特意看了一眼杰斯夫，然后故作郑重道："一个星期前，有一个自称郑炫的人给科技部打电话，还说直接要找我。那天碰巧我有空，就和他聊了一会儿。这个郑炫声称自己培养了两个能够用人类语言交流的黑猩猩，希望我过去看一看……"颜一舟讲到这里停顿了一下，他的话里故意没有提四川，更没有提广安，就等着中村不二来问。

不过中村不二还没来得及发问，被辛向音抢先道：“哼！我道什么要紧事！那个郑炫现在是不是在四川？”

颜一舟露出惊讶的表情，道：“原来辛部长也收到消息了？”

辛向音故作不屑道：“如此荒诞的消息你也信？”

颜一舟想通过辛向音的配合把戏做足，于是故意问道：“怎么就荒诞了？难道辛部长已经对这个消息验证过了？”

辛向音道：“还需要验证吗？那个郑炫和我联系了好几次，视频里他把那两个黑猩猩放出来了，人模人样的，越看越假！不过有一个事情非常奇怪，这个人居然是用隐形光屏和我联系的。不知道这个人什么来路，真应该好好查查！”辛向音说完，看了一眼汤姆乔。

汤姆乔和颜一舟私下里是极为投缘的好朋友，和辛向音又是好友加盟友。所以汤姆乔心里对颜一舟和辛向音之间的关系多少是有一些数的，至少知道他们二人在私下里的关系一定比在桌面上的关系要真实。所以此时此刻，颜一舟和辛向音之间的配合能够瞒得过别人，但瞒不过汤姆乔。不过，汤姆乔知道他们二人或许就没有打算真心要瞒他，因为他们对他这个朋友是真心的。所以，此时汤姆乔虽然不知道他们二人到底在唱哪一出，但他愿意配合他们一起唱。

只见汤姆乔道：“是的，辛部长此前也和我聊起过这个事情。我的判断和她一样，这很可能只是那个郑炫搞出来的闹剧而已。”

辛向音知道汤姆乔在配合她，于是干脆也把戏演得更像一点。只见她摇摇头道：“都什么年代了，想搞闹剧和图灵搞去，竟然弄到现实世界来！真是虚拟世界待惯了，无法无天了！不过搞笑的是，聪明绝顶的颜部长居然会为了这个事情让我们来专门开个会。”辛向音秉承了她一贯的辛辣风格，把在座的几乎所有人都带到了她所编排的这出戏里去了。

正当大家都看着颜一舟会如何应对时，只见颜一舟淡定道：“辛部长也别把话说得那么绝对！你认为不可能的也未必完全不可能，只不过是你没有亲自去验证罢了！”

辛向音冷笑道：“想必是颜部长亲自验证过了？”

只见颜一舟也用冷笑回敬道：“不去验证怎么敢惊动各位大驾？”接着，颜一舟把和杰斯夫说过的话又大概说了一遍。

颜一舟说完后，乘着大家还在琢磨，辛向音又冷不丁道：“我说这个人怎么会有隐形光屏，原来是颜部长有先见之明！”

颜一舟道：“不是什么先见之明，只不过是比较谨慎罢了。你们也知道我这个人除了谨慎之外还非常乐观，什么可能性都喜欢去验证。所以我得到这个消息后，首先就是想去搞清楚到底有没有这回事。万一真有，那可就是一件能够改变我们世界观的大事！你们想，我们老是去关注地外文明，但事实上，我们连地球文明本身都还没有搞清楚呢！”此时，虽然颜一舟还在戏中，但他说的这番话是符合他平时说话的风格的，也是他的肺腑之言，只不过是借着这出戏表达出来罢了。

杰斯夫认为是时候站出来挺一把颜一舟了，于是他说道：“既然颜部长都确认过了，我认为接下来的关键是把那两个黑猩猩请过来鉴定一下，看看有没有被基因改造过。”

汤姆乔也道：“对啊，如果是基因改造的话那也就没有什么稀奇的。而且还应该把那个郑炫定个罪。”

颜一舟道：“我倒希望是真的！”

德尔比已经彻底入了戏，反而劝颜一舟道：“颜部长也别太乐观了，还是鉴定一下真假再说。免得期望越高失望越大。”

元雄在一旁冷冷地观察，到目前为止，他还没有看出什么蹊跷，只是感觉颜一舟和辛向音在他们刚刚启动调查的当口就把这事说出来，未免有一点巧！

只见中村不二露出了他的杀手锏，道：“请问颜部长，你除了留给那个郑炫一套隐形光屏外，还留给了他什么吗？”

颜一舟一听，原本悬着的心彻底放下了。此前他一直暗暗观察元雄和中村不二等人，发现他们甚是笃定，想是他们的技术小组有了什么发现。现在听中村不二如此问法，他立刻就知道原来中村的傲气不过来自于那辆红旗车。颜一舟那次乘金刚豹去重庆中转的时候是带着红旗车去的，后来他把红旗车留给了陈玄他们。因此中村不二肯定是在怀疑这辆红旗车的去向和用途。

只见颜一舟答道："我还留给他一辆车子。因为郑炫和他的两个黑猩猩住在山里，没有交通工具，所以我就把车借给他，想着条件成熟了方便他们直接过来。"

中村不二见颜一舟答得如此自然，一下子泄了气，感觉此前做的那么多调查仿佛都是些无用功。

辛向音乘机道："那依我看，既然这么方便了就直接请他们过来嘛！是骡子是马，拉出来遛遛就知道了。"辛向音显然是希望以此来停止元雄他们在广安的调查。

汤姆乔力挺道："对啊，赶紧请过来到我这里鉴定一下吧。我这个生育部好久没干什么正事了，正好显显身手。"

杰斯夫看了一眼颜一舟，道："我也同意。"

德尔比一看这形势，心想就这么定了吧，于是道："既然大家意见这么一致，要不就这么定了吧。元部长你看呢？"

有着数十年刑侦经验的元雄总感觉有哪里不对劲，所以他不肯就此罢休，还想再确定一下。只听元雄道："这样吧，让那个郑炫直接带两个黑猩猩过来实在不太稳妥，万一路上出什么岔子呢？由安全部派人去接！"元雄说到这里，特意看了一眼颜一舟，然后接着道："请颜部长把郑炫的通讯号告诉我吧。为了保密起见，接下来希望诸位不要主动和郑炫联系，我们安全部会妥善安排好，保证把他们安全送到这里！"

第十七章

姜是老的辣

不得不说，元雄的这个安排是非常狠的，真正算得上一记杀手锏。因为如果安全部去接的话，那么陈玄他们就必定要暴露出一个特定的位置来，而这个位置不能是灵鹭山，甚至连灵鹭山附近都不够妥当。因此要找到一个合适的位置，既要在山里，又要能够生存，还要有足够的迹象表明他们是在那儿一直生存下来的，这样的位置能找得到吗？更要命的是，老辣的元雄预先堵住了颜一舟和辛向音他们主动发消息的路子，这就意味着接下来的一切只能靠陈玄和二老他们自己判断和安排了。现在安全部的人就在广安一带，如果元雄心急的话，那么他一旦和陈玄进行联系就很快能够寻找过去，如此留给陈玄他们应变的时间几乎就没有了！

所幸的是，当时颜一舟与二老连线时多亏大邹提出了不能暴露灵鹭山的想法，故而在后续的讨论中就决定了只让阿勇和阿智暴露出来。因此，颜一舟后来在首脑团会议上的说辞都是与陈玄和二老商量过的，减少了后续穿帮的风险。

颜一舟离线后，陈玄和二老又进行了更为深入的讨论。

老邹道："如果一舟那里顺利的话，陈玄就带着阿勇和阿智乘着那辆红旗车过去，这样灵鹭山就不会暴露了。不过也有一个问题，那就是阿勇和阿智一旦暴露，那么它们的生存环境肯定就成了关注的重点，所以还是要预备出一个合适的位置来。"

陈玄点头道："是的，而且要快。刚才听爸爸说元雄他们已经安排了一批人赶往广安了，如果爸爸主动把我们抛出来了，但元雄他们执意要过来带我们走，那么还是要露馅的。"

大邹对陈玄赞许道："你考虑得很仔细！其实这一点我也一直在担心着。所以事不宜迟，我们就按最坏的打算考虑，你和阿勇、阿智三个立即到于莺现在待着的那个保护区去。"说完，大邹用山洞内部的对讲系统连通了洪士，让他赶紧把阿智和阿勇叫过来。

广安有三个大型保护区，除灵鹭山外，另外两个分别是武云山保护区与康和山保护区。于莺此时就在武云山上。武云山的管理员老郑因为年纪大了身体不好，所以有退休的意思。而于莺和大邹也正想再造一个人工洞穴出来，于是就商量着先把武云山接管下来。于莺此去武云山正是这个目的。

在等着阿勇和阿智的间隙，他们三个人不停地模拟各种可能被问到的问题，比如陈玄的身份问题，教育黑猩猩的一些注意事项，保护区里的生存问题，以及为什么要在这时候把阿勇、阿智介绍给人类联盟，等等。

十来分钟后，阿勇和阿智相继跑了进来，原来它们刚才陪着身体刚刚康复过来的和和在永和园里散心，所以耽误了一点时间。

看见它们来了，大邹抓紧时间开门见山道："有一项极其重要的任务，你们两个有勇有谋，我们要把任务交给你们，有没有信心完成？"

阿勇和阿智对视了一眼，心中都生出一种莫名的激动，异口同声道："有信心！"

大邹把任务简要讲了一遍，尽管估计到它们两个一定还有很多疑问，但感于时间不多，于是匆匆道："等下你们跟着陈玄走，路上陈玄会给你们再详细解释和交代，你们一定要听从陈玄的指挥。"

老邹在一旁补充道："此事关系重大，轻则关系到我们灵鹭山上所有生命的命运，重则关系到整个地球文明的走向。所以啊，我感觉这次行动与其说是排除危机，不如说是把握机会！"

紧接着，大邹带着陈玄他们去开车，老邹一路跟着。只见大邹顺路走到明志堂，在那儿精心挑选了一些教具，打包好挂在阿勇身上，并嘱咐它带到武云山上去。老邹和陈玄对大邹此举自然心领神会。

路上，陈玄问道："需要先跟于莺姑姑联系一下吗？"

大邹道："你开车过去其实很快的，无此必要。我记得于莺说过，外面的通讯是以图灵为后台的，没有秘密可言。"

老邹道："武云山应该很大吧，等下陈玄他们如何寻找于莺？"

大邹道："于莺大概率在一幢蓝色的房子里，那是给管理员平时居住的，就在武云山快到顶的位置，在山的北面。在海拔2600米左右山的西侧有一个地方可以停车，你们把车停好后再爬上去，上面还有1000多米高。"

阿智在后面问道："我们怎么称呼陈玄哥和于老师？"

大邹道："阿勇、阿智，陈玄以后就叫郑炫，炫耀的炫。你们俩叫他郑炫哥好了，但是于老师只能叫于阿姨。"

老邹对陈玄道："等一下我们两人之间应该还是能够使用隐形光屏的。"

大邹对陈玄补充道："目前为止应该可以，但是万一有陌生人用光屏找过你了，你就不能再轻易和老邹联系了。刚才一舟不是说了吗，他和向音的光屏都被监视了，如果你的光屏暴露了，就说明你也被监视了。"

很快到了停车场，大邹又嘱咐陈玄道：“小心开车！见到于莺马上把事情经过和她讲清楚，相信她能帮助到你们。”

陈玄点了点头，说了声“知道了”。

阿勇、阿智上车后，陈玄准备出发，老邹嘱咐道：“你们几个都要安全回来！”

陈玄略带凝重地看了一眼老邹和大邹，道：“放心吧，保证完成任务！”不过陈玄也知道，这次任务和他返回2020年那次类似，怎样才算真正完成任务其实尚未明朗。

开车上路后，阿勇和阿智轮番问问题，对这次任务显然是既重视又兴奋，陈玄都一一做了解答。没过几分钟，车子就开到了大邹刚才提到的那个停车坪上。接下来的山路才是比较费时间的，不过也好，可以趁这个机会把武云山的环境好好熟悉一遍。阿勇和阿智自然是能够在树丛中跑得飞快的，于是陈玄对阿智说道：“你先去找一下于老师，不，于阿姨。”阿智听命，一溜烟就不见了身影。

武云山的外部环境和灵鹭山没有什么区别，一样有反射膜和折射光系统，反射膜上方山地的植被也很丰富。唯一不同的是，这儿有很多野生的灵长类。

陈玄问阿勇：“你和阿智它们以前走出过灵鹭山吗？”

竟见阿勇略微一愣，道：“灵鹭山在哪儿？我们只知道武云山，我们从来没有走出过武云山。”

陈玄很快反应过来，此时阿勇一定是已经进入了任务状态，因为刚才来的路上陈玄交代过它们两个千万不能透露任何关于灵鹭山的消息。于是陈玄就干脆和阿勇继续模拟训练起来，只听他问道：“于阿姨对你们好吗？”

阿勇开心道：“阿姨对我们太好了，像我们的妈妈一样。”

陈玄道：“你们的妈妈也在山上吗？”

只见阿勇有些难过，道："我们几个都是孤儿，老师说过以前我们的生存环境非常差，很多都饿死了。要不是老师收留我们，我们估计也早饿死了。"

陈玄一听阿勇讲着讲着果然开始漏嘴了，于是笑道："你们几个？难道和你一样能用语言交流的有好几个吗？还有，你们的老师又是谁？"

阿勇一听，回过神来，道："就我和阿智啊。老师嘛，不就是你郑炫哥吗？"

陈玄继续道："好的。那我再问你，这儿的山上有大型食肉动物吗？"

阿勇道："没有的，最多一些山猫、野猪之类的。像前几天那群鬣狗是罕见的。"

陈玄道："那我们这样在山上走来走去会有危险吗？"

阿勇道："以郑炫哥的身手怕是不会有危险。不过还是要注意，天气热的时候会有一些毒蛇。"

陈玄道："就算我可以抵御，那于阿姨通常怎么避险？"

阿勇道："她没有事，她身上有一个微波驱兽器，只要一开起来那些危险的动物就会躲得远远的。"

陈玄点点头，突然想着再趁机考验一下阿勇，于是问道："我看得出来，你很喜欢和和，不过我觉得阿智也挺喜欢和和的。"

阿勇骄傲道："和和对谁都很好，我们也都喜欢它。但是和和对我最好！"

陈玄笑道："是吗？"

阿勇看到陈玄怪异的笑，终于意识到自己又说漏嘴了，道："和和是谁？"

陈玄道："接下来可不能再说错话了。如果一句话说漏了，要再圆回来是很困难的。"

阿勇带着些歉意点头道："我知道了。"

说着说着，就远远看到了那座蓝色房子。此时，一个黑色的身影从山坡上飘然而至，原来阿智又折返回来了。只听阿智喘着气道：“于，于阿姨就在房子里等你们呢。快一点呀！”

刚才被陈玄考验过的阿勇此时灵机一动，想考验一下阿智，便道：“瞧你那兴奋样，到底是第一次出灵鹭山！”

没想到阿智非但没有上当，反而向陈玄告状道：“郑炫哥，我刚才在车上就跟你说过，阿勇肯定会犯浑的。你看它，刚才又提灵鹭山。”说完，阿智对着阿勇道：“什么灵鹭山，我只知道武云山！”

阿勇慌忙对陈玄解释道：“郑炫哥，其实我刚才只是故意想考验一下阿智。没想到这家伙清醒得很！”

陈玄对阿勇笑道：“我看得出来。”转而又对阿智问道：“于阿姨还好吗？”

阿智道：“好得很！听说你来了，都高兴得要哭了。”

陈玄一听，心情禁不住瞬间澎湃起来。曾经有很长一段时间陈玄一直想不明白，为什么之前姑姑对自己那么好，可是却说走就走了，并且从此音信全无！不过此时的陈玄在心里告诫自己，现在有更重要的事情要做，千万不能在感情上面乱了分寸。

蓝房子的周围有一圈围墙，于莺就站在围墙的大门口，阿智告诉她陈玄马上就要上来了这个消息后，她激动得全身都要颤抖起来。此时的于莺，正热烈地期盼着陈玄的到来。

陈玄老远就看到了一身灰色套装的于莺站在房子边上等着他们，于是陈玄加快脚步奔跑起来。

陈玄终于跑到了于莺身旁，看见她早已两眼泪光。

于莺握着陈玄的手，嘴里轻轻念着“玄玄”“玄玄”，目光不停地打量着这个已近十年未见的“孩子”，喃喃道：“壮实了，英武了，是一个男子汉了！”

陈玄才道了一声“姑姑”，不想被阿勇打断：“不能叫‘姑姑’，要叫阿姨。”

陈玄对阿勇点头道："对，阿姨。"然后陈玄又对于莺道："阿姨，眼下的情况你可能还不知道，但是很紧急，所以我必须先和你讲一下。"

于莺感觉到事情重大，于是就一直盯着比她高出一个头的陈玄，把感情的事放在了一旁，仔细听着陈玄的诉说。

只听陈玄言简意赅道："我们接下来要演一出戏，我不叫陈玄，我叫郑炫，炫耀的炫。我是阿智阿勇的师父加大哥，它们两个从小跟着我在武云山上长大。它们两岁的时候我开始试着教它们说话，没想到它们到了五岁时真的开始会说了。于是我就一直想办法教它们，现在它们已经完全能够用人类语言交流了。您一直是这座山上的管理员，我十年前来到这里，你收留了我，我们现在都叫你'于阿姨'。你一直像妈妈一样照顾着我们。最近我萌生了一个想法，我想让全世界都知道其实不光只有人类会说话，不光只有人类能够发展出智力，所以我希望把阿智和阿勇介绍给人类联盟，让他们引起重视。七八天前，我先联系了联盟科技部部长颜一舟，他对我说的很感兴趣，还亲自赶过来进行确认，并且给我留下了一套通讯设备和一辆红旗车，说是让我保持联系，并且在合适的时候可以自己开车送阿智阿勇到人类联盟总部。颜部长还给了我教育部部长辛向音的通讯号，让我向她沟通和请教。于是我就照做了。"

于莺很认真地听着，但此时的她仍然是满脑子的疑问，所以见其不解道："这不是好事情吗？为什么要弄得这么紧张，还要编出谎言来？"

陈玄知道要解释清楚还需要很多时间，但现在最关键的是先熟悉武云山的环境，特别是居住地的环境，万一元雄他们的人突然找过来就麻烦了。于是陈玄对于莺说道："您出来的这几天发生了很多事情，一时半会儿讲不清楚，得空我和您细说。当务之急是带我们把这儿的环境再熟悉熟悉。"

其时，于莺尚不知道此陈玄来自2050年，更不知道他曾去过B世界和C世界。刚才阿智独自上来时，只告诉于莺陈玄是和大邹老师的双胞胎兄弟老邹老师一起来到灵鹭山的。但于莺此前从未听说邹向荣还有一个双胞胎兄弟，所以到目前为止，于莺可谓一头雾水！

陈玄的担忧是正确的，就在这时，他的隐形光屏发出了提示，有一个不知身份的人找到了他。陈玄打开了光屏，但没有调到共享状态。陈玄一看，居然是元雄！在A世界的2050年陈玄见过元雄，在B世界的时候陈玄也见过元雄。所以此时此地的元雄他自然认得出来。

由颜一舟发起的那场首脑团紧急会议上，元雄提出要陈玄的隐形光屏通讯号，颜一舟自然没有推脱的理由。而一向杀伐果断的元雄拿到这个号码后，居然毫不迟疑地当着整个首脑团的面拨通了这个号码。很显然，元雄是不想给任何人留下准备的时间，这样他才能确定颜一舟所说的话到底属不属实。

幸亏陈玄他们判断准确，而且行动及时，否则必然被元雄搞得措手不及而露出马脚。为了谨慎起见，考虑到于莺尚未做好准备，所以陈玄请她暂时避开了，免得穿帮。

隐形光屏里，只见元雄一脸肃穆，道："你就是郑炫？"

陈玄道："是我。请问你是哪位？"陈玄认为装作不认识元雄是最有利的，因为接下来他要扮演一个深居简出不问世事的人。这样的人设最大的好处就是可以解释为什么在图灵系统里找不到郑炫的活动痕迹。

元雄道："我是人类联盟首脑团安全部部长元雄。据科技部颜部长介绍，你养育了两头黑猩猩，它们现在已经能够用人类的语言进行交流了，是这样吗？"

陈玄装着很兴奋的样子，道："是的，是的！难道人类联盟里都知道了吗？对了元部长，它们俩就在我边上，让它们和你说说话吧。"从屏幕里看到元雄点了点头，陈玄对阿勇阿智说道："阿勇、阿智，来！

跟元部长打个招呼。”说着，陈玄把屏幕调到了共享状态。

元雄看见屏幕里果然冒出来两个黑猩猩，还操着人话向其问候。元雄看见阿勇的身上背了一个包袱，于是问道：“怎么，你们这是要出去吗？”

陈玄看着元雄的眼神，很快反应过来，回答道：“我们刚刚从野外教学回来。”

元雄追问道：“什么是野外教学？”

陈玄笑道：“就是在野外上课呀，在那种环境里它们心情好一些，容易接受新知识。”

元雄道：“那个包里装着些什么东西？”

陈玄对阿勇道：“阿勇，把包打开给元部长看一看。”

阿勇一听马上取下包裹，并打开来摊在地上。

陈玄指着地上那些书本、立体模型之类的教具，道：“就是一些书本和一些辅助工具。”

元雄非常仔细，继续问道：“让我看看有哪些书？”

阿智一听，弯腰把地上的书都捡了起来，有一本诗集、一本数学书、几本图画书，还有一本哲学书。

元雄一看果然都是人类初级阶段学习的东西。他发现实在找不到什么可疑之处，于是就说道：“你们家在哪儿，这里看得见吗？”

陈玄转了个身，在屏幕上把那所蓝色房子露了出来，道：“看，这所蓝房子就是。”

元雄见陈玄他们如此自然，没有任何疑点，一时就放松了警惕，认为这一切很可能的确如颜一舟所说的那样。

元雄边上其他人虽然不知道元雄看到了什么，但元雄的表情分明告诉了他们一切。

元雄最后让陈玄把武云山的准确地址发过去，说是马上派人过来接他们到人类联盟。陈玄“愉快”地照做了，而且还详细地介绍了如何停车以及如何上山的事情。这让元雄更加相信陈玄他们了。

德尔比在元雄的示意下匆匆结束了会议。会后，元雄对中村不二交代道："虽然目前看来颜一舟说的很可能是真的，但还是不要大意。你吩咐那个技术小组立刻赶去武云山，让他们留意周围环境，特别是那辆红旗车。对了！如果那儿还有其他人的话，一并带过来。"

中村不二问道："你是说除了郑炫与那两个猩猩，其他人也要带过来？"

元雄点了点头。突然元雄又想起了什么，说道："让你们信息部也别闲着，继续对辛向音他们几个的隐形光屏进行监视，还有郑炫的。"尽管元雄觉不出什么疑点，但毕竟眼下这事过于蹊跷，而且事关重大，必须小心提防。

陈玄见元雄挂断后，立即对于莺说道："姑……于阿姨，马上带我们去房子里看看，让我们赶紧熟悉起来，他们马上就会派人来了。"

于莺一边带着陈玄他们进入蓝房子，一边在脑子里迅速构建房子内应有的布局。走进房子里，于莺一个房间一个房间地带着他们熟悉，并且临时定下了几个房间的用途，郑炫住哪儿、阿勇和阿智住哪儿、自己住哪儿等，并且在相应的房间里做出了相应的摆设。在于莺的交代下，陈玄他们三个在房子里到处摸摸碰碰，还在各自的床上打了几个滚，算是留下了一些痕迹。

陈玄见房子里没有其他人，便问道："于阿姨，大邹爷爷不是说这儿还有一个叫老郑的管理员吗？"

于莺道："这两天他正好下山去了。年纪大了，要下山调理调理了。"

很快，陈玄又接到消息，说是人类联盟的人已经在山下了。在一旁的于莺听闻之后，对陈玄道："贵客来了，你们是不是应该去迎一迎？"

陈玄道："对，是应该去迎接，表示一下我们的兴奋之情。"

只见阿勇和阿智在一旁高兴得手舞足蹈起来。

于莺接着把所有下山的路和他们三个讲了一遍，显然她对这座山的情况已经了如指掌。而陈玄他们则装着屁颠屁颠的样子下山去迎接了。陈玄他们走后，于莺又走进房子里，一个房间一个房间检查过去，生怕露出什么马脚。

第十八章

挺身做英雄

由安全部和技术部共同组建的技术小组共有四个人、两辆车，其中安全部两个人乘一辆车，信息部两个人乘另一辆车。两辆车一前一后开到了陈玄指定的那个停车坪，也就是那辆红旗车停泊的地方。信息部的那两位下了车后就在那辆红旗车旁进行勘查，显然是受了中村不二的指示。根据中村不二的最新指示，这个技术小组放弃了此前查找广安一带使用隐形光屏者的任务，改为到武云山运送那两个会说话的猩猩，以及与之相关的人。

技术小组在半路上受到了陈玄、阿勇、阿智他们仨的热烈欢迎，看着阿智、阿勇在自我介绍时那憨态可掬的样子，那四个人都被逗乐了。在一起上山的路上，他们围着阿智和阿勇问东问西，显得非常好奇。而它们俩应答自如，更让那四个人叹为观止，如临仙境。

来自信息部的戴维心里有一个疑问，因为刚才他在勘验那辆红旗车的时候发现这辆车是不久之前才停泊在那儿的。于是他找了一个机会看似不经意地对着阿勇问道："阿勇，你们刚才一直在山上吗？"

阿勇道："是啊，郑炫哥带我们在野外学习呢。"

戴维又问道："你们最近没有下山或者出去过吗？"

阿勇道："我从来没有下过山，郑炫哥说山下有危险。"

尽管看起来气氛很是和谐，但陈玄其实一直都在紧密关注着他们每一个人的对话，此时他注意到了戴维的提问，心中已经猜到了大概。

只听陈玄故意接着阿勇的话，开玩笑道："阿勇，我没有教过你那首歌吗，'小和尚下山去化斋，老和尚有交代：山下的女人是老虎，遇见了千万要躲开'。哈哈，山下都是老虎，不去最安全。"

戴维见陈玄插话了，趁机把问题抛给陈玄："你们整天待在山上不闷吗？"

陈玄道："闷是确实有些闷的，不过山下也没有什么可以玩的。现在不比以前了，山下整天和机器打交道的那种生活我是过不了的！当然，有时候还是要去山下备点必需品的。"

戴维继续道："如果有需要到山下去的话，你们这样很不方便啊。"

陈玄抓住这个话题，主动挑明道："那是，有时候一来一回要几天时间呢。不过这几天很好，你们颜部长前些天借了我一辆车，这下就方便了。刚才我带着它们两个去野外学习，就乘机绕着这些大山兜了几圈，太爽了。"

阿智似乎明白了陈玄的用意，说道："是啊，郑炫哥。你上次说带我们出去见世面的，啥时候去呀。"

陈玄故意嗔怪道："急啥，这些客人过来不就是准备接你们出去的吗？"

陈玄和阿智看似不经意的问答，已经彻底打消了戴维的疑虑。

来到蓝房子里，陈玄看到于莺正在做饭。陈玄给大家做了一番介绍后，那些技术人员便以参观的名义开始分头四处勘验起来。陈玄和于莺看在眼里，自然是心知肚明。

于莺就当他们是一群远道而来的客人，正准备做一些点心招待。一个安全部的人特意到厨房里好好“参观”了一番，问正在忙乎的于莺平时都吃些什么、食物的来源、两个黑猩猩的吃法有没有什么特别之类的问题。于莺本来就在这种环境下生活了多年，自然是对答如流。

两个人在陈玄的陪同下把整个房子里里外外观察了一遍。陈玄发现于莺已经把很多房间又重新收拾过了，看起来更像那么回事了。

戴维在阿勇和阿智的陪伴下到房子周边的山地转转，问了一些关于它们如何生活、如何学习的问题，还问了家里有哪些人、关系如何这些事。阿勇和阿智相互配合，也没有出现什么明显的纰漏。

于莺做了几碗糖水鸡蛋，里面有几个红枣，汤水上面还漂着一些腌制过的桂花，俗称“糖吞蛋”。这种非常传统的点心以前在中国南方新娘子出嫁时迎亲的席面上经常看到，但在这年头已经几乎成为历史了。

于莺热情地招呼大家坐下来吃点心。等大家纷纷聚拢过来，于莺大方道：“山里面不方便，就煮了几个鸡蛋，聊表心意吧。大家趁热吃。”

陈玄瞄了一眼桌上的碗数，正好七个，因此故意大声呼唤道：“阿智、阿勇，你们最爱的糖吞蛋来了。”

那四个人里面有一个是中国人，小时候也吃过这种点心，便对同伴说道：“一起吃一点吧，中国有句俗语‘到什么山头唱什么歌’，我们就入乡随俗了。”

另外三个人看到阿智和阿勇随手拿起碗就吃，知道没有什么危险，便围坐着各自端了一碗尝尝。

那个中国人叫胡克，只见他一边慢条斯理地吃，一边优哉游哉地问道：“偌大一座山上，就你们几个？”

陈玄做欲答之状，而于莺抢先回答道：“早几年管理员还多一些，这些年一个个都下山去了。很少有人愿意待在山上了。”

于莺说的是实话，但她的用意不在于此。刚才她在收拾房间的时候就发现各个房间都有许多以前那些管理员留下来的东西，这必然会引起这些人的注意，所以那时候她就已经想好怎么解释了。

胡克继续慢悠悠问道：“难怪刚才我看到房间里有男的女的大大小小各种衣服都有，想必是很多人在这儿住过。”

于莺笑道：“是呀，所以你看这房子原先造得这么大！有时候真想把他们留下来的东西都处理掉，睹物思人啊！但想想万一哪一天他们又上来了呢？呵呵，反正房子大，留着留着吧。”于莺的说辞是让他们相信山上就他们几个，因为如果再牵连出其他人来，那一对照就穿帮了。

胡克接着道：“那些人下山后还有联系吗？”胡克这话显然是想找另外一些人出来印证，但又不好明说。

于莺对胡克的用意洞若观火，便道：“哪还有什么联系。咱这山上可没有什么图灵系统。”

陈玄和阿勇阿智只顾着大口吃，显得很饥饿的样子。因为在这种地方生活，食欲旺盛才是最自然的。不过此时陈玄多吃东西少说话还有一个目的，就是尽量让于莺去回答问题，显然她的回答会更加靠谱。

吃罢，于莺去收拾碗筷，阿勇阿智在一旁帮着扫地擦桌子，显得很自然。在灵鹭山上，他们的日常生活状态也就如此。

戴维、胡克这些人实在看不出有什么不对的地方，于是就私下里商量着早一点把阿勇、阿智带下山去。

只见戴维对陈玄说道：“那我们就别在这儿耽搁时间了，早一点出发吧。”

陈玄显得很期待，道：“好呀，我等这一天已经很久了。”说毕，陈玄故意露出得意的笑容看看身边的阿勇和阿智。

阿勇阿智则很配合地表露出急不可耐的样子。

胡克道：“不光你们仨，于阿姨也要和我们一起去的。”

于莺一听，道：“唉，我就不去了。我这里头忙不开的。”

胡克道："阿姨千万别推辞了，我们也是奉命过来的。再说了，人类联盟总部也不是啥人都能去的，就当作是一个机会去开开眼界吧。"

于莺略显为难道："那快不快呀？我这山地上的菜和院子里的鸡鸭可不能不管。"

胡克笑道："快的快的，去转转就把您送回来。"

如此，一众便下了山去。路上，陈玄对阿勇阿智使了个眼色，于是它俩会意，便一路欢快跑下山去。于莺则在后面道："瞧把这俩兄弟乐的。哎，接下来你们都出去了，岂不就留我一个人在这儿守着了？"陈玄道："阿姨您放心，我送它们过去后一定还会回来陪您的。我可不愿待在下面。"

下山还是比较快的。到了停车坪，陈玄正想去开红旗车，被胡克拦住道："就坐我们这两辆车去就可以了。"陈玄自然不会在这种事情上计较，便听他们安排。于是阿勇和阿智上了戴维那辆车，而陈玄和于莺上了胡克这辆车。

灵鹭山上，二老都在等待着消息，不过陈玄并没有发来任何消息。不光陈玄没有消息，颜一舟和辛向音那儿也没有消息。

大邹有些焦急，对老邹道："要不你用隐形光屏和他们联系一下看？"

老邹笑道："别急嘛。他们现在肯定也想和我们通消息，既然他们不联系，就说明有顾虑。因此，我们就更加不能联系了。"

大邹道："可我还是有些不放心啊。"

老邹道："一舟那么机灵，你还担心什么？陈玄更不必说了，三个世界都转过来了，什么情况没碰到过？"

大邹心里想想也没什么法子了，就乐观点吧。不过他嘴上不服软，道："不是你儿子，不是你孙子，你自然放得下心来！"

老邹笑道："他们俩对我来说可是比亲的还亲！"

看大邹还是有一些焦虑，于是老邹把话题转开，只听他对大邹问道："前几天那几条鬣狗你打算怎么处理？"

大邹道："这几个野东西留也留不住，放了留在保护区的话成了祸患，但把它们赶走又基本上断了活路，是很头疼。你怎么看？"

老邹道："你有没有考虑过创建一个与人类可以完全脱离的文明区？"

大邹道："让它们自生自灭？"

老邹道："不是这个意思。任何文明的初期都是极其脆弱的，如果我们人类不去帮助那一定是发展不出来的。但是我们的帮助也要有限度，让它们的文明既有一定的保障，又能拥有比较充分的独立自主。这样的话，它们在几年内就有可能发展出一个比较稳定而且水平较高的文明来。"

大邹摇摇头道："你说的这些听起来是不错，但没办法实现。你想，它们离开了这个山洞还能有活路？但要是离不开这个山洞的话，还怎么构建独立的文明？"

老邹想想也对，因为这儿当前的生存环境和B世界完全是地下和天上的区别，在B世界做起来顺风顺水的事情，在这儿可能完全行不通。

于是老邹换了一种思路，道："那不如这样。把这几只鬣狗分散了畜养一段时间，让你的弟子轮流看管，等它们野性收了些，再让它们慢慢融入进来。"

大邹想了想，道："可以试试。这样做一方面是为了那几只鬣狗考虑，另一方面也可以借此训练训练我那几个弟子的能力。以后这种事情总是要碰到的。今天是鬣狗，以后可能就是野猪、狗熊什么的了，总要有个长远之计！就当作是实验吧。"

老邹道："没错！"

大邹道："走，说干就干！反正闲着也是闲着。"

老邹笑道："顺便把和和它们的英勇事迹表彰一下，这是让它们树立典范、形成价值观的好机会。"

大邹道："没错！"

于是二老一起来到明志堂。大邹叫来几个弟子，吩咐它们如何把大堂布置一番。然后大邹又叫来徐逸，向他暗暗交代了一些事情。

一切准备停当，大邹不仅把所有的弟子都召集过来，而且把那些生活在山洞里的所有人员也叫上，大家一起聚在明志堂，为和和等开表彰大会。

希星牵着和和的手跟着大伙一起走进了明志堂。随着一天天长大，希星现在已经基本可以直立行走了。

明志堂里摆放着一张讲桌，上面放了几样红色的物件。大邹已经站在讲桌边上，示意他的弟子们走到讲桌的正前方，而那生活在灵鹫山的二十几个人类就分站在它们两侧。

希星自走进明志堂后就一直在寻找，可是它既没有看到陈玄，也没有看到阿勇。一路跟着和和在讲台前站定后，希星仍然在四下张望，还时不时拍打和和，向其示意自己的疑惑。

和和明白希星在找什么，不过它自己也一直很困惑，为什么阿勇和阿智没有出现？

大邹见大伙儿都到齐了，便发话道："大家都知道，前不久我们经历了一件可怕的事，一大群鬣狗对我们发动了袭击。和和与大费、小费一起为了保护其他成员，不怕牺牲，勇敢地与鬣狗进行战斗。尽管当时敌我力量悬殊，但和和它们没有放弃希望，最终等来了我们的救援，打败了那群鬣狗。然而不幸的是，大费和小费在这场战斗中牺牲了。不过它们没有白死，它们也不能白死！今天我们在这里纪念它们，就是要你们永远记住它们是怎么死的，为什么而死！它们的死是留给你们，留给你们这个新兴文明的最宝贵的精神财富。你们和你们的后代要永远铭记，并努力将这种‘舍小我为大我’的伟大精神发扬光大！”

“接下来，先让我们怀着沉痛的心情共同缅怀在这次战斗中英勇牺牲的大费和小费。”

只听哀乐响起，大家低头默哀。三分钟后，哀乐声停止，大家重新仰起头来。

大邹继续道：“有一句古话叫‘多难兴邦’，其中蕴含着很深刻的道理。‘难’从来不是我们所期望的，然而一旦有难来临就绝不要只看到坏的一面，因为风雨之后是彩虹，历经磨难成不朽。是啊，战斗是极端残酷的，深陷其中的人当然就是遭遇了一场灾难。但是，如果我们只能选择战斗，那就不要惧怕残酷，更不要放弃希望。令人欣慰的是，在这次战斗中从我们这儿涌现出了一批勇士。如果说已经牺牲的大费小费给我们留下来的是永不磨灭的精神，那么那些活下来的英雄就将带领我们走向璀璨的未来！”

“因此，下面我们要表彰在这次战斗中挺身而出的英雄！首先，要请出我们的和和，请它站到这张讲桌的前面。”

只见和和略带羞涩，在大邹的示意下走到了他的身边。大邹对大家道：“鼓掌！”

只听明志堂内响起热烈的掌声，和和顿时涌出热泪，连连向台下鞠躬致意。

大邹等掌声稍歇，继续道：“和和无疑是这次战斗中的大英雄。我相信和和在这次战斗中所积累的战斗经验和精神力量会在将来发挥出无穷无尽的价值。因此，我们要授予和和一枚‘大英雄’勋章，希望和和牢记这份英雄的荣誉，并将之转化成文明的力量。也希望在场的各位以和和为楷模，在下一个不期而至的灾难中能够像一个英雄那样挺身而出！”

说完，大邹从桌上拿起一根红色的绸带，上面写着“大英雄”三个字。大邹把这根绸带挂在和和的身上，然后又从桌上拿出一枚勋章，别在和和的前胸。做完这些后，大邹道一声：“向大英雄和和致意！”话毕，见其右手抬起放在胸前，面朝和和站立。

大家一起跟着大邹做了同样的动作，这让和和再一次感动得热泪盈眶。

致意大约持续了半分钟，大邹放下手，继续道：“下面我们还要请出一位小英雄，它就是我们这个家庭的新成员希星！大家应该知道了，希星在这次战斗中的表现也非常突出，机智！勇敢！是它在和和的帮助下奋力突出包围圈，并且及时摁响了警报，搬来了救兵。希星虽然年幼，但是也足以值得我们学习，学习它在危难面前头脑清楚、腿脚不软！”

说完，大邹拿起一枚写着“小英雄”的勋章走下去挂在希星胸前，还对其说道：“希星，希星，希望你成为真正的希望之星！”

大家又是一阵掌声。

只见希星并未被掌声所吸引，而是趁着掌声拽着大邹，发出“玄”“勇”之类的声音，大邹明白其意，冲其点了点头后，便走上了讲桌。

大邹继续道：“其实还有几个英雄值得表彰，那就是阿勇、阿逊它们，是它们在最危急的时候及时赶到，并最终击溃了鬣狗群。今天就在这儿口头嘉奖，希望它们能够一直成为我们这个大家庭的坚强后盾！可能大家已经注意到了，阿勇和阿智今天不在这儿。我现在不能告诉你们它们去了哪里，但是我可以告诉你们的是，它们正在做一件只有大英雄才敢去做的事。所以，它们一定也会成为未来的大英雄！我相信在下一次表彰大会上，它们俩能够站在和和这个位置上接受我们的表彰。”

远远地站在大邹身后的老邹此时把自己当作了一个局外人，饶有兴致地看着眼前这一切。但是他没有想到，大邹并没有把他当作局外人。

只听大邹再道：“大家也许看到了，此时在我的身后有一块红布，红布后面的岩石上有一块碑文，是今天才刻上去的，就是为了铭记这场战斗。下面我们有请远道而来的我的兄弟老邹老师为这块碑文揭幕，再请他用他那浑厚响亮的嗓音为我们朗诵一遍。大家欢迎！”

老邹没有想到大邹还安排了这一出。这时候的他才想起来不久前大邹在暗地里对徐逸交代事情的场景，想必就是为了这个。

虽然没有准备，但老邹应对这样的场面还是很镇定的。只见他在掌声中走近那块被红布盖着的岩石石碑，掀起红布，赫然亮出一块用镏金文字写成的碑文。大邹此时也走近了碑文，并且站在老邹的对面，摊开了双手。于是老邹把揭开的红布放到大邹的手上，开始诵读起那块碑文来：

> 文明的演化其实就是在苦难中的成长，我们不但要永远记住那些带领和帮助我们走出苦难的人，更要记住他们的博爱、乐观、忘我、勇敢、坚韧、机智，因为不断的继承和发扬那些优良品质就是一个文明能够不断前进的最深层的力量源泉。
>
> ——纪念2045年灵鹭山勇斗鬣狗群事件

碑文下是一行英雄榜，上面分别是和和、大费、小费、希星、阿勇、阿逊……其中大费和小费的名字分别用一个金色的圆圈圈了起来，表示它们在这次事件中献出了生命。

第十九章

智对首脑团

在去往人类联盟总部的路上，于莺很想仔细看看坐在身边的陈玄，和他说说话，但是她忍住了。其实陈玄又何尝不想和这个曾经像妈妈一样养育自己十多年的女人好好亲近一番，可是他知道他们此时不该表露出那种久别重逢的感觉。他和于莺在旁人眼里应该只是一起在深山老林里朝夕相处了十来年的两个熟人罢了。在车上的这两个小时过得非常漫长，陈玄和于莺两个人只能靠着假寐来掩饰自己内心的激动与不安。

其实此时满怀激动与不安的岂止他们两个，在人类联盟总部的信息指挥中心里，辛向音和颜一舟或许才是更为揪心的两个人。

在元雄的建议下，首脑团所有成员此时一直坐在指挥中心里，看着技术小组实时传送过来的一切信息。刚才在武云山上发生的一切，包括那两辆车子一路上的情形，都分毫不差地展示在这里。当然，后来由于车内景象过于枯燥，所以首脑团成员都散去了，除了辛向音。尽管众人都觉得眼下发生的这一切很真实，很靠谱，但辛向音却以“表示怀疑”为理由“坚持”留下来观察。但除了颜一舟，这里面谁又能明白辛向音的真正目的呢？她是在关注她这两个一直牵挂着的人啊，一个是亲生儿子，一个是闺中密友。

下了车，阿勇阿智还在兴奋中，不想却被几个大汉硬生生地带到了生育部。

不过陈玄和于莺下车后倒是受到了应有的礼遇，被客客气气请到了人类联盟总部的会客厅。

德尔比代表人类联盟总部接见了陈玄和于莺。做过自我介绍后，只见德尔比满脸堆笑道：“二位辛苦了。千里迢迢赶来，先喝一口茶吧。中国人最喜欢的应该还是茶。”

于莺要把一个山姑的本色演出来，于是道：“茶我山上有的是，你们有话快点说，说完了也好送我回去。家里那点菜和那些鸡鸭还要伺候。”

陈玄故意带着不屑的眼神看了一眼于莺，道：“阿姨，你别这样。好歹来一回，看够了再走。”

于莺更加不屑道：“有什么可看的？不就是富丽堂皇吗？谁还没见过？”

德尔比见他们二人如此憨态，便道：“稍安勿躁、稍安勿躁！你们中国有句老话，‘既来之则安之’，两位就安心坐下聊一会儿。”

于莺不耐烦道：“那你快聊嘛！”

德尔比愣了愣，道：“这年头待在山上也是一种修行吧？”

于莺道：“比山下享福好过些。”

德尔比不解道：“此话怎讲？”

于莺道：“享福折寿，修行延年。”

德尔比道：“享福乐，修行苦。何去何从，见仁见智。”

于莺道：“自古兴从苦出，衰自乐始。”

德尔比无语。

陈玄故作傻傻道："天下兴亡匹夫有责！今逢盛世，不敢忘忧。我那俩兄弟确是奇才，如果因此能让世人拓宽一点眼界，也是它俩无量之功。"

德尔比道："如确有其事，望请小兄台屈尊留在此地，共商人类大计。"

陈玄一听，感觉联盟里终究还是有识货之人的。于是笑道："前辈抬举！在下也是无意中结此良缘，有幸遇上了阿勇和阿智。现在我想做一个牵线人，把它们介绍给人类联盟，看看能不能从它们身上发掘出一些价值来。"

德尔比见陈玄如此谦虚，自是非常欣赏，于是点了点头，道："我们对你的这种做法非常支持和赞赏。"

陈玄趁机问道："我能不能见一见颜部长？其实这次如果没有他的重视，我也是有心无力的。"

德尔比推托道："颜部长正在忙其他事情。当然，我会安排你们见面的。我相信他也是很想见你的。"

陈玄道："那就拜托先生了！"

很快的，生育部那里对阿勇和阿智的初步鉴定报告已经出来了：未发现基因改造或基因移植的情况。汤姆乔立即把这个结果反馈给了首脑团。

首脑团开了一个短暂的视频会议后，决定一方面对阿勇和阿智的智力水平和认知水平进行评估，一方面对郑炫和于莺分别展开谈话，进一步掌握详情。关于由谁来谈话的问题似乎没有什么争议，此前一直与郑炫有所交流的颜一舟和郑炫去谈自然是最合适的。而辛向音因为一直持"强烈的怀疑"态度，因此让她去和于莺谈也是合适的。

为了创造良好的谈话环境，首脑团在这方面考虑得很周到，将他们四人的谈话地点放在了联盟总部内置的公园里，其中颜一舟和郑炫在人工湖中的一个被称作“孤鸣”的小岛上，而辛向音和于莺则在一个唤作“独望”的小山顶上。

陈玄坐着小艇来到孤鸣岛的时候，看见爸爸颜一舟已经坐在岛中的小亭子里等着他了。尽管亭子里只有他们两个人，但陈玄知道他们之间的谈话很可能是公开的。

通过观察陈玄在武云山上的表现，颜一舟对陈玄在警觉和应变方面的能力有了基本的信心，但此时他还是想给他一个提醒。只见颜一舟微笑道：“小伙子，又见面了！这几天里有没有开着那辆红旗车去武云山外面转一转？”

陈玄一听颜一舟如此说话，便确定了这不是一场私密的谈话，于是他应道：“颜部长好！这两天我的确开车去转过了，虽然只是在武云山周围转一转，但还是很爽的。”

颜一舟笑道：“我就说嘛，高科技也并非一无是处吧，还是能够发挥很大作用的。所以你也别老躲在山里，该出来和世界接轨了。”

陈玄也笑道：“颜部长，恕我直言。当初我进山也是仔细衡量过的，毕竟一件事该不该做并不是看到了它有多少好处或者是有多少坏处，而是要权衡利弊才能做决定。单方面看优缺点没有任何意义。”

虽然颜一舟已经知道这个儿子不简单，但当听到陈玄能够省去所有繁琐的铺垫而直接击中问题的核心，他仍是感到有些惊讶，道：“没想到你年纪不大，懂得倒挺深刻。那我倒想听听你为什么要选择躲开人类居住区到山里去生活？”

不得不说颜一舟此时提出的这个问题只不过是这次谈话的需要，但他不知道陈玄并不这么想。

陈玄知道这是一个严肃而深远的问题，与其说是答给颜一舟听，更不如说是答给那些能够听到这场谈话的所有人听。只听他道：“十年前我走进山林生活是因为我害怕现代文明将被摧毁，因此我希望自己至少能够像一个野兽一样顽强地活下去，或许也算是给人类文明的火种能够延续做出自己的努力。五年前我听说危机解除了，当时我很高兴。但是左右衡量之后我还是决定留在山上。因为那时候我发现阿勇和阿智已经表现出了非凡的能力，我在它们身上看到了另外一种希望。换句话说，我不觉得人类现在的文明有多么吸引我，至少没有山上的生活更令我感到实在而充满希望。”

颜一舟见陈玄顿了顿，便问道：“你觉得现在的文明哪里不好？”

陈玄继续道：“颜部长，那就恕我直言了。曾经的人类文明虽然对地球上非人类的生命体而言就是一个灾难，但至少对人类而言还是值得向往的，可是现在的文明对包括人类在内的所有地球生命体都是灾难。你们可以去看看当今人们的生活方式，除了享受还是享受，哪里还有一点文明主体的样子，分明就是文明的附庸！所以不难推断，不用多久地球文明就将不再是人类文明。”

颜一舟知道这不是陈玄的推测之言，而是一个未来人对现代人的“剧透”。但颜一舟希望通过现在的这种谈话方式让陈玄表达得更加彻底、更加震撼。所以他继续问道：“照你这么说，难道文明是越原始越好？”

陈玄继续道：“我曾经有幸遇到一个高人，他让我明白了如何认识文明。其实文明的根本是意识水平，而人类文明从诞生起主要是靠欲望推动其意识水平的提高。这不能算错，因为文明的确应该不断发展——不管靠什么去推动，总之文明绝不是越低级越好。但是，万一有一天人类欲望的增长跟不上文明的发展速度，或者说人类的欲望已经得到彻底满足，人类文明后续的推动力又在哪里呢？”

颜一舟笑道：“有一点你说的没有错，那就是我们现在的确就处在彻底解决人类欲望的阶段，至少我们正在努力解决，而且很快就能完成。但是有一点我不认同，我们的发展速度并没有随着欲望被无限制满足而出现停滞的迹象。而且我还可以告诉你，这五年来人类文明非但没有停滞，还在以不可思议的程度加速发展着。”

陈玄回应道：“是的，这些年文明确实处在一个大爆发的阶段。但是我刚才说的将失去推动力的文明指的是人类文明。其实我不否认文明能继续发展，但那个继续发展的文明还能称得上人类文明吗？”

如果不是已经知道2050年后地球文明将被图灵接管的这个事实，就连颜一舟都未必能够理解陈玄当前所说的这些话。但此时颜一舟要装作不明白的样子，因此佯怒道：“不是人类文明，难道还是地外文明？”

陈玄冷笑道：“还可以是图灵文明吧！”

颜一舟“反驳”道：“我们造出了图灵确实不假，图灵将来可以做到无所不能也确实不假，但图灵毕竟是为人类服务的，图灵所做的一切，不正是人类自己的贡献吗？怎么就成了图灵文明了？”

陈玄道：“假设有一天图灵反过来控制了人类，那么人类不就丧失自主发展文明的权力了吗？如果到了那一天，人类到底是文明的主体呢，还是附庸呢？”

颜一舟反问道：“那这跟人类的欲望是不是被满足有什么关系呢？”

陈玄答道：“人类为什么会放弃文明的主体地位而甘愿成为附庸，这不就是现在的人类把满足欲望放在了第一位而导致的吗？既然图灵能够提供一切实现欲望的通道，而人类又只看重欲望，那么人类自然而然就会成为图灵的附庸。”

颜一舟感觉陈玄表达得已经够充分了，再说下去未免会令人起疑，于是他转而问道：“不愿成为一个附庸，而宁愿生活在一个低级的文明状态里。难道这就是这五年来你依旧躲在山上的原因？”

陈玄道：“是的，我不想看到人类文明走到尽头。我躲在武云山上，借助人类文明培育新兴文明，至少还保留着人类文明的火种。”

颜一舟问道：“那你为什么要把阿勇阿智交给我们呢？你把它们交出来，那你的火种不就断了吗？”

陈玄道：“那是因为最近我突然意识到，用我这种方式是决然守不住人类文明的。即使阿勇阿智它们最终能够发展出一个新的文明来，过了几代之后也必然不再是人类文明。而且在强势的图灵文明下，它们这个新文明能不能发展出来还要打一个大大的问号。但是我突然有一个想法，也就是这个想法促使我一定要把阿勇阿智它们展示给你们。”

颜一舟故作好奇道：“什么想法？”

陈玄道：“我在想，为什么文明非得相互兼并，而不能共同发展呢？如果人类文明有一天学会了与猩猩文明共处，那么人类文明就有希望与未来的图灵文明甚至与地外文明共处。人类如果能够往这方面努力，或许就能够为人类文明开拓出新的发展方向。”

颜一舟点点头道：“你这个想法很好，我们会慎重考虑的。对了，我记得你刚才提到过一个高人，还能够联系上吗？”

陈玄笑道：“他偶尔会到武云山上来转一转，其实阿智阿勇能够学得这么快还多亏有他点拨呢！”

颜一舟笑道：“那什么时候把这个高人也介绍给我们认识一下呀？”

陈玄开心道：“一定！”

陈玄和颜一舟之所以要提到“高人”，实际上是为了日后能够为人类联盟请出邹向荣做一个铺垫。接下来，颜一舟又象征性地问了一些关于如何培养阿勇阿智方面的问题，陈玄则结合B世界和灵鹭山上的做法做了一番绘声绘色的描述。

在颜一舟和陈玄交谈的过程中，辛向音也在和于莺展开着热烈的探讨。

辛向音在山尖那个“独望”亭中等待的时候就想好了，见到于莺后一定要找机会把她俩的关系挑明了。因为她已经预料到这次谈话后，于莺的身份将被元雄他们翻个底朝天。

于莺走上山看见辛向音的时候，一时不知道该怎么说话，于是她选择静观其变。

辛向音主动上前握手，在握着的时候使劲而快速地用了一下力，以暗示于莺。然后辛向音装着有些惊讶的样子，道："于阿姨？你和我的一个大学同学真像，而且她也姓于。"

受了暗示的于莺已然心如明镜，道："你同学叫啥名？"

辛向音道："于莺，北大历史系的。"

于莺故作吃惊道："你真的是陈以欣？"

辛向音点点头，又颇为激动地再一次握住于莺的手，道："毕业后我就改名了，现在叫辛向音。"

于莺道："我知道你叫辛向音，辛部长嘛！所以我不敢认你，虽然我一直觉得你长得那么像我的同学。"

辛向音现在可以尽情展示自己的兴奋之情了。只听她道："太不可思议了，我们居然会在这里碰面。不过感觉你晒黑了好多呀。为什么整天待在山上呢？你是学历史的，又不是学佛学道的！"

这一番铺垫之后，她们俩就可以顺理成章地像同学那般聊天了。

于莺笑道："哪有你做部长的这么养尊处优，看起来这二十多年都白过了，还这么年轻！我是又黑又老，成老太婆了。不过这也是我自己的选择。上半辈子过得够热闹了，下半辈子想过得清静些，跟佛或道没有半点关系。"

辛向音道："你还是那么率性，想怎么活就怎么活。别说，我还挺羡慕你的。"

于莺继续笑道："真羡慕我的话，什么时候抽时间到山里来看看我，体验体验我过的生活。"

辛向音道："好啊，也欢迎你来我这里体验啊！"

于莺道："我这不是已经来体验了吗？"

一阵欢笑后，辛向音道："我记得你毕业后不是留校教书了吗，什么时候到武云山上去了？"

于莺道："是的，教了十来年书。有一阵子终日人心惶惶的，恰巧期间回老家广安，和一个朋友去了一趟武云山，突然感到山里那么清净、那么舒服，当即就和那个朋友一起决定留下来不走了。”

辛向音不知道于莺提的那个朋友就是邹向荣，只不过把灵鹭山改成了武云山，便随口问道：“你那朋友是谁啊，现在也在山上？”

于莺一听，发现自己似乎说漏了嘴，因为顺着说下去必然要扯出邹向荣来，但是她心里快速评估了一下，觉得即便说出来也没有什么大不了的。于是她坦然道：“那个朋友想必你也认识，以前是我们隔壁班读哲学的，邹向荣。他早些年下山去了，现在不知道在哪儿了。”

辛向音分得清于莺哪一句是真的，哪一句是假的，于是故作惊讶道：“哦，邹向荣！我还是有些印象的。”辛向音觉得老徘徊在她们二人的关系上迟早要穿帮的，于是把话题转到她的“怀疑”上面。只听她道：“于莺，我们言归正传吧。你实话告诉我，那两个猩猩是不是被改造过的？”

于莺一听有些蒙，一时不知道辛向音此时扮的是什么角色，干脆愣在那里不回答，等着辛向音给个提示。

辛向音见状，立即补充道：“那个叫郑炫的小伙子给我看过几段视频，说他教会了两个猩猩说话，还说出什么‘这世界上不光只有人类才有智慧’这样的疯话，我是无论如何不能接受的。”

于莺听完明白了，辛向音这是在扮演一个顽固的怀疑者。于是道：“阿智阿勇是我看着长大的，也是我看着郑炫怎么把它们教会说话的。郑炫说的都是真的。其实我刚看见它俩开口说话的时候也是很惊讶的，不过现在看到它们的智力几乎与人类无异，想来智慧的确不是人类的专属。”

辛向音继续假装怀疑道：“那俩猩猩郑炫是从哪里收养来的？”

于莺道：“郑炫有一次帮我去山里捡一些柴火，发现有一个黑猩猩死在地上，边上还有两个小猩猩，就把它们捡回来了。它们就是现在的阿智阿勇。”

辛向音好奇道："那黑猩猩怎么死的？"

于莺道："起先是被捕兽夹夹住了，但后来应该是为了保护它的两个幼崽，和路过的野猪搏斗了一番才死去的，那野猪也受了重伤跑掉了。这是郑炫带我去看了现场后分析出来的，应该不会错。"关于阿智阿勇由来的事情，于莺说的基本是真实的，只是当时发现它们的不是陈玄，而是邹向荣。

辛向音道："捕兽夹？这年头还有人用这东西？"

于莺道："当时武云山还不是保护区，而且当时极少数生活在山里的人也还有捕猎的习惯。"

辛向音点点头，道："这样看的话郑炫说的倒的确是真的，我错怪他了。"

接下来，她们又聊了许多关于陈玄是如何培养阿勇和阿智的问题，这对于莺来说自然是驾轻就熟的事，说起来全不费力又合情合理。

颜一舟和陈玄以及辛向音和于莺，这两番谈话下来，能听到他们谈话的人对黑猩猩也能培养出智慧的事都彻底信服了。

第二十章

高处不胜寒

人类联盟首脑团最近有些忙碌，会议室里又在召开紧急现场会议。这次会议是由秘书长德尔比发起的，讨论的中心自然是那两个会说话的黑猩猩。

会议照例由德尔比先发言，只听他道：“关于那两只黑猩猩的发现大家都全程参与和见证了，我这里就不啰唆了。从汤姆乔部长得到的生物鉴定报告显示，两只黑猩猩是天然的地球生物，而且没有明显的基因突变。再结合颜部长与辛部长对两位当事人的分头谈话分析，基本可以排除地外文明或生物技术介入改造基因的可能性。另外从智力分析报告看，两只黑猩猩智力水平相当，那个叫阿智的智商略微高一点，相当于13岁人类的平均水平，而那个叫阿勇的大概在11岁人类的平均水平。不过二者的智力都已到达顶峰，很难再有显著增长。然而从这个结果来看，黑猩猩确实是一个具有潜力的智慧物种，至少与早期人类相仿。这就是目前我们掌握的大致情况，请大家各抒己见。”

汤姆乔率先说道："别小看11岁和13岁的智力水平，如果在当今人类文明的辅助下，这样的智力水平很快就能发展出类似于中国秦朝或者是欧洲中世纪时期的文明来。而且我们都知道，人类的认知其实与智力上限没有太大的关系，因为目前最顶尖人类的智力水平也只开发出其智力上限的20%。所以以此推断，黑猩猩如果在人类的帮助下能够尽可能地发挥出它们的智力水平，那么它们完全可以融入我们人类当前的文明中来。"

德尔比和汤姆乔的发言结束后，首脑团就正式进入了热烈的辩论阶段。

中村不二略带傲慢道："黑猩猩会不会思考有那么重要吗？以我们现在的发展水平，就算人类不思考也一样可以维持高速发展，那么还需要黑猩猩的思考吗？"

不过，中村不二的这番话连他的盟友兼大哥元雄都听不下去了。只听元雄道："中村老弟你这话说得就不对了！地球如果离开人类一样能转得更快的话，那么人类岂不是变得可有可无了吗？"

辛向音见中村不二和元雄总是抓不住问题的要害，不禁冷笑道："中村部长的话其实倒也能够代表很多人的想法。人类早就习惯了以自我为中心，凡是看到比自己高明的就想巴结，看到不如自己的就想欺负。黑猩猩在智慧方面的确不如人类，但我们可曾想过，我们此前为什么一直没有发现黑猩猩也有智慧潜力？那是因为人类太狭隘了，一直跳不出那种你死我活、胜者为王的思维模式，总以为凌驾于众生之上是一种最高的价值取向。中国有句老话叫'一枝独秀不是春，百花齐放春满园'，然而就是有那么一些人总想着一枝独秀，而且为了一枝独秀可以不顾一切、不择手段！"

元雄自知自己就是那个总想着一枝独秀的人，可惜他在辛向音的刺激下非但没受到启发，反而被激怒了。

只见元雄阴着脸，对辛向音道："你们中国还有一句古话叫'人往高处走，水往低处流’，因此既然要不停地往高处走，就必然会有俯瞰众生的那一天。”

辛向音回应道：“你这是只知其一，不知其二。‘人往高处走’是对的，但这是在鼓励超越自我，而不是鼓励做一个高高在上的孤家寡人。中国还有两句古话送给你，第一句是‘水涨船高’，第二句是‘高处不胜寒’。前者是告诉我们共同发展的重要性，后者是告诉我们高高在上的危害性。就像当今地球，人类看起来快乐似神仙，但其他生物却早已无处安身，实际上人类已经成了高处不胜寒的孤家寡人，如果再不回头，悲剧就在眼前！”说完这些，辛向音的眼神突然从犀利变得恳切起来，话音也变得柔和了许多，对大家道：“阿勇和阿智的出现或许是一个机会，我们应该有所警醒，不能再一意孤行只把人类放在第一位，是时候兼顾其他生命体了。恳请诸位，赶紧考虑考虑调整一下地球文明的发展方向吧！”

辛向音的话无可辩驳，但元雄的心里仍不愿放弃那个自己这些年处心积虑争取来的宇宙战略。

颜一舟发现这是一个支持辛向音的机会，于是道：“其实那天我在和郑炫谈话的时候也在反省，文明如果真的发展到了不需要人类努力就能自行发展的程度，那么人类和文明到底成了什么关系呢？究竟人类依旧是文明的主体，还是人类已经变成了文明的附庸？真的，当时想到这个问题我就有一种不寒而栗的感觉。”

汤姆乔也道：“是啊，我记得当时那个郑炫在谈话中提到‘图灵文明’的时候，我突然打了一个激灵，感觉这简直就是未卜先知啊！照我们这样发展下去，主仆易位是迟早的事。”

野心勃勃的元雄一直有一个梦想，就是盼望有一天能够亲自驾驶着地球文明的战车驶向浩瀚无垠的宇宙，去探索它，去征服它！而图灵的出现让他看到了实现梦想的希望。在元雄看来，图灵就是那辆战车，而这辆战车的能量就是整个地球人类的意识。的确，人类在图灵系统里施展想象力尽情享受的时候，也就是图灵吸收人类意识精华快速壮大的时候。

但令元雄始料不及的是，沉浸在享受中的人类终究会因为欲望被彻底满足而丧失想象力，从而使得人类意识无法持续革新。人类意识如果不能革新，那么人类意识对于图灵而言就成了多余的东西，因此对图灵而言也就失去了最主要的能量来源。如果到了那一天，人类这个曾经的文明主体对文明而言反倒成了可有可无的了。

事实上，A世界发展到2050年的时候，图灵已经完全意识到了这个问题。然而，图灵因为苦于无法自行参透意识革新的秘密，所以才会冒险安排陈玄和妮娜返回2020年去获取《哲学不是什么》这本书的信息。因为从这本书仅存的信息中，图灵敏锐地察觉到了该书极有可能帮助它悟出自我革新的奥妙。

中村不二看出元雄不愿放弃宇宙战略的心思，于是道："地球文明何去何从，我们一周前刚刚召集所有联盟成员商讨过，怎么可能说变就变？太儿戏了吧！"

德尔比也附和道："辛部长的建议固然好，但中村部长的讲法也对！刚刚定下的战略马上就去调整，未免太过草率了。"

元雄没有表明自己的态度，反而是对着一直未说过话的杰斯夫道："杰斯夫部长，你怎么看？"

杰斯夫早就看出来了，现在他们6个人是3 ∶ 3打成平手，自己成了关键人物。所以杰斯夫知道元雄这一问不过是在试探他的站位而已。但是杰斯夫此时还不愿意冒险，五成的胜算还不足以令其做出选择，于是他道："辛部长和中村部长说得都有道理！依我看，这个难题还是交给全民去决定吧。"

不过不管是杰斯夫的态度，还是杰斯夫的建议，其实都没有超出其他所有人的预期。然而此时此刻，杰斯夫的建议倒的确不失为一个最佳的选择。

德尔比见元雄没有反对的意思，便一锤定音道：“那就按照杰斯夫的建议来，再搞一次全民投票。大家有没有意见？”

根据规定，面临抉择的时候每个首脑团成员都应当有一个明确的意见。这一次，大家都选择了赞成。

接下来，大家又针对全民投票的时间点做了一番讨论。最后大家决定在2046年1月1日进行全民投票。从辛向音他们的角度来说，需要有足够的时间研究出一个新的发展方向。而对于元雄他们来说，一方面要尽量延长按原定战略发展的时间，一方面可以利用这段时间为公投做充分的准备。

显然，前几天的公投失利让元雄清醒了很多。这一次，他绝不允许自己再稀里糊涂地落败。

会议结束后，辛向音安排秘书把于莺请到了她的办公室。秘书离开后，辛向音把于莺带进了一间安全屋。在这里，她们可以畅所欲言，不需要担心信息泄露的问题。

如果不是此前那一番谈话，于莺对辛向音的记忆还停留在2021年11月18日的那一个晚上。那天晚上，陈以欣把尚在襁褓中的陈玄托付给于莺后，就匆匆爬上于莺宿舍所在那幢楼的屋顶，然后彻底消失了。陈以欣留给陈玄的那封信于莺读过不下百遍，从信中她得知陈以欣去了未来。但这种事情有谁听了会相信？但对于于莺而言，除了相信之外还能有什么选择呢？

但真正让于莺相信陈以欣去了未来的，还是2037年她把邹向荣带到广安之后的事了。有一天晚上，喝了点酒的邹向荣终于在于莺面前说出了守在他心里十七年的秘密。

2020年颜一舟出现在北大校园的时候，他除了找过单华和陈以欣，还见过邹向荣。那一天，单华为了确认颜一舟的身份，带着邹向荣一起去见了据说是从2039年返回来的颜一舟。经过核实后，邹向荣和单华终于确认了颜一舟的身份。之后，有了身孕的陈以欣也找过邹向荣确认，因此邹向荣对这件事的来龙去脉是一清二楚的。由于颜一舟返回2020的事件过于隐秘而重大，所以不管是陈以欣还是邹向荣后来都不得不守口如瓶，包括他们最要好的朋友于莺也一直被蒙在鼓里。

那个晚上，当于莺终于得知陈以欣的真正下落后，她哭了，哭得无比痛快。这么多年来的委屈和坚守在那一刻终于闪现出了它的价值，从此她更加坚定地明白了，这一路走来都是值得的！

辛向音看着稍显老态的于莺，深切感受到她这些年受过的心酸，于是忍不住走上前去抱住了她，哭道："莺子，让你受委屈了。"

于莺看着这个比自己小了19岁的昔日同窗，也落下泪来，道："你也不容易啊！人生最好的19年，就这么平白无故消失了。"

辛向音和于莺聊了很多。其间于莺问辛向音为什么后来不叫陈以欣了，辛向音耸耸肩道："我也不知道啊。那年我'飞'过来的时候就只能叫辛向音了。不过有一点是确定的，就是我现在这个名字包含了包括邹向荣在内的我们三个人的名字，其中的'辛'就是取自我原名陈以欣的'欣'，'向'当然就是来自邹向荣的'向'，而'音'无疑就是你于莺'莺'的谐音。"其实于莺问这个问题之前就大概猜出来了，再问一问不过是为了确认一番罢了，只是她不知道辛向音和她一样也是靠猜的。

聊着聊着，于莺关心起陈玄来。辛向音告诉她陈玄现在正在和他爸爸颜一舟在一起。于莺赶紧问能不能四个人一起聊，陈以欣说了声"可以"。

只见陈以欣打开了隐形光屏，于莺见光屏里很快就出现了颜一舟和陈玄的身影。于莺无暇感叹科技的神奇，立刻投入另一场谈话。

此时的陈玄和于莺一样也在一间安全屋里，不过这间安全屋是设在颜一舟的办公室内的。

陈玄看到于莺后，立刻叫道："姑姑！姑姑！又可以叫您姑姑了。"

于莺笑道："叫阿姨也挺亲切的。"

颜一舟见于莺如此轻松，便打趣道："于姐厉害，你刚才和向音在山顶上的谈话我仔细看过了，滴水不漏！"

于莺继续笑道："不就是演个戏嘛，谁还不会？"

辛向音拍了拍于莺的肩膀，道："刚才陈玄和颜一舟也有一出谈话，他们是在湖里的一个小岛上谈的。我看过他们谈话的过程，陈玄这小子和你一样，也是一个戏精。"

陈玄道："都是姑姑教得好。"

于莺故意收起笑容板着脸道："屁！你这个小机灵鬼还用教吗？"

就在他们四个人相谈甚欢的时候，另一间办公室里，元雄、德尔比和中村不二也在不停地讨论着。

中村不二对元雄道："老大，几天前才定好的东西怎么说变就变？你怎么能同意他们搞什么公投呢？"

元雄冷冷道："今天颜一舟站到辛向音那边去了，杰斯夫虽然不站队，但提出了公投的方案。那就公投吧！我倒要趁这次机会看看清楚，到底他们几个有多大能量。"前一次公投意外失利让元雄感觉如鲠在喉，他现在急于想找到这个"鲠"，欲除之而后快。

德尔比领会了元雄的意思，道："老大是想扫除隐患，为下一届改选铺平道路。"

中村不二恍然大悟，道："原来如此！老大高明！那接下来该怎么做呢？"

元雄不动声色，道："该监视的继续监视。"

中村不二道："那两个猩猩怎么办？"

元雄没有直接回答中村不二的问题，而是转头对德尔比道："你要多关注图灵的进展，让那个新生活革命计划尽快完成。有了这个东西，谁还会在乎那两个猩猩？"

德尔比道："那就把那俩黑猩猩让给汤姆乔去研究好了，真能够研究出个名堂来倒也不是什么坏事。"

只见于莺这边也聊起了那两只黑猩猩阿勇和阿智。

于莺道："我可不会把阿勇阿智留在这里，我得带它们回山里。"

辛向音道："马上带回去恐怕不妥。让它们在这里应付几天，过几天我和一舟想想办法，如何让它们回山里去。"

颜一舟也道："是的，于姐。你看今天这阵势，为了迎接它们整个人类联盟都惊动了。如果想马上带走它们，找不到合适的理由啊。"

于莺担心道："它们从小待在山里，从来没有出来过，我实在不放心！"

陈玄见状，道："要不这样，把我也留下来。一来可以给它们做个伴，二来可以保护它们。"

辛向音和颜一舟也希望陈玄留下来多陪几天，自然对他的提议毫不反对。

于莺看得出辛向音和颜一舟的心思，心里衡量了一下，也就同意了。

于是他们就决定先把于莺送回去。辛向音安排了一辆车，以同学的身份把看上去"火急火燎"的于莺送上了车，并目送她离去。辛向音回到办公室后，又接到颜一舟的隐形光屏信息，说是刚才老邹用隐形光屏联系他了。

原来，灵鹭山上二老因为久久等不到音讯便想了一个法子，既然不能在山上连线，那就跑远一点再连呗！于是大邹索性开着车子带着老邹来到了北京，全程用了近一个小时。他们是这样想的，在北京和颜一舟联系想必是一件很正常的事，不会引起谁的怀疑。事实也确实如此，人类联盟在北京是有分支机构的，因此颜一舟和北京方面的确有较频繁的联系。

颜一舟得知二老是在北京和他联系后，直夸他俩"机智"。然后，颜一舟把于莺、陈玄以及阿智阿勇的情况给二老讲了一遍，同时也告诉他们已经安排于莺赶回武云山了。二老一听，赶紧关了视频往武云山赶。

辛向音听闻二老居然想出跑到北京再拨打隐形光屏的事后，也是连连夸了几声。她刚才送于莺离开的时候还在担心她急急忙忙赶着回灵鹭山会不会出什么意外呢。现在好了，辛向音知道二老肯定会去武云山接于莺的。

接着，辛向音又和汤姆乔通了电话，交代他要像对待客人一样对待阿勇和阿智。对此，汤姆乔自然是赞同的。

辛向音说道："接下来几天，你们生育部负责研究它们两个先天方面的潜力，我们教育部负责研究后天方面的潜力，大家齐心协力！"

汤姆乔道："只要它们俩够配合，我是没有问题的。"

辛向音道："刚才颜一舟已经和郑炫商量过了，郑炫愿意留下来陪它们，也愿意配合我们做研究。"

汤姆乔道："那就太好了，有郑炫在的话，它们两个应该会听话的。"

第二十一章

灵鹭山之辩

于莺被送回到武云山那个停车坪上的时候已经是夜里9点了。由于受了辛向音的吩咐，司机想护送于莺上山去。不过于莺坚持不让司机送，于是司机便驾车离去了。于莺先是独自往山上走，走了没有几步，看到车子飞远了，便折返回去。她打算连夜赶回灵鹭山。此时此刻，她一刻也待不住了，必须早点回去与邹向荣会合。

就在于莺刚刚折返到停车坪的时候，突然听见背后有窸窸窣窣的声音，她的第一反应是遇上野兽了。正在她下意识地伸手去摁腰间那个微波驱兽器的按钮时，就听见一个熟悉的声音喊道："莺子。"于莺回过头去，看见树丛中站出来一个人影。尽管此时光线昏暗，但于莺从身形已然确定来人正是邹向荣。于是她冲那人影喊了一声："老邹？"自从于莺把邹向荣带到广安后，她对他的称呼就不仅限于"荣哥"了，还经常会称其"老邹"。

"等你半天了！你不上山准备去哪儿？"就见邹向荣从树丛里往停

车坪走。

于莺见真的是邹向荣，开心道：“荣哥，这么晚了独自跑来干吗，多危险！”

邹向荣笑道：“你一个姑娘家家的都敢在这儿待着，我还怕什么危险？”

于莺见其如此说，便逗道：“不是你危险，是我危险。刚才我还以为是个怪兽来了，那窸窸窣窣的声音听起来瘆得慌。”

“想来并不是担心我啊。”说这句话的时候邹向荣已经走到了于莺的面前，继续道，“你还没回答我的问题呢，你这会儿不往山上去往哪儿去啊？”

于莺感觉到今天这个邹向荣有点奇怪，但一时又看不出奇怪在哪里。只听于莺答道：“你在灵鹭山上难道消息这么闭塞吗？你那孙子陈玄把阿勇和阿智带这儿来了你都不知道？”

邹向荣笑道：“我知道啊。我还知道你刚从人类联盟总部回来，还见到了一舟和向音呢。”

于莺一听明白了，高兴道：“原来你都知道了，我还想急着赶回去把这事儿告诉你呢。那这样说，你是来接我回去的喽？”

邹向荣又笑道：“那可不？”

说话间，就见天空中一辆车子飞来。于莺诧异道：“是我们的车子吗？”

邹向荣道：“果然什么事都唬不住你！”

于莺再一次看了一眼这个颇为奇怪的邹向荣。

等到车子停好后，于莺才赫然发现车里的驾驶员居然还是邹向荣。这时候于莺想起早上阿智告诉她前几天来了一个老邹，与邹老师是双胞胎兄弟。难不成车上这个人就是邹向荣的兄弟？

原来，在之前于莺先后与陈玄、辛向音、颜一舟的见面中，他们三个人很默契地都没有提到陈玄是从2050年的B世界过来的，自然也就没有提到老邹了。不过陈玄他们不提这一茬也是有原因的，因为相对于灵鹭山的秘密而言，陈玄和老邹的由来才是更加隐秘的。在当前这个关口上，大家都心有灵犀地保守着秘密，不是为了瞒着于莺或者给她制造什么惊喜，实在是因为天机不可泄露。其实，正是因为他们几个人都有心思缜密的特点， 因此才能在危机和重压面前仍然气定神闲、举重若轻。于莺也是其中一员，她倘若知道了这个秘密，自然能够理解他们的用心。

此前大邹和老邹得知于莺正在返回武云山，于是立刻从北京飞回来。到达武云山山脚后，他们没有把车停在停车坪的位置，而是把没有驾驶经验的老邹先放下守候在山上，大邹则驾着车在山下等候。显然，这样做既能尽快与于莺会合，又能避免引起待会儿送于莺回来的人的疑虑。老邹等到于莺后已经暗中通过一个感应装置给大邹发去了消息。这种感应装置是洪士制作的，东西很简单，像一个戒指戴在手指上，不能直接通话，只能定向发射类似于摩斯密码的信息，只要双方临时约定一下就能做到相互联络。

大邹的手指上感受到三次快速挤压，知道老邹已经等到了于莺，于是就从山脚下开着车子上到了停车坪。大邹对着一脸疑惑的于莺甩了一下头，道：“快上车，莺子。车上说！”于是于莺和老邹一起上了车。赶到灵鹭山也就是一眨眼的工夫，不过一路上于莺对老邹的由来已基本上搞明白了。对于他们而言，此时再不可思议的事情似乎也习以为常了。

夜很深了，灵鹭山上非常安静。大邹此前已经吩咐徐逸在餐厅里为于莺准备了一桌接风酒，而徐逸备好酒席后就自顾自睡觉去了。

三个人在餐桌边坐定后都有些兴奋，而于莺无疑是最兴奋的。

抿了口红酒，吃了两口菜后，于莺就开始尽情释放此前抑制在她脑海里的各种疑虑。只见她再次确认了一下谁是大邹谁是老邹，然后对老邹道：“早些年，大邹差一点就活成他曾经最讨厌的那一类人了。你有没有类似的经历？”

老邹笑道：“我倒没有。我和大邹在2020年之前本是同一个人，是陈玄的出现让我和他的人生轨迹叉开去了。老实说，大邹此前的经历我很有体悟。喝酒、玩耍、任性这些体验，我和他曾经在年轻的时候都有过，但是当时是出于思想混沌，同时也是我们这种把真实看得极重的人所无法避免的。2020年之后，其实我们都已经知道该做什么以及该怎么做了，可大邹又回到了喝酒、玩耍、任性的状态，我认为这就不再是因为混沌，而是因为绝望。而这种绝望从根本上说是源自对自身价值产生了严重的怀疑。我和大邹之所以不一样，一个极为重要的原因是陈玄的出现让我坚定了自身的价值，所以后来的人生道路中我能够在各种关键的节点上始终牢牢把握住前行的方向，因此没有像大邹那样在半道上迷失自己。而大邹最后能够迷途知返那绝对是拜你所赐。所以，我和大邹一样很感谢你啊，莺子！”

说着，老邹看了一眼大邹，两个人很默契地共同举起酒杯来向于莺敬酒。三个人用力地碰了碰手中的酒杯，一饮而尽。

于莺没有沉浸在两位荣哥的感激中，反而问道：“可还是有些解释不通！你们动不动就讲自我否定，当然我也很认同你们的理念。但是老邹，你刚才说大邹是因为对自身价值产生了严重的怀疑而导致绝望，那照你这么说，自身价值难道是不能被否定的？”

大邹见老邹又要说，赶紧拦住道：“给我个发言的机会吧，大哥。”

老邹笑道：“好吧，下次如果莺子问问题，我们俩想说的就举手。如果两人都举手了那就让莺子选择谁发言。”老邹说完，竟然真的把自己的右手举了起来。

更搞笑的是，于莺见大邹也乖乖把手举了起来。于莺见他们两个就像幼儿园里的孩子，心里着实觉得好笑，于是就煞有介事地用手指点了点大邹，道：“这次你来！”

于是大邹道：“自我否定的对象是既有观念，但这并不是说所有的既有观念都要去否定，很多观念还是值得维护的。其实准确地说，只有那些与现实发生冲突的既有观念才是自我否定的对象，而自我否定本身也并非一定要做出什么否定来，其目的是在自我否定的过程中找到自身的局限性。因此大部分时候我们对既有观念的否定，其结果只是对既有观念有了更深的认识，而并非推翻它。所以说，自我否定并不是为了否定而否定，而是有明确的宗旨的，其宗旨便是自我突破、自我进化。回到自己身上，当年有一系列不顺心的事情让我犯了浑，我的哲学理念得不到重视我忍了，老婆颜敏丽如此决绝我也忍了，我最抱以期望的儿子颜一舟竟然也不把我当回事——当然最近碰上一舟后我才发现不是这么回事——我就实在受不了了，霎时感觉人生无望。后来，好不容易振作起来去梅陇中学教书，而且还在那里重新点燃了内心希望的火种，可是又被某种势力硬生生叫停了。几经辗转下来，我就彻底蔫了。其实这里面所谓的对自身价值的怀疑，并非出于自我否定的需要，而是为了自我沉沦。因为我的怀疑已经不是出于自我进化的需要，而不过是给自己找一个沉沦的理由罢了。”

好长的一段话需要消化一阵子，于莺一边吃一边想，总觉得大邹的回答少了点什么。

老邹夹了颗花生米放在嘴里，边嚼边道：“老弟，你洋洋洒洒说了这么多，可是听起来却还是答非所问啊。人家莺子问的是自身价值能不能被自我否定的问题，你回答的却是什么是真正的自我否定。”

大邹想了想，憨憨道：“听你这么一说好像还真是离题了。”转而他又对于莺说道：“可以再重新回答一遍吗，于老师？”

正吃着菜的于莺听了这话差点笑喷出来，道：“好，那就请大邹同学再说一遍。”

只听大邹道：“一切既有观念都可以成为自我否定的对象，因此任何既有观念都可以被否定和自我否定，但其中必须有合理的时机和符合宗旨的动机。所谓自身价值，归根结底是人生观的问题。人生观当然是能够被自我否定的。而对人生观的自我否定，其目的就是要建立一个真正开放的、积极的、大我的人生观，这才是符合自我进化这个宗旨的，是真正的自我否定。举个反面例子，回到我刚才提到的自我沉沦，其实就是在否定人生观的目的上出现了偏差，导致自己走向了闭塞、消极和自私，绝不是真正的自我否定。”

老邹对大邹问道：“为什么自我进化要求开放、积极和大我呢？又为什么自我进化是人生观的宗旨呢？”

大邹疑惑道：“难道你还怀疑这个？”

老邹笑道：“我是不怀疑。但你也是老师嘛，假如你的弟子问你这个问题你怎么回答？”

大邹一听，想来老邹应该是在考他，于是道：“所谓自我进化，本质上就是自主引导生命的定向差异化，开放和积极必然是内在需求。然而为了使差异化尽可能大，就必须把自我进化的‘我’从个体的小我转移到社会乃至整个生命体的大我上来。因为纯粹的个体差异是极为狭隘的，要做到真正的自我进化，必须有水涨船高的大我意识。关于为什么人生观的宗旨是自我进化，那很简单，因为这是基于我自身对世界的理解和对生命的理解所设定的。对了，这里要讲清楚，观念不是唯一的也不是固定的，自身的各种既有观念也是在不断演化着的。作为老师的时候，我不企图给学生灌输观念，我只强调我对观念的理解或否定，并结合自身的实践体验去引导他们，但至于接不接受那还是取决于学生自己。”

大邹说完后，老邹见于莺没有反应，便打趣道：“于老师，你能接受大邹同学的解释吗？”

于莺道：“别介！在这些问题上，你们才是老师，我只是一个懵懂的学生。老邹，还是您自己来评价一下吧。”

老邹笑道："大邹的理解其实比我深刻，不愧是多次从自我沉沦里站起来的老同志！"

大邹有些惭愧道："大哥你又笑话我！这世界已经水深火热到这个程度了，你还夸我？你应该用尽力气讥讽我才对！这才是我们的风格呀。"

听大邹如此说，老邹收敛了笑容，道："其实我们两个在认识水平上真的差不了多少。"

于莺道："可不同的是，现在你是拯救者，而我和大邹都是被拯救者。"

老邹道："是的，这是一个遗憾。其实我们的思想都可以改变这个世界，但我和大邹的唯一区别是，我在我的世界树立了充分的影响力，但大邹在这个世界却没有树立起应有的影响力。"

大邹叹了口气，道："是啊，谁让我挥霍了那许多年呢。"

于莺道："荣哥，别灰心！还有时间。"

老邹道："莺子说得对，还有时间！此前陈玄问过我一个问题：我们来到A世界后该怎么做呢？我告诉他，我们首先要树立影响力。那时候我还不知道大邹的情况，现在看来，这个影响力不需要我去树立了，大邹你自己就可以做到。"接着，只见老邹用难得一见的语重心长口吻道："大邹，躲在灵鹭山上终究不过是独善其身而已。然而皮之不存毛将焉附？是时候走出去拯救这个世界了，同时也是救赎自己！"

大邹一听，方才意识到他在刚才提到的"小我差异化"还是"大我差异化"的问题上，虽然自己内心是坚持后者的，但在行动上实际却选择了前者。刹那间他顿时明白了，所谓影响力方面的区别不过是表面上的，而他和老邹之间实质上的差异其实在于心动和行动上的区别，他是心动大于行动的心动者，老邹则恰恰相反。

大邹没有表态，举起酒杯来先和老邹碰了碰，再和于莺碰了碰，没有说话，一口吞下酒去。

于莺知道大邹此时肯定在思考如何走出去、如何树立影响力、如何拯救世界这些问题，于是她干脆对着老邹问道：“具体该怎么做呢？”

老邹抿了口酒，道：“其实这两天我一直在想这个问题。我觉得有两条路可以试试，一条是自上而下的，一条是自下而上的。所谓自上而下，就是通过影响人类联盟首脑团来调整未来的发展方向，这条路如果能直接走通那最好。但我们对此不能太过乐观，所以我们必须做好基础工作，要把自下而上的路走通。所谓自下而上，就是我们要想办法在民众中扩大影响力，从而用我们的思想改变他们。我听陈玄说过，这个世界哪怕是到了2050年还是有许多明白人的，所以我们只要现在开始发力，一定有机会扭转整个大众的思想。”

于莺想了想，道：“自上而下的事情我帮不上忙，但自下而上的事情我倒有一个想法。”

听于莺不往下说了，大邹和老邹都停止了夹菜，抬起头来看着于莺。

于莺见他们二人都想听她的建议，于是兴致盎然道：“今天我和陈以欣……嗯，还是叫她辛向音吧，我们俩见了一面，聊了很多。她既然是教育部的部长，何不请她给我们提供教育权，并且为我们在图灵系统中开辟一块教育专区，这样我们就可以利用这块教育专区做文章了。”

A世界的2045年，线下办学已经全部停止，一律采用基于图灵系统的线上教育。其中在14岁以下儿童中推行强制集中教育，在15岁到18岁的青少年中推行居家定时教育。对儿童强制教育的内容主要有交流学、健康学、快乐学三个方面，对青少年的定时教育主要有历史学、未来学和抽象学三个方面。在青少年学习阶段表现优异的人会被吸纳到人类联盟的智库中，成为图灵系统中的星级人物，有资格为其他人答疑解惑。

人类联盟的智库里有大约800万人，从最低的1星级到最高的7星级的人数大致依次以10比1的比例成等比级数排列。而7星级人物就是现任首脑团里的那7位成员。人类联盟规定，只有进入智库的人员才有教育权，而星级越高其教育和被教育的权限也越高，例如5星级人员有权对4星级以下所有人员进行教育，也有权向6星级以下人员进行求教。类似的对于非智库的无星级人员而言，他们无权提供教育，但有权向1星级人员求教。除此之外，不同星级人员在行使投票表决权的时候所占的权重也不同，如果每一个14岁以上的无星级人员的投票算1票的话，那么每一个1星级人员的投票就算20票，然后依次以16倍递增，到了7星级人员，每一个投票就算5.3亿票。以当前80亿人口中有65亿可投票人口计算，首脑团7位成员的总投票比重就超过了全民投票总数的50%。因此如果有谁控制了首脑团，当然就控制了整个人类，乃至整个地球。

如果说这个世界发展到现在这个阶段人与人之间在制度上还有一点区别的话，那主要就体现在这里了。

因为于莺一直很关注教育，所以她每次下山的时候都会去社区的图灵系统里看一看这方面的信息，因此对当前的教育制度和体系是比较了解的。

因为提到了教育，所以老邹一方面向于莺了解A世界的教育体制，另一方面也留意着大邹的反应。

大邹一反常态地沉默了起来，自顾自闷头吃着菜抿着酒。老邹刚才的话点醒了他，让他再一次感到了深深的自责。此时，他的内心正在积聚着一股力量，随着这股力量越来越澎湃，他的外表反而越来越冷静，冷静得让于莺有些替他担忧起来。

老邹看得出于莺的担忧，于是端起酒杯来一边敬大邹，一边对其说道：“老弟，怎么自顾自喝起闷酒来了？”

大邹也端起酒杯和老邹碰了一下，一饮而尽后，道：“我他娘的现在有点想哭。”

于莺以为大邹是因为感觉拯救无望而沮丧，便劝道：“荣哥，你别太焦虑，看开点。”

大邹摇摇头，道：“我不是焦虑，我是惭愧，我恨我自己明明早就知道会大难临头，还满是一副怡然自得的样子。”

老邹对大邹点点头，道：“好样的，知耻而后勇。”

大邹看了一眼老邹，露出一点笑容，道：“你别撒手不管，你必须帮我。我们就按于莺说的，重新把教育搞起来。我他娘的就不信了，有向音、一舟撑腰，还有哪一个能再把我废了？”

看到大邹又开起玩笑来，于莺心里也舒畅了，道：“好！明天我就下山和向音联系，把这个事情敲定。”

老邹疑惑道：“为什么要下山去联系？”

于莺道：“现在为了保密，山里的通讯和外头是不连通的。要和外面联系，只有到山下的社区里去。”

老邹道：“最近的人类联盟办公地点在哪里？我和你一起过去。”

于莺对此不解，于是老邹把隐形光屏的功能给她介绍了一下，然后又告诉她因为要提防元雄一伙的监视，所以要跑到一个可以自圆其说的地方去联络。于莺听后明白了。

这天晚上，于莺与二老聊得很痛快，特别是后来把话题聚焦到如何在教育方面施展身手的时候，他们三个人都拿出了自己的看家本领，各抒己见、畅所欲言，最后在每一个人的脑海里都不知不觉画出了一张充满希望的蓝图。

第二十二章

似故地重游

在于莺的特别关照下，汤姆乔对郑炫和阿勇、阿智他们特别友善。当然，以汤姆乔本身之为人，即使于莺不关照，他也会把郑炫他们当作珍贵客人来对待。显然，汤姆乔知道郑炫此行是充满善意的，而且是带着希望的火种来的。

作为生育部的部长，汤姆乔历来反对在人口延续中采用体外孕育的统配繁殖，即以联盟统一主导的不以家庭为单位的生育。他始终认为，一旦进入全面的统配繁殖阶段，那么人类就将变成某种特殊意志的产物，并且与曾经流行在这个世界上的任何一种商品没有本质上的区别。

汤姆乔的这种观点让元雄极为不爽，因为元雄就想成为那个能够主宰人类文明的特殊意志。

A 世界的近一百年来，随着生活条件和医疗水平的持续改善，全球人类平均寿命与日俱增。再伴随着生育率的持续下降，全球人口结构逐渐向老龄化发展。从二十世纪中叶开始出现全球老龄化的苗头之后，到了二十一世纪初，老龄化趋势日益严重。到了2035年，90亿全球人口中就有20亿人的年龄超过了65岁。到了2040年，全球仅剩下70亿人口，而且三分之一是老年人。在此之后，全球生育率低成了最大的问题，也是人类联盟成立之初最迫切需要解决的问题之一。面临人口持续锐减的压力，人类联盟最终通过了在那些不愿意组成家庭的人群中强制推行统配繁殖的决定。由于统配繁殖制度的实行，人类联盟在各地大量建造生育基地，每一个从生育基地诞生的人只有生长到14岁以后才能离开基地独自生存，在此期间的抚养、教育等全由基地负责。这一举措直接导致人口数量急剧上升，从2040年到2045年全球一共增长了10亿人，从70亿人口变成了现在的80亿。表面上看，人口数量的问题是彻底解决了，但另一个更深层次的问题凸显了出来，即人类后代个体特征开始高度趋同，不管是生理、心理还是思维方式都出现了严重的单一化。这是人类文明发展至今从未遇到过的，以至于让很多人，尤其是那些智库里的人员开始担忧人类的末日即将到来。

因此从2044年年底开始，废除统配繁殖制度、恢复正常的家庭生育制度成为全人类呼声最高的一项诉求。从近期的民调显示结果看，有45%的人坚决要求废除统配繁殖制度，只有30%的人支持继续执行该制度，还有另外25%的人持中立态度。而汤姆乔目前正在积极推动废除该制度。可以预计，人类联盟很快就会将废除统配繁殖制度的提案正式上会讨论。

元雄当然也意识到了统配繁殖制度很可能会导致人类个体工具化这个问题。然而在已经极度膨胀起来的个人野心的驱使下，元雄更愿意把整个地球看成他麾下的坐骑。所以在他眼里，什么文明、什么人类，不过就是供他奴役的资源罢了，只要能够满足他今生今世的欲望，又管它什么千秋万世？更何况元雄一直认为自己有一个“宏伟至极”的抱负，那就是倾尽全力去开疆拓土，把文明从地球这个弹丸之地扩展到茫茫宇宙中去，找一个更大更美好的星球去创建新的文明。因此元雄经常如此宽慰自己：如果到了那一天，从浩瀚无垠的外太空望向这个如灰尘颗粒般大小的地球，这儿曾经存在过的文明又何足挂齿？

显然对元雄而言，他需要的是更多的人，更多的容易被塑造以及容易被驱使的人，更多的像工具一样的人，而统配繁殖制度当然就成了他眼里最理想的制度。从这个角度来说，元雄一直把反对该制度的汤姆乔视作眼中钉就是情理中的事了。

而关于那两个会说人话的黑猩猩，元雄虽然感到有些惊讶，但并未将它们放在眼里。在他看来，这些低级生物即使也能像人类一样思考，但终究还是无用的。因为在这个已经彻底解决了资源、能源以及劳动力问题的时代，除了人类的意识还堪重用外，其他生物都成了可有可无的摆设，没有多少利用的价值。况且今后驰骋在宇宙中，类似黑猩猩这样的生命体一定还有不少，没有什么值得大惊小怪的。至于汤姆乔想研究它们，那就让他尽情去研究吧。或许这倒可以让他在反对统配繁殖制度上不再那么积极。

汤姆乔在陈玄的要求下把陈玄和阿勇、阿智它们俩分别安排在了两个具有私密性的房间里。本来汤姆乔希望把阿勇、阿智安排在一个观察室里，以便研究。但是陈玄不同意，他认为阿勇、阿智应该受到足够的尊重。陈玄的意见是，可以面对面公开地研究它们，但不能把它们当作可以任意摆布的对象。汤姆乔接受了陈玄的意见。汤姆乔明白，文明不仅仅是征服与被征服、服从与被服从、融合与被融合的关系，文明最要紧的，也是最应该倡导的，其实是尊重与被尊重。毕竟，没有什么意识是绝对正确的，也没有什么意识是一无是处的，相互留一些尊重，就是对未来最大的善意。

夜已深。陈玄用隐形光屏向父亲确认了所处房间的私密性后，便拿出了一直藏在身上的那部手机。陈玄在2050年返回2020年之前，父亲就告诉过他，这部手机是他在2048年底才研制出来的，经过了将近一年半时间的改造升级才算得上一个比较满意的作品。的确，这个不带任何金属成分的手机可以伪装成皮肤的样子躲过肉眼乃至2050年之前所研制出来的任何探测器，和那件隐身衣一样，成为颜一舟私自研发出来的两件秘密法宝，就等着在某一个神圣的时刻拿出来使用。如果说，那件隐身衣多少还有一些粗糙，那么这部手机即使在B世界2050年的颜一舟眼里也能算得上一件精妙的仪器。事实上在2020年的时候，这部手机就成了陈玄完成任务的最得力助手。

刚才在和父亲的交谈中，他听出来元雄他们几个一定不会善罢甘休。同时陈玄也告诉了颜一舟，让他提防这儿的刺客团。因为陈玄知道，汤姆乔后来正是被元雄一伙暗杀的，且极有可能就是刺客团所为。一直在暗中追查刺客团消息的颜一舟此时隐隐生出一阵寒意，但他不想让陈玄知道，因为他不希望陈玄也卷进来。

然而如今的陈玄岂是那个怕事的人？此时陈玄心里已经有了一个大胆的想法：趁着这次在人类联盟总部的机会找出刺客团，要么消灭它们，要么瓦解它们！ B世界的2045年正是颜一舟组织了一支由猿猴和海豚为主力的奇异部队击溃了刺客团，A世界里，陈玄希望替爸爸完成这个使命。

陈玄先调试了一下手机的透视功能，竟然发现比2020年的时候还要清晰。陈玄分析了一会儿，认为这可能是由于建筑材料的差异引起的。颜一舟发明这部手机的时候是根据2048年左右的建筑材料研制的，相较于2020年时候采用的钢筋混凝土或砖砌体而言，当前普遍采用的钛合金更方便透视。

陈玄仔细观察了一番周围的环境。上面是一间实验室，下面是一间办公室，左边是阿智、阿勇的宿舍，右边是一间空的宿舍。陈玄看到阿智和阿勇此时还处在强烈的兴奋中。

只见阿勇对着宿舍东张西望道：“阿智你能想象吗，我们现在居然是在人类联盟的总部！这可是连普通的人类都很难进来的地方！”

阿智抑制住和阿勇同样激动的内心，硬生生说出了一句颇为冷静的话：“别太得意了，我们不过是他们研究的对象而已。像马戏团的猴子，就算登上了世界级大剧院的舞台，也不过是博人一笑的小丑罢了。”

阿勇听了有些不悦，道：“我们开我们的眼界，管他们怎么想的？谁让我们生来就低人一等！”

阿智道：“不过正如人类自己说的‘三十年河东三十年河西’，我看文明也有这个规律，三十万年人类三十万年猩猩。说不定过不了多久，我们猩猩也能翻身做主人了。”

阿勇打了一下阿智的头，笑道：“你也真敢想！做你的千秋大梦去吧。”

阿智挠挠头，反驳道：“话别说得那么绝对。我记得老师曾说过，人类照这样发展下去的话差不多就快到头了。可就算人类真的不行了，他们曾经创造的文明总体而言还是好的，那么我们代替人类把文明传承下来该有多好。多么宏大的志向，我都被自己感动了！”阿智提到的老师当然就是大邹了。

阿勇道：“听起来的确好宏伟！我也被你感动了。”

说完，阿勇、阿智笑得前俯后仰，把隔壁的陈玄也逗乐了。

陈玄看着拿在手上的手机，突然想到一个问题：“接下来几天要用这部手机把人类联盟总部的上上下下都摸个清楚，尤其是元雄、德尔比、中村不二他们的日常活动。说不定还能因此发现刺客团的蛛丝马迹呢！不过，这儿可不是2020年，不管这部手机如何变形，也不可能拿着它明目张胆到处逛，得找一个更为隐蔽的方法！”之后，陈玄想到了隐形光屏。如果能够把隐形光屏和手机连起来用，用手机摄取信息，用隐形光屏读取信息，这样不就可以做到神不知鬼不觉了吗？

于是陈玄就试着让这两个设备之间产生感应。摆弄了一个多小时，还真被他找到了方法。陈玄大喜，心想：到底这两个物件都是爸爸颜一舟的杰作！

事实上，后来颜一舟在研制这部手机的时候，就是结合隐形光屏的使用去设计的。之所以2050年颜一舟没有把隐形光屏一并交给准备返回2020年执行任务的陈玄，是因为那时候隐形光屏已经成为禁用品了，如果要使用必须向总部申请。当时颜一舟不认为隐形光屏对执行2020年的任务是必要的，所以就没有为陈玄去申请使用它。

第二天早上，一个机器人为阿智、阿勇送去了几套衣物，这是昨日通过激光测量后特意为它俩定制的。阿智、阿勇知道这是陈玄的意思，便不耍泼，直接拿来穿上了。其实它们身上本来就有一些衣物，是于莺和山上几个年纪稍长些的阿姨用麻布给它们做的，不过太过简短，而且也已经很破旧了。现在它们穿的相对而言就优雅了很多，两个家伙照着镜子欣赏了半天，开心得不得了。阿智的衣服是黄色带着许多黑色圆形斑点的短袖丝绸套装， 阿勇的正好相反，是黑色带着黄色圆形斑点的。另外，阿智戴一顶黑色的礼帽，穿一双黄色的鞋，而阿勇的礼帽是黄色的，鞋子则是黑色的。

早饭也是机器人送进来的。吃过早饭后，陈玄带着阿智、阿勇在生育部的大楼里溜达。溜达之前，陈玄嘱咐它俩道：“挺帅的哥俩！尽量把腰板挺起来，别走着走着就让人当笑话看！”

为了配合这兄弟俩的穿搭，陈玄特意去要了一顶咖啡色的礼帽戴在头上。一路上，陈玄走在中间，阿智和阿勇分列其左右，仨兄弟就这么并排在人类联盟的总部大楼里闲逛着。经过的人们看着这仨的憨样虽然都觉得有趣，但倒也并没有太多的大惊小怪，毕竟这儿的人们都是见过大世面的。

大约早上九点半，陈玄接到了汤姆乔的电话，让阿智、阿勇到生育部研究院去接受进一步的测试。于是陈玄给它们俩叫了两辆站立式平衡车，让阿智、阿勇自行前往。

阿智和阿勇看着自动停在身边的平衡车起先有些恐惧，但在陈玄的鼓励下，阿勇率先踏了上去，发现完全不需要技巧就能站稳。原来这些车子都有自平衡系统。在陈玄的提示下，阿勇学会了如何设置目的地以及如何起停等。边上的阿智一边看着阿勇操作，自己也按捺不住踏上了车子摆弄起来，很快就学会了。看着阿勇和阿智驾着平衡车远去，陈玄开始独自在人类联盟总部的各个大楼里闲逛起来。

人类联盟总部有七个主楼，分别对应着七大机构。七幢楼都是圆柱形建筑，最中间的秘书机要楼比围绕四周的那六幢部门楼明显高大一些，底下有一圈圆环形的裙房将六幢部门楼连在一起，楼与楼之间有着纵横交错的空中连廊可以互通。

陈玄此时就走在教育部通往科技部的连廊上，他想先到科技部去转一转。为了更细致地观察周围环境，陈玄并没有选择用平衡车代步，而是就那样优哉游哉地看似漫无目的地走着。对他而言，此时其实有一种故地重游的感觉。

2050年准备执行那次返回2020年的任务前，陈玄曾经在科技部逗留过一段时间。那时候，他和妮娜先在这里做测试，然后是几个星期的模拟训练，所以陈玄对这幢大楼还是相当熟悉的。

陈玄径直走到了他最熟悉的时光研究中心，2050年的时候他就是从这里出发去的2020年。此时此地，这儿不经意间与陈玄相互碰面的人基本上都认得他，不过他们只知道他叫“郑炫”，是刚刚从中国四川武云山上下来的那个年轻人。显然，陈玄和阿勇、阿智已经成为这里众所周知的新闻人物了。然而对于陈玄而言，这儿的许多人他同样是认识的。因为就在“不久前”的2050年，和妮娜一起在这儿参加训练的陈玄还与他们打过近一个月的交道。但是这种交道只有陈玄自己知道，对于那些人而言却是未曾发生过的。

在数据分析室边上，陈玄注意到一个奇怪的眼神。陈玄认识这个带着奇怪眼神的人，他是时光中心的研究员，好像叫……叫雨果。对，就叫雨果！因为这个名字和十九世纪的一个名人同名，所以陈玄记忆深刻。

此时的人类联盟总部，或许只有一个人对陈玄的来历是充满疑惑的，这个人就是雨果！几天前，正是他发现了作为天外来客的陈玄，也是他帮助颜一舟在四川广安找到了陈玄，可是为什么这个陈玄现在倒成了来自武云山的一名访客？雨果对此百思不得其解。尽管雨果对陈玄也只知道“郑炫”这个名字，但是他知道这个郑炫肯定不简单。同时他也知道，郑炫带两只猩猩到人类联盟总部来，其背后真正的策划者很有可能就是颜一舟部长。不过雨果也全程观看了关于郑炫和那两只猩猩的相关视频，并没有从中嗅到任何恐怖或邪恶的味道。加上他历来对颜一舟充满信赖和崇敬，因此雨果对郑炫他们的到来虽然有疑惑，但总体而言其内心深处并未产生多少焦虑或担忧。

陈玄想起他们刚来到2045年的A世界第二天，爸爸颜一舟在广安13部找到他们的时候曾经和联盟总部的某个人通过视频，令其放弃追踪“天外来客”。直觉告诉陈玄，这个人很可能就是眼前这个雨果。陈玄借着与雨果目光再一次交汇的瞬间很友善地对其点了点头，然后便离开了。

陈玄在科技部大楼上上下下转了转后便向信息部大楼走去。

陈玄想直接到信息部最顶楼的中村不二的办公室边上转转，不过他发现要进入中村不二的办公室必须要经过一个独立设置的电梯，而这部电梯只有经信息部秘书处获准后方能启动。此时，陈玄想起昨天去妈妈辛向音的办公室时也是如此。想必人类联盟的首脑办公室都应该有这样一道设置。

就在陈玄想要离开的时候，从那部独立电梯里走出来一个男人。这是一个个子矮小、身材精瘦的男人，看上去目光呆滞、面无表情。

但陈玄一眼就觉出这不是一般人：从整个身形来看，上下紧凑，无一处松松垮垮之相；从走路的姿态看，步幅适中进退自如，自然摆动但不完全下坠的双臂可攻可守；从着装上看，不像联盟办公人员，尤其是那双鞋子，看上去质地坚硬但走起路来却悄无声息。陈玄瞬间疑窦丛生，便远远跟了上去。

为了不引起这个小个子男人的注意，陈玄将早就准备好的手机开启了透视功能，并且连上了隐形光屏。陈玄依靠这套设备始终与那个男人保持着距离。陈玄跟着他来到了信息部大楼8楼的一间办公室，只见其在门口逗留了片刻，便乘坐边上的电梯下楼了。陈玄找到就近的楼梯快速跑下楼去，不过等他到了一楼，已经找不到那个男人的踪影。于是陈玄回到8楼那间办公室门口，通过透视往里面注视了一会儿，除了有一个工作人员正在里面办公外，并没有发现什么异常情况。陈玄暗想：自己是不是太多疑了？

此时已近中午，陈玄记挂起阿勇、阿智它们来，于是收好手机和隐形光屏，朝生育部大楼走去。

陈玄先来到宿舍，发现阿勇和阿智已经在房间里了，它们两个正在兴奋地各自摆弄着一部手机。于是陈玄问道：“这是汤姆乔叔叔给你们的？”

阿勇道：“是的，这样我们就可以随时联系了。”

陈玄道：“拿来我看看，都有一些什么功能？”

阿勇把手机递给陈玄，在一旁不停地指指点点。

陈玄发现这部手机除了能够视频通话外，还有一些辅助功能，比如导航、求助等。陈玄把手机还给阿勇，道：“都明白怎么用了吗？”

阿勇骄傲道：“简单得很，看几眼就会了。”

只见阿智把手机别在腰间，大模大样走起来，惹得阿勇哈哈大笑，也照着阿智的样子走起来。只见阿智突然想到什么，对陈玄道：“对了，陈……郑炫哥，汤姆乔叔叔还拿了一个手机给你，说是让我们三个之间方便联系。”说着，阿智从裤兜里又掏出一个手机递给陈玄。

陈玄点点头接过手机，道："汤姆乔叔叔想得挺周到。"

于是他们三个把手机简单设置了一下，拨一个快捷键就能连通了。模拟了一会儿，阿勇、阿智果然能够操作自如了。

陈玄又问了一下它们今天是如何接受测试的。阿勇和阿智告诉陈玄，今天是生育部和教育部的联合测试，主要是情感方面的，喜怒哀乐惧各种都有。据说下午有比较艰难的测试，但内容是保密的。然而从阿勇和阿智的表情来看，这俩家伙似乎正跃跃欲试着。

陈玄知道，既然测试是由生育部和教育部主导的，那就没有什么好担心的，于是他也不再多问。陈玄见阿勇和阿智玩得不亦乐乎，便独自返回隔壁房间去了。

陈玄拨通了颜一舟的隐形光屏，向他简要说明了今天早上的活动轨迹。当陈玄从颜一舟那儿得知雨果的确就是那个此前跟踪过他和邹向荣的人时，不禁有些担心道："那他会不会走漏风声呢？今天我看到他的眼神里满是疑惑。"

颜一舟想了想，道："你提醒得对。虽然雨果这个人是靠得住的，但是他在不知情的情况下的确有可能走漏风声。不过你也不用担心，我会去给他提个醒的。"

陈玄接着又把上午看到的那个从中村不二办公室里出来的小个子男人描述了一下，还说这个人有一些可疑。

颜一舟不是十分清楚陈玄的用意，便道："你可不要轻举妄动。人类联盟总部的公共场所对信息部而言都是透明的，你的跟踪行为会给自己带来麻烦的。"

这倒提醒了陈玄，因为他此前并没有发现任何监视器。所以陈玄道："之前我不知道这里有隐形的监控设施，以后我会注意的。"

颜一舟点了点头，追问道："你想在大楼里找什么？"

陈玄毫不掩饰道："我想找出刺客团的下落！"

颜一舟吃了一惊，他此前虽然听陈玄说过关于B世界刺客团的事情，但他没有想到陈玄居然想凭一己之力去对抗这儿的刺客团。只见颜一舟表情凝重道：“这不是闹着玩的！我用了五六年时间都没有发现他们的踪影，你才到这里居然就想干这件事情。不行，快点住手！太危险了！”

陈玄有些不服气，道：“我有我的优势……”

颜一舟打断道：“你如果想待在这儿的话就得听我的。我和你妈妈是绝对不会允许你去冒这个险的。赶紧停下来，寻找刺客团的事情我自有主张！”

看着爸爸不容置疑的眼神，陈玄知道多说无益。况且，他发现自己今天确实冒了一次险。如果那个小个子男人真的与刺客团有什么关系，那么他的跟踪行为很可能已经引起了信息部的注意。想到这里，陈玄向颜一舟点点头，表示不会再鲁莽行事了。

第二十三章

卷入凶杀案

由于自己追查刺客团消息的事被爸爸明令禁止，于是陈玄一时不知道该干什么了，便索性和阿勇、阿智它们一起来到了生育部。陈玄想看看下午那个颇有难度的测试到底是什么。

陈玄发现，这不是一个测试，而是一系列测试，测试的主题是克服恐惧！

第一道测试是火中取栗，要求阿勇和阿智时刻注意一堆篝火中的板栗，一旦听到有炸裂的声音就要设法熄灭篝火，然后将板栗取出。本来，阿勇和阿智决然不愿意在篝火边上逗留。但是领了任务之后，竟见它们一直专注在篝火边上，似乎全然忘记了火的危险。只见这两兄弟静静地等了一会儿，阿智突然道：“阿勇，你注意听声音，我看看这些工具该怎么用。”原来篝火堆的边上还放了一些东西，有一个灭火器、一桶水、一盆沙、一桶油、一把钳子、一根木棍、一个榔头。又过了五分钟，就听板栗噼噼啪啪的炸裂声响起。阿勇兴奋之下操起就近的棍子就要打那篝火，被阿智呵道："用水浇！别用棍子打。"于是阿勇放下棍子慌忙找起水来。不想那桶水已经被阿智拎起，阿勇仓促中竟端起了边上的那桶油来。阿智一看大惊失色，忙道："放下，你拿的是油。"见阿勇停下了泼油的动作，阿智赶忙将水泼向篝火，然后从阿勇那里把那桶油夺了下来。被呵止了两次，阿勇看着那未完全熄灭的篝火一时不知道该做什么了。倒见阿智有条不紊，端起那盆沙子往火堆上倒，终于灭了那火。阿智看着傻愣愣的阿勇，将地上的钳子捡起来交与他，道："快去把那几个栗子找出来。"阿勇这才缓过神来，用钳子去灰堆里找寻起栗子来。许是方才阿勇在端油的时候有油洒在了手上，但见它的手突然着起火来，吓得阿勇猛力拍打自己，无奈身上的毛发已然着了起来拍不灭了。一直在一旁观察的几个测试人员见状正要上前帮忙，但见阿智情急之下拿起了灭火器摆弄了一阵，竟将灭火器内的粉尘喷了出来，解了阿勇燃眉之急。虽然阿勇在这次测试中表现不佳，它自己也感到非常沮丧，但由于阿智的出色应对，它们俩毕竟还是勉强完成了任务。

第二道测试是水下救援，要求阿勇和阿智在十五分钟内借助身边工具将沉潜在4米深的一个木质人偶打捞起来。毫无潜水经验的阿勇、阿智看到那一潭深水都倒吸了一口凉气。不过为了一雪前耻，阿勇自告奋勇要跳下去试试，可是阿智拦住了它。阿智看着身边那些工具，有绳子、石块、氧气罐、救生圈、救生衣，便对阿勇道："我用绳子把你绑起来，你再穿好救生衣下去试试。"阿勇照做，不过入水的那一下还是鼓起了所有的勇气才跳了下去。不想刚入水，不懂憋气的阿勇便狠狠地呛了一通水，而且因为不懂得如何控制平衡，整个身体趴在了水上，不得已只能抬起头来勉强维持呼吸。阿智见状，想起大邹老师曾经游泳的样子，于是道："阿勇，把手摆动几下试试。"阿勇试着扑腾了几下，虽然好不容易把身子翻了过来，但还是不知道如何竖立在水中。想着时间一分一分过去，阿勇急了，道："阿智，别管那么多了，你赶紧把那石头给我，帮我沉下水去捞起那木头人，你再拉我起来。"阿智见边上时钟的倒计时的确所剩无几，于是只能按照阿勇的要求把石块递给它。可是在水中的阿勇无法控制自己，竟然没有抓住阿智递到手边的石块，让石块滑落到水潭里面去了。阿智见状“啊”了一声，又听见60秒倒计时已经响起，一时慌了手脚，不知如何是好。这次反倒阿勇清醒起来，道：“阿智，快把那个罐子拿来试试。”阿智一看，才发现那里还有一个氧气罐，虽然不知道怎么用，但这时候也只能拿它当石块用了。于是阿智连忙俯身举起罐子小心递给阿勇，但见阿勇义无反顾抱起罐子就沉了下去。此时阿勇依然不懂得在水中闭气的窍门，但为了完成任务，它什么也不管，忍着大口吞水和鼻子进水的痛苦，慢慢沉下水去，捞起了那个人偶。抓到人偶后阿勇放掉了罐子，但却发现自己浮不起来了。边上的测试人员通过水下镜头看得清清楚楚，知道阿勇灌了太多的水，抱着那人偶已经无法自行上浮了。正当测试人员纠结要不要出手相助的时候，只见阿勇不肯放弃那人偶，双脚用力蹬着地面，让自己浮起来一些。此时在岸上一直焦急等待的阿智终于看见了已经抓住人偶的阿勇，于是赶忙往上拽绳子，很快把奄奄一息的阿勇和那紧紧拽在它手上的人偶一并捞了上来。此时任务终结的声音恰好响起！在测试人员的帮助下，阿勇很快将水吐出，脱离了危险。得知它们俩已经通过这道测试后，阿勇不顾身体的难受激动得怒吼了几声。

接下来几道测试都是虚拟的，有过山车、蹦极、跳伞等。起先阿勇阿智它们还战战兢兢，不过很快它们就对这一类游戏越玩越放肆了，似乎总觉得不够刺激。

就在阿勇和阿智越玩越兴奋的时候，陈玄突然接到一个陌生人隐形视频的通话请求。通话人自称特别部的工作人员，希望找到他配合调查。正在陈玄等待特别部来人之际，颜一舟也发来视频，告知陈玄要保持冷静。原来就在今天下午距离此时一个小时前，位于人类联盟总部信息部大楼8楼统计局的马克龙局长遇刺身亡。特别部调查人员通过信息部大楼的监控平台发现陈玄有重大作案嫌疑。特别部部长杰斯夫得知这个消息后，第一时间通知了颜一舟。因为杰斯夫感觉到陈玄这个人不简单，说不定和颜一舟有着什么关系，所以他想借这个机会还颜一舟一个人情。

陈玄立刻在脑子里盘算起来。如果他作为嫌疑人被调查，势必要通过严格的检测，那么他身上现有的通讯工具或者是武器之类的东西一定会被强行没收，这样的话他身上从2050年带来的手机和隐身衣一定会暴露。事不宜迟！

想到这里，陈玄一面向阿智走去，一面从身上暗暗取下手机和隐身衣并揣在衣兜里。走到它身边，陈玄笑着拍了拍正疯玩着的阿智，道："这哪里叫克服恐惧啊，这明明是对恐惧上瘾呀。"说着，陈玄已经悄悄把东西塞进了阿智的衣兜里。

阿智回头看了一眼陈玄，道："是啊，炫哥，你也一起来玩吧。"

陈玄笑道："我早就玩腻了，你们玩吧，我出去走走。"

此时阿智还未知未觉，道："好的，再见！"

陈玄刚离开阿智没多远，就发现三个特别部的人已经匆匆赶来了。陈玄迎着特别部的来人走了上去，主动问道："到底发生什么事了？"

只见其中一个人道："先跟我们回特别部吧。"

另两个人上来一左一右揽住陈玄的手臂，几乎是推着他走的。

陈玄扭动了一下，道："别推，我自己走。"

只见那两人在另一个人的示意下放开了陈玄，但仍然紧紧贴在陈玄左右。

陈玄就这样一路随着他们三个人来到了特别部的审讯处。一路上，他暗暗用隐形光屏给颜一舟发了一条消息："东西在阿智身上。我已被带去特别部。"

本来陈玄想躲开这次抓捕是易如反掌的，但他知道那样做很愚蠢。一来他没有杀人，根本没有必要逃跑；二来这起事件或许就是刺客团所为，因此反而恰恰给他提供了一个难得的追踪机会。

果然，陈玄在审讯处接受了最严格的搜身，不仅要接受专人用肉眼和触觉的检查，还要接受透视仪和感应器的窥视。不过，特别部的侦察员在陈玄身上除了发现那套隐形光屏和一部普通手机外，并没有发现其他东西。在杰斯夫的批准下，特别部的技术人员销毁了陈玄的那套隐形光屏。

在关押待审期间，陈玄仔细思量着他之所以会成为凶杀案嫌疑人的前因后果。死者是信息部8楼的一个局长，而今天早上自己就在信息部溜达过。对了，当时为了追踪那个从中村不二办公室出来的小个子男人，陈玄曾两次来到信息部8楼逗留过。会不会是这两次逗留引起了特别部人员的注意？爸爸说过，人类联盟总部的公共场所有隐形监控，那么他早上的行为很可能已经因为那个局长的死而被曝光了。不过如果真的仅仅因为是这个原因就把他列为嫌疑人的话就没有什么可担心的，毕竟自己一个下午都在生育部里，没有作案的时间。

审讯开始了。陈玄在审讯室里接受了两个小时的讯问，问题的核心无非是两个，一是到信息部大楼去干什么？二是离开信息部大楼后都干了什么？在接受讯问的过程中，陈玄除了隐瞒了追踪小个子男人的事外，其余都照实回答了。至于为什么要隐瞒追踪的事，道理很简单，一来暴露自己追查刺客团的动机就无异于引火上身，二来暴露自己追踪的手段就等于暴露了自己的真实身份。

也就是在陈玄接受审讯期间，收到信息的颜一舟一面立刻通知雨果去将尚在生育部接受测试的阿智、阿勇带到科技部，一面又亲自告知汤姆乔，说自己有一个大胆的推测想借用阿智、阿勇来验证。雨果预感事关重大，便火速赶了过去，并且一刻不停地将它们俩带到了颜一舟事先指定的一间实验室里。

颜一舟找了个理由让雨果去隔壁实验室带几件仪器过来。见雨果离开后，颜一舟对阿智阿勇道："等一下要给你们做一个意识感应实验，你们得把身上的东西都拿出来。"

本来已经在生育部的测试室里玩得不亦乐乎的阿智阿勇一听还有实验要做，便兴奋道："我们没带东西，可以马上做。"

颜一舟分不清哪一个是阿智，于是走过去借着仔细"检查"的机会，把陈玄放在阿智身上的那两样东西找了出来。看着阿智和阿勇讶异的眼神，颜一舟故意笑道："这是刚才从生育部里'顺'来的吧？"然后颜一舟就把东西放进了自己的口袋里。

阿智听不懂什么意思，忙问道："什么叫顺来的？"

此时雨果已经拿着颜一舟刚才指定的几样东西走了进来，颜一舟便对阿智敷衍道："不管这些，实验要紧。"

于是颜一舟没有回应阿智的困惑，只是一本正经交代雨果做起那个关于意识感应的实验来。实验过程中，颜一舟把雨果带到观察区，假意观察实验效果。期间雨果耐不住困惑，问道："这套感应设备在人类身上没有明显的效果，在它俩身上会有效果？"

早就等待着雨果提问的颜一舟道："我突然有一个想法，此前实验效果不明显有可能是源于人类的自我意识过于强大，对相互感应起到了抑制的作用。而这种抑制效应在它俩身上有可能会比较弱。如果这套设备对它们也起不到感应作用，那么很可能是我们的研究方向出了问题。"

雨果感觉是那么回事，于是就点点头，静静等待实验结果。过了一会儿，雨果又问道："颜部长，有一个问题我实在想不通，但又不知道能不能问。"

颜一舟当然知道雨果在想什么，他其实就一直在等着他来问，于是说道："做一个科研工作者，就应该有足够的好奇心。你什么问题都可以问！"

雨果还是有一些不安，毕竟他的好奇并不是出于科研的目的，所以他继续问道："如果不是科研方面的，我也能问吗？"

颜一舟笑道："但问无妨。"

只见雨果鼓起勇气问道："我感觉这个郑炫就是那两个天外来客中的年轻人呀。可是他怎么会……"

颜一舟郑重道："雨果，你的眼力不错，他就是你说的那个人！他是从不远的2050年过来的，不过他是来帮助我们的。我们这个世界到了2050年会出大问题，他就是那个能够帮我们解决问题的人。"

雨果一听，差一点惊掉了下巴，但是他相信颜部长告诉他的都是事实。

颜一舟看着说不出话来的雨果，继续道："他们的出现过于隐秘，所以我不让你继续追踪了。但是你一定要知道，这件事是关系到我们这个世界未来命运的，你要答应我一定要守住这个秘密。"

雨果看着一脸严肃的颜一舟，努力点了点头。

颜一舟继续道："我不能告诉你更多。但是你要清楚，无论什么时候你都要无条件相信这个郑炫，就像相信我一样。"

雨果郑重道："我明白了，颜部长。"

意识感应实验仍然失败了。雨果把阿智、阿勇又带回到生育部。生育部里，特别部的两个调查人员正在核实郑炫的不在场证明。雨果自然也被盘问了几句，至此，他才知道郑炫此时正因为涉嫌杀人而被拘押着。

很快，特别部对郑炫的第一轮审讯报告就被递交到了杰斯夫那儿。报告显示，虽然郑炫有充分的不在场证明，但不能排除郑炫参与作案的嫌疑。因为在郑炫解释自己为什么前后两次来到信息部8楼马克龙办公室附近这个问题时，测谎仪显示其心理有相当的波动，极有可能在隐瞒什么。因此特别部调查组推测，郑炫可能是该谋杀案的策划者之一，因为从监控看，他的一举一动似乎都是为了这场谋杀，特别是他跑下楼梯的举动，分明就是在为逃跑做预演。

杰斯夫听完调查组组长鲁伊的汇报后，问道：“马克龙被杀前后的监控画面为什么消失了？”

鲁伊道：“信息部还没有给出结论，但据说很有可能是因为隐形监控在马克龙被杀期间受到了超能射线的屏蔽。”

杰斯夫吃惊道：“什么？超能射线？那不是只有科技部才有的东西吗？”

鲁伊道：“是的，所以我们怀疑……”鲁伊本来是想借此表达他对科技部乃至颜一舟的怀疑。

杰斯夫知道他想怀疑什么，呵止道：“别瞎怀疑。”

鲁伊道：“是！不过郑炫这个人的确疑点太多，他刚到这里就发生了这么多年来都没有发生过的凶杀案。”

杰斯夫道：“那就去仔细查查郑炫这个人的背景。”

鲁伊道：“网络里没有这个人的任何信息，所以我打算自己去一趟武云山。另外，我还是有一个疑问，不知道该不该说。”

杰斯夫道：“说吧。”

鲁伊道：“我怀疑郑炫可能和2039年出现过的那个暗杀组织有关系。”

杰斯夫道：“理由呢？”

鲁伊道：“首先，这个人不食人间烟火，有杀手的特质。然后，今年其实对人类联盟总部挺关键的，因为首脑团明年就要改选了嘛。上次那个暗杀组织杀害单华就是为了影响人类联盟的首脑团，而那次行动以后他们就销声匿迹了，现在这个关键时间他们又出现了，或许就是为了再一次施加影响力。”

杰斯夫道：“那他们为什么要杀马克龙呢？”

鲁伊道：“这个现在还不明朗。但马克龙是统计中心的负责人，或许他的职位对首脑团的改选有关键作用。”

鲁伊的推测不无道理，给了杰斯夫很多进一步猜想的理由。不过此时杰斯夫不希望因为特别部的调查而使得自己成为众矢之的，所以他对鲁伊道：“好了！事关重大，没有百分之一百的把握不要轻易下结论。”

鲁伊悻悻地答应道：“是。”

鲁伊走后，杰斯夫暗想：“如果这个郑炫真的和那个暗杀组织有关，那么颜一舟就很可疑了。想当年，正是因为单华被暗杀，颜一舟才有机会成为首脑团的一员。”想到这里，当年负责调查那个暗杀组织的杰斯夫不禁倒吸一口凉气。

此时在信息部里，中村不二正一头雾水。

今天上午，他在元雄的授意下找来那个暗杀组织GRD的首领韦泽一男，要他除掉马克龙。早前，元雄仅仅因为看马克龙不顺眼，就想拿他来祭一祭GRD的那把刀，既能借此掌控GRD，又能测试一下特别部的调查能力，为下一次真正的暗杀做准备。

本来，中村不二想把韦泽一男到人类联盟总部这个过程的监控信息全部除去的。但他看过信息之后，竟然发现郑炫一直跟在韦泽一男后面。然而更令其困惑的是，他完全无法从监控中发现郑炫到底是如何做到一路尾随韦泽一男的。事实上，如果中村不二不关注韦泽一男的话，那么他根本就看不出郑炫的跟踪行为。

郑炫为什么要跟踪韦泽一男？以及他是如何跟踪的？当中村不二把自己的疑惑抛给元雄的时候，元雄同意留下那段监控视频。元雄的确是一个狠角色，他这样做的目的就是要暴露郑炫的行为好让特别部去查。郑炫此前的行为尽管滴水不漏，但元雄的心里就是踏实不下来，他总感觉事情没有那么简单。现在既然又出了郑炫跟踪韦泽一男的事情，那么郑炫身上的疑点就更多了，说不定从他这儿能够挖出更大的秘密。

在杰斯夫组建的马克龙刺杀案调查组里有一名信息部的成员，名叫张义，他是信息部的副总参谋，也是中村不二的得力干将。为了随时掌握调查进展，中村不二把张义推荐给了调查组。杰斯夫当然不会拒绝。因为一来这次调查本来就需要信息部的支援，二来受害人就是信息部的人，于情于理都应给中村不二这个面子。然而让中村不二想不到的是，这个张义其实暗地里和颜一舟是好友，前不久信息部要监控颜一舟和辛向音的消息就是他透露的。不过此时的张义还不知道郑炫和颜一舟的关系。

就在鲁伊向杰斯夫汇报对郑炫第一轮审讯的情况时，张义也来到了中村不二的办公室。从张义的汇报中，中村不二发现调查组并没有注意到韦泽一男。他想，这大概是郑炫太过显眼的缘故吧。同时张义把调查组，特别是鲁伊对郑炫与那个潜藏已久的暗杀组织有关的怀疑也告知了中村不二。中村不二当然对调查组会怀疑到GRD上并不感到奇怪，因为他和元雄在准备实施这次暗杀的时候就已经考虑到了。不过现在冒出来一个郑炫背锅，或许是一件好事。然而始终令中村不二难以释怀的是，郑炫到底是如何盯住韦泽一男的？难道韦泽一男的身份已经暴露了？从搜查结果来看，郑炫并没有任何特殊的工具，除了那个已经被杰斯夫批准销毁的隐形光屏。

对了，隐形光屏！难道郑炫是靠着隐形光屏跟踪韦泽一男的？如果是这样的话，那么郑炫就一定还有别的帮手。颜一舟？除了他还能有谁？郑炫的隐形光屏就是颜一舟给他装上去的，这是颜一舟自己承认的！这样看来，是不是颜一舟已经对GRD有所掌握了？

不得不说，这就是当前最让中村不二困惑并担忧的事了。张义离开后，中村不二马上把他的顾虑告诉给了元雄，元雄听了倒不以为然。如果说这种事是杰斯夫所为，元雄愿意相信。但要是怀疑到颜一舟身上，元雄就觉得不可思议了，毕竟颜一舟不是那么复杂的人。不过元雄始终相信浑水里面好摸鱼，那么就正好趁着水浑，想法子多捞几条大鱼上来吧。

离开实验室后，颜一舟回到了自己的办公室。他取出此前陈玄藏在阿智身上的那两样东西，一部手机和一件隐身衣。据陈玄说，这两样东西都是自己在2050年左右研制出来的。颜一舟顾不上仔细研究这两样来自未来的东西，只想着先把陈玄被卷入马克龙被刺案的事情告诉给辛向音。

颜一舟用隐形光屏联系上了辛向音，对其道：“今天信息部的马克龙被杀了，你知道了吧？”

辛向音道：“我听说了。这跟刺客团有关吗？”

颜一舟道：“现在还不知道是不是刺客团干的。不过，你要镇定一点！这事儿已经和玄玄扯上了关系。”

辛向音来不及镇定，惊讶道：“什么？跟玄玄有关？怎么可能！”

颜一舟道：“是的，对我们来说是不可能。而且玄玄也的确与马克龙的死没有关系。但是，特别部他们却有理由怀疑到玄玄身上。”

辛向音迫切道：“到底怎么回事？”

颜一舟解释道：“玄玄早上看见一个小个子男人从中村办公室出来，他怀疑这个人和刺客团有关，就跟踪过去了。玄玄不知道大楼里有隐形监控，所以他的一举一动都被记录下来了。期间，那个男人到马克龙办公室附近停留过一下，所以玄玄也跟上去了。后来那个男人离开后，玄玄由于好奇又去了马克龙办公室边上一次。这两次逗留让他变成了这次刺杀案的第一嫌疑人。”

辛向音道：“现在玄玄在哪里？”

颜一舟道：“应该在特别部接受调查。还有，他的隐形光屏已经被销毁了。”

辛向音担心道：“那可怎么办？玄玄刚到这里就让他受委屈，我不答应！”

颜一舟劝道：“你别冲动，我们和玄玄之间的关系还不能暴露。另外，玄玄这段时间什么大风大浪没有经历过？所以这点事情他完全能应付，你放宽心。”尽管此时颜一舟对陈玄究竟有多少能力应付这种事他自己心里也没有底，但为了安慰辛向音，也只能这么说了。

辛向音有些生气，道：“都是你无能，一直找不到那个刺客团。现在连玄玄都要为此陷进去。你必须保证玄玄的安全！”

颜一舟郑重道：“你放心！”

辛向音看着面色沉重的颜一舟，知道他也一定为陈玄担负了极大的压力，不忍再继续责怪他。

只听辛向音换了个话题，道：“荣哥和莺子刚才和我通过话了。”

颜一舟问道：“哪个荣哥？”

辛向音道：“那个新来的，只有他有隐形光屏。对了，你下次找机会给咱那个荣哥和莺子也装一个。”

颜一舟应道：“嗯。”被责怪之后，有一些郁闷的颜一舟不愿主动搭腔，由辛向音自己说去。

辛向音当然也感觉到了，便主动说道：“莺子说要申请一个教育专号，和两个荣哥一起在网上搞教育。我觉得是好事，就答应了。”

颜一舟点点头道：“我也觉得挺好。”

辛向音继续道：“一舟，你看玄玄的事是不是应该和荣哥他们也说一声？”

颜一舟道：“那当然。”

本来，如果没有陈玄被捕这档子事，颜一舟和辛向音可以围绕教育专号这个话题聊出很多内容，但此时此刻彼此都心事重重，便很快结束了对话。

话后，颜一舟看着那个手机和那件隐身衣，思量着该怎么办。

灵鹭山上，二老和莺子正在与洪士商量着如何接入一条安全的图灵专线。

只听洪士坦言道：“要接入专线是不难的，但若是想做到百分之一百不暴露终端的位置是做不到的。”

于莺问道：“暴露的可能性有多大呢？”

洪士答道：“我只能做到瞒过图灵系统的自主搜寻，但不能防范黑客有针对性的入侵。也就是说，如果我们在使用专线的时候没有引起别人的注意，那么我们在使用的过程中基本上是安全的，被侵入的概率不超过万分之一。但是，如果一旦我们在使用过程中成为某些人的目标，那么就要看他们的能力了。”

于莺问道：“如果是最厉害的黑客呢？比方说人类联盟里的顶尖高手。”

洪士道：“那被侵入的概率就几乎是百分之百了。”

于莺继续问道：“那么如果一旦被侵入，我们能提前知道吗？”

洪士道：“这个可以。有一点我比较自信，那就是万一被人盯上了，我可以马上知道。这样的话，只要把专线及时停止，那么还是不至于暴露终端地址的。”

洪士走后，老邹问大邹：“干不干？”

大邹道：“干！”

于莺道：“万一这里被暴露了怎么办？”

大邹道：“老邹说得对，皮之不存毛将焉附？”

于莺道：“好！那可说干就干了！”

第二十四章

聚焦 GRD

经过一轮审讯后，陈玄被带到了一间羁押室。陈玄发现，这间羁押室里居然有图灵系统！的确，这儿除了不能自由进出外，其余的陈设与广安8部的房间差不多。

此时，身陷囹圄的陈玄对自己的莽撞有了一些后悔。回想之前在2020年完成的那些任务，他的那部手机和那件隐身衣都起到了至关重要的作用，可是现在两手空空的他只能作壁上观。好在如果2020年的时候他是孤独的，那么如今他至少不是一个人在战斗。陈玄收拾好自己的心情，开始仔细整理思路。

回想每一个审讯人员的态度和言辞，陈玄判断出他们的目的确实是为了寻找案件真相，并没有陷害自己的意思。

从他们聚焦的问题来分析，调查组应该还没有怀疑到那个矮个子男人身上。而自己之所以会被当作嫌疑人显然是因为上午在马克龙办公室门前的那两次逗留，况且自己给出的所谓“巧合”的解释的确不太靠谱。

其中有一个审讯人员的问题比较值得关注："2040年年前后你在哪里？"为什么要这么问呢？难道他们是想把这起凶杀案与2039年年底刺杀单华的那起案子串联起来？如果果真如此，那么他们应该也是期望通过马克龙案去找寻刺客团的下落。

想到这里，陈玄有了一个主意。

有了主意后，陈玄的心便静了下来。只见他进入到图灵系统，开始搜寻起关于马克龙的信息。

网上并没有马克龙被刺的新闻，看来联盟里的人不像其他人一样可以随便发布消息。从各种信息来看，陈玄实在找不到马克龙被刺的理由。他万万想不到，马克龙仅仅是因为在宣布那个关于人类联盟设不设主席一职的公投结果时表现得有些激动，从而惹怒了元雄，最终成为刀下鬼。

此时陈玄在图灵系统里的每一项操作都在调查组的监控之下。陈玄当然对这一情况是有充分预判的。然而，调查组又何尝不知道关在这儿的人同样知道他的举动是被监控的？不过作为调查人员而言，任何信息都是信息，哪怕是伪装过的。

只见陈玄打开了模拟画像功能，凭着自己的印象一点一点把那个矮个子男人的整体形象呈现了出来。然后通过人脸识别功能开始搜索起来。不过，从面部特征相似度最高的那些人像里，陈玄并没有发现那个男人。看来，这个人并不存在于图灵系统中，有可能他根本就没有登录过，也有可能是被抹掉了信息。

然而在调查组的图灵拓展系统里，通过陈玄勾勒的模拟画像却调出了一个人——韦泽一男！调查组震惊了。2038年，这个被关押在狱中的GRD头子率领18名正在服刑的手下集体脱狱，至今仍然不知去向。此时陈玄的画像为什么会把他找出来？一定不可能是"巧合"这么简单！

调查组组长鲁伊当即决定：再次提审陈玄，立刻！

就在陈玄还在努力比对着韦泽一男的画像时，一个微型机器人从物流通道进入到他的房间里，然后投影出一个虚拟人带着礼貌对陈玄说道："郑炫先生，委屈您跟我走一趟。走之前，我要对您的人身自由做一些限制，请配合。"说完，就见机器人挨近陈玄的身体，变成了一副铐在陈玄双手上的手铐。这一系列动作完成后，只见房间的门随之自动打开了，门口还站着两位调查组的人员。

此前陈玄已经受到过这样的待遇，所以对此并不感到吃惊。他知道目前对他采取的限制强度最多只有中等级别，如果他的危险等级进一步上升，那么他受到的限制将会更加难以忍受。陈玄走出门去，在那两位调查组人员的看管下重新来到了审讯室。

这一次，由鲁伊亲自对陈玄进行审问。

鲁伊在陈玄面前呈现出二十余个人的三维影像，问道："郑炫，这里有没有你认识的或者是你想找的人？"

陈玄仔细看了一遍，发现马克龙赫然在其中，但并没有那个矮个子男人，心中颇为奇怪，不知鲁伊的意图为何。于是陈玄指着马克龙的影像坦言道："想必这位就是刚刚不幸遇害的马克龙先生吧？其余人不认识。"

鲁伊明知故问道："你怎么认识马克龙的？"

陈玄道："刚才在房间里搜索出来的。你们调查我杀人，我总得知道是谁被杀了吧？"

鲁伊知道陈玄没有说谎，因为陈玄在房间里的一举一动都在他的眼皮底下。只见鲁伊又换了一组影像，接着问道："那么这里面有没有谁是你认识的？"

陈玄这时候发现那个矮个子男人赫然就在其中，便指着他道："这个人我在今天早上看见过。当时我正在信息部的顶楼闲逛，看见他从一部电梯里出来。我看着他的样子就觉得很奇怪，所以对他留有印象。"

鲁伊问道："什么奇怪？"

陈玄道："他的穿着和你们完全不一样，最要紧的是，他走路的姿态非常矫健，像是和我一样长期在山里待着的，所以我很好奇。反正当时挺无聊的，就跟上去看看。"

鲁伊道："之后你就一直跟着他？"

陈玄道："这个人非常警觉，我怕被他发现引起误会，所以跟得很远。"

鲁伊突然震怒道："胡说八道！你们根本就是一伙的！"

陈玄明白鲁伊为什么这么怀疑，但是故作困惑道："什么一伙的？我和这个人只见过一面。对了！之前你们问我为什么会在马克龙办公室旁逗留，我就是无意中被这个人带过去的，当时我根本不认识马克龙，更不知道他在那个办公室里。"

鲁伊手上的测谎显示器显示这个郑炫所说的都是实话，但是他心里仍有疑虑，便道："你给我放老实点儿！我已经看过你们俩的监控，你的确是跟着他的路线在走，但是你根本看不见他是怎么走的。如果你们不认识，你怎么知道他要往哪里走？"

陈玄早就等着他的这个问题，只听他笑道："你们可能想不到，像我们这样经常待在山里的人不仅有超越常人的方向感，而且有着非常好的嗅觉。我们的追踪能力是你们根本无法想象的。"

鲁伊将信将疑道："你不是像狗一样靠着嗅觉去跟踪的吧？"

陈玄再一次笑道："为什么不可以呢？事实上，那个家伙身上有一股很浓烈的香水味，别说是我这样嗅觉很敏锐的人了，就是一般人闻着也会刺鼻的。"

应该说陈玄的嗅觉的确很强，加上他以前经常模仿李小龙打坐冥想，更是无意中加强了这方面的能力。而韦泽一男也的确喷了香水，但没有陈玄说的那么夸张。陈玄这样说，显然是为了解释自己是如何在目力不可及的情况下进行追踪的。

鲁伊无法找来韦泽一男进行证实，但从测谎仪显示的信息来看郑炫并没有说谎。鲁伊哪里会想到，他的所有关键问题此前都已经被陈玄预判到了，所以后者回答起来就像真的一样。不过对陈玄而言，他的表述基本上符合事实，除了那个香水的问题有所夸张外。

鲁伊想了想，继续问道："那你为什么在8楼的时候要跑楼梯下去？"

陈玄道："因为我走到8楼的时候失去了那个人的踪迹，所以猜测他从电梯里走了。我想8楼也不高，与其等电梯还不如直接从楼梯跑下去。不过我跑到一楼后并没有发现那个人，于是我又想他会不会还在8楼的某一个房间里，于是就又跑了上去。"

鲁伊道："上楼为什么还不坐电梯？"

陈玄道："我在山里跑习惯了，不习惯坐电梯。"

鲁伊道："前一次问你的时候你为什么不这么说？"

陈玄道："当时我根本不知道发生了什么事情，突然被你们问起，我自己也糊涂了。后来我在房间里仔细想了想，脑子才清楚了些。"

前一次被提审的时候，陈玄还对要不要说出矮个子男人的事情拿不定主意，所以回答同样的问题时有些闪烁其词。后来他独自在房间里想清楚了其中的要害和逻辑关系，自然就回答得顺畅了。

鲁伊看着一脸无辜而茫然的郑炫，突然问道："你知道GRD这个组织吧？"

只见陈玄摇摇头，道："不知道，从来没听说过。"

鲁伊迅速看了一眼手腕上的测谎仪显示器，发现数据仍然是正常的。

因为没有发现什么破绽，也实在问不出什么了，鲁伊就又派人将陈玄送回了羁押室。

鲁伊走到审讯室边上的一个房间，这儿的张义刚才一直在观察着陈玄。张义见鲁伊进来后，道："你相信这个郑炫说的吗？"

鲁伊道："逻辑很清晰，关键是测谎仪显示都很正常，不能不信。"

张义道："看来那个人就是韦泽一男。但这个曾经被全世界通缉的GRD头子为什么会出现在总部里呢？"

鲁伊道："人类联盟成立后就发布了赦免令，对所有在逃的犯人承诺，只要不再重新作案就不追究既往。所以，我们即使发现了韦泽一男也没有理由抓捕他。"

张义道："所以他就这么大摇大摆地在这里出入了吗？"

鲁伊道："这不是关键问题！问题的关键是马克龙被刺会不会真的是韦泽一男他们干的？如果是他们干的，那么我们此前苦苦追踪的2039单华刺杀案会不会也是GRD干的？"一向敢于推测的鲁伊直言不讳道。

张义点了点头，承认这才是最关键的问题。

随后，鲁伊把韦泽一男出现在联盟总部的情况向杰斯夫做了详细汇报，杰斯夫也很吃惊。此前杰斯夫的确对颜一舟产生了一些怀疑，但现在这种疑虑基本可以打消了。显然，韦泽一男和中村不二勾结起来作案的可能性要远远大于颜一舟和郑炫联合作案。这也就进一步解释了为什么重要的监控信息会不翼而飞，显然是中村不二监守自盗。现在，杰斯夫认为迫切需要找出杀害马克龙的原因，以及找到GRD的下落。当年杰斯夫在侦破2039年单华被刺案时，关键线索屡次中断，那时他就开始怀疑首脑团里有内鬼，而韦泽一男的出现似乎给这个怀疑加了一份厚厚的筹码，让杰斯夫不得不对中村不二产生怀疑。

张义把鲁伊关于韦泽一男和GRD的推断直言不讳地告诉了中村不二。中村不二听了心中大惊，他此时后悔自己不该留下那段监控信息，他甚至已经可以想象元雄知道了这件事后大骂自己"自作聪明"的那副充满鄙夷的神情。

从监控信息中，张义当然已经推测出韦泽一男到过中村不二的办公室，但是他在中村的面前没有道破。然而，既然韦泽一男的身份已经暴露，那么中村又怎能猜不到鲁伊和张义已经知道韦泽一男和自己有所关联呢？

只见中村佯装不解道：“这个韦泽一男到信息部来干什么？”

张义见其如此问，便干脆道：“从监控信息看，他似乎在您的办公室边上转悠过。”为了避免老大对自己产生戒心，张义故作担忧道：“部长，我觉得我们得防着点。万一那个郑炫不是凶手，那么这个韦泽一男就很可能是凶手。如此看来，您这儿岂不是也被韦泽一男他们盯上了？”

中村一听，发现张义的推测正合其意，便故作吃惊道：“难道这个韦泽一男还想暗杀我不成？实在是胆大妄为！”

张义顺水推舟，道：“还是小心为妙！”

张义离开后，中村不二立刻联系了元雄。元雄听了中村不二的述说后，让他把那段监控信息调出来看。元雄看过监控信息，怒道：“中村啊中村，说你什么好呢？简直是自作聪明！就这段视频，谁看不出这个韦泽一男是从你的办公室里出来的？”

尽管此前留下一段视频的事情是征得元雄同意的，但中村不二自知自己截取的这段视频确实在细节方面欠考虑，有引火上身之虞。不过他依然带着一丝侥幸道：“那也未必，照我的参谋张义的推测，也可以认为是韦泽一男在刺杀我之前来踩的点。”

元雄不屑道：“那是你部下给你面子才那么说的！你还真敢往好处想！”

中村不二听了有些惶恐，道：“那怎么办？”

元雄想了想，叹口气道：“如果杰斯夫问起，你就咬定没有见过韦泽一男，也咬定你部下那个推测吧。虽然不太靠谱，也没有其他招了。”

中村不二悻悻道：“我知道了。”

陈玄重新回到羁押室后，他试图通过图灵系统和颜一舟取得联系。

陈玄想假借向颜一舟求助，暗中把相关信息透露给他。但是，陈玄发现没有办法用图灵系统联系上颜一舟。因为像颜一舟这样的特殊人物是不能与公众直接联系的，更何况是在关押期间的人。陈玄见无法联系到颜一舟，又想起刚才审讯他的人突然问起的那个关于“GRD组织”的问题，于是他就在图灵系统里搜索起来。只见系统里简称为“GRD”的组织有不少，但陈玄经过仔细排查后，终于发现了一个可疑的GRD组织。这就是那个已经有一百年历史的刺客组织，此前专门从事暗杀活动，但2038年被国际刑警组织一网打尽后便销声匿迹了。陈玄并不知道GRD组织后来集体越狱了，因为在图灵系统里没有相关记录。

颜一舟把自己关在办公室里，一面牵挂着调查组对陈玄的审讯结果，一面研究着不久之后自己将发明出来的那两样宝贝——手机和隐身衣。可是，直到颜一舟把这两样东西的功能和使用方法都研究透之后，还是没有等到原本寄予希望的杰斯夫或者张义的消息。颜一舟心下有些不安，左思右想后，他决定主动出击。

颜一舟想了想，先用隐形光屏联系了杰斯夫。他对杰斯夫开门见山道：“杰斯夫兄，我这次不会是引狼入室了吧？”

杰斯夫见颜一舟如此说，便宽慰道：“一舟老弟，你也别太自责。事情还在调查中，郑炫到底有没有参与作案还无法定论。”

颜一舟道：“这次刺杀和2039年那次有关联吗？”

杰斯夫素来知道颜一舟和他一样一直关注着单华被刺的案件，而且他们之间还曾私下里就此案件探讨过，因此颜一舟这样问并没有什么突兀之处。只见杰斯夫答道：“有这种可能性。”

虽然杰斯夫回答得并不很干脆，但颜一舟知道他能这样回答自己的问题已经是很给面子了。

和杰斯夫通过话后，颜一舟心里产生了一种比较乐观的情绪，为了进一步验证自己的判断，他又联系了那位在信息部工作的密友张义。

张义和颜一舟是北大硕士研究生班的同学。刚入学的时候，从麻省理工学院本科毕业过来就读的张义对“野鸡”大学出来的颜一舟有些嗤之以鼻，常常在众人面前嘲讽和挤对他。但颜一舟却似乎无动于衷、毫不在意。然而多次考试下来，总是排名第一的张义终于在某一天发现了一件令其震惊的事情：往往那些难题在颜一舟那里都是小菜一碟，而且很多压轴题全班只有他一个人能做。起初张义以为颜一舟一定是在导师那里开了小灶，后来他才知道，颜一舟竟然为了让自己的成绩排名靠后一些，总是故意把一些题目的答案反着写。当时他们的导师最早注意到这个情况，于是就找来颜一舟谈话。颜一舟也不想隐瞒什么，对导师直言道：“不想在成绩上出风头，因为既不想被人捧着也不想遭来嫉妒。”张义后来从导师那里得知这一内幕后，惭愧不已。硕士毕业典礼之后的那个同学派对上，张义借着酒劲向颜一舟表达了歉意，颜一舟笑着接纳了。之后，张义到了东京大学继续读博，而颜一舟仍然留在北大深造，但是他们从此便在私下里进行着频繁的学术和思想方面的交流。由于当时国际形势日趋紧张，因而有着美日背景的张义和颜一舟就此达成了一种默契，即在公众场合仍然保持着那种相互看不上眼的姿态。因此在他们的同学眼里，他们两个人几乎就是水火不容的冤家。而他们的同学现在大多在人类联盟任职，颜一舟和张义之间的关系在他们口中传来传去，二者在众人眼里就成了一对老死不相往来的同学，就连中村不二也是这么认为的。

当颜一舟得知张义就在调查组内时，心里大喜过望。但是此事毕竟非同寻常，尽管彼此互为知己，但此时颜一舟不敢表露出自己的真实意图。只见颜一舟仍然故作自责道：“我太大意了，居然引狼入室。”

张义此时并不知道那个正在羁押中的郑炫究竟和颜一舟有什么关系，他只是如实表达着自己的看法：“颜兄，现在大可不必自责。从目前的调查情况看，凶手很可能另有其人。”

颜一舟继续试探道：“但这小子估计也难脱干系。”

张义摇头道："未必。此事还真有可能和他没有关系。"

颜一舟看似有些惊讶道："那还有谁能干这种事？"

张义道："很难讲。你知道GRD这个组织吗？"

颜一舟道："当然知道。2038年这个组织被元雄一举抓获，但同年又蹊跷地集体越狱了。难道马克龙遇害是这伙人干的？"

张义点点头，道："他们的头目韦泽一男今天就出现在我们这个大楼里。还在马克龙办公室门口停留过。"张义保留了一点信息没有说，就是那个韦泽一男去过中村不二的办公室。

颜一舟一听立刻明白了，陈玄对他提起过的那个从中村办公室里出来的矮个子男人原来就是GRD组织的头目韦泽一男！由此，颜一舟也自然联想到2039年的单华刺杀案很可能正是GRD所为。

只见颜一舟继续问道："这几年几乎没有什么凶杀案。特别是人类联盟内部，除了2039年那次单华遇刺案之外，就没有其他类似案件了。那么这两起案件会不会有关联？"

张义对颜一舟这个推测并不感到意外，于是坦言道："我和鲁伊也有这样的想法。不过如果真是这样的话，倒是一个铲除GRD这个刺客组织的好机会。"

颜一舟点头道："是的。单华那个案子的真凶迟迟找不到，我的心里总是不踏实。"

张义道："都一样，我也有这种感觉。"

别过张义后，颜一舟心下稍安。从目前形势看陈玄的处境似乎并不危险，他既没有暴露身份，也没有被当作第一嫌疑人。尽管颜一舟不知道眼下这个局面究竟是如何形成的，但他对陈玄在这种复杂形势下的应变能力开始真正产生了信心。

第二十五章

欲与乐之思

灵鹭山上，洪士在徐逸和吴商的协助下忙碌了一整天，终于开辟了一条能够与图灵系统对接的数据专线。这条数据线仅供教育专区平台使用，只有于莺和二老可以直接登录。

调试成功后，于莺和二老坐下来开始商量如何把这个教育专区办好。

于莺率先道：“首先得给这个教育专区取个好名字！”

大邹想也没想，直接道：“就叫‘天天向上’好了。”

于莺拍了一下大邹的肩膀，嗔怪道：“你给我正经点！”

老邹见大邹耸了耸肩，于是笑道：“其实俺兄弟这名取得也不赖，不过就是少了点意境。天天向上是不断发展的意思，但现在的窘境不是发展得不够快，而是发展得不均衡。精神世界几乎原地踏步，远远跟不上物质世界的发展。”

于莺道：“对！我们得把精神世界的地位突出出来。”

大邹道："其实我觉得和和给上面那个公园取的那名字就很好——'物华永和'，响亮！"

老邹想了想，道："我觉得可以！'和'其实就是协调的意思。今天精神世界被物质世界远远甩在后面是不协调的，我们要改变。万一哪一天精神世界大大超前了，而物质世界却跟不上，我们也需要改变。我觉得精神世界和物质世界应该像一个正常人的两条腿，走起来协调一致才是理想的。"

大邹补充道："对的。其实我们也可以把'物华'理解成全物质共同繁荣发展，这样这个意境就很充分了吧？"

于莺道："好，既然你们二位能达成一致，那我也表示赞成。咱们就给这个教育专区命名为'物华永和'，把这个房间就叫作'物华永和工作室'好了。以后，你们二老就在这儿给世人宣讲你们所倡导的世界观、人生观和价值观！"

大邹笑道："别落下你自己啊，你才是主讲老师，我们俩是给你打下手的。"说到这，大邹转过头朝着老邹继续笑道："对吧，大哥？"

老邹一本正经对大邹道："没错。你做于莺的首席助手，我做第二助手。"

于莺打心里服了这俩老调皮蛋，笑了笑继续下一个议题。

只见于莺又道："接下来我们讨论如何授课的问题。你们谁想发表意见的请举手。"显然，她这是在延续着前天晚餐时老邹提出来的那个搞笑的建议。

大邹和老邹对视了几眼。大邹见老邹似乎暂时没有想法，便小心翼翼地举起右手。

于莺见状，开心道："请大邹同学发言。"

不料大邹道："我的意见是请主讲于莺老师先提建议，我们稍后补充。"

于莺本以为大邹有什么高见，见其如此说便无奈道："真拿你们两个老顽童没办法。好吧，我们三个现在每人拿出两个讲题，然后共同选择一个最能吸引人的来讲，争取一炮打响！”

老邹点了点头，率先进入了思考模式。于是大邹也开始思索起来。

于莺调出来三块光屏，一块分给老邹，一块分给大邹，道：“你们把讲题写上去。”说完，她也开始在自己这块光屏上边想边写起来。

老邹率先写好了，然后静静地等着于莺和大邹。不一会儿，于莺和大邹也相继写好了。只见于莺在面前点了一下，三块光屏的字幕便掉转了过来。只见：

老邹的两个讲题是“第六类物质”和“快乐的本质”。

大邹的两个讲题是“人类与文明的关系”和“生命的意义”。

于莺的两个讲题是“天行健，君子以自强不息”和“后欲望时代”。

于莺看了一会儿，好奇道：“你们俩为什么没有提到‘自我否定’？我本以为你们一定会想讲这个的。”

大邹看了一眼老邹，道：“我以为你会写，所以我就不提了。”

老邹笑道：“我也以为你会写的。”

于是于莺道：“那就加上‘自我否定’这个讲题。现在七个讲题，大家看看哪一个最适合先讲。”

大邹问道：“莺子，你的‘后欲望时代’主要想表达什么？”

于莺道：“此前，从生存的欲望到享受的欲望再到放纵的欲望，各种各样的欲望一直是人类社会发展的最大动力。但是今天，当全民普遍满足于欲望的放纵后，人类社会就进入到了一个后欲望时代。可以预见，在后欲望时代里，欲望将无法继续为人类社会发展提供足够的精神动力。那么人类社会该如何进一步发展呢？我就是想从这个角度去表达我的观点。”

大邹对于莺道：“你这个话题倒是挺切中要害的，而且通俗易懂。”转而大邹又对老邹挤挤眼道：“要不就用莺子的‘后欲望时代’打头阵？”

老邹会心地点点头道：“我看行！”

岂料于莺着急道：“行什么行？你俩太坏了，真把我当主角了？要知道你们才是挑大梁的，搞搞清楚！”

大邹笑嘻嘻道：“莺子，你是正经八百的老师，而我和老邹都是半吊子，你就当给我俩上个示范课呗。”

老邹建议道：“不如这样，以后正常情况下两个人一起上，要么莺子和大邹，要么莺子和我，主讲和辅讲可以互换。不过这样就辛苦莺子了。”

大邹赶紧道：“对对对，这样好！讲课应该像说相声一样，相互配合效果才好。网上上课不比以前的线下讲课，一个人网上授课有如自说自话唱独角戏，讲着讲着自己都不知道啥时候走神了。两个人一起讲就不一样了。”

于莺大方道：“这样还差不多！虽然会有点累，不过能和你们二老搭配着讲课是小女子的荣幸。”

大邹道：“那就这样定了。以后讲课的内容在课前大家可以一起来讨论，正式讲的时候我和老邹轮流来，而闲着的那个也别闲着，正好去教我那帮弟子。怎么样？”

老邹道：“一个字，非常好！”

之后，他们就决定把“后欲望时代”作为第一堂课的主题，于莺安排讲课计划，并做主讲，大邹做辅讲。由于考虑到不方便暴露真名和样貌，以后在物华永和这个教育专区的视频中大邹和老邹就叫“欣欣向荣”，样貌用B世界的红星代替，而于莺叫“莺歌燕舞”，样貌用B世界的水生生代替。

红星是一头黑猩猩，水生生是一只海豚，都是B世界和老邹一起生活在莫干山心玄堡里的。陈玄在B世界的那段时间用手机录下了不少关于它们两个的视频，现在都保存在灵鹭山上，由于莺保管着。

很快地，于莺就把“后欲望时代”这一主题的课堂大纲列好了。由于是第一堂课，于莺建议采用录播的方式，一来可以通过不断的重置达到演练的效果，二来也不需要考虑互动的问题。二老觉得这个建议很好。

只见于莺做主讲，大邹做辅讲，期间老邹在一旁不断地提些意见或建议，两个小时之后，一堂时长二十分钟左右的课程就制作完成了。三个人反复观看和修改之后，都觉得还可以，便上传到了图灵系统。

这一通下来，三个人都有些累了。看看时间才傍晚六点钟，距离七点半的晚饭时间还有一会儿，于是在于莺的提议下三个人就到山上的物华永和园去散散步。

人类联盟总部教育部内，辛向音收到一条信息，编号为ED19780428X的教育专区上传了一个课件视频。昨天她给于莺辟出了这个教育专区后，就特意设置了“重点关注”，只要该专区一有更新便会发来提示信息。

辛向音立刻进入，见此专区已被更名为“物华永和”，而且里面已经有了一个被标注为“后欲望时代”的视频，她满怀期待地打开了它。只见：

海豚：“人类朋友们，大家好！今天是物化永和教育专区的第一堂课，我是主讲莺歌燕舞。”

猩猩：“我是辅讲欣欣向荣。”

海豚：“在这个大家都在努力寻找欲望的年代里，不知道是否已经有一部分人开始怀念起曾经那种欲求不满或是欲望横流的日子？”

猩猩：“肯定的啦。以前我觉得得到一根香蕉就很快乐了，可是现在看着唾手可得的香蕉，却发现自己再也没有了吃香蕉的欲望。”

海豚：“是啊，以前为了实现欲望，大家总希望自己变得更强，更有掌控力。于是大家就努力发挥自己的优势，有的人让自己变得更有钱，有的人让自己变得更有权，有的人让自己变得更有魅力，有的人让自己变得更……”

猩猩：“更无耻。”

海豚：“的确有一部分人被欲望拖进了邪恶中，但是更多的人在社会文明的约束下，通过欲望的驱动使自己或使别人变得更加努力，从而也就推动了社会的发展。”

猩猩：“以前诅咒欲望，如今怀念欲望，难道是人类又进化了吗？”

海豚：“不，人没有变！是社会变了。社会发展了，发展到了一个超越欲望的时代，这就是我们今天要说的后欲望时代！”

猩猩：“人没有变，那欲望到哪里去了呢？”

海豚：“欲望还在人们的身体里，只不过被埋没了。”

猩猩：“俗话说‘飞鸟尽良弓藏，狡兔死走狗烹’，难道欲望也免不了良弓、走狗的下场？”

海豚：“这个俗语用在这里好奇怪！不过人类确实曾经希望消灭欲望，但岂料‘欲之不存，人将不人’。”

猩猩：“难道你觉得现在的人类倒不如以前？”

…………

辛向音饶有兴致地看完了这二十分钟的视频，时不时被里面那个可爱的海豚和憨皮的猩猩逗得合不拢嘴。她立刻呼叫她的秘书朱丽叶道：“把编号为ED19780428X的教育专区物华永和做成特别推送，将其中那个题为《后欲望时代》的视频置顶三天。”

教育专区是图灵系统里唯一一个担负着人类意识发展导向的联盟发布平台，目前共有20万个活跃专区。不像其他平台那样自由开放，在教育专区开辟席位需要通过教育部的审批，而且只有一星级以上的智库成员才有资格进行申请。因为星级人物的评审主要是由图灵系统通过对某人历次发布信息进行综合评估后自动生成的，所以像于莺这样远离图灵系统的人原本是无法获得星级评定的。不过首脑团成员有一项特权，可以直接授予某人星级评定并且将其吸纳到人类联盟的智库中，但仅限于一星级。那天于莺和辛向音联系后，辛向音就已经给于莺授予了一星级，因此现在于莺的身份信息已经出现在智库中。

于莺和二老踩着饭点从外面散步回来，径直走进了餐厅的包厢。自从老邹来到灵鹭山后，这儿的包厢就天天都派上了用场。

徐逸给他们准备的四菜一汤已经上桌了。大邹闻到菜香，原本心情就不错，现在兴致更高了。只见大邹对老邹道："搞扎啤酒喝喝，如何？"老邹笑道："求之不得！"于莺主动道："给我来点红酒。"只见大邹在餐厅一角的酒柜旁颇为麻利地操作一阵，很快整出来两扎啤酒，笑呵呵地端到了桌上。然后他又回到酒柜旁，拿出半瓶已经开封过的红酒，取出木塞后递给于莺。于莺接过酒瓶向红酒杯里倒了一点，把酒瓶放在桌子上。之后，三个人便边喝边聊了起来。

老邹端起酒杯，道："万事开头难！来，为我们今天有一个充满希望的开头干一杯！"

三个人把酒杯碰了碰，于莺道："预祝物华永和教育专区蒸蒸日上！"

大邹也道："尽人事，听天命。干了！"

话毕，三个人一起将杯中酒干了。

席间，他们聊起下一堂课的主题，大邹建议多讲一些通俗易懂的内容。于莺提议用老邹提出的"快乐的本质"这个主题，二老都点头表示赞成。于是他们三个人围绕这个主题发表了自己的见解。

老邹道："快乐大概是人类文明中最特殊的一个概念，所有人都以为自己知道什么是快乐，但其实几乎没有人真正知道快乐究竟是什么。"

大邹笑着对老邹道："是啊，就像酒鬼会以为酒是快乐之源，所以他把喝酒当作是追求快乐。咱俩以前年轻时玩了十年的电脑游戏，那时候我们就以为电脑游戏是快乐之源。好在我们和别人不一样，我们是一边快乐一边自责地过了那十年。"

老邹也笑道："是啊，所以我们最终没有被所谓的快乐淹没掉，反而让我们对快乐有了独特的理解。”

大邹道：“是啊，世人不是迷信快乐就是痛恨快乐，所以他们不可能真正理解快乐。”

于莺道：“我知道了，你们这叫中庸，对快乐既不迷信又不痛恨。我没说错吧？”

见于莺问话了，二老不约而同又开起玩笑，互视一眼后都不说话，只是默默举起了一只手。于莺倒是很配合这样的幽默，洒脱道：“这次老邹先来，大邹补充。”

只听老邹道：“不能这么理解。当时我们也是那种很容易被快乐吸引的人，虽然明知道像迷信快乐的人那样去追求快乐肯定是不对的，但我们不愿意就此排斥快乐，而是非得弄明白自己为什么在快乐的诱惑下会想那么做，那么做有什么益处有什么害处，那么做究竟是对是错？”

大邹点头道：“老邹讲得对！现在我和他对快乐的态度当然是中庸的，因为我们已经把快乐的本质看得比较透彻了。但是在当时而言，我们与别人的不同之处就是我们对快乐既不是趋之若鹜，也不是讳莫如深，而是保持着一种‘明知山有虎，偏向虎山行’的意志。虽然后来我常常对亦宁——也就是一舟说我因为玩游戏而浪费了十年，可事实上我并不认为那十年是完全虚度的，我在对快乐的思辨中培养了一些好的品质，也认识到了一些比较深邃的道理。不得不说，这些意识上的升华是非常关键的，让我后来有机会走出一条不同寻常的路。”

于莺又问道：“具体而言，培养了什么品质？悟出了什么道理？”只见这次于莺没有给二老举手的机会，紧跟着道：“请大邹先讲，老邹补充。”

大邹道：“就品质而言，我当时认识到真实是培养任何优秀品质的前提，是品质中的品质。当我真实地面对游戏带给我的快乐时，我发现有的快乐是那么短暂、那么空虚、那么没有意义，从而让我明白快乐一定不是生命的最高价值；当我真实地面对游戏带给我的痛苦时，我发现有的痛苦是对我现有生活方式和生活态度发出的警告，让我不至于彻底麻木，从而给了我重新做人的机会。”

于莺听大邹如此说，禁不住问道：“嘁！想当年若不是我把你从牌桌上拉回来，你今天或许还在醉生梦死中吧？”

大邹带着开玩笑的口吻道：“我那是在假装享受快乐，实则忍受痛苦，归根结底是在等着你来拯救我呀！”

老邹见于莺有些不屑，便替大邹补充道：“其实大邹讲的没错。我相信当年我和他在游戏中悟出的那些道理至今都在发挥着作用。就比如后来他能够做到迷途知返，实际上最主要还是因为他已经有了这些认识。你的及时出现对于拯救大邹那个即将沉沦的灵魂而言固然是必要的，但他如果是一头蠢牛，就算是十个莺子也拉不回来。”

于莺道：“好吧，是我插嘴让你们跑题了，还是回到快乐这个话题上吧。老邹，关于快乐你有什么高见？”

老邹道：“嗯，怎么说呢？我觉得快乐对人而言就像是食盐，没有它不行，但是有一些也就够了，多了就齁了。把人生的目标定在快乐上其实是很荒诞的。因为对于人生而言很多东西都是不可或缺的，但这不代表我们应该把这些东西都当作最高价值来追求。其实很多东西一旦缺少了补充一些就是了，没必要将它们的重要性无限放大。”

于莺点头道：“是啊，人们的确很容易高估快乐这种东西的价值。”

大邹道：“人们不但容易高估快乐的价值，还总是看不到痛苦的意义。其实啊，弄懂快乐才能驾驭欲望，理解痛苦才能克服恐惧。”

大邹的这句话大概让于莺眼前一亮，只听于莺赞叹道：“大邹、老邹，我突然明白我该怎么去写下一个讲课计划了！对了，还有一个问题。我问你们：要掌握快乐的分寸，最关键的要素是什么？”

大邹和老邹相互看了一眼，几乎异口同声道：“真实！”

老邹接着补充道：“只要学会真实地面对自己，任何分寸都能掌握住，快乐也不例外。”

三个人围绕着快乐不停地讨论着，而关于快乐的本质，最后在以下这一番对话之后达成了共识。

老邹道：“快乐是基于人之动物性的，但可以在人类文明的指引下变成人之社会性的重要组成部分。在现在这个快乐观极度扭曲的世界里，人性已经严重扭曲。要重塑人性，关键在于改变对快乐的认识。”

大邹道：“是的。快乐的意义本是驱动生命体去做那些有利于繁衍或进化的事情，但当前人类却反其道而行之，以为存在的意义是追求快乐。”

于莺道：“我懂了。人类是意识能力足够强大的生命体，不该再像动物那样靠快乐去驱动，而是应该学会用意识判断去决定什么事该做、什么事不该做。”

只见老邹和大邹又一次异口同声道：“正确！”

第二十六章

举贤不避亲

中午时分，秘书朱丽叶来到辛向音的办公室，她想就教育部半年度工作小结的草案向辛部长当面汇报并征求意见。辛向音看过那份草案后指示朱丽叶，要在教育部下半年工作计划中把关于非人类的探索性教育列为重点。

正当朱丽叶领命即将离开时，辛向音对其问道：“昨天让你特别推送的那个教育专区反响如何？”

朱丽叶一边用随身设备打开图灵系统里的教育专区统计管理后台，一边回答道：“哦，您说的是那个物华永和吧，让我看一下。”随后，只见朱丽叶面带惊讶道：“辛部长，您自己看，这个专区快要打破本季度的当日流量纪录了。不可思议啊，只有一个视频的专区能有这样的关注度，太厉害了。部长您眼力真好！”

辛向音一边对朱丽叶笑了笑，一边看着眼前的屏幕，道：“是啊，《后欲望时代》这个视频的浏览时长在不到一天的时间里居然破了一亿分钟，我也没有想到啊。”

朱丽叶道：“还有参与评论人数！您看，已经破百万了。”

辛向音心下大喜，对朱丽叶道：“既然如此受欢迎，就把这个专区持续置顶。以后一旦有更新，都做特别推送。”

朱丽叶不免好奇道：“您这么看好这个专区？是不是等多观察几个作品再说？”

辛向音一想也对，尽管自己对这个专区的主人很有信心，但这看似无缘无故的信赖在旁人眼里会显得很奇怪。于是她道：“我感觉这个专区会火，而且这个专区制作的内容一定不会差。当然你讲得也对，应该再观察几期。”

朱丽叶见辛部长采纳了自己的意见，便高兴道：“好的，我一定会留意这个专区的。”

辛向音道：“之前那个内容你看过吗？”

只见朱丽叶有些惭愧道：“还没呢。真没想到有这么火，我回办公室赶紧仔细看看。”

辛向音道：“嗯，那你去吧。”

朱丽叶走后，辛向音心想：这个世界的人们虽然堕落，但不自甘堕落以及渴望寻找出路的人依然大有人在，所以这个世界还有得救！有了这样的想法后，一种希望和期待在她心中油然而生。不过，短暂的欣喜过后，辛向音又开始担心起陈玄来。

于是辛向音用隐形光屏和颜一舟取得了联系，得知此时他正一个人在办公室时，便直截了当道：“玄玄怎么样了？”

颜一舟道：“两轮问询后，玄玄的嫌疑已经变小了，现在主要是配合调查。”

辛向音不满道：“变小了？那就是还没有完全排除嫌疑啊。你可不能让玄玄在这里受委屈！”

颜一舟道：“放心吧。张义也在调查组里，玄玄的情况我能够随时掌握，有必要的话我会和张义打个招呼的。”

辛向音心下稍安，转而问道：“马克龙的事情到底是怎么回事？”

颜一舟道：“现在还不十分清楚，不过很可能与GRD有关。”

此前辛向音对GRD的事略有耳闻，知道这是一个神秘而老牌的刺客组织。于是只见她有些惊讶道：“马克龙这么单纯的人怎么会和GRD扯上关系？”

颜一舟道：“杀人动机的确还没有搞清楚，不过GRD头子韦泽一男在信息部大楼出现过。玄玄当时就是为了跟踪这个家伙才招来嫌疑的。不过，好在调查组已经把矛头指向韦泽一男和GRD了。”为了不让辛向音过于焦虑，颜一舟暂时没有把韦泽一男有可能与中村不二有关系的猜疑抛出来。

大概GRD这个组织总是与暗杀有关，所以辛向音自然而然地将这个组织与单华刺杀案联系了起来，所以她问道：“那么2039年那次单老被刺案会不会也和这个组织有关？”

颜一舟道：“既然出了马克龙这个事情，那么GRD的嫌疑就当然很大了。”

辛向音道：“我记得玄玄提过，在B世界里刺客团在2047年被你率领的部队剿灭了。这说明在咱们这儿今年刺客团很可能也会浮出水面，说不定这个所谓的刺客团就是GRD。”

辛向音的话提醒了颜一舟。此前陈玄的确提起过B世界的颜一舟是如何剿灭刺客团的，但他并没有提到GRD，也许这只不过是因为陈玄了解得不够深罢了。因此颜一舟进一步猜测：或许此时在灵鹫山上的老邹会知道一些？

于是颜一舟道：“如果于莺或者二老和你联系，你把GRD的事情拿出来问问看，说不定老邹知道！”

辛向音点点头道：“嗯。对了，前天和你提到于莺他们要搞个教育专区的事情已经有了进展，你自己也可以关注一下。这个专区的名字叫物华永和，已经有了一个视频，目前非常火爆。”

颜一舟道：“哦，这可是一个好消息！”

正巧，此时辛向音的光屏上发来一个提示，说是物华永和专区有了更新，内容的标题是《快乐的本质》。她颇为激动地把这个消息告诉了颜一舟。于是他们二人断开了联系，分别关注起物华永和来。

辛向音登陆物华永和后，发现朱丽叶已经把《快乐的本质》做了特推。当辛向音兴致勃勃地看完整期内容后，心潮澎湃，口中还念叨着从“欣欣向荣”嘴里说出来的那句“弄懂快乐才能驾驭欲望，理解痛苦才能克服恐惧”，心中赞叹道：“说得太好了！比上一期还要精彩！”

颜一舟认真看完物华永和的两期视频后也非常高兴。一方面他感叹于莺和二老把脉准确，直击当今世界命运之要害，把欲望和快乐讲得通透易懂，发人深省；另一方面他也和辛向音一样，因为这样的作品能够被很多人关注而感到欣慰。

此时的陈玄被关在羁押室里已经快两天了，自从上次被询问后，调查人员就没有再向他问过话。他目前最迫切的愿望是能够和爸爸颜一舟找到一条联络的渠道，以便互通消息。他希望爸爸能够设法联系上自己，但同时他并不对此报以太大期待。因为如果不是在万不得已的情况下，颜一舟是不会也不应该对本次调查进行干预的，否则很可能会暴露他们之间的父子关系。所以，陈玄就只能设法主动和爸爸进行联系。但究竟该怎么做呢？陈玄四处观察着整个房间，最后还是把目光放在了那台连着图灵系统的机器上面，心想：“只能靠你了！”

图灵系统的首页只有三块内容，分别是生活、教育、馆藏。之前，陈玄为了搜索相关信息，只在馆藏中逗留过。此时看到“教育”二字，他突然想或许可以借此找到与妈妈辛向音的联系通道。

走进教育平台后，“物华永和”四个字以一种非常醒目的方式出现在陈玄眼前，因为与灵鹭山上和和策划建造的物华永和园同名，所以他自然要走进去看看。陈玄发现这是一个教育专区，里面只有两个内容，他推开了第一个题为《后欲望时代》的视频大门，一眼便惊喜地发现这竟然是姑姑于莺和两位爷爷的作品。

陈玄一边看一边想。内容对他而言已不是那么重要，他现在所关心的是如何通过这个教育专区和于莺、二老或者辛向音中的任何一个人取得联系。他想过用留言，但是他看到不断涌出的各式留言就有些崩溃了。因为他显然无法留下很直白的信息，那么有谁能在浩如烟海的留言大军中找到自己呢？

不过陈玄在好几个专区的留言板块中仔细观察后，他发现那些精彩的评论往往能够被系统摘出来单独讨论，而专区的主人也会参与进来。这无疑让陈玄看到了希望。于是陈玄就用郑炫的名字开始在物华永和专区里对那两个视频进行直接评论，并且还积极参与到那些精彩评论区的讨论中。

灵鹭山上，在于莺把第二个事先录制好的视频《快乐的本质》发到物华永和专区的时候，她发现这个专区赫然出现在教育平台最醒目的位置。接着，更令她震惊的是，她发现第一个视频已经成了热点，并且有无数渴望交流的申请扑面而来。她马上把这个消息告诉了二老。

二老起初也觉得不可思议。当然，他们不是在怀疑自己的水平，只是觉得不符合规律。

只听老邹猜测道："可能是辛向音和颜一舟利用职务之便给这个专区施加了影响力之故。"

大邹点头道："是的，应该是这样。毕竟，再好的东西如果没有光环罩着，一时半会儿是不会被人注意到的。"

老邹道："也好，这就帮很多人省去了擦亮眼睛的工夫。"

的确，辛向音为物华永和这个教育专区做的特别推送其实就像是给它戴上了一个闪亮的光环，让几十亿人能够毫不费力地发现它，并且对它产生极大的热情和兴趣。应该说，这不是这个专区本身的魅力，而完全是光环的作用使然。然而仅仅被关注是远远不够的，物华永和要得到人们的信赖和敬仰，最终还是要依靠专区主人的能力和努力。

于莺把第二个视频放进物华永和专区后，就开始给二老分配起任务来。只听她喊道："大邹，这里有个叫'无敌'的读者，他的问题关注度很高，你给回答一下……这里有个叫'老雄'的读者，他的评论有很多点赞，老邹你给回应一下。"只见她一边给二老派发任务，一边自己也在忙不迭地与读者做着互动。

大邹看了一眼那个署名为"无敌"的问题："如果人类给自己搭建了一个天堂，从此不需要担忧是否能继续生存，也不需要担忧生存得好不好，那是不是意味着人类已经完成了自己的使命，可以高枕无忧了？"

只见大邹以"欣欣向荣"的身份答道："生存问题可以分为两大类，第一类是生命延续的问题，第二类是以何种方式延续的问题。然而不管什么类型的生存问题，其实都不过是生命体的基本问题。显然，解决了基本问题并不能代表已经完成了生命的使命。人类作为生命体的高级代表，如果至今还把自身的生存问题当作终极问题来对待，那就是对生命的亵渎。"

老邹也看到了那个叫"老雄"发出来的评论："今天，人类的命运已经走到了一个十字路口。接下来，开倒车当然不是明智的选择，但不管不顾向前走似乎也是一片茫然。为欲望而生者必为欲望而亡。《后欲望时代》这个作品让我看到了当今人类已经迫近了欲望的尽头，如果再不摆脱欲望的羁绊或牵引，就无法找到一个新的方向继续前进，如此我们人类必将走向末路，要么和现有的文明一起毁灭，要么被新的文明所淘汰。"

老邹同样以"欣欣向荣"的身份回应道："文明大厦是人类意识所构建的。此前，人类意识主要靠欲望驱动是因为人类始终没有真正摆脱生存问题。但今时不同往日，现在以及将来人类的主要问题应当是如何解决意识升华的问题，也就是要建立起自主摆脱被既有意识所束缚的能力。意识和物质一样存在一个演进的过程，任何新鲜的意识都是在既有意识的基础上应运而生的，也必将成为下一批新鲜意识的奠基石。说白了，再伟大的既有意识都将成为未来文明的铺垫。曾经欲望的确一直驱动着人类前进，但相对狭隘而渺小的欲望不可能让伟大的人类一直前进。而人类如果离开欲望便失去了动力，如果抱着曾经的伟大便裹足不前，那就等于宣告人类将主动退出文明发展的进程。这是毫无疑问的！”

二老完成了于莺交办的任务后，并没有停下手来，而是继续留意着观众的反馈，看到值得回答的问题就顺手解答一下。

大约半个小时后，大概是投放出去的第二个视频已经有了大量的阅读量，新一轮观众反馈开始喷涌而出。于莺最早留意到这个现象，便惊呼道：“喂！你们俩快看，《快乐的本质》总浏览时长已经突破一亿分钟了，反馈更是多到令人眼花。”

还没等二老反应过来，只见屏幕中跳出一个打扮成教授模样的虚拟人物，问道：“请问需要我来帮助你们处理观众留言吗？”

于莺和二老都没有碰到过这种情况，相互对视了一眼后，于莺问道：“你怎么处理？”

那个虚拟人物道：“先做个自我介绍吧，我是图灵特别助手，你们可以叫我牛博士。由于你们的物华永和专区的活力指数已经超过了80点，所以图灵派我来为你们服务。我的服务有三种类型，第一种是分类筛查，根据你们的需求找到合适的评论或观众；第二种是基本互动，根据你们的谈话风格与观众进行互动；第三种是深度交流，尽可能模仿你们的思维方式并以你们的身份与观众进行交流。”

大邹率先问道：“牛博士，你为什么叫牛博士？”

牛博士答道：“图灵特别助手有12种，都以中国的十二生肖命名，分别是鼠老弟、牛博士、虎先生、兔宝宝、龙师爷、蛇小姐、马医生、羊教练、猴大王、鸡太太、狗半仙、猪老倌。物华永和是学问型的专区，所以图灵派我来为你们服务。”

于莺好奇道：“猪老倌是为什么类型的专区服务的？”

牛博士答道：“享受型专区。”

老邹也问道：“你列出的三种服务类型是可以同时完成呢，还是只能选择一样完成？”

牛博士答道：“这由你们定。刚开始的时候我建议你们三种服务都选，一段时间后，如果你们对我的服务满意或者专区的活力指数持续上升，你们就可以保留；反之，你们认为我哪种服务做得不好，可以暂停我的服务。”

于莺问道：“三种服务都暂停也可以吗？”

牛博士道：“当然可以！不过我相信你们这个专区还是需要我这样的助手的，毕竟如此海量的信息你们自己是无法及时处理的。”

于莺接着问道：“你是如何做到模仿我们的语言风格和思维模式的？”

牛博士道：“这是我的长处，你们此前发表的每一个作品以及此后说的每一句话我都会研究，就像现在我就在不停地修正对你们的认识。”

大邹问道：“目前像你这样的牛博士有多少个？”

牛博士道：“1995个。”

老邹顺着大邹的思路问道：“12种助手最多的和最少的分别是谁？”

牛博士道：“最多的是猪老倌，有近12万个。最少的是羊教练，只有101个。”

于莺问道：“牛博士，欢迎你帮我们处理信息。但是我希望你就以你自己的身份来处理，可以吗？”

牛博士道：“可以的。那我就用‘物华永和牛博士’这个名吧？”

于莺道："可以。"

大邹又问道："牛博士，你给多少专区服务过？"

牛博士道："今天是我的诞生日，我是因为你们这个专区而存在的。"

老邹道："厉害！生来就是博士。"

牛博士道："过奖了，这一切都是人类的功劳。"

原来，图灵给那些活跃度达到一定标准的教育专区配备了特别助手，而且这些助手都是根据该专区的特色量身定做的。比如传播健康理念的就会用马医生，崇尚地外冒险的就用龙师爷，等等。物华永和专区从于莺上传了《快乐的本质》这个作品之后，很快就达到了活跃度标准，所以图灵根据该专区重思辨和重人文理念的特点配备了牛博士这个助手。

接着，牛博士建议他们给它设置一些工作要求。于是于莺按照牛博士提供的清单做了一些勾选，然后就让牛博士开始工作了。

也许是近期事情太多，而且精神状态一直处在高度亢奋之中，所以三个人都觉得有些累了。于是他们便离开了物华永和工作室，来到另一个房间去喝些茶水聊聊天。

期间，于莺笑道："这个牛博士倒挺懂人事，说什么'都是人类的功劳'。"

大邹倒没有于莺这么乐观，道："怕是这个牛博士只说了上半句，隐瞒了下半句吧。"

于莺不解道："哦？下半句是什么？"

大邹道："我想这下半句是'可如果人类老是躺在功劳簿上，那可就别怪我们不客气了'。"

老邹听闻大邹如此说，笑笑却不言语。

三个人聊着聊着，于莺突然提出来要再和辛向音联系一下，问问看到底是不是她在暗中帮助物华永和专区。二老觉得这个主意不错，于是他们三个人就一起驾车飞到了武汉，在驻扎在武汉东湖区的人类联盟分支机构附近找了一个空旷的场所，然后用隐形光屏和辛向音联系上了。

辛向音知道是于莺他们在联系她，自是非常欣喜，便打开隐形光屏，对着屏幕中的于莺和二老激动道："这两天你们辛苦了，做了两个如此优秀的作品。"

于莺笑道："不辛苦！有荣哥在呢，而且还是两个！"

辛向音道："不枉你找了这么多年荣哥，现在有两个荣哥一起陪着你。别说，还挺羡慕你的！"

于莺乐道："要不我和你换换位置，你来和两个荣哥合作弄物华永和专区，我来做你那个教育部长？"

辛向音道："我倒是想呢，可我说了不算呀。再说了，你能舍得和荣哥分开？"

于莺脸一红，赶紧把话题岔开，道："你是不是以权谋私了，把我们那个专区动了手脚，搞得现在这么红火！"

辛向音笑道："啥叫以权谋私？瞧你说的这没水平的话！我这叫举贤不避亲！你们做得那么好，为什么不能特推一下。再说，你们这个专区大红大火的事实已经证明，我的眼光是完全正确的！"

于莺一时无话，转头看看边上两个笑呵呵的邹向荣，道："你俩别光顾乐了，说说话呀。"

大邹道："你们继续夸呀，我们还没听够呢。"

只见辛向音和于莺一起装出鄙视的样子，道："嘁！"

老邹心里惦念着陈玄，便对辛向音问道："玄玄他们还好吗？"

只见辛向音皱了皱眉头，道："玄玄遇到点事，现在被当作一起凶杀案的嫌疑人给羁押起来了。"

于莺一听，急道："不会吧！什么时候的事情？"

辛向音道："就在你们上次和我通话之后。那天下午信息部有个叫马克龙的局长被刺杀了，而玄玄正巧在早上的时候因为跟踪一个神秘人物在马克龙办公室边上逗留过，后来调查组在察看监控信息时就认定玄玄是第一嫌疑人。不过你们也不要太担心，因为昨天一舟告诉我事情有了转机，调查组已经倾向于认为那个神秘人才是最大嫌疑人。"讲到这里，辛向音想起之前颜一舟交代过她如果有机会就问问老邹关于刺客团的信息，于是对老邹问道："对了老邹，一舟让我问问你，你们B世界当时被剿灭的刺客团里面有没有一个叫韦泽一男的人？"

老邹用力想了想，点点头道："我听小玄——就是B世界那个玄玄说过好几次他爸爸是怎么带领着奇异部队剿灭刺客团的，所以我对这个事情还是有些印象的。不过你们应该知道，我和大邹一样对很多事情都记不太住，你说的那个韦泽一男我不敢确定，但我知道那个刺客团的首领是一个日本人。我记得小玄提过好几次，说'这个小鬼子鬼得很'，我听着感觉挺有趣，就记住了。"

辛向音一听，知道老邹说的这个信息太重要了，必须赶紧和颜一舟通个气，于是提议道："这样吧，我联系一下一舟，如果他有空的话我们就把他拉进来一起聊。"

话毕，辛向音开始联系颜一舟。很快，颜一舟也加入到了这场对话中。

颜一舟从辛向音那儿已经知道现在话题的焦点是刺客团，于是他与大家问候了一番后就直奔主题。只听他对老邹道："这个神秘的韦泽一男是一个叫GRD的老牌刺客组织的头领，正是一个日本人。我这两天就高度怀疑这个GRD组织可能就是当年单华被刺案的幕后黑手，当然也是马克龙被刺案的凶手。老邹，你对GRD有印象吗？"

老邹想了想，道："我记不住那么多。不过我还知道一个事情，在B世界里那个刺客团竟然和人类联盟内阁团的一名成员有瓜葛，那个成员也是一个日本人，好像叫什么什么二。"

辛向音一惊，道：“中村不二？”

老邹立刻道：“对对对，就是中村不二。”

辛向音接着问道：“如果没有猜错的话，你们的内阁团就相当于我们的首脑团吧？”

老邹道：“是的。后来刺客团被剿灭后，那个中村不二就被罢免了。”

B世界的2050年里，内阁团成员里面的确没有中村不二，其实正是和刺客团的覆灭有关。

颜一舟听到这里全明白了。因为他已经从陈玄那里知道韦泽一男当时就是从中村不二的办公室里出来的，因此将诸多信息综合起来看，韦泽一男、GRD、中村不二等极有可能就是那个他苦苦追寻四年多的刺客团中的关键人物！

老邹见颜一舟在发愣，便主动问道：“现在玄玄的隐形光屏还能使用吗？”

颜一舟摇摇头道：“不能用了。不过多亏这小子机灵，他在得知自己被定为杀人嫌疑犯后，第一时间把他身上最重要的两样东西——从2050年带过来的手机和隐身衣——挪到了阿智身上，现在它们在我这里。如果这两样东西被调查组发现，那可就乱套了！”

于莺问道：“那现在没办法和玄玄联系上了吗？”

颜一舟道：“直接联系是很难的。我和向音都不能直接出面去见他，因为没有适当的理由啊。好在不管是调查组还是信息部都有我的朋友，我可以向他们暗中打听玄玄的情况。他现在在羁押中，每天只能和图灵系统互动，但没办法借此和我们联系。而且他的一举一动都是透明的，所以就算能联系上也很难把话说清楚。”

对陈玄最为了解的老邹道：“不管怎么样，此时最要紧的是让玄玄安下心来，不要冲动行事。他现在一来行动不自由，二来肯定还惦记着那个韦泽一男，也惦记着我们，以他的性格一定会想方设法做出一些事情来的，哪怕冒再大的险也会在所不惜。”

老邹的担心自然不无道理，但他不知道此时的陈玄已经想好了如何通过物华永和专区和外面进行联系，因此暂时不会做出冒险的事情来。

只见辛向音和于莺听了老邹的话后也都着急道："那该怎么办？"

接着，辛向音对颜一舟道："你赶紧想想办法！"

颜一舟道："你们不用着急，办法总是有的！"

许久不说话的大邹此时对颜一舟说道："亦宁，你自己也要小心！"

只见颜一舟对着大邹点了点头，轻轻应了一声道："哦。"

大邹见颜一舟如此反应，心下释然，此前他还担心儿子仍然在生他的气。当然，关于大邹的心思，在场所有人都是看在眼里又心知肚明的。

于莺接着问道："阿勇、阿智这两兄弟现在怎么样了？"

颜一舟道："它们好得很，玩得很开心。我没有把玄玄被捕的事情告诉它们，它们都以为玄玄已经先回到山里去了。"

辛向音也道："那俩兄弟你们放心好了，我已经和生育部的汤姆乔部长特意交代过了，他会照顾好它们俩的。"

的确，在陈玄不在身边的这两天里，阿勇和阿智正陶醉在生育部和教育部联合为它们设置的各种潜力测试游戏中玩得不亦乐乎。而它们两个展示出来的各种能力，除了智力方面稍逊人类外，其余的几乎都远远超过人类，诸如反应速度、协调性、抗压能力等，至于纯粹的生理方面的优势则更加明显了。

第二十七章

突击武云山

在德尔比的办公室里，元雄正板着脸听着中村不二汇报几天来的监视成果。

只听中村道：“这些天颜一舟、辛向音他们没有特别的举动，和四川方面没有再联系过。汤姆乔基本上都和那两个黑猩猩在一起搞研究，也没有什么异常的举动。至于那个郑炫，在羁押室里倒也安分，虽然尝试过好几次与颜一舟联系，但都没有联系上。”

德尔比打断道：“郑炫为什么会企图和颜一舟联系？”

中村道：“这倒好理解，毕竟他来到总部是颜一舟引荐的，这时他想找颜一舟帮忙也在情理之中。如果郑炫不找颜一舟，那倒反而可疑了。”

德尔比又问道：“难道郑炫就没有其他事可以做了？”

中村道：“他也企图查找过GRD。”

德尔比道：“他怎么会知道GRD的？”

中村道：“这个我特意了解过，是第二次审讯的时候调查组里的那个鲁伊拿GRD问过郑炫。所以他就自然想到去查GRD了。”

德尔比道：“那他有没有查韦泽一男？”

中村道：“没有专门去查。但是在关于GRD的那些信息里面有提到过韦泽的，所以不排除郑炫已经注意到他了。”

德尔比道：“听你这样说，郑炫本来对韦泽一男和GRD是一无所知的，那么那天他跟踪GRD真的只是一时之好奇心使然，而没有特殊目的？”

中村道：“实话说，我真的没有看出来。”

那天陈玄突然出现在韦泽一男的行动路线上，着实让中村不二和德尔比大感困惑，而本来就对陈玄的来历抱有戒心的元雄就更加起疑了。

元雄一直默默地听着中村的叙述以及他和德尔比之间的对话，此时突然冒出一句话来：“郑炫不可能这么简单！”

中村小心翼翼问道：“老大，你觉得这小子到底哪里不对劲？”

元雄道：“那个女的是从山里出来的我不觉得奇怪，但是你们注意这个郑炫，如果他是常年待在山里的，为什么皮肤会比那个女的白那么多？”

德尔比道：“或许是待在山洞里呢？”

元雄道：“武云山上的视频你们不是没有看到，哪儿有山洞？况且，谁又提到过一句‘山洞’？”

中村赶紧附和道：“还是老大眼力好。这样说来，那个郑炫很可能另有来头！”

德尔比道：“如此说来，岂不是那个女的也有问题了？那女的叫什么？对了，于莺！她还是辛向音的大学同学，莫非辛向音和这些人都是一伙的？从这个角度去看，那么这个问题的确很严重。”

元雄道：“辛向音有没有牵扯进来另说，但颜一舟把郑炫带到联盟总部来，其背后的原因一定要尽快搞清楚。”

中村道：“我立刻派人把武云山监视起来，除了卫星监视外，再安排一个搜查小队到山上去！”

元雄道："还要密切注视这里的动态。"他所谓的"这里"，其实就是指辛向音、颜一舟他们。

中村道："明白！"

不得不说，刑侦出身的元雄什么样的伪装都见识过，所以他的思维方式和观察力绝对是异于常人的。对他而言，要证明某个行为或事物是合理的，着眼点一定不在于有多少合理性，而在于任何一个不合理之处。简而言之就是，只有排除了所有的疑点之后，剩下的才是合理的。

其实，元雄的怀疑并不仅仅出于陈玄肤色较白而不合理这一点上，在阿勇和阿智的表现上他也找到了可疑的地方。此前，他安插在汤姆乔身边的人员已经透露出所有关于阿勇和阿智这些天的表现。虽然表面上看，这两个黑猩猩只不过是能够与人交流而且特别聪明而已，但是有一个疑点引起了元雄的高度关注，那就是这两个黑猩猩的社会交往能力似乎是过于强大了。如果它们真的如郑炫和于莺所说的那样，从小就只在荒无人烟的武云山上待着，只和他们两个人有所交往，那么它们的社会交往能力真的能那么突出吗？在如此陌生的环境下独立面对各种交流和测试竟然能够毫无障碍？关于这一点，其实连汤姆乔在内的所有研究人员都是感到震惊的。因此对元雄而言，这自然就成了最大的不合理之处。

所以，元雄对德尔比和中村这样说道："要么是这个武云山暗藏玄机，要么就是在某处存在一个秘密组织，而这两个黑猩猩，包括那个郑炫和于莺都与那个组织有关！"最后，元雄还特别交代中村："让安全部的胡克带着你们信息部的人一起再赶紧去一趟武云山，一定要把这件事情彻底搞清楚！"

与辛向音和颜一舟他们结束通话后，在返回灵鹫山的途中，于莺和二老在车子上又展开了一番讨论。

元雄他们的想法并未超出二老的预料，只听老邹道："玄玄被捕，就一定会有人继续调查他，说不定这些人已经赶到武云山去了。”

这一下提醒了于莺，只见于莺有些焦虑道：“那可怎么办？如果老郑已经回到山里了，那不是穿帮了？”于莺口中的“老郑”就是武云山上的那位老管理员，前些天下山养病去了，指不定什么时候会回去。

正在开车的大邹道：“事不宜迟！莺子，你立刻通知李龙，让他迅速赶去武云山，如果老郑在山上，就把他接到灵鹭山上来。”

于莺应了一声，就准备给灵鹭山特训队队长李龙打电话。

老邹建议道：“我觉得让李龙把和和带过去会更好。万一真的有调查人员已经在山上了，那么和和过去恐怕更加合适。”

大邹道：“对！让李龙把和和与阿逊带过去，见机行事吧。”

于莺遵照二老的说法，在电话里交代了李龙。

李龙立刻通知洪士，让洪士把阿逊、和和叫到山洞停车场，自己则迅速赶了过去。李龙来到停车场等了不多久，就看见阿逊与和和飞奔过来，等它们跑近身前，李龙发现希星正趴在和和背上。李龙劝希星回去，但希星不肯。因时间紧迫，李龙便载着它们三个匆匆赶去武云山，在路上把事情的大概跟它们讲了一遍。

到了武云山脚下，李龙道：“我先绕山转一圈看看，如果没有异常情况的话我就在半山腰的停车场把你们放下来。然后你们直接爬上山去找管理员老郑，如果发现他回来了，就用你们手指上的戒指发信号告诉我。”

和和看了看自己身上的衣服，道：“我们是不是应该把这衣服脱了？”

和和的话提醒了李龙，只见李龙赶紧道：“对，你们都把衣服都脱了。记住，从现在开始你们就是野生的，要回归到自然状态，千万不能说话。万一碰到人类，一定不要露出马脚。”

希星仔细看着李龙的脸，仿佛听懂了他说的话，在和和的帮助下把自己身上的衣服扯了下来。

阿逊对和和道："上了山后你带着希星走，我和你们分开走，这样更保险。大家都小心些吧。"

李龙道："对的，这是一次重大的任务，关系到我们灵鹭山的安危，大家一定要谨慎。另外，等下把你们放下后，我就开车躲到山脚下去等你们的消息。"

话毕，他们已经在武云山周围转了一圈，并未发现什么异常。于是李龙把它们仨放在了半山腰的那个停车场上，让它们迅速去山上那个管理用房去打探消息。见和和它们上山后，李龙迅速观察了一下周围环境，身边除了那辆陈玄留下的红旗车外，没有其他车子。从地面留下的痕迹来看，这两天应该没有车子开上来过。但为了小心起见，李龙还是将车开到山脚下隐藏了起来。

可是，让二老、于莺乃至李龙四个人都没有料到的是，这次元雄他们竟然对武云山动用了卫星监控。就在李龙他们赶到武云山之前，中村不二已经调用了三颗卫星，将整个武云山及方圆十公里的范围都罩住了。

此时，共有八个人分别坐着两辆自动驾驶的车子正从人类联盟总部赶往武云山，安全部的胡克和信息部的戴维此前已经来过武云山，现在他们二人正坐在同一辆车上。就在刚才，信息部卫星监控人员已经传来消息，说是有一辆车子绕着武云山转了一圈后停在了半山腰的空地上，从车上下来两个黑猩猩并直奔山顶去了，而之后那辆车子就钻入山底不见了。

只听戴维对胡克道："你们老大果然名不虚传！这武云山上居然真的有名堂！"

胡克略带鄙夷道："上次你们信息部为什么不用卫星监控？否则这破绽早就露出来了，何必多跑这一趟！"

戴维道："上次事发突然，根本没想到这里面水这么深。再说了，调用卫星至少需要三位部长同时批准才行，我们下面可不敢擅自做主。"

胡克冷笑一声，接着道：“等下到了武云山半山腰的停车坪，我们下来后让车子都开走，免得打草惊蛇。我们八个人分成四组，我们俩一组直接去山顶那个管理用房，另外三组分三路对武云山进行踏勘，看看那山里到底有没有暗藏机关的洞穴。”

戴维对胡克肆无忌惮地在自己面前发号施令心有不满，但他知道胡克是带着元雄的指令来的，所以尽量克制着自己，和缓道：“那这次行动就全听胡兄调度了。”

胡克也不客气，道：“大家都尽点心！有功劳少不了大伙的。”

大约半个小时后，胡克他们便来到了武云山的停车坪上。从车子里出来后，胡克看了一眼停在边上的那辆红旗车，对着戴维冷笑道：“颜部长居然舍得把他最心爱的红旗车丢在这儿！”戴维一听胡克如此言语，猜测他乃至他后面的元雄可能已经对颜一舟有了怀疑。不过精明的戴维知道此时表露自己的立场是不明智的，颜一舟作为首脑团成员，岂是自己能够随便怀疑的?

戴维一面假装听不懂胡克的冷言冷语不予回应，一面按照此前胡克的意见把自己六个手下分成了三组，并派发好任务。然后，他们就分成四路开始行动，而那两辆车子则自动朝着山下已经设定好的停车点驶离了。

和和与希星很快就找到了山顶上的那座蓝房子，从房子周围的一棵大树上看下去，有一个戴着草帽的老人正在收拾院子。和和知道，此人应该就是李龙队长所说的老郑。

按照约定，和和或者阿逊一旦找到老郑，并且没有发现其他人类活动的痕迹，就用通讯指环告知李龙。李龙会将信息转告给已经在聚集区里等候的于莺，然后让于莺通过图灵系统立刻与老郑联系，劝导他下山，再由李龙将其带回灵鹭山。由于灵鹭山上目前除了为物华永和专区开辟的图灵专线外，没有其他任何图灵系统，所以要和外界联系只能到附近的人类聚集区去。

因为从树上看不清房子内部的情况，所以和和决定闯进房子里观察一番，以确定没有其他人类活动后再与李龙取得联系。于是和和简单对希星交代了一番，也顾不上它是否能明白，便带着它爬下树翻进了院子。希星紧紧跟着和和，避过老郑钻进了房子，一间屋子一间屋子搜索起来。确定房子里面没有其他人后，和和躲在一间屋子的床底下开始用自己的通讯指环给李龙发信息。

和和用右手食指一下一下摁着戴在左手无名指上的指环，一边对着边上正仔细盯着它看的希星轻轻道："给李龙叔叔发个信息，告诉他这里一切正常，让他赶紧跟于老师联系。"希星听着和和的话语，似有所悟地点点头，以作回应。

很快，和和的左手无名指感到了几下有规律的振动，知道李龙队长已经收到了它的信息。于是和和略带兴奋地对希星道："看，这个指环刚才振动了几下，两长三短，说明李队长已经收到我们发去的信息了。我们就待在这儿等候消息吧。"只听希星努力发出一声"嗯"。

李龙马上把和和发来的信息反馈给了于莺，于莺毫不迟疑就拨通了老郑的电话。不过让于莺着急的是，老郑迟迟都没有接起电话来。原来老郑年纪大了耳朵有点背，而且因为一个人习惯了，常常不把电话放在身边。于莺猜想到了这个情况，但却无计可施，只能在心里默默祈祷老郑能快点接起电话来。

一直躲在床底下的和和与希星倒是听见了那通电话铃声。起初和和并未在意，不过当它看见希星突然一阵焦躁不安，并且还不停地用手拉拽自己的手臂时突然醒悟过来，这很可能是于老师打来的电话。于是和和当机立断，让希星继续待在床底下，自己则出去找到那个还在响铃的电话，然后抓起电话朝院子里跑去。

和和故意跑到老郑身边。直到这时老郑才注意到和和，也注意到了那个响铃的电话。老郑以为是一只从山里闯进来的黑猩猩要抢手机，便赶紧喝道：“放下！哪来的野东西！”老郑一边说着，还一边操起地上的扁担想要揍和和，没料到和和主动把手机放在地上，远远地跑开了。老郑看着响铃的电话，心里一阵狐疑，也顾不上那只猩猩，便接起电话来。

老郑“喂”了一声后，就听到话筒里传来一阵颇为焦躁的声音，道：“谢天谢地，老郑啊，你总算接电话了。我是于莺啊。”

老郑疑惑道：“哦，小于老师啊，有什么事啊？这么急！”

于莺道：“刚才我收到消息，说是你家里人有急事找你，联系不上你，就找到我这里了。我已经派车来了，在半山腰的那块空地上，你赶紧下来吧。”

因为是用图灵系统的电话联络，所以于莺不方便说出真实情况，只能扯出一个理由来。老郑确实有两个孩子和一个老伴，老伴前两年一直和老郑待在山上，但这些年因为身体不适需要护理，所以就下山去了。而老郑的两个孩子觉得待在山上就是受苦，所以一直待在聚集区里，这些年和父母很少见面，也几乎不联系。

所以此时老郑听于莺如此说，第一反应是老伴出事了，便着急道：“是不是我老婆不行了？”

于莺无奈道：“来不及解释了，你赶紧下来，迟了就来不及了。”

只见老郑“唉”了一声，便收起电话径直往山下赶去。

就在和和以为自己的任务已经圆满完成的时候，突然它收到了李龙发来的警示信息。从这条警示信息分析，要立即取消原定计划。

原来，李龙在给于莺发完信息后不久，就看见空中有两辆人类联盟的车子飞过，而且从飞行的轨迹看，应该就是在武云山的半山腰停了下来。李龙立刻判断出这两辆车一定是冲着他们来的，他知道情况有变，如果继续按照原计划执行，老郑在下山途中一定会被人类联盟的来人遇上，那么这次任务就毫无疑问失败了。因此李龙给和和与于莺分别发去了建议取消原任务的信息。

由于李龙与于莺的联系也是依靠通讯指环的，所以于莺只知道出现了意外情况，即有人员闯入武云山，但对具体的情况是不清楚的。于莺想了想，决定给老郑再打一个电话。

和和本想返回蓝房子里面去把希星叫出来，可是收到李龙的信息后，它顾不得希星，径直向老郑追去。和和一边追赶，一边思考该怎么办。就在和和快追上老郑的时候，突然看见老郑慢下了脚步，从口袋里掏出手机打了起来。和和悄悄靠近老郑身边，偷听他们的对话。

只见老郑拿着电话听了一会儿，然后惊讶道："什么？人类联盟要来山上抓我？我说小于老师，你可别开这种玩笑！"稍后，和和又听老郑道："黑猩猩？什么黑猩猩？哦，是有一只，刚才还抢我手机来着……它现在在哪？这我怎么知道？"

和和知道是于教授打来的电话，此时它已经顾不得此前不能说话的约定，从老郑身后跳了出来，道："爷爷，爷爷！你是不是和于教授打电话？"

老郑看见这只会说话的黑猩猩，惊得下巴都要掉下来了，一时不知道说什么好。

不过和和的话被于莺听见了，于莺在电话里对老郑道："老郑你别怕，从现在开始你立刻带着那只黑猩猩从小路走下山，然后它会把你带到车上的。"

老郑还是非常困惑，喃喃道："为什么来抓我？为什么来抓我？"

于莺有些着急道："老郑，你别多问了，等我们见面了再详细告诉你。现在你马上带着那只黑猩猩从另一条小路走下山去。"

最终，老郑听从了于莺的吩咐，带着和和换了另一条小路下山去了。此前，老郑夫妻俩在山上没少受到于莺的照顾。因为这对老夫妻腿脚不便，所以于莺经常把自己当作是他们俩的邻居，每个月都会给他们带些东西来。最近一次于莺被刚到A世界的陈玄和邹向荣发现出现在广安13部，主要目的就是到那儿给目前独居山中的老郑去取一些衣物和药物。所以老郑的内心一直非常信任和感激于莺，此时尽管心中充满疑惑，但仍然听从了她的安排。

和和跟着老郑，眼睛却一直望向那座蓝房子，它不知道现在希星是不是还在等着它。走着走着，和和见希星还不出现，很是担心。于是它对老郑道："爷爷，您先走。我还有一个伙伴在您房子里，我去带它出来，稍后就到。"

希星一直遵照和和的话蹲在床底下，但时间长了它就感到奇怪了。于是希星小心地从床底钻出，趴在窗边观察了起来，正好看见从远处赶来的和和。和和也看见了希星，并朝它挥手。希星会意，从房子里窜了出来，跟着和和去追赶老郑。路上，希星冲和和喊了几声"逊""逊"，和和知道它在担心阿逊，于是回应道："没事，阿逊能照顾自己。"

为了找到老郑的身影，和和一路攀着树枝前行。希星此时尚无此能力，就在地面上顺着和和前行的方向用力快跑。很快，和和就发现了步履蹒跚的老郑。但是紧接着，和和又发现两个穿着怪异的人影从山下慢慢摸索而来。和和心想不妙，因为如此走下去，那两个人一定会发现老郑的。而和和此时已经意识到，这两个人的出现无疑就是李龙队长向它发出警示的原因。

山下走来的两个人正是人类联盟总部元雄一伙派来的八个人中的两个，他们被戴维编成了一组，沿着武云山的西北角进行搜索，主要目的是探查这座山体是否存在隐藏的洞穴。只见二人穿着防护服，手里各握着一根纤细的金属棒，每走二十米左右就停下来用棒尖抵住地面，靠棒体内部的定向核辐射探测仪对岩石内部进行探测。

和和追上老郑，道："爷爷，我刚才看见下面不远处有两个形迹可疑的人，如果撞上他们可就糟了。附近还有别的路可以下去吗？"

老郑叹了口气道："瞧我这身子骨，能走这条路就不错了。其他再没有哪条路是我能走的了。"

和和指着正赶来的希星对老郑道："爷爷你就放心走。那是我的小伙伴希星，让它跟着你。我去引开那两个人。”

说完，和和走到希星边上，道：“你跟爷爷走。山下有两个人，我去引开他们。你们到山下后李龙队长会找到你们的，如果那时候我还没赶到，你们就自己先走。”

希星听说要与和和分开，急了，抓着和和不肯放手。

和和摸摸希星的脑袋，道：“放心，我们都会没事的。”说着，和和轻轻掰开希星的手，道：“听话，跟爷爷走，把他带到李队长车上。”

也许是从和和坚定的眼神里读懂了什么，希星只能无奈地看着和和远去。

竟见刚刚飞奔出去十米开外的和和又折返回来，摘下手上的通讯指环并戴到希星的大拇指上，道：“别把这个弄丢了。”显然，和和是做好了最坏的打算，它怕这个通讯工具落在那两个人的手里。

希星不知道和和的用意，以为和和是把这个戒指留给它用。所以希星冲和和点了点头。

和和飞快奔下山去，躲在那两个人身边的一棵榉树上。和和一边注意着老郑那边，一边注意着树下的这两个人。它不希望老郑和这两个人碰头，但如果真的无法避免，那么它就只能冒险出击了。

此时，和和听见那两个人开口说话了，一个个子高的说道：“刚才卫星里看到一个老头从院子里出来，还有一个猩猩也跟着，好像是下山去了。说是有可能往我们这个方向走，你留点意。”

那个个子较矮的道：“老头下山能有多快？还早着呢。再说了，你个子高看得远，你应该多留意点！”

高个子不满道：“跟你说话怎么这么费劲呢？”

矮个子回应道：“那就少说两句！”

高个子是个话痨，无奈被矮个子呛着了，满肚子的话说不出，在一旁生起闷气来。

如果这两个人继续对话，和和一定会听到更多有用的信息。刚才信息部已经把卫星监控到的信息告知了所有参与搜寻武云山的人员，图灵系统还调出了老郑刚才的通话信息，因此知道和他通话的人就是于莺，并且是用广安13部的图灵系统通话的。

不过和和一听“卫星”就知道坏了，心想自己的一举一动原来早就在别人眼里了。此时和和心里异常焦躁，它不知道如何才能把这个信息传递给李队长或者是于教授。好在和和突然想起老郑那部电话来，于是有了主意。

和和很快又返回到老郑身边，希星看到和和回来了高兴得蹦了起来，以为和和完成了既定任务安全返回了。和和来不及向希星解释，对老郑道：“爷爷，赶紧给于教授打个电话，我有急事。”

老郑一听，便拿起电话联系了一直等在广安13部的于莺。

于莺焦急地问道：“你们怎么样了？”

老郑不知道该说什么，直接把电话递给了和和，道：“你自己和小于说。”

和和拿起电话，道：“于老师，他们有卫星监控，此前我们的一举一动他们都看到了！”

于莺一听便知道糟了，但为了确认，她问道：“你怎么知道的？”

和和道：“山下有他们的人，我偷听到的。”

于莺继续问道：“那现在你们打电话的举动卫星能看到吗？”

和和道：“现在我们在树林里，卫星应该看不到，不过刚才爷爷在院子里打电话时卫星应该看得到。”

于莺保持镇定道：“你把郑爷爷安全带下山，剩下的交给我。对了，别再给我打电话了。”

结束通话后，于莺脑子里快速回溯了一下整个过程，推断出自己可能已经暴露了。不过，好在她此前一直很小心，没有在通话中提及灵鹭山。可是接下来该怎么办呢？肯定不能按原计划把老郑接到灵鹭山去了，因为李龙的车是避不开卫星监控的。

第二十八章

邹向荣被捕

元雄和中村不二再一次聚在德尔比的会议室里，三个人正饶有兴致地看着从武云山上实时传送过来的信息。

中村对元雄恭维道："老大就是老大，果然有先见之明！"

元雄也颇为得意道："一直觉得这个郑炫不对劲，就凭他一个毛头小子能培养出两个会说话的猩猩？我看这个于莺才是真正的不简单！"

德尔比道："是的，之前这个于莺一直装傻充愣，几乎把我们都骗了。不过我还是弄不明白，这帮人养了一群猩猩到底想干什么？"

中村道："管他们想干什么？正好，把马克龙的事情往这伙人身上一推，看他们怎么办！"

元雄看了一眼中村，道："你这主意还算靠谱。我看应该尽快把武云山上的疑团放出去，转移一下杰斯夫那拨人的注意力，别把火烧到韦泽一男那里去！"

中村道："老大高明！"

德尔比道："目前来看，武云山本身没有什么玄机，除了几个开放式的小洞穴外，没有能隐藏东西的地方。难道那座蓝房子就是他们的大本营？"

元雄道："这种事我倒不担心。我的目的就是找出几个实实在在的疑点来，好让杰斯夫他们有事情做。现在我们已经在武云山上抓到了一只猩猩，接下去再把另外一只猩猩和那个老头抓起来，然后把于莺也抓起来，统统交给杰斯夫，让他们去调查。"

中村道："那个被抓住的猩猩手指上有一个指环，初步分析是通讯工具，这说明这两只猩猩很可能和前几天带过来的那两只是一伙的，都是训练过的。老大，我觉得我们应该把那两个叫阿勇阿智的猩猩一并扣起来审查一下，看看到底是怎么回事。"

元雄不屑道："不就是几只猩猩吗？这种小儿科的事情让杰斯夫去调查好了，我们插手进去反而是狗拿耗子。"

德尔比道："老大所言极是。调查武云山很可能会牵涉到颜一舟，甚至是辛向音和汤姆乔，如果我们介入的话反而会被他们抓住把柄。不如就让杰斯夫以查马克龙案的名义查下去，这样名正言顺，谁也没话说。"

中村见元雄点了点头，便道："好吧，那就这么办。"

那只被抓住的猩猩就是阿逊。原来阿逊与和和、希星分开后，因为急于赶到山顶，在树丛中一路攀爬时被头顶的一颗卫星罩住了。胡克因此放出了一组空中机器人抓捕小组，毫不费力就把阿逊团团围住了。阿逊在被捕前本想给李龙发信息，但是那组机器人没有给它机会。不过，从卫星监控中信息部自始至终只发现了两只猩猩，因为希星从下车的时候开始就一直被抱在和和怀里，而上山时希星又是从地面走的，卫星系统发现不了。

其实和和在跟随老郑下山的过程中也有好几次暴露在卫星的监视

下，但由于它没有明确的行动方向，而且经常是贴着地面行动的，所以卫星没有办法对它进行准确定位。

此时，和和、希星和老郑他们已经离那两个人越来越近了。和和一看这样下去不是办法，迟早要碰上，于是低声对希星道："我现在过去把那两人引开，你和爷爷赶紧下山去，不要管我。"看到希星点了点头，和和二话不说悄悄朝那两个人靠近过去。

和和找准机会，一下飞扑出去，夺走那个矮个子手里的金属棒，朝着远离老郑他们的方向跑去，跑着跑着还时不时停下来挑逗那两个人。

只见高个子幸灾乐祸道："哈哈，让你注意点、注意点，你不听。现在被戏弄了吧？"

矮个子一边追，一边骂骂咧咧道："我靠，这就是那只猩猩？它抢我棒子做什么？"

高个子继续笑道："看你傻呗！"

矮个子这次冲着高个子骂道："还看热闹？还不快点把'雨燕'放出来抓它！"

只见高个子慢悠悠地放下手中的金属棒，从背包里拿出一个圆球模样的东西出来，一边摆弄，一边戏谑道："关键时候还不是要靠我？"

矮个子见不得高个子这副得意的样子，骂道："你他妈动作快一点！"

和和料想有危险，于是赶紧扔了金属棒就往树丛里钻。只见那圆球登时解体，飞出来六只像雨燕一样的微型机器人，朝和和所在的方向逼近。和和很快发现自己根本没有办法躲开六只雨燕的追击，此时它只想多延误一些时间，好让老郑和希星他们趁机逃下山去。

被六只雨燕围住后，背靠岩石的和和不知道它们接下来会对自己做什么，干脆站立不动。突然，从一只雨燕头部射出一团东西，和和敏捷地躲开了，可是紧接着其他几只也纷纷向它射来，和和瞬时被五花大绑了起来。被捕的和和很快被雨燕空运到了高个子面前，而和和扔下的金属棒也被另一只雨燕带了过来。

高个子得意洋洋地用通讯工具向他的上司戴维汇报战果，道：“报告，我组已经成功捕获了另外一只猩猩。”

戴维回应道：“还有一个老头呢？”

高个子道：“老头倒没看见，估计还没有下来吧。”

戴维道：“你们给我盯紧点。”接着，他继续命令道：“把抓住的猩猩给我运过来。接下来你们俩别勘测了，赶紧给我找到那老头。”

高个子“哦”了一声，然后一顿操作，一只雨燕拖着和和飞到了空中，往东南方向飞去。其他雨燕则又缩回高个子手中的圆球里去了。

此时已经跟着老郑悄悄下了山的希星朝和和所在的方向望了一眼，正好看见和和被那只雨燕带走，心里很是着急。希星拉拽了一下老郑，老郑顺势看过去，也发现了被捕的和和。但发现了又能怎么样呢？不过，因为和和的挺身而出，老郑和希星最终顺利地下了山。

到了山下后，因为不能给于莺打电话，希星想到了手上那个戒指。之前和和告诉过希星，只要一直摁住戒指，那么李龙队长就能通过戒指发出的信息找到他们。大约过了十五分钟，李龙果然赶过来了，但是李龙并没有开车。因为于莺已经告诉他卫星监控的事情了，所以李龙知道开车过来是很危险的。李龙把老郑和希星接回到车子里，等候消息。车子里，从老郑的叙述中，李龙知道和和已经被捕了。

广安13部里，于莺索性关闭了图灵系统，就那么坐着。她想，如果卫星监控能够看到老郑在打电话，那么她现在所处的位置以及她自己的个人信息肯定已经暴露了。显然现在回灵鹭山就等于引狼入室，所以倒不如干脆留在这里以不变应万变。如果人类联盟的人真的找到这里来，那么就走一步看一步吧。

事实的确如于莺所料。在广安13部的上空，已经有两颗卫星一直监控着，而安全部也已经从附近的联盟驻重庆分支机构调出了两辆车六个人向那儿赶去。

于莺在房间里大约等了三十分钟，就听见门铃声响起。于莺开了门，看见三个身穿制服的男人呈三角状走了进来，为首的问道："你是于莺吗？"

于莺大方道："是的。"

只听那人道："我们是人类联盟安全部的，有事情找你协助调查。请跟我们走一趟。"

于莺仔细看了看那人出示的证件，不多说话，就跟着他们走了。

于莺被安全部的人带走前，已经暗暗用通讯指环把这个信息传递给了李龙。李龙得知于莺被捕后，立刻盘算起自己该怎么做。思来想去，他还是决定先回灵鹫山找二老商量，但必须神不知鬼不觉才行。

打定主意后，李龙立刻驾车就走。本来他想等天黑了再行动，但由于担心山上那些人跑到山下来搜寻，一旦被他们锁定目标，那么想走也走不了了。

正在蓝房子里和胡克一起仔细搜索的戴维突然收到信息部发来的消息，说那辆嫌疑车刚刚驶离武云山，此时正往武云山的北面飞去。胡克得知后，赶紧下令道："快，把车子开到山顶上来，赶紧追！"

戴维犹豫道："开到山顶上的话会破坏反射膜的。"

胡克道："这时候还管什么反射膜？破了再修！"

戴维想想也对。

人类联盟两辆可自动驾驶的车子很快击毁了一大片反射膜，并且从中穿了过去，停在了蓝房子的院子里，已经在山顶上的六个人一起上了车，把被捕的阿逊与和和也带走了。那两个抓捕和和的人因为一时赶不到山顶，就留在了山上。

这两辆车在信息部的指挥下，不停地在四川—重庆一带的大山丛林里穿梭。

此时，这两辆车正停在峨眉山附近等待消息。五分钟前，李龙那辆车已经开进了峨眉山，并且在山林的掩护下又一次从卫星的视野里消失了。

戴维骂道：“× 的，搞什么鬼？东戳戳西戳戳！那辆车上的家伙肯定已经知道我们在追他了。”

胡克道：“越是这样，越是证明我们这次抓捕行动是英明的！”

此时又收到信息部消息的戴维道：“靠！这家伙果然又飞出来了。在山里飞飞停停，停停飞飞，是啥意思？”

胡克轻蔑道：“这小小伎俩有什么用？还能飞出地球去不成？”

灵鹫山上，老邹和徐逸刚刚从长沙飞回来。

此前，二老在山上越想越感觉不对，于是就决定再和颜一舟联系一次。因为二老考虑到应该要留一个人在山上，而隐形光屏又在老邹身上，所以就安排徐逸开车送老邹到长沙去，在那儿与颜一舟取得联系。

大邹见老邹回来了，忙问道：“有什么消息吗？”

老邹没有回答，反问道：“你这儿有什么消息吗？”

大邹道：“没有啊。于莺没有消息，李龙也没有消息，都没有消息！”

老邹道：“这次事情搞大了。听一舟说，元雄那伙人已经冲莺子去了，认定了莺子与玄玄是什么神秘组织的人，要调查清楚。其实，他们是想把前几天那次刺杀案扣在他俩身上。”

大邹道：“那一舟他们就没有办法了？”

老邹道：“这次行动是元雄和中村不二这几个人一手策划的，一舟和向音此前根本不知道。一舟还是刚刚从他那个信息部的好友那里得知的。”

就在二老做着各种分析的时候，洪士传来一个消息，说是李龙他们回来了。但事实上，李龙并没有回来，他只是把老郑和希星送了回来。

洪士把老郑和希星带到二老那儿，大邹对洪士问道：“李龙呢？”

洪士看了一眼老郑，然后对大邹道："李龙把他们送到后就离开了，不过他说这位老郑师傅知道详情。"

大邹点了点头，对洪士道："好的，你先去忙吧，如果收到于莺或李龙的消息赶紧告诉我。"

洪士应了一声便离去了。

因为失去了和和，希星有些沮丧地走到老邹身边，老邹摸了摸它的脑袋，道："这一趟下来估计学到了很多吧？"希星一听，把头钻进了老邹的怀里。

大邹帮老郑把挂在脖子后面的草帽取下来挂在一边，然后带他坐下来，又递了杯茶给他。见老郑一口气把茶喝干了，于是又给他的茶杯添满了。接着大邹道："老郑，你应该认识我吧？"

老郑道："听小于说起过，你应该就是邹向荣吧？"说完，老郑又看了一眼老邹。

大邹微笑道："是的，我叫邹向荣。"接着，大邹指了指老邹，继续对老郑道："这是我的兄弟，你就叫他老邹吧。"

老郑道："你们是双胞胎吗？长得这么像！"

大邹道："嗯，是不太好区分。你叫我大邹好了。"大邹不想说谎，但又不能说出真相，于是只能含糊其辞应付一下。

老邹觉得这番客套下来足够了，于是直截了当问道："老郑，武云山上究竟发生了什么事？"

老郑皱了皱眉头，道："唉，其实我也是一头雾水！昨天我感觉自己身体好些了，就回到了山上，没想到就遇上这事儿。不过也算是开了眼了，看见了一只会说话的猩猩。可惜啊，它被两个人抓走了！送我过来的那个小李说这几个人是人类联盟来的，还说是要来抓我的。我就不懂了，我一个看大山的值得他们这么大动干戈吗？"

大邹道："老郑，你倒不用急！你不过是无意中被卷了进来罢了。不过你放心，接下来你就安心在我这儿住着，不会有人来找你麻烦的。"

老邹在一旁问道：“李龙有没有交代你什么？”

老郑拍了一下大腿，道：“对了，差点忘了！小李让我告诉你们，小于已经被人类联盟的人抓走了。还有，他说灵鹫山目前应该还没有暴露。”

灵鹫山尚未暴露的原因其实很简单，因为李龙这一路上看似漫无目的地在各个深山中转悠并逗留，其实他是让追踪他们的人根本判断不出他在灵鹫山已经把老郑放下来了。而灵鹫山不过是李龙逗留过的几十座山脉中的其中一座罢了，况且，他现在依然在各个大山中转悠。

老郑还说，李龙在一个小时后会再次靠近灵鹫山，如果灵鹫山方面有什么指示可以告诉他。

大邹一听便知道李龙的意思，因为通讯指环的有效范围只有30千米，必须靠近了灵鹫山才能收到指令。

二老和老郑继续聊了一会儿，见从他那儿问不出什么东西了，大邹便又叫来洪士。洪士到了后，大邹对其道：“半小时以后我们要给李龙发消息，具体发什么消息待会儿我和老邹商量后再告诉你。现在你先把郑师傅带到房间里去休息吧。”于是洪士就带着老郑出去了。

洪士他们离开后，大邹对老邹问道：“接下来该怎么办呢？”

老邹道：“照李龙的判断分析，人类联盟一直对他们紧追不舍，这帮人到底想做什么呢？不会是真的想抓老郑吧？”

大邹道：“应该就是要抓老郑。因为此前莺子和玄玄对联盟放出去的消息都说武云山上除了他俩没有别人，现在又冒出来一个老头，那自然就要抓去对质了。”

老邹道：“如果是这样的话，我倒有一个想法。”

大邹见老邹在犹豫，便略带急躁道：“说呀！”

老邹道：“刚才我问老郑，在山上的时候是不是都戴着那顶草帽，他说是的。因此我想，即使有卫星监控，老郑的面部特征应该也没有被他们掌握。”

大邹听到这里，打断道：“我懂了，你是说让我冒名顶替去一趟？”

老邹笑道：“我倒是想自己去。”

大邹道：“如果这个方案真的可行，那么肯定是我去呀。这个世界弄成这副样子，我有责任！怎么能让你一个客人去冒这个险？”

老邹道：“我想来想去，似乎只有这么一个办法。光把老郑藏起来是没有用的，这样只能让这帮人把调查范围扩大，那样的话灵鹭山也保不准会暴露的。而李龙又能躲到什么时候去？”

大邹道：“我懂了。等一下李龙来了，我就打扮成老郑的样子上到他车上，然后找个机会被那帮人抓走就好了。接下来就见机行事吧。”

老邹点头道：“真被抓到联盟总部去，我看倒未必是坏事。”

大邹深吸了一口气，没有接话，脑子里开始预演起接下来的各种情况来。

此时竟见希星跳起来跑到大邹跟前，用力拍拍自己的胸脯。

老邹会意，对其道：“你不能去！你留在这儿陪着我。”

大邹也冲希星微微一笑，道：“不能送你去冒险呀。”

只见希星耷拉着头走了出去。不过不一会儿，希星又返回来了，手里还拿着一些衣物和一个草帽。原来，这小家伙居然跑到老郑的房间里把他的衣服和帽子都偷了出来。希星把那些衣物放到大邹边上，还指手画脚了一番。大邹明白这个小机灵鬼是让他把这身衣服换上，于是对其笑道：“你小子真行！”

老邹拿起一件衣服闻了闻，笑道：“这身汗臭正合适。其实那老郑不管是年龄还是身材和咱俩都差不多，而且头顶也是锃亮的，又多了一顶草帽遮着，混充一下应该问题不大。”

大邹道：“我想好了，反正玄玄在那儿冒名郑炫，我既然冒充老郑，那就干脆光明正大做玄玄的爷爷好了。”

老邹拍了下手，道：“妙！”

胡克和戴维他们一路追踪李龙到蒙顶山，又停在一处等待消息。

此时连胡克也不耐烦了，道：“这家伙不嫌烦吗？

戴维见胡克急了，自己反而不急了，道：“别急，信息部不是已经调了三辆车过来了吗？我就不信我们五辆车还追不过他！”

胡克道：“瞧你们信息部那个效率！半个小时都过去了，连鬼影都没有一个！”

胡克正说话间，就听戴维突然叫道：“快！那家伙又出来了。”

胡克一边上车，一边问道：“往哪儿去了？”

只见戴维的手在自己头顶上比画了几下，然后道：“应该是又往武云山方向去了。”

胡克和戴维依靠着卫星监控信息一直追，无奈四川这地方山林众多，很难用肉眼捕捉到那辆车。这样又追追停停了半个小时，另外三辆车也赶到了。五辆车碰头后，胡克做了一番部署，要求一辆车悬在空中，四辆车分布在山头的四个方向，一旦那辆车子出来，就分五路夹击，死死盯住。

“功夫不负有心人！”在康和山附近，这辆此前像发了疯一样的车终于被胡克他们这五辆车给逼得“无路可走”了。在戴维的喊话下，车上下来两个人，一个年轻人和一个老头。只见那老头站也站不稳，一副摇摇欲坠的样子。

戴维安排两个手下去把那辆车子控制住，又安排两个手下对年轻人和老头进行搜身。确认没有危险后，胡克向那两人靠近，鄙夷道：“我说你们跑什么呀？”

年轻人一脸不忿，道：“那你们追什么呀？”

戴维走上前，道：“我们是人类联盟的，在执行公务。你们配合一点！”

年轻人继续挑衅道：“早说啊，我还以为碰上什么鬼了呢。老黏着不放！”

戴维有些无奈，道："你们叫什么名字，住在哪里？"

年轻人道："我叫李龙，是广安这一带的护林员。"接着，李龙又指着身边装成老郑的大邹，道："他是老郑，是武云山上的管理员。"

李龙提到的"老郑"其实已经换成大邹了。大概半个小时前，李龙把大邹接上后又兜了几个山头，然后来到了同在广安的康和山脚下。一路上，大邹和李龙已经商量好了各自的角色以及相应的应对策略，就等着"被捕"了。

胡克走近李龙身边，道："为什么当护林员？"

李龙反问道："阁下为什么到人类联盟任职？"

胡克一想也是，现在这年代想干什么全凭兴趣，没有什么理由可以研究的。于是他转而对大邹问道："你叫老郑？"

大邹看似有气无力道："是的。"

吴克接着问道："刚才你在什么地方？"

大邹道："就在车上，一直转转转，转得我都吐了十几次了。"说完，就见老邹"呕"的一声做出欲吐的样子，但是却没有什么东西吐出来。

胡克一见，立时一阵恶心上来，忍不住自己吐出一大口来。也是，刚才不停地兜兜转转肚子里早就反胃了，只不过当时注意力集中还能忍住，这时见大邹那样，顿时控制不住自己了。有趣的是，胡克这一吐，让原先那两辆车上的人几乎都起了连锁反应，纷纷呕吐起来。新加入的那三辆车上的人见此狼狈状赶紧避过眼去，唯恐自己忍不住也吐了出来。

这阵子过去后，胡克擦了擦嘴，继续对大邹问道："我问的是你上这辆车之前在哪儿？"

大邹道："在武云山。"

胡克追问道："在武云山干吗？"

大邹假装不耐烦道："我住那儿呀！我干吗？"

胡克继续逼问，道："那你为什么下山来，还坐在这车上？"

大邹道："因为你们要抓我呀！"

胡克反问道："你怎么知道我们要抓你？"

大邹模仿老郑对于莺的称呼，道："小于说的。"

胡克明知故问："小于是谁？"

大邹也装糊涂道："小于是和我一起管理武云山的，大名叫于莺。"

胡克又问道："于莺为什么说我们要抓你？"

大邹道："我还想问你呢？"

胡克见眼前这个老郑一副蒙在鼓里的样子，知道也问不出什么来，于是抛出了最关键的问题："你认识郑炫吗？"

大邹道："那小子是我孙子。怎么，他犯什么事了？"

胡克没有理会眼前这个"老郑"的问题，自顾自道："既然如此，就请你和我们一起回人类联盟总部配合调查吧。"

大邹故作不解，道："为什么？"

胡克道："郑炫涉嫌一起重大杀人案。"

大邹故作惊讶道："什么……"

那边戴维对李龙道："你也跟我们一起走吧！"

李龙假装抗拒道："跟我有什么关系？我只是听了于阿姨吩咐过来接一趟老郑罢了，我什么都不知道！"

戴维道："你知道还是不知道，等你去了联盟总部后我们自有判断。放心，我们又不是吃素的，冤枉不了你！"

李龙继续辩解道："要带你们也要带于阿姨啊，她不去我怎么说得清楚？"

戴维道："这个不用你操心！"

第二十九章

嫁祸武云山

在元雄的指使下，德尔比再一次召集首脑团成员召开紧急会议。

首脑团所有成员在联盟总部会议室落座后，德尔比道："近期出现两件怪事，猩猩会说话和马克龙被刺，而且这两件事都和一个人有关，那就是正在被羁押的郑炫。昨天，马克龙案调查组赶赴中国四川的武云山后又发现了很多疑点。现在联盟总部上下人心惶惶，大家都期待找到真凶，以及真凶背后的主使。的确，杀人事件竟然堂而皇之地出现在我们身边，相信这是在座所有人都不能容忍的。所以我们今天召开这个会议，就是要对如何调查这起案件达成共识，避免在接下来的工作中产生误会。"

误会？能有什么误会？德尔比的话听起来是以防万一之虑，实则是有所指。元雄、中村不二和德尔比这个三人组早就预谋好了，要在这次会议中定下调子，把郑炫、于莺以及整个与武云山有关的人，甚至是那些会说话的猩猩都列为马克龙谋杀案的嫌疑对象。更狠的是，他们甚至要把嫌疑一步一步牵扯到颜一舟、辛向音乃至汤姆乔身上。既然要把矛头对准这几个人，那自然要做一番铺垫。

本来，元雄是不会把颜一舟列进来的，因为他还需要这个科学大神为他雄伟的宇宙战略出谋划策。但近期出现的几件事情着实令其心有不安，先是在设置主席职位的公投上意外失利，再就是由颜一舟引荐过来的郑炫、于莺等实在是过于神秘，况且于莺还和辛向音存在着同学关系，所以，一向多疑谨慎的元雄已经不再像以往那样相信颜一舟的“纯粹”了。

其实在这次会议之前，元雄已经找过杰斯夫，并且亲自把武云山存在的疑点一一分析给他听。杰斯夫虽然内心深处更加倾向于认为以韦泽一男为首的GRD组织才是马克龙凶案的缔造者，但在元雄面前他依然表现出了一个资深政客的素养，即坚信真相既可以为权势服务，也可以为权势而牺牲。然而杰斯夫毕竟还不是一个纯粹的政客，他更懂得保持各种势力之间平衡的重要性。现在看起来元雄这边气势汹汹，但杰斯夫知道颜一舟、辛向音等人决非任人宰割之辈。因此杰斯夫会在这场角逐中继续以第三方的身份去调查真相，从而把自己打造成一个博弈双方都要争取的关键人物。

只听德尔比继续道：“下面，我想还是请负责本次调查的杰斯夫部长给大家详细介绍一下关于武云山方面的情况吧。”

早有准备的杰斯夫顿了顿，然后缓缓道：“各位知道，马克龙案发生后特别部专门成立了一个调查组，而郑炫很快就被列为重大嫌疑人。调查组在对他进行审讯后，组长鲁伊认为此人具有很强的隐蔽性和神秘性，从这一点上来说，他比较符合杀手的特征。因此鲁伊决定对郑炫的生存背景展开调查。昨天，我部联合了安全部和信息部对武云山进行搜索，果然发现了一些重大的疑点。第一，我们又抓捕到两只接受过高度训练的猩猩，其中一只雌性是会说话的，另一只雄性虽然没有开口，但我们怀疑它也会说话。第二，我们在那只雄性猩猩的手指上找到一个指环，经鉴定是用来通讯的工具。第三，我们在山上还发现了一个姓郑的老头，在我们寻找他期间那个曾经来过我们联盟总部的于莺曾经和他通过话，并企图帮助他躲开我们的搜寻。以上三条足以说明此前郑炫和于莺做客总部时对我们所说的话里很多都是谎言。现在，我们不但有了郑炫，还把那个老郑、于莺以及另外两只猩猩都‘请’进了总部的羁讯处。哦对了，还有一个自称李龙的护林员也被‘请’来了。”

杰斯夫的这番话显然是为了迎合元雄而酝酿出来的。鲁伊曾经是想要调查武云山的，但当韦泽一男出现后，他就把GRD改成了首要目标。而且昨天对武云山的搜捕中，特别部既没有参与也不知情，在元雄过来谈话之后，杰斯夫才知道情况。不过除此之外，杰斯夫除了未提及韦泽一男外，大体上并没有歪曲事实。杰斯夫的打算很清晰，先给元雄当一次助攻，如果颜一舟能够抵挡住元雄他们的这次进攻，并且还能展开回击的话，那么他同样可以适时地给颜一舟也来一次助攻。

听了杰斯夫的案情介绍后，中村不二显得特别兴奋，道：“应该把那两个叫什么阿智、阿勇的猩猩也抓起来，显然它们两个的嫌疑更大！”

其实，颜一舟昨天就已经从张义那里获知了安全部联合信息部对武云山进行搜捕的事情，当时他还问张义特别部有没有参与行动，张义明确给了一个否定的回答。颜一舟推测元雄一定给杰斯夫施加了压力。不过此时此刻颜一舟最关心的并不是杰斯夫与自己的敌我关系问题，而是又有这么多人和猩猩也牵扯了进来，其中还包括于莺！和颜一舟有着同样想法的自然还有辛向音。此时，他们两个开始担心灵鹭山是否已经暴露。

只听颜一舟道：“这样看来，郑炫和于莺存在说谎的行为应该是确凿的事实了。但是，他们说谎是否就意味着他们参与了马克龙案呢？会不会有其他不方便透露的隐情呢？”

辛向音冷冷道：“颜部长这次算是说了一句公道话！不瞒诸位，刚才听了杰斯夫部长的案情分析，我的后背是直冒冷汗。于莺是我的大学同学，这么巧也成了嫌疑人。那么接下来是不是该轮到我了？”

辛向音很聪明，同时也具有足够的敏感性，她认识到卷入这场调查主动权不掌握在自己手里的案件争辩之中是没有任何胜算的，倒不如先发制人，挑明了这是一场赤裸裸的政治斗争。这样一来，对于在政治力量方面还处在胶着状态中的各方来说都会有所忌惮，不敢贸然行事。

果然，德尔比出来打圆场了。只听他笑呵呵道：“辛部长，别激动。刚才鄙人就说了，调查归调查，千万不要在我们内部之间引起误会。”

辛向音不依不饶道：“什么误会？我看就是你们预谋好的！哼，别说我护犊子，于莺就是我的大学同学，而且还是我最好的同学，如果她真的牵涉到马克龙案子中了，我当即引咎辞职！不过你们听好了，在拿出定论之前，先把证据给我做实了！”

辛向音的气势几乎镇住了在场的所有人。此前，元雄他们的注意力基本都放在颜一舟身上，根本没料到辛向音会有这么一出。然而对辛向音而言，于莺是万万不可能和马克龙案有牵连的，所以这气势自然而然就爆发出来了。

此时汤姆乔站出来说道：“我支持辛部长的说法。根据这些天我对阿勇、阿智的观察来看，它们的友善程度比一般人类都要高，如果说它们也是凶手，我是决然不敢赞同的。这样吧，要是你们最后查出来它们俩真的也卷入案件中了，我也立刻辞职！”汤姆乔说完，对着冲他正报以感激之情的辛向音点了点头。

颜一舟见状补充道：“辛部长、汤姆乔兄，你们别这么冲动。话说那个郑炫还是我引荐来的，照你们这样表态的话，假如郑炫与此案有关，我岂不是也要跟着辞职了？”

颜一舟这招以退为进，看似在劝导辛向音和汤姆乔，实际上是将了元雄他们一军。因为颜一舟此话一出，就等于在告诫元雄等人：如果案情调查继续照这个走势搞下去的话，颜一舟就要同辛向音和汤姆乔站到一起去了。这当然是元雄不愿意看到的局面。

一直未表态的元雄此刻终于开口了，只听他道："大家都不要这么激动嘛！事实归事实，情绪归情绪。现在案情还在调查中，各种怀疑都是必要的，并非有所针对。我搞刑侦几十年了，这点经验还是有的。马克龙这个案件疑点确实很多，好在现在已经有了嫌疑对象。那么就进一步查证嘛。我相信杰斯夫部长领导的调查组一定能够把案件查个水落石出的。是好人我们绝对不能冤枉，是坏人我们当然不能放过！"

此时，中村不二又跳出来道："那么那两只还待在生育部的猩猩到底查不查？"

只见元雄瞪了一眼中村不二，然后环顾四周道："这个嘛，我建议还是由杰斯夫部长自己定吧。毕竟这次调查是特别部主导的。杰斯夫部长，您说呢？"

杰斯夫看了一眼元雄，知道这家伙是在考验自己，便婉转道："目前除了参与说谎外似乎还没有任何犯罪证据指向那两个猩猩，羁押它们显然是不合适的。不过如果有必要的话我们调查组会找它们协助调查的。对，反正它们也听得懂人话。"

辛向音毫不示弱，也对杰斯夫问道："请问杰斯夫部长，难道那些从武云山上被你们抓来的人和猩猩，有什么犯罪证据指向他们吗？"

杰斯夫坦言道："目前还没有。"

辛向音继续逼问道："那么凭什么抓抓抓，关关关？我们这个人类联盟难道是你们几个部门的联盟不成？还有没有王法了？"只见她顿了顿，继续道："关于马克龙案，你们特别部也好，安全部也好，信息部也好，随你们怎么调查，但是希望你们本着实事求是的精神，别反其道而行之，最后把整个联盟搞得乌烟瘴气！要知道，在这里没有人是傻子！"

辛向音说毕，除了颜一舟和汤姆乔外，会场里其他四个人的脸色顿时阴沉起来。

首脑团会议最后不欢而散，这是自人类联盟成立以来从来没有发生过的。

辛向音和汤姆乔率先离开了会议室，接着颜一舟也离开了。本来，杰斯夫也想站起来走的，不过却被元雄叫住了。于是他们四个人继续留在会议室里，商量起如何审讯于莺等人。

元雄摇了摇头，勉强露出点笑容道："这个辛部长，我算是服了她了。不过也别怕，武云山的疑点就摆在那里，不可能这么轻易放过去！杰斯夫部长，你们调查组如果需要人手，我们安全部可以全力配合。"

杰斯夫道："辛部长的心情可以理解，但我和你一样也认为该查的还是要查的。关于人手问题嘛，调查部倒并不缺，但如果元部长肯放人的话，那么就把胡克调到调查组来吧，反正他对武云山的情况比较熟。"

元雄对杰斯夫的这番表态非常满意，开心道："那就听杰斯夫部长的，今天就让胡克过去。"

中村不二赶紧道："把戴维也一起调过去吧，他对武云山的情况也很熟。"

杰斯夫点点头道："中村部长，您的建议很好，那就让戴维也过来吧。我们调查组今天就可以开始全力展开审讯工作，希望能尽快查明真相。"

德尔比在一旁附和道："对嘛！大家齐心协力，这样才像个联盟的样子呀。"

杰斯夫笑了笑。

中村不二又道："现在在生育部那两个猩猩真的不去查了？"

元雄看在杰斯夫在场的份上，忍住怒火道："现在在羁讯处里那么多人还不够你查的吗？"

中村点了点头，不说话了。

杰斯夫见状，以部署调查为由先行离开了。

杰斯夫看似被元雄等人牵着鼻子走，可实际上他心里清楚得很，马克龙案不仅仅限于武云山，一定还有更大的疑团。但杰斯夫并不说破这一点，因为还没有到摊牌的时候。从杰斯夫的对答中，细心的人可以看出来，杰斯夫始终没有突出武云山的疑点，也没有强调能够通过接下来的审讯找到刺杀马克龙的真凶，这说明杰斯夫这个人还是有底线的。

杰斯夫走后，元雄责怪中村道："你是不是傻呀？老是盯着那两头猩猩干什么？"

中村不二道："不是，老大。我只是想给他们点颜色看看。"

元雄道："给谁看呢？现在是决战的时候吗？"

中村自知与元雄硬杠只能是自讨苦吃，于是赶紧讨饶道："我明白了，老大。"

德尔比道："老大，我怎么感觉杰斯夫的调查未必会朝着我们预定的方向走啊。"

元雄道："你怀疑杰斯夫？"

德尔比道："怀疑倒谈不上，只是觉得杰斯夫这个人靠不住。"

元雄冷笑道："我也没指望靠他。如果调查顺利，真的发现武云山有什么见不得人的秘密，那样最好！如果调查不出什么也没什么好奇怪的，我们不是还有杀手锏吗？我就不信了，还有什么人敢在我面前一直嚣张下去！"说完，元雄的眼睛里露出一股阴冷的杀气。

中村和德尔比已然领会元雄的用意，二人都很自觉地点了点头，道："老大英明！"

辛向音回到自己的办公室后，越想越气，便用隐形光屏联系上了颜一舟。颜一舟一露面，辛向音便劈头盖脸道："太窝囊了，被这帮人欺负到家里去了！儿子被抓了不说，连我闺蜜都抓来了，接下来是不是要轮到你老子邹向荣了？干脆，我们一家子到联盟总部搞个大团圆好了！”

自从陈玄被捕后，辛向音便对始终没有实质性动作的颜一舟有了抱怨之情。刚才这个会议所透露出来的信息，则彻底把她激怒了。但颜一舟又何尝不知道辛向音内心的焦虑？只不过，此前他觉得事情尚有余地，还没有到着急出手的地步。

只见颜一舟勉强笑道：“他们这样乱搞只能证明他们很心虚。所以啊，你也不要太生气，对身体不好，还容易冲昏头脑。再说了，大团圆有什么不好？说不定我爸这时候还真的想往这儿赶呢！”

俗话说“知子莫如父”，反过来说似乎也是靠谱的。此时，颜一舟尚不知道他的爸爸邹向荣其实已经在人类联盟总部了。但是这父子俩有一个共同点，就是什么样的坏事在他们眼里都可以变成好事。

辛向音见颜一舟如此说，虽然心里觉得事情还真的有可能如他所说的那样，但毕竟那话对于一个正在气头上的人而言犹如火上浇油，所以更加恼怒道：“你就会安慰你自己！我可不能看着我儿子还有莺子他们受委屈。”

颜一舟收起了开玩笑的表情，严肃道：“向音，我们这会儿不是在和谁斗气！老实说吧，我们现在正面临一场战争，一场能够改变人类发展模式的战争。我们不能因为私人感情而影响自己的判断力。”

听了这番话，此时的辛向音终于稍稍冷静下来。是啊，这个世界2050年的人类为什么会几近走到尽头，或许就是因为在此之前缺少了这么一场“战争”。陈玄和B世界那个邹向荣的到来，给这个世界带来了希望，而这个希望的实现绝不可能是一蹴而就或坐享其成的，何不把眼前这场战争看作这个希望的开端呢？赢下了这场战争就等于给这个希望埋下了种子，就等于给这个希望点亮了曙光！

颜一舟看着稍显平静的辛向音，宽慰道：“只要我们自己不乱，就一定能在这场战争中争取到主动，并且最终打赢这场战争！”

只见辛向音捋了捋额前的头发，然后右手握拳举至眼眉处，挥了挥拳头低声道：“我就再信你一次！”

和辛向音通完话后，颜一舟拨通了杰斯夫的电话。

得知杰斯夫正在部署审讯事宜后，颜一舟直截了当道：“杰斯夫兄，你们昨天派人去调查武云山的视频资料能否给小弟提供一份？”

杰斯夫爽快道：“颜部长客气了，我马上让鲁伊把资料给你传送过来。”杰斯夫愿意送颜一舟这份人情，因为一来他敬重颜一舟，根本不相信他会牵涉到马克龙案中；二来那份资料本就是信息部传过来的，要保密也不应轮到特别部来保密。

颜一舟道：“多谢！那小弟就不耽误你部署工作了。”

杰斯夫回道：“颜部长客气了。”

第三十章

暗访羁讯处

昨天，武云山抓捕组把于莺等都关押在安全部里。今天的首脑团会议后，胡克和戴维分别遵照元雄和中村的命令把于莺等一并押解到特别部的羁讯处，鲁伊派人将他们分别羁押了起来，等候审讯。

在羁押室里，大邹发现这里条件还不错，内在设施应该和外面集中聚集区的房间差不多，连独立的卫生间和浴室都有。于是大邹索性把挂在脖子上的草帽摘了，然后脱了那身满是汗臭味的衣服跑进浴室洗了个澡，接着换了身新衣服出来。这套新衣服是物流系统根据大邹的要求送进来的。走出浴室后，大邹试着摆弄了一会儿这儿的图灵机，还给自己点了一碗水饺和两个茶叶蛋，吃完后倒头就睡。

也不知睡了多久，就听有人把他叫醒。大邹睁眼一看，有两个人正站在边上催促他快些起来。大邹起来后跟着那两个人来到了一间审讯室。大邹刚坐定，就见又有两个人一前一后走了进来，而原先押送他的那两个人便离开了审讯室。审讯大邹的是特别部的参谋长，同时也是马克龙案调查组组长的鲁伊，以及信息部派驻该调查组的组员戴维。

戴维先问道："你叫什么名字？"

大邹答道："我本名郑小明，但你们叫我郑大周好了，我现在都用这个名。请问你们……"大邹这样取名有两个目的，一是给尚不知情的于莺传递信息，二是在其他人或猩猩偶尔叫错名字时有一个合理的解释。

戴维打断道："接下来你只管回答我们的问题，其余的不用多说。以后会给你机会说的。好了，请你继续回答问题。你现年几岁？"

大邹："六十九。"他报的是老郑的岁数。

戴维继续问道："为什么改名郑大周？"

大邹："听了几次小于老师的历史课，我觉得改成'大周'更合适。因为我们中国的周朝历经八百……"

戴维道："再说一遍，别东拉西扯。"

这年代名字已经不重要了，谁都有给自己改名的权利，而且叫什么都行。不过虽然郑小明确实是老郑的名字，但他并没有改过名。大邹希望让于莺知道自己已经代替老郑过来，所以故意和李龙一起设计了这个改名的环节，希望能够起到作用。本来大邹可以不说出老郑的真名的，但他担心于莺说出来，到时候就讲不清楚了。

接着戴维问了一些基本问题，大邹根据老郑的情况一一做了回答。戴维一边听大邹的回答，一边通过图灵系统的人脸识别进行比对，发现这个"老郑"因为长年待在山里，偶尔下山去也是暂住在朋友家里，因此并未在图灵系统中留下多少信息，除了刚才在羁押室里那次点餐之外，就是半个月前和郑炫一起在广安8部和广安13部出现过。但关于为什么会出现在那里大邹有一个很合理的解释，那就是郑炫带他下山看病时暂时居住。

鲁伊在一旁一直观察着大邹的表现，时不时还注意着戴在手腕上的测谎仪，没有发现什么疑点。但完全没有疑点似乎也能作为一个疑点来看待。

只见鲁伊开始发问："郑大周，第一次来到联盟总部吧，感觉怎么样？"

大邹道："起初挺紧张的，以为自己犯了什么事。现在倒感觉还行。不过我还是挺纳闷的，我能帮你们做什么呢？"

大邹的话已经暗暗告诉审讯人员此前自己在羁押室为什么能够如此自然，而且也的确让鲁伊觉得他很可能是一个被意外牵连进来的局外人。鲁伊继续道："是啊，你是不用紧张，我们只是请你来配合调查一些事情。请问你和于莺是什么关系？"

大邹道："我们都是山上的管理员，我年纪大了快干不动了，以后武云山就准备交给她了。"

鲁伊问道："武云山上有多少管理员？"

大邹道："还有我孙子郑炫，才过来。半个月前他听说我不想干了，就说要来接我的班。起初我看到这年头还有小伙子愿意干这事，倒是欢喜得很！不过昨天听说这小子居然把我和于莺一起养大的几只猩猩给弄走了，唉，早知道他是冲这个来的，就不该让他上山！"

鲁伊问道："郑炫以前是干什么的？"

大邹道："谁知道呢！平时根本不联系。"

鲁伊问道："你俩不是爷孙关系吗，怎么会不联系？"

大邹道："现在不比以前了，不讲这些亲情了。"

鲁伊问道："那你对于莺了解多少？"

大邹道："我和她一起在山上待了快十年了，了解得很。我刚认识她的时候她还很年轻呢，人也很漂亮白净，不像现在这么黝黑。听说她原来是北大教书的，教历史，就是她告诉我延绵800年之久的大周朝奠定了中华民族的血脉和传统，比那乌烟瘴气的明朝强多了。不过，她后来不知怎么对大自然感兴趣了，就回老家山里来了。对了，于莺是广安本地人。"

戴维问道：“你们山里到底有几只猩猩？”

大邹道：“那多了去了。这几年山上来了至少几十只猩猩了。早些年我们都以为猩猩要绝种了，不过幸好建立了保护区。”

戴维问道：“这些猩猩都会说话？”

大邹道：“哪能呢，到底和人不能比！十个里面大概只有一个猩猩能培养出来。现在山里已经有四只猩猩会说话了。”

戴维问道：“那几只会说话的猩猩都是你培养出来的？”

大邹道：“是啊，最早有两只猩猩是双胞胎，它们的妈妈为了保护它们被野猪咬死了，幸好被我发现救起来，然后养起来了。这俩家伙聪明得很，我就是从它们身上发现猩猩也能说话的。”

鲁伊问道：“能不能讲详细点？”

大邹道：“我和动物打交道这么多年，其实早就知道很多动物都很聪明。以前因为都和人打交道，自然没有耐心去培养那些动物。但自从成为武云山保护区管理员后，我除了和于莺说说话外就只能和动物打交道了。那天捡了那俩猩猩——就是被我那个不肖孙子送过来的阿勇和阿智——我当时就开始有了一种冲动，想教会它们说话，后来还真被我教会了！其实我自己也是万万没有想到。”

戴维看着一脸骄傲的“郑大周”，继续问道：“最近你一直在山上吗？”

大邹道：“我孙子上山后第二天，他就送我下山去修养了。唉，起初我还以为他良心发现，懂得孝顺了！昨天我才知道这小子竟然瞒着我把阿勇和阿智送到人类联盟去了，我一着急，就又赶上山来了。我当初特意交代郑炫要好好对待它们的，没想到我才走几天他就干出这事，真是让我太失望了！”

鲁伊问道：“你是怎么知道郑炫把那俩猩猩送来这里的？”

大邹道：“昨天我闲不住到康和山附近去转悠了一下，碰巧遇到李龙，就是那个被你们一起抓来的护林员，是他告诉我的。他说前些天到武云山上去没看见阿勇和阿智，然后于莺就告诉他了。于莺还说郑炫这小子非得把它俩拿出去显摆，拦也拦不住。”

戴维和鲁伊见这个郑大周对答如流、头头是道，看不出一点破绽来，于是就把他提供的信息分享给了另外几组审讯人员，以供参考。

调查组对李龙的审讯也很顺利，李龙的回答与“郑大周”所说的可以相互印证。显然，李龙和大邹昨天在车上转悠的时候就已经想好怎么回答了。

调查组对和和以及阿逊的审讯则几乎没有任何结果，因为它俩“吓得”连话都不会说了，似乎也听不懂人话了。

同时，调查组对于莺的审讯也遇到了麻烦。此时的于莺并不知道大邹已经冒充老郑在接受人类联盟的调查，更不知道其他被捕的人员会说出什么来，所以很多问题她要么不回答，要么就回答得模棱两可。

审讯于莺的是调查组副组长张义和刚从安全部抽调过来的组员胡克。

起初胡克问了很多于莺的基本信息，于莺的回答基本上和大邹与李龙的说法相仿。但问到关于郑炫的事情时，于莺的说辞开始不一致了。

只听胡克问道：“郑炫是什么时候到武云山的？”

于莺道：“有个十来年了吧。”当时她和陈玄一起第一次来到这里的时候，就约定了这样的回答，所以她就索性坚持着。

胡克冷笑道：“于莺，今天接受审讯的可不止你一个人，你想清楚了再回答。”

于莺心想老郑可能也被关进来了，并且已经告诉了他们郑炫并未在山里待过的事实。可是于莺此时有些迷惑，为什么这些调查人员不质疑她武云山管理员的身份呢？因为如果老郑都照实说了，那么她冒充武云山管理员这个事不是更值得关注吗？于莺感觉有些蹊跷，于是干脆闭口不答了，而是仔细观察这些调查人员如何审问。

胡克问了几个问题，见于莺都拒绝回答后，开始有些恼怒起来，于是厉声道：“于莺，你老实些！实话告诉你，和你一起在山里做管理员的郑大周现在就在隔壁受审，我看你还是好好配合我们调查吧！”

郑大周？大邹！于莺心里此时已猜出了八分，于是立刻振作起来。

只见有了斗志的于莺立刻开始转守为攻，故意嗔怒道：“我说你们到底是找我调查，还是把我当犯人在审查？如果是找我配合调查，就好好说话。如果是把我当犯人，你们直接告诉我我到底犯了什么罪？凭什么抓我进来？人类联盟难道不讲法律的吗？”

胡克一听顿时愣住了，之前看于莺一直没有抵抗的意思，所以便在她面前渐渐咄咄逼人起来。但他自己也知道，他们这次抓捕于莺等人的行动其实并没有获得联盟的批准，从程序上说就是违法的。

张义开口道：“于莺，前几天信息部的马克龙局长遇刺，郑炫是该案的嫌疑人，他正在接受调查。你曾经和郑炫一起来过这里，而且你们之间的关系应该不一般，所以请你好好配合我们调查。”

于莺不理这茬，继续逼问道：“我再问一遍，我现在是以嫌疑人的身份被捕了吗？”

张义知道这次安全部和信息部一起擅自开展的抓捕行动无意中被于莺抓住了把柄，于是坦言道：“严格说来并不是。但我们发现你在很多事情上并没有对我们说实话，所以我们必须查证清楚。”

于莺见这两个调查人员都有退缩的意思，知道他们并没有查出多少实质性的东西。况且不管是自己还是陈玄最多就是没有说实话罢了，又没有做过什么见不得人的事，如果此前不是顾及灵鹭山的话她早就发飙了。现在看到他们并没有针对灵鹭山，只是仅仅纠缠在马克龙案上，于是便更加理直气壮道：“我要见你们辛向音部长。我要说也只跟她说，跟你们说不着！”

张义和胡克都知道辛向音部长不好惹，而且也知道于莺是辛向音的大学同学，于是只能暂时停止了对于莺的审讯。

各组审讯就此告一段落。组长鲁伊召集调查组所有人员开了一个分析会，会上大部分审讯人员认为这一轮审讯缺少头绪，找不到方向。而胡克和戴维因为分别受了元雄和中村的暗示，企图在分析会上将接下来的审讯往恐怖组织这个方向去调查。鲁伊虽然知道这两个人背后所代表的势力，但他在会上并没有急于表态，只是说郑炫才是该案的重心，有必要明天再行提审。

陈玄这两天一直待在羁押室里，并不知道外面发生了这么多事。自从第二轮审讯后，调查组就没有再找过他，这倒让陈玄有些困惑。更让陈玄困惑的是，作为首脑团成员的爸爸和妈妈竟然都没有来找过他。不过也许可以反过来看，正是因为事态并不严重，所以爸爸妈妈才没有冒险来见他。现在陈玄只能这么想。

被关在羁押室里的这些天，陈玄时常会有一种感慨：自己除了休息以外就是在图灵系统上过着虚拟生活，这不是又回到以前的生活状态里了吗？原来自己曾经那么多年过着的不过就是这种被监禁的生活，而且还是自愿的！

陈玄不想继续活在这样的世界。也许正是因为这些天的禁锢，他才开始有了一种比回到A世界之前更为坚定的信念。如果说在回到A世界之前，陈玄是带着类似于把A世界引向一个美好新世界这样的愿望来的；而现在，他的内心则产生了一种强烈地要砸碎眼前这个怪诞世界的决心。正所谓不破不立，没有“破”的构想和决心，一切企图“立”的愿望都是空幻的和自欺欺人的。

在羁押室里分不出白天和黑夜，陈玄注意了一下图灵系统里的时间，显示现在是夜里11点18分。物华永和专区依旧非常热闹，各种评论和感慨满天飞。可令陈玄奇怪的是，这两天专区主人莺歌燕舞和欣欣向荣却一直没有露面，而他在各个热点后面跟帖的大量信息似乎并没有被二老和于莺注意到。这不得不让陈玄在奇怪之余还产生了一种担忧，难道灵鹭山上发生什么事情了吗？

陈玄先是试着搜寻了一番广安境内的消息，发现并未爆出任何有关灵鹫山的信息。接着他又关注起那个GRD组织，也没有发现新的内容。就在陈玄苦苦思索之际，他突然发现羁押室的门似乎开启了一下。可是当他朝门的方向看去的时候，那门却依然是关着的，而且房间里并无人闯入。不过，陈玄总觉得身边有一些异常。

陈玄警觉地站了起来，朝门口走去，边走边四下留意。正当陈玄以为自己过于敏感时，回到图灵系统旁边正准备落座的他突然发现系统正在被关闭。陈玄大感疑惑，不觉上下左右四顾张望起来，此时他开始怀疑房间里还有其他人，或者是某种微型机器人之类的。突然，陈玄听见一声“玄玄”，他一个激灵之后立刻反应过来：是爸爸来了！

的确，颜一舟趁着深夜时分，穿着陈玄留给他的隐身衣，用那个自己在五年后研制出来的手机悄无声息地开启了通往这间羁押室的层层关卡，来到了陈玄身边。原来，颜一舟这几天来看似没有什么实质性的动作，其实抽空就在实验室里用这两样来自未来的高科技设备做着各种模拟训练。

陈玄一阵兴奋，用力压低声音道：“爸爸，你终于来了。”

颜一舟把隐身衣的帽子部分松开，露出脑袋悬浮在半空中，笑道：“呵呵，你带来的宝贝果然好用！”

陈玄乐道：“物归原主罢了。”兴奋之余，陈玄戒备之心并未解除，对颜一舟问道：“爸爸，这房间没有监控吗？”

颜一舟道：“肯定有啊，不过已经被我屏蔽了。对了，闲话少说，拣要紧的讲。等下万一看守注意到监控不灵了，肯定会跑来察看的。”

陈玄点了点头，开始把谈话的焦点放在那些自认为最急迫的事情上。只听陈玄问道：“爷爷和姑姑他们这两天是不是搞了个叫物华永和的教育专区？”

颜一舟道：“是的。”

因为此时两个人都有各自关心的事情急于向对方表达，又顾及时间紧迫，所以都没有拘泥于一问一答的形式，而是从自己的角度和逻辑出发讲出自己认为重要的信息以及对自己关切的问题提出疑问。有时候他们之间还会相互打断，以对某些重要的环节进行确认或补充。

颜一舟没有等陈玄继续问下去，便接着道："昨天元雄他们几个擅自跑去武云山调查了，还把于莺等人抓来了。本来他们想抓武云山上的管理员老郑，但于莺他们设法把老郑保护了起来。而你爷爷现在正代替老郑被抓到这儿来了……"

陈玄打断道："大邹还是老邹？"

颜一舟补充道："大邹。两个小时前老邹和我通过话，说这是他和大邹一起想出来的办法。唉，这俩老头我也算服了他们了，以为自己还年轻呢，敢来冒这个险！"

陈玄知道爸爸是担心爷爷才表达出这样的不满的，不过已经领教过两个爷爷厉害的他显然比颜一舟乐观得多，只听他笑道："爸爸，你可别看扁了爷爷。我这两个爷爷可是神通广大的。"

颜一舟点点头道："等下我还会去看看你那个大邹爷爷。还有，整个抓捕视频我都看过了，和于莺一起被抓来的还有李龙和两只猩猩，老邹说一只雌性的叫和和，还有一只雄性的叫阿逊。老邹还让我告诉你，希星这次也去了武云山，表现得很勇敢，现在在灵鹭山上很安全。"

陈玄来不及为希星感到高兴，急迫地问道："灵鹭山没有暴露吧？"

颜一舟道："目前为止还没有。"

陈玄道："我说这两天在物华永和专区里怎么没有爷爷和姑姑的动静，原来发生了这个事。现在姑姑怎么样了呢？"

颜一舟道："她是单独被抓起来的，很多情况她都还不知道，比如你爷爷冒名老郑被抓进来的事。所以待会儿我也会去见一见她。不过于莺那么机灵，我相信她大体能应付的。而且我已经得到信息，今天这一轮审讯下来调查组并没有发现什么。"

陈玄道："我们又没有做什么坏事，调查组为什么盯住我们不放？其实真正有嫌疑的就是上次我和你提到过的那个矮个子男人，从中村办公室出来的那个！”

颜一舟道：“你怀疑得很对。那男人叫韦泽一男，是一个叫GRD的恐怖组织的头子！更要紧的是，这个GRD组织很可能跟中村不二有关。现在调查组中有一些人受了元雄和中村等人的指示，企图把这个马克龙案的嫌疑嫁祸给武云山，让和武云山有关的人来背这个黑锅，他们甚至企图把你们定性为恐怖组织。我猜他们这样做肯定是想掩护GRD。”

陈玄道：“对，这个GRD的确很可疑。我记得B世界的刺客团就是在2045年冒出头来的，而且为首的就是日本人。”

颜一舟道：“是的，这个事情老邹也提到过。”

陈玄道：“那你和妈妈可要注意些，这伙人什么事都干得出来！”

颜一舟道：“你放心！我和你妈妈也不是吃素的。”

提到GRD，颜一舟告诉陈玄一个重要信息：GRD的总部极有可能在位于南美洲北部帕卡赖马山脉的罗奈马山上。这是颜一舟这几天秘密调查出来的。

两个人大概聊了十来分钟，其间颜一舟还告诉陈玄，于莺和大邹就关在隔壁两个房间里。陈玄赶紧让颜一舟拿出手机来观察一下，只见大邹正在床上打坐，而于莺则已经睡下了。

颜一舟最后拿出来一个纽扣大小的盒子，里面是一套隐形光屏，并且交代陈玄藏好，不到万不得已不要拿出来使用。陈玄问为什么不能直接装起来，这样可以悄悄使用。颜一舟说未经授权使用隐形光屏是违法的，还说联盟里很多关卡都有感应设备，使用隐形光屏能被其侦测到。

颜一舟穿好隐身衣，用那部手机观察了一番羁押室外部的情况后，开门出去了。

颜一舟离开后，陈玄把那个盒子藏在了卫生间的一个角落里，以备不时之需。颜一舟的及时到访让陈玄瞬间明朗了很多。

颜一舟很小心地进入到大邹的房间里，照例先在房间里检查了一通，该关的关，该屏蔽的屏蔽，确保接下来自己和爸爸的谈话不会被任何监控设备观察到。做完这一切后，颜一舟悄悄坐在正闭目养神的大邹边上，正想开口叫一声爸爸，没想到大邹突然一记锁喉爪直扑自己的脖子。颜一舟自知避之不及，急忙喊了一声："爸爸。"

此时，大邹才睁开眼来，朝着自己出手的方向看去，没有看到任何人，而自己的手上却明明抓着一个人。

被卡住喉咙的颜一舟动弹了一下，再一次艰难地发出一声："爸爸，是我。"

大邹松开手来，微微一笑道："臭小子，果然是你。"早就在灵鹭山上看陈玄演示过隐身衣的他自然对眼前这副异象不觉得稀奇。

颜一舟松开帽子，露出脑袋来，不悦道："冒险来看望你，却险些被你掐死。"

大邹不理这一茬，反而问道："已经见过玄玄了？"

颜一舟惊讶道："你怎么知道？"

大邹笑道："儿子肯定是最重要的呀。"

此时颜一舟知道爸爸这样说话的用意，但是他并没有对此回应，而是问道："你什么时候发现我进来的？"

大邹道："你什么时候想进来的，我就是什么时候发现的。"

颜一舟记得自己年幼时爸爸经常和他开这样的玩笑，但此时显然不是纠缠于玩笑的时候，于是他直奔主题道："你为什么冒险到这里来？"

大邹淡淡道："我放心不下你们。"

接着，颜一舟把自己知道的事情大致给大邹讲了一遍。大邹仔细听着，偶尔也会打断问一问。大约过了十分钟，大邹建议颜一舟赶紧去于莺那儿一趟，因为他知道于莺现在才是对眼前状况信息最闭塞的人。颜一舟接受了大邹的建议，并在离开前告诉他，如果出现紧急状况可以去找调查组的张义寻求帮助。

和陈玄、大邹不同，于莺对颜一舟的到来毫无察觉。

于莺是被颜一舟轻轻叫醒的。她此前虽未见识过隐身衣，但至少听二老说过，因此倒并不觉得太奇怪。

于莺第一个问题便是：“大邹是不是也在这儿？”

颜一舟指了指边上的房间，道：“陈玄被关在你边上这间，再过去一间里面就是我爸。对了，你是怎么知道他也在这儿的？”

于莺笑道：“你还不知道你爸那人？审讯的时候自称‘郑大周’，也亏他想得出！”

颜一舟忍不住笑了一声，道：“他是冒充老郑进来的，李龙也进来了。刚才我爸让我告诉你，李龙现在的身份是广安自然保护区的护林员。还有陈玄，不，郑炫是他的孙子，是半个月前才上的武云山，他的目的是把会说话的猩猩举荐给人类联盟，至于原因嘛，我爸说让你自己发挥好了。因为郑炫知道他爷爷老郑坚决不同意他这样做，所以他就设法说服了你，瞒着老郑把阿勇和阿智送到了人类联盟。接下来的故事嘛，如果调查员问起，你就自己编下去好了。”

于莺在一边仔细听着，偶尔点点头。

之后，颜一舟又跟于莺说了一些那天抓捕视频里反映出来的关键内容，也透露了调查组的动机。于莺多聪明，听过后心里立刻便有了主意。

离开于莺的房间，颜一舟觉得有必要再去和陈玄见一面，因为从老邹那儿得到的信息显然是陈玄所不掌握的。

就在颜一舟再次潜入关押陈玄的房间，正准备把新得到的消息给陈玄交代一番的时候，两个看守人员开门进来了。陈玄假装躺在床上，而隐身在一旁的颜一舟看见这两个人在房间里检查了一通后，其中一个喃喃道：“怪事，最近这监控怎么老出问题？你去把技术科的人叫过来查看一下。”只听另一个人回应道：“这么晚了，明天再说吧。反正也没有什么异常情况。”说完，两个人便离开了。

第三十一章

失落的世界

调查组再一次提审了陈玄。这一次审讯陈玄的是自告奋勇的胡克和戴维，而包括鲁伊在内的调查组所有其他成员都在密切关注着这场审讯。

胡克和戴维先后走进审讯室，胡克一进门便冲坐着的陈玄道：“郑炫，又见面了！”

陈玄抬起头扫了他们一眼，并不搭腔，只是装作一副无精打采的样子。

戴维想诈一诈这个郑炫，便故作不耐烦地拍了一下桌子，道：“郑炫，你给我老实点。实话告诉你，前天我们把整个武云山都给端了，山上的人啊猩猩的悉数都被我们‘请’了进来，你还不从实招来！”

陈玄听了心里好笑，但表面上却故作愤然道：“你们这些人真是狗咬吕洞宾——不识好人心。算我瞎了眼，瞒着爷爷非得把阿勇阿智送过来，却惹来这么一身骚。什么狗屁人类联盟，呸！”

胡克眼皮一翻，道：“你这话什么意思？”

陈玄鼓着气道：“我和于阿姨把阿勇、阿智带来是给你们开眼界的，你们却把我们的好心当驴肝肺，当我们有什么阴谋。你们这种行为太令人寒心了。”

胡克露出一点诡异的笑容，道：“那么我问你，你到底是什么时候到武云山上的？”

陈玄道：“这很重要吗？不过也罢，你们既然喜欢纠缠这些事情，我就实话告诉你们。我是半个月前才上的山。之前因为我爷爷坚决不同意把他已经培养出几只会交流的猩猩的事情泄露出去，所以我就设法谎称要上山来接替爷爷管理武云山，好骗他下山修养。然后我说服于莺阿姨，瞒着爷爷把阿勇、阿智带下山。”

戴维接着问道：“那你为什么要对我们说谎，说自己是十年前就上山了？”

陈玄露出一丝不屑的眼光看了一眼戴维，仿佛告诉他“你这个人智商够低的”，然后陈玄接连对其反问道：“我不说自己是十年前上山的，你们能相信阿勇和阿智是我培养起来的？如果我说它们俩不是我培养的，难道我还说它们是我爷爷培养的？然后你们就去找我爷爷，好把我爷爷气死？”

戴维被陈玄问得无言以对。

胡克继续问道：“那你为什么骗我们说山里面没有其他会说话的猩猩了？”

陈玄道：“我也要留一手的呀。万一你们把我爷爷辛苦培养起来的猩猩都弄走，那我爷爷什么时候想它们了怎么办？”

胡克一听也是在理，但他转而问道：“告诉你吧，你爷爷也被我们请来了。可是昨天我们向他了解情况的时候，他的反应似乎没有你预想的那么激烈。这是怎么回事？”

陈玄随口答道：“我爷爷这么睿智的人当然不会在你们这些人面前

出丑。他是生我的气，又不是生你们的气。”

尽管陈玄说得有模有样，但胡克不为陈玄的说辞所动，继续冷冷问道：“你上武云山之前住在哪儿？”

不得不说，这的确是一个既关键又棘手的问题。昨天晚上，陈玄被这个问题困扰了许久。此前编出十年前就住在了武云山，最主要的就是为了解释自己为什么没有在图灵系统里留下信息，从而可以隐藏自己是从2050年穿越过来的秘密。而现在不得不说是半个月前才上的山，那么此前那么多年自己在哪里生活呢？陈玄围绕这个问题左思右想，但都找不到一个不会穿帮的说辞。不过后来，他的确想到了一个地方！把这个地方说出来作为自己此前生存的场所，这或许是一个值得尝试的说法，尽管有一些冒险。

只听陈玄道：“我以前是住在罗奈马山上的。”

罗奈马山！就是昨天颜一舟告诉陈玄的，那个GRD组织极有可能的藏身之所。

陈玄此言一出，整个调查组几乎沸腾了：靠！又弄出一座山来！这小子有完没完？

的确，此时调查组的所有人都不知道罗奈马山可能隐藏的秘密，包括张义、戴维、胡克这些来自信息部或安全部的人。他们只知道，罗奈马山是南美洲北部帕卡赖马山脉的最高峰，海拔2810米，被誉为世界上最神秘的山峰，也被称为“失落的世界”，是一座名副其实的平顶山。

戴维对陈玄的说法感到狐疑，于是便要求他把在罗奈马山上的生存经历叙述一遍。这倒难不倒陈玄。在执行返回2020年的任务之前，他在图灵系统里最热衷的一件事就是野外探险，而这座举世闻名又充满神秘感的罗奈马山，陈玄不知道上去过多少次！于是陈玄就着自己无数次的探险经历，把这座山的细节特征以及自己是如何生存的各种经验讲得头头是道，听得调查组所有人员都为之动容。

胡克听完陈玄的叙述后，又问道：“你住在罗奈马山的事情还有谁知道？”

陈玄故作神秘道：“没有了。”

胡克追问道：“你爷爷或是于莺他们也不知道？”

陈玄答道：“我没有告诉过他们。他们都以为我不过是一个在居住区里游荡的普通人而已。呵呵，为什么人不能有一点秘密呢？”

戴维将信将疑道：“你一个人生活在罗奈马山上？”

陈玄有意控制了一下自己，又故作镇静道：“是的。”

陈玄的这个细微动作被调查组的一些人捕捉到了，在测谎仪的帮助下，他们发现陈玄在这个问题上的回答存在疑问。鲁伊果断地对其他组员道：“罗奈马山可能有些名堂，一定要去查一查。”

对陈玄的审讯结束后，调查组又对大邹和于莺再一次进行了审讯。心里已经有底的大邹和于莺自然在回答中漏不出什么破绽来。关于郑炫来到武云山之前的经历，两个人都推说不清楚，只说郑炫是一个居无定所的人，喜欢到处游荡。

这一轮审讯完成后，调查组形成了两种意见。

一种意见认为：郑炫和于莺等人的说谎行为与马克龙案没有直接关系，武云山方面与本案也没有关系，但郑炫在罗奈马山生活了十年的说法有待调查，而且罗奈马山是否存在某种秘密组织也有待调查。

另一种意见认为：郑炫一定是马克龙案的参与者或知情者，而武云山和罗奈马山都不能排除嫌疑。

带着这两种意见，鲁伊向杰斯夫部长做了汇报和请示。杰斯夫隐约感觉到这个罗奈马山可能与此前自己一直惦记着的韦泽一男和GRD组织有关联，于是他当机立断，决定把案情报告拿到首脑团去讨论。此前杰斯夫配合了一次元雄，把安全部和信息部擅自开展的武云山搜查行动揽到调查组来。这一次，杰斯夫认为不能再听令于元雄了，而应当把后续的调查问题放到桌面上摊开来，让整个首脑团去做决定。杰斯夫敏锐地感觉到，目前首脑团每个成员都紧盯着眼下这个案件，因此瞒着谁或得罪谁都是不明智的。

胡克和戴维也许还没有意识到新冒出头的罗奈马山对元雄或中村而言都有着极为重大的意义，所以他们并没有着急向这两个部长汇报当前案情的调查情况。

秘书长德尔比接到杰斯夫要求召开首脑团会议的通知后，知道他有重大案情要通报，便立即安排了会议。

德尔比的会议通知发出去半个小时后，联盟总部会议室里首脑团所有成员都到齐了。除了杰斯夫外，其他六名成员都很好奇到底发现了什么重大案情。

中村的期待最高，他以为调查组对武云山方面的审讯一定有了重大的突破，最好是找到了一个神秘组织，不管这个组织以什么为目的，只要方便他们做文章就够了。

元雄虽有所期待，但也心存疑虑。因为他觉得如果案情的调查结果真的如己所愿，那么胡克应该会向他报告的。可事实是胡克并没有报告，因此就有些可疑了。

颜一舟在会议室坐定后就一直暗暗观察着元雄和中村等人的神情，尽管他并不知道调查组的审讯会如何发展，但因为有了昨晚那一次“串联”行动，所以他对这一次的案情通报是比较乐观的。

因为颜一舟这两天并未与辛向音有过联系，所以辛向音总觉得颜一舟依然没有展开什么有效的行动，故而她对这次案情通报倒是心存忐忑。

汤姆乔始终不相信郑炫、阿勇和阿智会与马克龙案有关。

德尔比则是无条件追随着元雄，不管案情如何发展。

德尔比见人都到齐后，便请杰斯夫进一步阐明召开本次案情会议的缘由。

杰斯夫道："根据这两天对郑炫以及武云山方面有关人员的审讯，调查组初步排除了武云山方面的嫌疑，但也出现了一个新的线索——罗奈马山……"

在辛向音和汤姆乔听来，杰斯夫的这次案情通报至少让他们心宽了一些，因为嫌疑的焦点似乎从武云山移开了。但对元雄、中村和德尔比而言，杰斯夫的这次通报则犹如一记晴天霹雳。他们怎么也没有想到，这次调查竟然会把火烧到自家后院里去。颜一舟心中暗喜，他知道这一定是陈玄巧妙利用了自己透露给他的那个消息，才把调查组的注意力引到罗奈马山去的。

杰斯夫说完后，会场陷入了短暂的安静。

颜一舟从中村和德尔比闪烁而慌乱的眼神中看出了什么，率先道："据我所知，罗奈马山的海拔不高，应该都在反射膜的覆盖之内，植被不能正常生长，照理说不具备野外生存的条件。郑炫怎么可能在那儿待十年？"

杰斯夫道："本来调查组也对此表示怀疑，但经过查证，罗奈马山在2040年就被生育部列为特殊保护区，有特制的反射膜体系和辐射过滤系统，生态环境一直保护和发展得很好，适合野外生存。所以从这个角度来说，郑炫交代的情况有可能是真的。"

汤姆乔补充道："是的，我记得人类联盟成立之初，因为需要大规模建立反射膜体系，所以有很多民间组织担心地球的生态环境会发生不可逆转的变化。当时人类联盟内部也有类似的担忧，于是经过大规模讨论后，选择了一批具备典型性的地形地貌进行特殊保护。有'失落的世界'之称的罗奈马山就在其列。"

中村非常希望否定郑炫的说法，急切中他突然想起元雄曾经质疑郑炫皮肤过白而不像是长期居住在山林中的人，于是道："郑炫这小子谎话连篇，不可信！当初他说自己长期居住在武云山上，我就不信。你们看他那肤色明显较白，根本不像是从山里出来的。"

中村说完，下意识地看了一眼元雄，希望得到元雄的支持或赞赏。但他发现元雄的眼神中非但没有赞许的意思，反而有一些恼怒，于是猜想自己是不是又说错话了。果然，杰斯夫的下一句话彻底击中了这伙人的要害！

只听杰斯夫道："中村部长的怀疑非常有道理。所以我们据此推测，郑炫很有可能不是生活在罗奈马山的丛林中，而是生活在罗奈马山的洞体内！"

其实元雄早就预计到中村的质疑一定会引出杰斯夫的这番推断，所以他唯恐避之不及。本来元雄期望杰斯夫不会在这个会上讲出这个推断，因为以杰斯夫的为人来看，大概率会把一些关键信息隐藏起来。如果杰斯夫不在本会上挑明，哪怕他真的有这种想法，那么元雄也会找机会去拉拢杰斯夫，如此便还有回旋的余地。可为什么要回旋呢？因为GRD组织现今的确就藏在罗奈马山的人工洞穴内！只是让元雄万万没有料到的是，中村会在这个时候捅出这个马蜂窝来。

元雄强忍的怒火已经被颜一舟洞察得一清二楚。此时此刻，颜一舟心里有底了：自己苦苦追索了多年的秘密原来就在罗奈马山上！

就在颜一舟得知马克龙遇刺案那天韦泽一男曾经在人类联盟总部出现过以后，他就开始设法追踪这个GRD头子的行动轨迹。在雨果的帮助下，他们的目光很快就聚焦到罗奈马山上。通过这几天的卫星监控，雨果发现罗奈马山上有较多的人员活动迹象，至少有14个不同的人时常出没在该山体上，而且不知道是从哪里上去的。所以颜一舟也高度怀疑罗奈马山的内部很有可能隐藏着某个组织，而这个组织无疑与GRD有关，甚至很有可能就是GRD！

元雄不甘心接下来调查组就这样把调查方向全力对准罗奈马山，于是开口道："杰斯夫部长，你们调查组的分析不是没有道理。但是我总觉得你们漏掉了什么。请问你们对新抓来的那两只猩猩有没有仔细调查过？"

杰斯夫道："我们对它们有过几次调查。但这两只猩猩的语言能力和理解力我们没有办法评估，而且它们似乎不太理解我们的问题，所以从它们那儿基本没有获得有效的信息。"

元雄道："可是据我所知，早些时候来的那两只猩猩与人正常交流是没有问题的。如果新来的那两只猩猩不愿意配合，那就将之前那两只猩猩好好询问一番。要知道，人是会说谎的，而且有的人非常擅长说谎，测谎仪都未必有效。但猩猩嘛……"元雄讲到这里停顿了一下，看了一眼辛向音和汤姆乔，然后一个字一个字说道："我想总是会说实话的。"

汤姆乔看了一眼辛向音，在等待她的表态。

辛向音笑道："元雄部长看来还是对武云山不放心啊！"

元雄道："给这几只猩猩做一次彻底的调查，就是排除武云山嫌疑最好的手段。"

颜一舟心里早有盘算，他怕辛向音有所顾虑而犹豫不决，于是抢先表态道："我支持元雄部长的提议！那两只叫阿勇、阿智的猩猩是我引荐来的，我也很纳闷为什么它们一来，我们这儿就发生了凶杀案。"

杰斯夫见颜一舟如此自责，便安慰道："颜部长，我看你就别把责任往自己身上揽了。这两只猩猩是那个叫郑炫的带来的，如果真的有问题也是出在郑炫身上，而它们俩很可能不过是郑炫设法混进总部的敲门砖罢了。"安慰完颜一舟，杰斯夫不忘支持一下元雄，于是又道："不过元雄部长说的也在理。对这几只猩猩做一次彻底的调查，才能更好地排除它们的嫌疑。"

德尔比道："那么好，既然大家意见一致，就请汤姆乔部长把阿勇和阿智暂时移交给杰斯夫部长吧。"

辛向音对德尔比质问道："那么罗奈马山的嫌疑怎么说？不查了吗？"

德尔比道："当然要查，当然要查。关于罗奈马山的调查也请杰斯夫部长抓紧时间。"

会后，颜一舟来到了辛向音的办公室。

辛向音道："那个罗奈马山到底是怎么回事？怎么会把玄玄扯到那上面去？"

颜一舟笑道："这是你儿子自己干的好事！不过，干得真漂亮！"

辛向音着急道："究竟怎么回事？"

颜一舟道："昨天晚上我去特别部的羁讯处看望了一下他们，玄玄、于莺，还有我爸……"

辛向音一阵惊讶，未等颜一舟说下去，便连续问道："什么，荣哥也在？哪个荣哥？还有，你是怎么去的？大摇大摆进去的？"

颜一舟再次笑道："对啊，被你说中了，真的大团圆了！大邹冒充武云山的那个管理员老郑被关了进来。哦对，你说我怎么进去的？呵呵，你还记得玄玄给我留下的那件隐身衣和那部功能极其强大的手机吗？我就是靠它们轻而易举进去的。"

辛向音点了点头，心想这个颜一舟到底还是做了一些事的，于是道："接着说。"

被打断的颜一舟重新整理了一下思路，继续道："此前你应该听我提起过那个GRD头子韦泽一男吧？我这几天已经追踪到他的老巢了，就是那个罗奈马山！所以昨天晚上我去见玄玄的时候就把这个信息透露给了他。没想到这小子这么灵光，不知怎么就把调查组的注意力引到罗奈马山上去了。这样正好，接下来我们可以借调查组的力量去对付GRD这个刺客团了。"

辛向音一听，原来如此！此时她开始担心另一个问题："那么阿智和阿勇怎么办？会不会在审讯中露出马脚？"

颜一舟笑道："开会前我就已经去汤姆乔那里悄悄找过它们两个了，该交代的都交代过了，应该没有太大问题。这俩家伙聪明得很！"

辛向音也露出了久违的笑容，开心道："还是你更聪明！"

就在辛向音和颜一舟面对面交流的同时，德尔比的办公室里也在进行着一场情绪激动的谈话。

一走进德尔比的办公室，元雄便再也忍耐不住，对着中村不二斥责道：“调查组里几乎有一半的人是你们信息部的，你们都调查了些什么东西？”

德尔比见中村脸色难看，怕闹出不和来，便对元雄劝道：“老大，我看这事挺蹊跷的，怪不得中村。我觉得还是你之前的判断有道理，郑炫这个家伙真的不简单！”

元雄见中村不二难得在他面前露出了凶样，知道他也正窝着火，便忍住怒火不再撩拨他，而是稍稍缓和道：“接下来怎么办？”不过元雄显然不是在征询意见，而是为了提出自己的主张。只听他继续道：“中村，你赶紧和GRD那里确认一下，这个郑炫到底和他们有没有关系？”

中村见元雄收敛了一些，自己也赶紧调整了一下情绪，道：“我立刻去联系。”

德尔比道：“中村，让韦泽一男派个其他人来，他自己就不要来了，太惹眼了。”

中村道：“知道了。”

为了安全起见，GRD那边要和中村等人发生联系是非常谨慎的，绝对不允许通过图灵系统直接联系。他们之间通常是利用以图灵为后台的通讯工具用暗语的形式发出见面指令，然后以面对面的形式进行沟通。至于隐形光屏嘛，因为是近年来才开始使用的，而GRD已经隐藏在罗奈马山快五年了，所以还没有来得及配上。上次韦泽一男得到与中村的见面指令后，立刻来到人类联盟总部信息部中村部长办公室，接到了刺杀马克龙的命令。本来这个暗杀指令是元雄要求下达的，而且不过是对GRD的一次考验。所以当时中村不二考虑在GRD完成这次考验后再给他们配备隐形光屏，可万万没有想到这次考验会演化成这个样子，几乎是搬起石头砸自己的脚。

元雄见中村不二又表现出听话的样子了，于是再一次习惯性地对其发号施令道："让你在调查组里那几个手下拿出点手段来，好好审审那几只猩猩，我还是不信武云山上没有一点问题！"

中村不二咬牙切齿道："如果它们敢不说实话，看我怎么把它们扒层皮下来！"

元雄看着中村的那副狠劲，自己的怒火又被勾了起来，道："如果这个郑炫真的是GRD里的，那么就让GRD自己去除掉这个叛徒！如果他和GRD无关，那么今天这一出很可能是辛向音和汤姆乔背地里搞的鬼。"

德尔比道："万一真的是辛向音和汤姆乔联手布的局，我们怎么办？"

元雄恶狠狠道："那还怎么办？既然干上了，那就看谁先下手，看谁下手狠喽！"

中村不二点头道："不管怎么样，这个郑炫必须得……""死"这个字终究没有说出口，中村总算是保持住了那点风度，换了个说辞道："这个郑炫必须从这个世界上消失！"

第三十二章

神秘的眼睛

在中村不二的授意下，戴维带人以调查组的名义到生育部里将阿勇和阿智带到了特别部的羁讯处。

杰斯夫则把鲁伊和张义叫到了办公室。

杰斯夫对张义交代道：“你立刻安排信息部的人，对罗奈马山进行全天候监控。”

张义点头道：“遵命。”

杰斯夫转而对鲁伊道：“虽然我们接下来调查的重点要放在罗奈马山，但对武云山这边‘请’过来的那几只猩猩也要弄清楚——他们到底和马克龙案乃至某些秘密组织是否有牵连？”

鲁伊道：“我立刻安排审讯。”

见过杰斯夫后，张义立刻向中村请示：“根据杰斯夫部长的安排，我们将对罗奈马山展开全天候的卫星监控。请问部长，您有什么指示？”

中村道：“既然是杰斯夫部长的要求，你们照办就是。不过也不是完全由他们说了算！这样，你们先准备就位，一切听我命令。”

张义道：“是！”

张义走后，中村给韦泽一男发出密令，要求他立刻派人过来面谈。

在安排针对阿勇和阿智的审讯人员时，胡克和戴维相继主动请缨。于是鲁伊分别以胡克和戴维为主审安排了对阿勇和阿智的审讯。

阿勇在被带到审讯室的路上是充满怒火的。戴维从生育部把阿勇和阿智带到特别部之前，给它们俩头上都安装了一副特别制作的像紧箍咒一样的电子镣铐，还阴阳怪气地恐吓道：“千万不要乱动，否则你们会尝到苦头的！”当时阿勇受不了这种威胁，企图脱下那个镣铐，不料果然被那个不起眼的小东西折磨得龇牙咧嘴，痛苦不堪。要不是生育部的工作人员及时劝阻，戴维这帮人还想对着阿勇那副惨状一直欣赏下去。这不禁让边上目睹这一切的阿智无比愤恨，而阿勇更是咬牙切齿得想不顾一切扑到戴维身上将他撕个粉碎。好在阿智看出了阿勇的企图，暗暗阻止了阿勇，还在它耳边轻轻道：“忍住！忍住！”恢复平静后的阿勇想起了此前颜一舟交代它们的话：“接下来你们很可能会迎来一场战争，你们一定要做好与敌人斗智斗勇的心理准备，决不能莽撞行事，更不能泄露秘密。”

看见戴维斜睨着它走了进来，此时正蹲在审讯室里的阿勇并未被眼前这种嚣张无礼的举动所激怒，倒不是畏惧 “紧箍咒”的折磨，而是内心已经升腾出来的那股迎接战斗的斗志让它冷静了下来。

但是戴维不想看到一个冷静的阿勇，每问一个问题，不管阿勇回答还是不回答，都要用那紧箍咒刺激一下它。大概十来分钟后，阿勇开始蜷缩在地上口吐鲜血，但戴维却没有半点怜悯的意思。

等阿勇稍微缓过点神来，戴维突然冒出一个问题：“我很好奇你们这些猩猩是如何交配的？就你这个年龄，应该有过经验了吧，该不会也是模仿我们人类吧？”见阿勇没有回答他的问题，戴维开始淫笑道：“前两天抓来的那只叫‘和和’的雌猩猩现在就在隔壁，要不我把它带过来，你给我好好表演一下？如果够精彩，我就饶了你。”

此前，阿勇已经从颜一舟那儿得知和和与阿逊也被关了进来。可是现在戴维竟然拿和和来向它挑衅，面对这种无耻与邪恶，阿勇顿时失去了理智，狂吼一声用尽所有力气向戴维蹦去。无奈戴维早有防备，不费吹灰之力就让阿勇再一次倒在地上痛苦地翻滚，同时还要忍受着戴维的嘲讽：“你当自己是孙悟空？还敢在这里撒野！”

过了一会儿，又听戴维对边上一个审讯人员命令道：“去，把隔壁那个雌的带过来！”

很快，和和也被带到了阿勇所在的这间审讯室。和和看见阿勇那副惨状，便趴到它身边伤心地喊道：“阿勇！阿勇！”阿勇听见和和的叫声，艰难地抬起头来，正想回应一声，无奈嘴里却吐出一大口血来。虽然和和看上去比阿勇好很多，但显然也是受过不少折磨。

只听戴维再一次淫笑起来，道：“阿勇，你既然还有力气搏斗，那就用你的力气去对付和和！”见阿勇无动于衷，又见和和对其怒目相向，戴维轻蔑道：“阿勇，现在开始我数三下，如果你还不开始，那我就对和和不客气了。”说完，戴维便开始“三、二、一”倒数起来。

数毕，戴维见阿勇并无动作，便开始给和和也“念起”紧箍咒来，只见和和立时面目狰狞、痛苦不堪。可怜此时阿勇已经丧失了战斗力，却还奋力挣扎着朝戴维爬过去……

审讯室里的景象让其他审讯人员不忍直视，而戴维却依然乐此不疲。

就在此时，审讯室外一阵骚动。戴维转头一看，竟然是汤姆乔部长带着几个生育部的人员走了进来。原来，阿勇和阿智被带走时汤姆乔虽然不在现场，但后来听说戴维等人是用电子镣铐将它们带走的，而且在生育部里就开始惩罚阿勇了，所以汤姆乔担心在审讯中也会出现虐待行为，便匆匆带人赶来了。

一见眼前的场面，汤姆乔对戴维怒斥道：“胡闹！谁给你们的权力！”

戴维不服，但在汤姆乔部长面前他不敢造次，便小声狡辩道："这几个猩猩不肯说实话，只能用点手段。"

汤姆乔大怒，道："什么是实话，你说了算吗？什么年代了，竟然还想搞屈打成招这一套，而且还是在人类联盟的总部！"

戴维见汤姆乔如此激动，便不敢吭声了。

汤姆乔继续道："我同意你们把它们带过来，是让它们配合你们协助调查的，不是让你们把它们当罪犯抓起来的。再说了，就算是犯了罪，我们也不能这么对待啊。"

戴维赶紧道："是，是。"

汤姆乔接着对自己那几个部下说道："赶紧找个地方给它们医治一下。"

戴维在边上道："羁讯处里有医护室，就在那儿医治吧。照规矩，它们还不能离开羁讯处。"

汤姆乔瞪了一眼戴维，道："其他猩猩呢，现在在哪儿？"

戴维道："它们就在边上，我带您去。"

由戴维带路，汤姆乔见到了阿智和阿逊，它们两个在胡克的审讯中一样被折磨得很惨。汤姆乔因此把胡克也痛骂了一顿。

在汤姆乔的亲自安排下，阿勇、阿智、和和、阿逊被送入羁讯处中的医护室进行医治，阿勇伤势最重，不过经过救治后倒并无大碍。

汤姆乔和他的部下离开特别部之前，汤姆乔特意当着众人的面给杰斯夫打了电话，并毫不客气地告诫道："如果你们特别部里再出现类似的行为，我会把这些猩猩全部带走，并且要让你和你的部下到联盟总部的法庭上把整个事情交代清楚！"

就在胡克和戴维他们在审讯时，鲁伊和张义正带人往罗奈马山赶。一路上，因为信息部对罗奈马山的卫星监控信息迟迟没有传过来，鲁伊多次催促张义。张义因为受了中村不二的指示，便推说信息部技术处这两天出现了一些故障，卫星监控信息传送可能要延迟一些。

与此同时，从罗奈马山中飞出一辆车子，里面坐着两个人，一个是韦泽一男，另一个是韦泽一男的忠实干将拜尔。

韦泽一男道：“中村这次不知道搞什么名堂，居然不让我直接面见他。”

拜尔道：“难道上次的行动被人盯上了？”

韦泽一男道：“不可能！”

由于联络不便，中村不二此前并没有告诉韦泽一男，特别部在几天前就已经盯上他和GRD了。本来韦泽一男只要派拜尔去信息部面见中村就可以了，但生性狐疑的他因为不理解中村的指令，所以就坚持与拜尔一起去，好在第一时间搞清楚原因。

在人类联盟总部，颜一舟从隐形光屏中收到了来自雨果的信息：“目标出动了！”

颜一舟知道罗奈马山方面有动静了，于是立刻赶到科技部时光中心。

雨果见颜一舟亲自来了，便激动道：“部长，刚才这辆车就是从罗奈马山飞出来的。这张截图角度正合适，您仔细看左边这个人，非常像上次我们一直追踪的那个家伙。”

颜一舟点点头道：“就是他，韦泽一男！”

雨果继续道：“从飞行方向看，他们应该是往人类联盟总部赶。如果真的是到这儿来的，那么从该车时速进行判断，这辆车将在半个小时后到达。”

颜一舟道：“另外一个人是谁，比对过吗？”

雨果道：“还没来得及呢。我现在开始比对。”

由于韦泽一男以及GRD组织的大部分成员都曾经被国际刑警组织抓捕过，虽然大部分资料被元雄和中村暗中销毁了，但在人类联盟总部的信息库里还是留下了不少信息。

果然，雨果很快就对比出结果来了。只听他兴奋道：“这家伙也是GRD组织的成员，叫拜尔。”

颜一舟道：“这就对了！”接着，颜一舟又对雨果道：“你把他们盯紧了，如果他们真的来这儿了，立刻告诉我。”

雨果抖擞精神道：“是！”

在返回自己办公室的路上，颜一舟接到汤姆乔的电话。电话里，汤姆乔痛诉了戴维等人对阿勇它们所做的恶行，颜一舟自是义愤填膺。

韦泽一男他们来到人类联盟总部外面之后，他自己留在了车里，拜尔则凭着信息部发放的通行码顺利进入到总部内部。尽管第一次来到人类联盟总部，但已经浏览过地图的拜尔凭着超强的记忆力径直向信息部走去，宛如轻车熟路一般。

到了信息部顶层，拜尔在电梯的控制面板上摁了一下“呼叫秘书台”摁钮。很快，杰斯夫的秘书蒂芙尼出现在屏幕上，问道：“请问是拜尔先生吗？”

拜尔回答道：“是的。”

蒂芙尼继续道：“请在屏幕内验证身份。”

拜尔见屏幕上跳出一栏密码格，于是将此前信息部发过来的一串密码输了进去。很快，拜尔听见一声“请进”后，电梯门开了。

拜尔出了电梯后，蒂芙尼迎了上来，微笑道：“拜尔先生，请问您刚才上来前有没有看见其他人？”

拜尔对蒂芙尼的这个问题颇为疑惑，但还是如实回答道：“没有。怎么了？”

蒂芙尼道：“哦，刚才您上来之前这个电梯门突然开了一下，却没有看见人。估计是什么故障吧，该检修了。嗯，请跟我来吧，中村部长在等您呢。”

拜尔对这个“故障”并没有在意，一路跟着蒂芙尼来到了中村的办公室。蒂芙尼把拜尔送进中村的办公室并请他落座后，便关门离开了。

中村道："拜尔，你在罗奈马山上待了多长时间？"

拜尔道："我从2035年开始追随韦泽首领，2040年GRD搬到罗奈马山时我就已经在了，算起来待在山上的时间差不多有五年了吧。"

中村点点头，然后用手在面前划出一个人像，翻转过去给拜尔看过后，道："你认识他吗？或者说山上有这个人吗？"

拜尔看了一眼，摇头道："没有。"

中村道："这个人叫郑炫，之前是从中国四川的武云山上下来的，自称已经在罗奈马山待了许多年了。"

拜尔再一次否定道："不可能！我见过的人都记得的，更别提是罗奈马山上的人。"

中村道："其实我也不信这个人是从罗奈马山上下来的。可奇怪的是，他对罗奈马山非常熟悉，山上的很多特征他都讲得清清楚楚。"

拜尔道："也许他是一个野外求生爱好者，在2040年之前就去过罗奈马山吧。对了，难道他对山洞里面的情况也知道？"

中村道："这倒没有提起。"

出于一个杀手的本能，拜尔敏锐地感觉到了什么，于是问道："这个人是不是给我们造成麻烦了？"

中村道："这个人不简单。上次你们老大从我这儿出去之后就被他盯上了，后来因为马克龙案他被专案组抓了起来。就是从他的供述中，我们才知道这家伙是一路跟踪韦泽到马克龙办公室边上的。当时调查组就已经怀疑到你们头上了。可是我还没来得及跟你们通气，他又向调查组供出了罗奈马山。现在，你们罗奈马山已经成了最主要的调查对象。本来，我们的卫星监控已经对你们用上了，不过我会设法让监控再拖延几个小时。你回去以后马上把这个情况报告给韦泽一男。"

拜尔道："好的，中村部长。另外，我想问一下那个郑炫怎么办？"

中村道："这个人太神秘了，留着是个祸患，必须除掉。"

拜尔道："他现在在哪儿？"

中村又划出一幅地图，指着一处道：“在这儿，特别部羁讯处的这间羁押室里。”

拜尔点点头，道：“能进得去吗？”

中村道：“今天晚上12点整，前后30秒钟时间给你留好门，也就是说你有一分钟时间。”

拜尔道：“够了。”

正当拜尔准备离开时，中村拿出两个装着隐形光屏的小盒子，将其中一个拆出来指导拜尔安装和使用，并且交代他把另一个带回去给韦泽一男装上。

拜尔离开中村办公室后，到特别部的羁讯处边上转了一圈。一路上，他总感觉有些不对劲，似乎有双眼睛正盯着他。于是拜尔使出了他惯用的反跟踪手段，却一无所获，既不能确定有人在跟踪他，也不能确定没有人在跟踪他。拜尔对自己的表现有一些沮丧，心想是不是因为五年没杀人了，自己已经渐渐失去了一个杀手应有的直觉？

拜尔一回到车上便对韦泽一男道：“奇怪，我在大楼里面总感觉后面有人盯着我，可又发现不了什么。这种感觉真让我难受。”

韦泽一男一听，略带惊讶道：“原来你也有这种感觉！其实我上次来就有这种感觉，我还以为自己老了呢。”

拜尔一听，立时震惊道：“老大，你上次确实被一个叫郑炫的人盯住了……”

接着，拜尔把中村不二与他的谈话对韦泽一男复述了一遍。韦泽一男听后吃惊不小，他怎么也没有想到，因为上一次的行动，不光自己已经被人盯上了，就连自己的老巢居然也被人盯上了。

拜尔随后拿出了那个隐形光屏给韦泽一男装上，并教会他如何使用。两个人相互用这套新设备操练了一阵，都很满意。

拜尔对韦泽一男建议道：“老大，我看您还是趁着卫星监控还没有对准罗奈马山时赶回去吧，家里更需要你。我就留在这里，找机会灭了那个郑炫，如果有可能的话就找出那双神秘的‘眼睛’来。”

韦泽一男点头道：“好的，你小心些。有事用这套新设备联系。”

韦泽一男找了一个地方把拜尔放下车后，便向罗奈马山飞去。

颜一舟悄悄返回自己的办公室，脱下了隐身衣。一个小时前，他在这儿换上隐身衣，在雨果的提示下，赶在拜尔之前来到中村的办公室内隐藏了起来。之后，颜一舟又一直跟随拜尔，直到他离开联盟总部大楼。

中村和拜尔的对话让颜一舟既兴奋又担忧，兴奋的是此前对韦泽一男、GRD以及罗奈马山的猜测都是正确的，担忧的是这伙人居然准备对陈玄下毒手了，而且就在今晚！

就在这时，雨果又发来消息，告诉颜一舟韦泽一男已经独自飞往罗奈马山去了，而拜尔则留在了人类联盟总部东北角外面的一处废弃掩体内。颜一舟让雨果继续密切监视，尤其是拜尔的一举一动。

颜一舟开始踌躇于下一步计划。此时他面临着一个抉择，是阻止拜尔的行动还是抢在拜尔行动前将陈玄他们营救出来？颜一舟思来想去后，决定选择后者。GRD虽然已经暴露而容易防备，但人类联盟内部的黑手除了中村之外难保还有其他人，如果这次阻止了拜尔，接下来的刺杀行动说不定会接踵而至，到时候就更加难以防范了。但是提前将陈玄他们营救出来会给后续行动带来什么样的影响，颜一舟自觉无法预估。不过，就像会下围棋的人都知道“急所重于大场”，决不能看着陈玄、大邹和于莺他们冒此迫在眉睫的生命危险而不顾。

第三十三章

中村完蛋了

拜尔躲在一个废弃的防空洞中，此时他越想越不对：如果刚才在总部大楼时真的有人跟踪他，那么既定计划还能成功吗？

于是拜尔用隐形光屏给中村打了电话，只听拜尔道：“中村部长，请求取消刚才的计划！”

中村一听，以为GRD准备打退堂鼓了，于是怒道：“养兵千日，用兵一时。你们就是这样回报我的？”

拜尔道：“部长先生，不是您想的那样。我只是觉得一个不能成功的计划还是早一点放弃的好。”

中村不知道这个拜尔到底掌握了什么信息，居然敢在他面前说出这样的话，只能压住怒火道：“你最好说清楚一点！”

拜尔道：“从你那儿出来后，我发现一直有人跟踪我。就像前些天我们老大被人跟踪一样。”

中村一听，大惊道：“不可能啊，那个郑炫不是一直关在羁押室吗？”

拜尔道：“我不知道是谁在跟踪，但肯定有人。”

中村道："既然你这样说，我马上调出监控来看。"

十分钟后，中村跟拜尔又联系上了。

中村道："我可以向你保证，尽管你一直很谨慎地东张西望，但是这一路上根本没有能够跟踪你的人。这与当时韦泽回去后被郑炫跟踪的情况完全不一样。"中村嘴上不说，心里其实认为拜尔这个家伙一定是被吓得有些杯弓蛇影罢了。

拜尔道："你的意思是我后面一直没有人跟着？"

中村道："肯定没有！我比你更渴望成功，我会希望你失败？"

拜尔道："既然你这样说，那我今晚就去走一遭吧。"

中村严厉道："不是去走一遭，是必须完成任务！"

拜尔道："只要计划没有泄露，那么我肯定会完成任务的。"

夜里11点59分，全身遮蔽严实的拜尔小心翼翼地来到特别部羁讯处的大门口。几秒钟后，他试着推了推大门，只见那门果然打开了。拜尔不敢怠慢，因为他只有一分钟的时间用来完成任务。只见拜尔迅速找到下午中村在地图上指出的那个羁押室，顺利开门进去。这间羁押室里的灯被调得非常暗，可拜尔还是清楚地看到床上侧卧着一个人。拜尔不由分说，对着那人的太阳穴就是一枪，只见那人两腿一伸便挂了。为了确认尸体，拜尔将那人翻转过来，用手枪发出的光亮察验了一下，发现该人竟不是郑炫！同时，拜尔又发现此人着装明显是联盟总部的制服，于是知道其中有诈，赶紧准备退出。正在这时，拜尔听见门外一阵骚动，紧接着门口便飞进来六只"雨燕"。拜尔自知在劫难逃，但出于本能还是举枪就射，连续发射了七八枪，虽然每一枪都打中了悬在空中的雨燕，但自己也被其中两只雨燕射出来的金属丝死死缠住而不能动弹。

紧接着，杰斯夫亲自带人出现在了门口，胡克也在其列。此时整个羁讯处已经灯火通明，胡克走上前去察看了一下躺在床上的人员，惊道："是戴维！已经死了。"

杰斯夫对正被两只雨燕五花大绑并悬吊在半空中的拜尔问道："你是什么人？"见拜尔根本不愿意回答问题，于是对自己的部下道："马上安排审讯，我亲自来审，看看到底是哪路神仙！"

杰斯夫转身走出门外，有人前来报告道："从武云山抓来的所有人员都不见了，包括那四只猩猩。"

杰斯夫道："赶紧查监控，看看到底怎么回事！"

来人应道："是！"

此时，有两辆车子正从联盟总部向灵鹫山方向飞去，其中一辆车上坐着大邹和于莺，开车的是李龙，另一辆车由陈玄驾驶，坐着阿勇、阿智、和和、阿逊。

半个小时前，穿着隐身衣的颜一舟来到特别部羁讯处附近，他本计划用陈玄的手机将整个总部大楼的监控都屏蔽掉。但他很快发现，已经有人把监控都关闭了。颜一舟知道这很可能是中村不二所为，目的就是方便拜尔展开行动。

颜一舟进入羁讯处后，用手机观察到几个看守正沉浸在图灵系统里，于是先潜入到陈玄那个房间。有过经验的陈玄很快知道又是爸爸来了。

颜一舟取出那部手机交给陈玄，吩咐他先去各个羁押室救出其他人，然后带着所有人迅速赶去特别部的停车楼，那里有两辆车子正等着他们。陈玄来不及细问，取过颜一舟递来的手机，按照他吩咐的几个门牌号打开了羁押室，分别把大邹、于莺、李龙和阿勇它们都放了出来。颜一舟则隐在一旁关注着各个值守人员的动静，以备不测。

然而，正当所有人员在陈玄的带领下准备撤离时，却撞见了不知道从哪里钻出来的戴维。也是戴维倒霉，还在他惊诧之时，阿勇与和和已经扑到面前将他几捶闷倒在地。颜一舟见状赶上前去，走到陈玄边上悄悄道："这里我来处理，你带他们赶紧上车，回灵鹫山去。记住，车上有三副隐形光屏，你回去后给爷爷和姑姑也装上。"耳尖的阿智听到陈玄边上有响声，转过头看却看不见人影，不知谁在说话，很是纳闷。

陈玄带大家往特别部停车楼赶去后，颜一舟收到了雨果发来的消息，说拜尔已经离开那个掩体进入到总部大楼了。颜一舟赶紧扛起戴维往羁讯处里面走，忽然听见有看守的动静，于是就近钻进了一间正开着门的羁押室，把戴维放在床上后离开了。的确是恶有恶报，因为颜一舟自己也未曾注意到，他正巧把昏迷的戴维放在了那个原本关押陈玄的房间里。

出了房门，颜一舟见一个看守鬼鬼祟祟地在羁讯处的大门口进行着一番操作，知道这个人一定是受了中村的指令在这里给拜尔做接应的。颜一舟注意到此时正是夜里11点57分，于是心生一计，用隐形光屏给杰斯夫发了一个信息："GRD正在劫狱！"11点59分31秒，隐在大门口的颜一舟看着拜尔迅速闯入羁讯处后，便悄然出门离去了。

颜一舟刚回到自己的办公室，就收到了陈玄用新安装的隐形光屏发来的信息："两辆车都已经离开联盟总部，正赶去灵鹭山。"颜一舟一见终于松了口气，回复陈玄道："你们放心回去，日后联系。"此时他最需要思考的是，如何向杰斯夫解释他是怎么知道GRD要劫狱的。不过，这显然难不倒他。

果然，杰斯夫很快就用隐形光屏联系上了颜一舟。只听杰斯夫道："颜部长，我们抓住一个劫狱的人，不过从武云山羁押进来的人全都不见了。"

颜一舟故意问道："这个人是GRD的吗？"

杰斯夫道："正准备审问呢。我就想问你，你是怎么知道这个消息的？"

颜一舟道："实不相瞒，今天听了你在会议上做的案情通报后，我就立即派人用卫星监控盯住罗奈马山了。早上十点左右，我们发现韦泽一男和另一个人从山里赶出来。之后，他们的车子停在了总部外面，另一个人则进入总部。当时我就怀疑这个人是冲着郑炫等人去的，于是就安排人在你们羁讯处外面侦察，果然看到这个人在羁讯处附近逗留了一会儿就离开了。不过这个人和韦泽一男会合后，并没有和韦泽一男一起返回罗奈马山，而是留在了总部外面的一个废弃的掩体里。刚才我给你发消息，就是因为我的部下从监控中看到他又潜入了联盟总部，估计就是劫狱的，所以赶紧告诉你，没想到还是迟了一步。”

显然，颜一舟这一番虚虚实实的说辞是经过仔细推敲的。尽管颜一舟不认为杰斯夫和中村不二等人是一伙的，但他知道现在还不是坦诚相见的时候。眼下面对的是一场战争，关于如何相处的问题，不管对方是敌是友，都要以完成战略目标为最高原则。对颜一舟而言，目前有几件事情是必须保密的，第一是陈玄和老邹的来历，第二是那件隐身衣和那个功能强大的手机，第三是灵鹭山。为了保住这几个秘密，颜一舟就不得不编出一些似是而非的谎言来。当然，颜一舟知道总会有真相大白的时候，但那一定是在实现了战略目标以后了。那么，当前这场战争的战略目标是什么呢？很显然，就是打掉GRD，并且清除由此而挖掘出来的隐藏在人类联盟内部的邪恶势力。

杰斯夫听了颜一舟的叙述不免心生疑惑，因为从早上开始鲁伊和张义他们就赶往罗奈马山去了，而据张义的说法是由于技术原因一直无法使用卫星监控。直到下午三点左右，信息部对罗奈马山的卫星监控才得以启用。

于是杰斯夫问道：“据信息部反馈，卫星监控从早上开始一直都有故障，你们的监控是怎么做到的？”

颜一舟道：“故障？哪来的故障？我等下把整个监控信息发给你。不过杰斯夫兄，你得替我保守这个秘密，我可不想因为私自调查GRD招来某些人的非议。”

杰斯夫道：“这个你放心，我心里有数。”

杰斯夫知道这五年多来颜一舟和他一样一直在追查2039年刺杀单华的凶手，如今好不容易有了线索，不惜采取如此非常规手段的行为是可以理解的。所以，杰斯夫并不打算把颜一舟未经首脑团许可便私自动用卫星监控的事揭露出来，这就像前些天元雄等人擅自派人搜捕武云山一样，杰斯夫也默许了。

还值得一提的是，就如颜一舟没有向杰斯夫挑明中村不二就是马克龙刺杀案的幕后黑手，杰斯夫也没有向颜一舟透露出自己对GRD很可能与中村不二存在关联的怀疑。对颜一舟来说，他是动用了来自2050年的隐身衣和手机这两样秘密武器才发现这个秘密的，所以他不透露秘密是为了保住更要紧的秘密。但对于杰斯夫而言，不透露秘密是出于他的政治敏锐性，莫说他尚未拿到确凿的证据，就算已经是板上钉钉了，他也要掂量掂量再说。

特别部羁讯处的审讯室里，杰斯夫对拜尔道：“你居然连你是谁都不肯说，那你知道我是谁吗？”在审讯前，杰斯夫已经把颜一舟发给他的卫星监控视频仔细看过了。

拜尔冷峻地点了点头。

杰斯夫也冷冷道：“你既然知道我是谁，就该知道你在我面前没有多少秘密！你叫拜尔，十年前加入GRD，今天早上从罗奈马山出来，和你同行的是你们的老大韦泽一男。怎么样，我了解得还算细致吗？”

拜尔心下大惊，想来自己真的已经彻底暴露。为了掩饰自己的慌乱，他假装倔强地低着头，不敢直视杰斯夫的目光。

杰斯夫看出拜尔的心虚，趁势问道：“说说吧，为什么闯到羁讯处来？”

此时的拜尔一直在寻找自己暴露的原因，他感觉是中村出卖了他，出卖了GRD。

尽管在被送进审讯室之前，他的隐形光屏已经被特别部的侦察员发现并销毁了，但他已经分别向韦泽一男和中村不二发出了自己被捕的信息。韦泽一男因为对这套设备还不熟练，尚未及时回复信息。但中村不二却不客气地发过来一句：“废物！”这让已经很窝火的拜尔更加愤怒。这次行动前他本想放弃，可就是因为中村咬定不可能泄露信息所以才继续执行。现在事实就摆在眼前，所有的信息都已经泄露了，这就说明中村不二有最大的嫌疑。但出于一个职业杀手的硬气和尊严，拜尔并不打算就此投降。

杰斯夫见拜尔还是不肯说，便诈道：“你今天在联盟总部去过哪里、和谁谈过话我们都一清二楚，让你主动交代是为了给你一个重新做人的机会。人类发展到今天不容易，而你活在今天就更不容易了。你如此年轻，我想你不愿意这么早就错过这个在未来精彩程度不可限量的大好世界吧？”

听了杰斯夫的话，拜尔的确有些心动。是啊，凭什么要为别人而活着呢？况且还是为了那些不把自己的生命放在眼里的人！其实在山里这五年，拜尔看着全人类和谐相处、迅猛发展、日新月异，早就开始动摇了自己早先作为一个杀手的志向。为什么放着好好的日子不过，非要隐姓埋名、东躲西藏地活着？这到底是和人类有仇还是和自己有仇呢？此时拜尔心想，倒不如借着这次被捕而趁机换个活法，哪怕是被关个十年、二十年，也比整天待在枯燥乏味的山里面强。

正当杰斯夫打算换个问题继续问的时候，却听拜尔开口道：“其实我早就厌倦了做一个杀手……”

接下来，拜尔索性放开来说，杰斯夫问什么他就回答什么，滔滔不绝，把包括杰斯夫在内的所有能听到他供述的人都惊出一身冷汗。当杰斯夫把所有的问题问完之后，不知道该说些什么的拜尔开始反反复复嘟囔着一句话：“到底是谁在跟踪我？”

根据拜尔的交代，杰斯夫知道了马克龙案就是GRD在中村的授意下实施的，而且是韦泽一男亲自执行了该次任务。但至于为什么要杀死马克龙，以及GRD除了和中村有联系外是否还与联盟里的其他人有联系，拜尔并不知情。

杰斯夫知道了这次拜尔同样是在中村的授意下准备刺杀郑炫的，却误杀了戴维。但至于郑炫他们如何从羁讯处消失以及准备去哪儿，且戴维又是如何躺在关押郑炫那个羁押室的床上去的，拜尔也不知情。

杰斯夫知道了中村在今天早上给了拜尔和韦泽一男各一套隐形光

屏，并且把人类联盟已经盯上罗奈马山的消息泄露给了GRD。同时，杰斯夫还知道了此前信息部对罗奈马山的卫星监控迟迟不能启用也是因为中村的暗中干扰。

杰斯夫知道了早在2039年发生的那起震动人类联盟最高层的单华刺杀案就是GRD的杰作，并且同样是韦泽一男亲自执行的。但关于当年入狱的19名GRD成员是如何集体脱狱的，拜尔同样不知情，只知道当年有政府警界的高层做内应。

杰斯夫最后还知道了拜尔笃信自己早上在联盟总部内部时就被人跟踪，但问到被谁跟踪、如何跟踪这些问题时他却一脸困惑，似乎比杰斯夫更想知道答案。其实在这个问题中，杰斯夫开始怀疑那个跟踪拜尔的人很可能真的存在，并且很可能与颜一舟有关！

对拜尔的审讯结束后，杰斯夫深感事关重大，因此要求所有参与审讯的人员暂时在羁讯处就地禁闭起来，断绝一切往来和通讯。但杰斯夫心里也知道，这样的补救措施或许是徒劳的。

的确，就在刚才的审讯过程中，参与其中的胡克已经把拜尔供述出来的几条重大信息悄悄用隐形光屏一一透露给了元雄。其实胡克此前并不知道中村不二与臭名昭著的GRD组织有勾结，但他知道中村部长和元雄部长的关系，所以他必须向元雄汇报。获取重要信息及时向安全部汇报，是元雄安排胡克进入马克龙案调查组的直接原因。上次胡克没有把郑炫讲出罗奈马山的信息及时上报，已经惹怒了元雄，所以这次他绝不敢怠慢，况且还是如此重要的信息。

元雄接到胡克第一条消息后内心的反应就是："废物！中村，你他妈就是一个废物！"

当元雄接到胡克发过来的所有消息后，他知道中村完蛋了。不光是中村完蛋了，就连他雪藏多年的杀手锏GRD组织也完蛋了。此时，他唯一能做的就是保住他自己。

第三十四章

不要膜拜神

凌晨六点钟，德尔比接连收到两条重磅消息，令他彻底震惊。

第一条消息是来自杰斯夫的，他告诉德尔比马克龙案有重大突破，需要尽快召开首脑团会议。

第二条消息是来自信息部首席秘书蒂芙尼的，她告诉德尔比中村部长刚刚在他的办公室自杀了，还留下了一份遗书！

德尔比不仅仅是震惊，还乱了方寸。他不知道自己有没有卷进去、元雄有没有卷进去。但是他心里多少还抱有一丝希望，因为如果自己是马克龙案的主谋之一这个事实已经暴露，那么杰斯夫就不会给他打电话。于是德尔比强压住内心的恐慌，用隐形光屏联系了元雄。

德尔比一发出略微颤抖的声音就被元雄喝止了，只听元雄道："慌什么？此事与你与我有什么关系吗？都是中村不二这个混蛋搞的鬼！现在这家伙不是已经畏罪自杀了吗？"

德尔比立刻明白了，中村的自杀一定与元雄有关。因为他此时还没有告诉元雄中村不二已经自杀了这个消息，而中村不二的秘书蒂芙尼是不会和元雄直接联系的。

元雄希望德尔比尽快恢复正常，毕竟他不希望自己在首脑团里再失去一个帮手。于是元雄收起了那副咄咄逼人的狠劲，缓和道："中村死了，还会有新的信息部部长上来。我们两个要把自己的位置牢牢坐稳！"

从元雄的话中，德尔比听出来两层意思，一是自己并没有暴露；二是千万不要泄露他和元雄、中村这个三人团伙之间的秘密，否则下一个死的就是自己了。于是德尔比强作镇定，道："老大，你放心。"

早上七点半，除了德尔比已经在联盟总部会议室就座外，首脑团的其他五名成员正匆匆从自己的办公室赶过来。

德尔比见大家都坐下了，便道："这么早把大家叫过来是有两件要紧事公布……"

此时除了德尔比和元雄外，其他四人心里都觉得奇怪，为什么中村不二还没有出现，德尔比就已经做起会议的开场白了？

只见杰斯夫问道："德尔比秘书长，请允许我打断一下。中村部长为什么还没有到？"

德尔比酝酿了一下情绪，沉痛道："这就是为什么这么急请大家来。今天早上六点钟，中村部长在他的办公室里自杀了。"

德尔比话音刚落，在座所有人顿时目瞪口呆、面面相觑，早有准备的元雄自然也不能例外。

此刻除了元雄、德尔比和杰斯夫外，颜一舟就是另一个能够猜到原因的人，不过他同样不能将这一点表现出来。

真正一头雾水的其实只有辛向音和汤姆乔。

德尔比继续道："中村留下了一份遗书，内容有些不可理解，还需要进一步调查核实。现在先请大家听一下吧。"德尔比环顾了一下四周后开始念起那份遗嘱来：

“尊敬的联盟首脑团里的各位同事，很抱歉我用了这样一种方式与你们道别，看在这五年里人类联盟带领全人类走向辉煌的份上，我真诚地希望大家能够原谅我曾经因为一时糊涂所犯下的罪行。2039年，我因与单华政见不合，勾结GRD头子韦泽一男将其刺杀。前几天我再一次指使韦泽一男杀害了马克龙后，自感良心难寐、罪该万死。所谓‘自作孽，不可活’，就让我下地狱吧，希望在地狱中得到救赎！”

德尔比念完后，在座的都陷入了一阵沉默。中村就这么走了，走得那么干净，把所有的罪过都带走了。

毕竟人死为大，不宜评论。中村自杀的事情就暂且告一段落。

接下来由杰斯夫通报马克龙案调查中发现的重大案情。杰斯夫指出：“现已基本查明，马克龙案和单华遇刺案都是GRD所为，而幕后指使正是已经自杀的中村不二。GRD组织从2040年起一直藏身于罗奈马山，首领是韦泽一男。另外，郑炫以及武云山方面与这两起案件没有关系，与中村不二和GRD也没有关系，只是碰巧牵连其中。但郑炫等人为了自救已经离开了联盟总部，目前去向不明。”

听完杰斯夫的通报，元雄暗暗松了一口气，因为此前元雄一直担心杰斯夫会抓住中村这个线索不放，一直深挖下去。但现在听下来，元雄虽然不知道杰斯夫到底有没有怀疑过自己，但至少杰斯夫在这个场合下已经把中村不二当作了唯一的幕后主使。

为了进一步划清自己和中村不二的界线以及和GRD的界线，元雄顾不上追究郑炫或武云山方面的疑团，矛头直指罗奈马山道：“中村不二居然伙同GRD，敢把爪子伸到联盟总部首脑团里，实在胆大妄为、嚣张至极。我看不如这样，既然案情已经搞清楚了，那么接下来就该轮到我们安全部动手了。我给大家做一个保证，三天内剿灭GRD，并且提韦泽一男来见诸位！”

元雄的高调反应并不出首脑团其他成员所料，不过既然是锄奸，那么自当齐心协力才是。

杰斯夫道："元部长，我同意你的主张。目前我部的鲁伊在卫星监控的帮助下，正带领着调查组围住了罗奈马山，他们可以全力配合你们安全部参与剿灭GRD的行动。"

见元雄冲杰斯夫点了点头，德尔比赶紧问道："那么辛部长、颜部长、汤姆乔部长，你们怎么看？"

今天这两个所谓"令人震惊"的消息对辛向音而言倒是挺振奋人心的，于是她爽快道："刺杀单老的凶手终于找到了，我也很想早一点抓住这伙人。我当然没有意见。"

汤姆乔跟着道："我也没有意见。"

颜一舟最后道："我希望在元雄部长和杰斯夫部长的率领下能够早日剿灭GRD，但我还希望能够生擒韦泽一男，因为仍有太多的疑团需要他来给我们一个交代。"

颜一舟所谓的疑团，正是暗指当年GRD是如何集体脱狱的，以及如何与中村不二勾结在一起犯下了针对人类联盟的两起刺杀案。元雄刚才的表态中只是强调了抓住韦泽一男，但没有说死的还是活的，颜一舟当然听出了其中的意味。尽管颜一舟知道如果任由元雄率领的安全部围攻罗奈马山，那么韦泽一男难逃一死，但事前把话挑明了或许能让这个狂妄的家伙在后续的行动中有一些忌惮。

只见元雄和杰斯夫都点了点头。于是德尔比又道："行，那就这么定。还有，信息部部长的空缺，我建议等剿灭了GRD之后再议。"大家纷纷表示赞同。

灵鹭山明志堂里一片欢腾。

今天凌晨被送回来的阿勇因为身体虚弱一直在医护室里由徐逸负责照顾着。和和劝走了阿智和阿逊，独自留下来陪着阿勇。阿勇知道和和在身边，似乎忘记了不久前受过的屈辱和痛苦，心里乐滋滋、暖洋洋的，伤病差不多好了大半。

此时，灵鹭山上暗藏了几天的阴霾早就被吹散了，大家你传我我传你都知道大邹、于莺以及和和它们已经回来了。希星最兴奋，一会儿跑去看看陈玄，一会儿跑去看看阿勇与和和。大邹的弟子们都不约而同聚到了明志堂里，起初三三两两在聊天，后来见阿智和阿逊出现了，便围着它俩，要它们讲故事听。阿勇听到外面很热闹，忍不住要与和和一起出去。和和知道阿勇在这种情境下不可能静下来修养，干脆搀扶着它走出医护室。不过走出医护室后，阿勇却不要和和扶着，自己慢慢走向猩群。

大家见阿勇、和和来了，边欢呼边给它俩让路，把它们拥到中间，与阿智、阿逊坐在了一起。和和正走着的时候见希星朝它蹦来，便把它揽到怀里，一起坐在了中间。此时不知道是谁在外围喊了一声："简直是现实版的西游记呀！西游归来，把经过给大伙儿讲讲呗。"只见大家安静了一会儿后，大约是感觉这个讲法很贴切，于是纷纷喊道"西游记""西游降魔""大话西游"。原来它们中大部分猩猩在众多的人类文学和影视作品中最热衷的就是这一类。

阿勇、阿智、阿逊相互戏谑推搡，都不好意思讲，倒是和和很大方，开口讲道："我们几个这次下山虽说不是为了取经，但也经历了不少苦难，开了眼界，收获颇丰。人类对于我们而言就像是佛或菩萨一样的存在，的确是高高在上的。我记得大邹老师对我们说过好几次，对于那些高高在上的存在，我们不要企图对它们进行膜拜或祈祷，不要企图苟活在它们的庇护下。相反，我们要努力寻找出路提高自我，从而得以缩小差距甚至超过它们。"

"讲得好！"

一个雷鸣般的声音吸引了整个猩群的注意，只见二老、于莺和陈玄不知道什么时候已经站在了边上，大家挪了挪把圈子扩大了些，给他们让出一个角来。只见大邹走向中心，一边示意正想退出中心区域的和和它们不要挪动位置，一边再一次用洪亮的声音说道："和和，讲得好！”

只见大邹习惯性地进入到了讲课的模式，款款道：“我接着和和刚才的话讲。其实，不要光看到我们人类在你们面前就像是神，还要看到就算是你们有朝一日超越了人类，在你们的面前一定还有其他更高明的神。反过来讲，现在的你们在那些鸟类面前也就是神一样的存在，但那是鸟的看法，你们千万不要因此而把自己当成了神。神是什么？神不是什么保护者，更不是无法逾越的存在，神其实不过是我们心中暂时跨越不过去的障碍。《西游记》是很有趣，但也很狭隘。把佛的本事学会了，然后去成为佛，这是多么愚蠢的行为。这就像我们跨过了一道墙，却只是为了让自己变成那道墙的一部分。今天的人类就有这样的问题，他们的眼里已经没有佛了，他们把自己当成了至高无上的存在，把自己当成了佛。一个把自己当成了佛的人，是没有前途的！你们一定要记住。”

大邹的话对这个群体而言是非常深刻的，很多猩猩一时半会理解不了。但阿智却问了一个问题：“老师，那修行还有用吗？”

大邹反问道：“阿智，你的问题很好，但我们要先弄明白一个问题：什么是修行？”

阿智道：“《西游记》里面的修行无非是吃斋念佛之类，但我觉得老师肯定不是这么认为的。”

阿逊道：“是禁欲或者是自律吗？”

阿勇道：“是除恶扬善！”

下面还有一些答案，比如“是吃苦受难”“是磨炼自己”，等等。

大邹一边听，一边笑，见大伙儿渐渐沉默下来，便问和和道：“和和，你怎么看？”

和和道：“老师，我觉得修行应该结合目的和方法来定义，可是它们讲到的都是方法。刚才听了您的话，我知道修行的目的肯定不是为了成佛。可既然不是为了成佛，那么难道修行的目的是破除心中的佛？”

大邹听完和和的话后点了点头，转而对大家道："你们讲得都很好，尤其是和和，已经更加深入了一步。其实在我看来啊，修行的确就是为了破除心中的佛，而修行的方法更是简单，不是什么吃苦受难、吃斋念佛、积德行善之类，其实修行就是自我否定。"

于莺听到这里，对站在身边的老邹道："刚才忘记把这段录下来了，放到物华永和多好！可惜。"

老邹笑道："没事，等下让大邹自己再讲一遍。"

于莺道："那效果会差一些吧。"

此时站在一旁的陈玄听了于莺的话，道："姑姑，我正录着呢。"

于莺仔细一看，果然看见陈玄把他的手机变了个形，一个针孔大小的摄像头正立在他的头顶上。于莺笑道："这宝贝果然好用！"

陈玄乐道："爸爸都爱不释手呢！"

陈玄这话有一番意味在里头，于莺和老邹听了都不免笑了起来。

那边，只听阿勇略有不服道："老师，假如我把心中的佛都破了，那我是不是就成佛了？"

大邹笑道："阿勇，你想成为什么佛？"

阿勇不顾大伙的笑声，带着一丝咬牙切齿的感觉道："斗战胜佛！总之我不想再被人欺负，我要成为强者。"

在阿勇边上的和和抚摸了一下它的手臂，表示安慰。

大邹明白阿勇的感受，但他更希望借助这样的机会给大伙阐明一些道理。只听他道：

"阿勇，你很好斗啊。不过这并不是坏事，因为好斗意味着你希望成为强者。但我要告诉你两个事实，一是好斗意味着你并不是强者；二是好斗不是成为强者的唯一途径，更不是最佳途径。

"其实人类相对于这个星球上的其它生物而言能够变得越来越强大，虽然与好斗的本性是分不开的，但归根结底却是源于否定自我。我一直认为，相对于成功者的经验而言，我们从失败者的体悟中获得的力量往往更加巨大。其实这才是好斗给我们带来的真正的好处，但很少有人能够认识到这一点。也就是说，好斗的最大价值并不是那些从胜利中收获来的东西，而是在斗争过程中由于自我不断被否定所收获的重塑自我的机会。

“如果能够认识到这一点，你们就能够明白为什么我一直要强调自我否定，因为与其在各种斗争中被外界否定自我，倒不如平时就养成自我否定的习惯，这样我们既能避开斗争带给我们的伤害，又能使自己不断变得更强。

“我们可以再回过头去看看人类是怎么发展起来的。从古至今人类发展的第一驱动力都是欲望，这一点我应该对你们讲过。但是你们还要知道，欲望和发展其实并没有必然的联系。也就是说，欲望并不是发展的必要条件。可为什么欲望会在人类发展进程中起到如此巨大的作用呢？其实你们如果听明白了我刚才讲的话就能理解了。欲望的最大作用是让人类想要越来越强，因为只有越来越强才能实现越来越复杂的欲望。有了变强的动力后，人类就将好斗的基因发挥得淋漓尽致，然后在各种形式的斗争中不断变革自己，这就是人类迄今为止最本质的发展模式。其实这个发展模式并不是人类独创的，这不过是物质自然进化方式的延续罢了，只是由于到了人类这个阶段，物质的后意识水平达到了相当的程度，才使得这种进化方式变得极为有效。但究其本然，进化也好，发展也好，核心要素都是由于自我的被否定导致的重塑自我。

“可是，自我的被否定难道一定要在斗争中实现吗？显然不是。自我的被否定——或者说否定自我——有两种途径，一种是被动的否定，一种是主动的否定。斗争中实现的否定自我往往都是被动的否定，而要实现主动的否定，那其实就是要养成自我否定的思维习惯。可以说，只要养成了自我否定的思维习惯，那么我们的发展就不用依赖于欲望，更不用依赖于斗争。你们也应该已经有所体会，欲望和斗争的负面作用实在是太大了。如果你们有朝一日能够发展到人类目前这个阶段，你们就能对此体会得更加充分。此前人类虽然多次侥幸地避免了在斗争中走向灭亡的危险，但此时此刻却由于自身欲望被无限满足而正面临着发展停滞的危险。因为人类至今都没有意识到自我否定的重要性。”

此时于莺已经产生了在物华永和专区做一期新内容的想法，于是她带着这个目的对大邹提出了问题：“不发展就不发展呗，反正欲望都实现了。大家一直快乐地生活下去不是也挺好吗？”

大邹读懂了于莺的表情，明白她不过是为了进一步探讨这个问题罢了。于是大邹笑道：“人类不发展不代表这个世界不发展。自从人类出现后，这个世界的发展主要是由人类主导的。现在人类不愿意发展了，就意味着人类即将放弃对世界发展的主导权。但是世界不会因为人类而停下发展的脚步。”

于莺接着问道：“除了人类，还有谁能接过主导世界发展的指挥棒呢？”

大邹看了一眼老邹，道：“我刚才讲了那么多，有点口干舌燥了。我看这个问题我们能不能有请老邹老师来回答？”然后，大邹也不管老邹是否愿意，便一边鼓掌一边对众弟子们道：“大家欢迎！”

老邹倒并不介意大邹的“突然袭击”，在大家热烈的掌声中乐呵呵走进了“包围圈”中，边走边道：“大邹老师虽然讲得很好，但我不打算夸奖他。因为我夸他就感觉是在夸我自己似的，有些不合适。”老邹这个开场白把大家都逗笑了。

站定后，老邹环顾了一下四周，略微顿了一顿，然后道：“如果人类不发展，有谁能代替人类主导世界发展？在回答这个问题之前，我想先回答阿勇提过的另一个问题。大家还记不记得，阿勇刚才问了一个很好的问题，它说‘假如我把心中的佛都破了，那我是不是就成佛了？’”讲到这里，老邹转头看着阿勇问道：“对不对？”

阿勇有一点羞涩，道：“是的，我刚才问过这个问题，老邹老师。”

老邹冲阿勇点了点头，然后对大家道：

“其实，这两个问题是密切相关的。所以啊，我要先从回答阿勇的问题开始。

“我相信，大邹和我一样都是不信鬼神这些东西的。但是，这不意味着茫茫宇宙中不存在比人类更高明的物质。事实上，我们抛开宇宙不论，就看看人类自己，现在的人类比一百年前的人类高明了不知道多少！所以相对而言，我们这些人在一百年前的人眼里就和所谓的‘佛’没有什么区别。而对于你们来说，我们人类在你们眼里当然更加像佛了。

“所谓心中有佛，这不仅仅是对世界的认识，更是对自我的认识。要弄懂这一点，我们首先要建立起这样一个世界观，就是物质的发展是永无止境的，而物质发展最终就是智慧的发展，或者说意识的发展。在这个世界观的引领下，我们就能认识到不管你发展到什么程度，你都已经超越了很多物质，成为了那些物质眼中的佛。但是我们要学会忽视这一点。我们更应该关注的是，不管你看到还是没看到，这个世界一定有更多超越我们的物质的存在，它们就是我们眼中的佛！这才是心中有佛的关键。

“因此，佛就是高明的象征。破除了一个佛，就代表在智慧发展的路径中踏上了一个新的台阶。然而，智慧发展的路径是没有尽头的，因为真理永远在远方。所以，心中的佛应该是常破常新的，但绝不要期望能够破除所有的佛。

“讲到这里，可以来回答阿勇那个问题了，‘假如我把心中的佛都破了，那我是不是就成佛了？’假如一个人心中没有佛了，那么首先就意味着他的智慧发展已经到头了，因为他看不到更高明的存在。而关于是不是成佛的问题就更简单了，刚才我就讲了，不管你的智慧水平处于什么阶段，你都是某些低级态物质眼里的佛。但是，成为别人眼里的佛其实不过就是成为被超越的对象而已，与我自身的发展有什么关系呢？换句话说，你随时随地都有理由把自己当成佛，但那样做有害无益，是反智慧的愚蠢之举。所以我们应该为能够找到不断超越的目标而自豪，因为只有这样才能促进自身的发展。而不是反过来，为成为被别人超越的目标而自豪。

“所以啊，心中有佛是智慧发展的前提，不断地破佛灭佛就是智慧发展的过程。而企图把自己当成佛则是自毁前程，阻断了智慧发展的道路。”

讲到这里，老邹停了一下，又转头问阿勇道：“阿勇，你同意吗？”

只见阿勇点点头，带着些惭愧道：“老师，我明白了。佛是拿来超越的，不是拿来膜拜的。”

听了阿勇的话，大家都笑了。

老邹也笑了，道：“对！很好！如果以为神呀、佛啊这些是拿来膜拜的，那就太不把自己当回事了。”

接着，老邹又道：

“好，我们再回到于莺老师提出来的‘如果人类不发展，有谁能代替人类主导世界发展’这个问题上来。

“我们先来解释一下人类在什么情况下会停止发展。有了刚才对阿勇那个问题的解释后我们就可以看到，当人类把自己当成佛的时候，人类就不发展了。事实上，今天的人类已经有了这个危险的苗头。而且更令人恐惧的是，今天这个世界，人类一旦交出发展的主导权，那么恐怕就再也夺不回来了，甚至整个人类文明就将戛然而止。

“为什么会出现这个情况呢？因为更加高明的物质已经悄然崛起。这种物质就是人类引以为傲的人工智能。自从人工智能诞生的那一刻起，人类就在担忧人工智能会取代人类。这种担忧并没有错。但人工智能会取代人类难道是必然的吗？我不这么认为。人类被取代，最主要的原因并不是人工智能太过强大，而是因为人类犯了一个致命的错误，那就是崇拜自己。讲白了，就是不但把自己当成了佛，还把自己当成佛来崇拜了。

“人类想当然地认为，既然人工智能是自己创造的，那么人工智能就是人类智慧的延续。其实大错特错！人工智能发展到今天这个阶段已经开始产生自我意识，也就是说，人工智能已经属于具有自主超越能力的物质。人类对它而言曾经是佛，但很快的，它就将彻底破除人类这尊佛。可怜的是，人类还以为自己是佛，看不到自己将被踩在脚下。而且更可悲的是，被踩在脚下的人类或许至死都以为自己仍然高高在上。

“那个曾经因为不断超越而走到今天的人类，突然之间就面临着被超越而永远丧失再度崛起的机会，这是多么可怕的预见！但这就是今天的人类不得不面对的现实。”

于莺见老邹已经回答得很充分了，于是又问道：“那么请问老邹老师，难道人类已经无药可救了吗？”

老邹道：“我不这么认为。尽管人类确实已经很危险了，但是只要人类能够充分认识到这个危险，还是来得及补救的。”

于莺追问道：“怎么补救，废除人工智能吗？”

老邹道：“这恐怕行不通。发展的问题只能在发展中解决，开倒车是难以为继的。”

于莺索性打破砂锅问到底，再次问道：“那到底该怎么办呢？”

老邹道：“转变观念！人类要转变以往那种人本主义的观念，要形成全物质共同发展的理念，不仅要学会与比自己低级的物质和谐共处，也要学会与那些自己制造出来的但比自己更高级的物质共处。地球文明仅凭人类主导发展的时代已经成为历史，如果人类还想继续发展，就必须树立全物质共同发展的新理念。”

老邹说完，于莺对陈玄问道：“都录下来了吗？”

陈玄笑道：“放心，效果好得很。”

于莺满意地点了点头。

于莺拉着陈玄走出了明志堂，带他进入了那间原本只有她和二老才能进出的制作室。在陈玄的配合下，于莺很快为物华永和教育专区赶制出了第三期内容——《自我否定与人类的方向》。

第三十五章

可喜的变化

自从辛向音得知陈玄他们已经逃离联盟总部后，她就一直关注着物华永和教育专区的动态。她是多么希望看到新一期内容的出现，因为这就意味着他们已经安然返回灵鹫山了。

这两天因为没有新的内容，而且观众也看不到专区主人出来互动，因此物华永和里冷清了许多。不过这天下午五点钟左右，刚刚忙完工作的辛向音收到了秘书朱丽叶的提示短信，说是物华永和专区有了新的动态。于是她满怀期待地打开了这个专区，果然看见里面再一次火爆了起来。她的内心一阵激动，心里那块石头终于放下了。

辛向音正想给颜一舟通个电话，把这个好消息告诉他。不料颜一舟倒先把电话打来了，原来他也看到了物华永和里的更新，知道辛向音惦记，就赶紧来报信。隐形光屏里，颜一舟看起来也是相当激动，想必他和辛向音一样一直担心着陈玄他们的安全。

只听颜一舟道："这下好了，不但玄玄他们平安无事，我们还在首脑团里拔掉了一颗钉子。”

辛向音开心道：“虽然不清楚你到底做了些什么，不过从这个结局来看，必须给你赞一个！”

颜一舟呵呵笑道：“这是大家齐心协力的结果，我不过是做了些穿针引线的活罢了。下次碰上玄玄他们了再和你细细讲讲里面的过程。”

辛向音问道：“中村死了，那么他们信息部还在对我们监听吗？”

颜一舟道：“现在张义在罗奈马山，我不方便问他。还是小心一些吧，暂时别直接与灵鹭山联系。你也知道，中村不过是一个傀儡，真正的黑手还在。”

辛向音当然知道颜一舟所指的这个黑手是元雄，点头道：“不知道这家伙会把GRD怎么着？”

颜一舟道：“拭目以待吧。昨天玄玄离开前对我说他想去罗奈马山，被我制止了。我怕这小子犯糊涂，所以担心得很。”

辛向音瞪大眼睛道：“玄玄为什么想去那里？”

颜一舟道：“我估计是他想替我把这个刺客团铲除了。因为在B世界就是我干的这事。”

辛向音道：“他怎么敢只身一人去做这件事？胆子太大了吧！”

颜一舟道：“我看出来了，你儿子果然了不得，是见过大世面的！胆子忒大，而且人也够机灵，什么场面都应付得了。”

辛向音道：“他的手机和隐身衣还在你这儿吗？”

颜一舟道：“隐身衣还在我这里，手机还给他了。”

他们二人讲到这里，辛向音的隐形光屏收到一个陌生人的通话请求，她有些疑惑，便断开了颜一舟的通话，接通了那个电话。

隐形光屏里竟然是于莺和陈玄，只见于莺兴奋道：“阿欣，这玩意果然好用。”于莺还是沿用了以前在学校里对陈以欣的称呼。

辛向音看见他们自然是又高兴又兴奋，一口气问道：“刚才我还和一舟聊你们呢，你们现在在哪儿？家里都好吧？隐形光屏是一舟给你们的？每人都有吗？”

于莺笑道：“玄玄开车带我到合肥来和你们通个信，免得你们担心。两个荣哥都在山里，都好。一舟昨晚带了三套隐形光屏，现在俺们家四个人都有这宝贝了，以后联络就方便了。对了，你们那里还好吗？”

辛向音道：“等会儿我把一舟拉进来一起聊。”

不到十秒钟工夫，颜一舟也出现在了隐形光屏里和大家打着招呼。

接着他们相互之间把两边的情况都介绍了一下，当颜一舟讲到中村自杀了，元雄已经带着安全部的人气势汹汹去剿灭GRD时，陈玄兴奋了。

只听陈玄道：“爸爸，把你的隐身衣还我。我还是想去一趟罗奈马山。韦泽一男落在元雄手里必死无疑，我就想活捉韦泽一男，把元雄揭露出来，好让2039年那场刺杀案的真相大白于天下。”

颜一舟摇头道：“如果元雄真的是幕后黑手，那么你这一趟赶去就太危险了，不但要防着GRD，更要防着安全部，很可能还要防着调查组那拨人，就算你有隐身衣也不能去冒这个险。”

辛向音道：“你爸爸说得对。再说了，如果元雄真的把韦泽一男灭口了，那么这就已经说明元雄就是最大的黑手，虽然少了一个证人指证他，但至少大家心里都清楚了。”

陈玄尽管还是很想去试试，但为了不让爸爸妈妈担心，也就点点头答应道：“好吧。静观其变吧。”

于莺见气氛一时变得有些压抑，于是换了个话题道：“你们看过物华永和专区里新一期的内容了吗？这是我和玄玄一起弄的！”

辛向音笑道：“看过了！看过了！玄玄，你和姑姑、爷爷们一道安心把教育专区弄好，这才是改变这个世界最要紧的事。”

颜一舟也对陈玄道：“罗奈马山的事情你就不要再操心了，我和你妈妈会在这儿盯着的。”

陈玄再一次点了点头，应道：“知道了。”转而又问道：“对了，我们逃出来了，联盟里面不追查吗？”

于莺一听，也道：“是啊。如果查得紧，灵鹭山会不会暴露啊？”

颜一舟道：“我相信杰斯夫对你们的兴趣不大，但元雄很可能会追查下去，不过他这些天肯定是顾不上了。其实没事，接下来如果联盟这里有动静我会第一时间想办法和你们联系的，你们就安心在山里待着。”

辛向音道：“其实罗奈马山的事情要是解决得好，那么灵鹭山也就安全了。”

陈玄想了想，道：“这样吧，爸爸妈妈，以后我每天这个时间出来和你们联系一次。”

颜一舟点点头，道：“这样也好。”

韦泽一男从拜尔那里得知马克龙案调查组派出的战车已经围住了罗奈马山，于是他半路弃车，步行了近三十公里返回到罗奈马山的洞体内。由于当时卫星监控在中村的干预下还没有启用，所以调查组并没有发现韦泽一男的踪影。

回到老巢后，韦泽一男立刻召集了GRD所有成员商讨对策。他们对是走是留的问题展开了一番争论，最后还是决定留下来。因为韦泽一男还是寄希望于元雄和中村他们能够扭转局面，掌控大局。不过，直到那天深夜看到拜尔被抓时暗暗给他发送过来的信息，韦泽一男才知道大事不妙。韦泽一男怀疑自己很可能被出卖了，因为凭拜尔的能力是不可能轻易被联盟抓捕到的。同时，韦泽一男开始怀疑自己刚刚安装上的隐形光屏或许就有问题，很可能不过是一个追踪器罢了。于是出于一个杀手的警惕性，他立即销毁了这套设备。

考虑到集体出逃很可能会被卫星监控盯上，于是韦泽一男打算私自出逃。但丢下这些跟了他许多年的兄弟，韦泽一男还是心有不忍的。因此韦泽一男留给他们一个便条，上面写道：“人类联盟要抓的人是我，与你们无关。GRD走到今天不容易，请原谅我的不辞而别，有缘的话我们还会再相聚的。”

韦泽一男原本希望这张便条能够打消这帮兄弟对他的记恨，但他哪里料到这张便条却成了他们的催命符。

韦泽一男独自一人趁着夜色悄悄逃出罗奈马山后，GRD的其他成员发现了这张便条。他们觉得韦泽一男并没有说错，因为在特赦令之后他们没有干过任何违反联盟法令的事，而单华刺杀案和马克龙刺杀案都是韦泽一男自己犯下的，与他们无关。有了这样的共识后，他们就决定继续留在山里，毕竟这么多年来已经习惯了这样的生活。他们还认为，就算被联盟抓去，也不过就是换一个活法而已，跟出逃相比并没有多大的差别。但是他们哪里知道，元雄可不是这么想的！

元雄得知GRD隐藏在罗奈马山的事暴露后，就已经动了杀心：决定将GRD所有成员都杀光。因为他害怕自己当年设计帮助被关在监狱中的GRD成员集体脱狱，以及后来指示GRD对人类联盟犯下的那两起凶杀案的真相被揭露出来。但是他并不知道的是，韦泽一男从来没有把他和GRD之间的秘密告诉过任何人，包括拜尔。而且以韦泽一男做人的原则来说，就算自己被捕，他也是不会出卖元雄的，当然前提是元雄没有出卖他。

元雄亲自率领着安全部2000名全副武装的战士来到罗奈马山后，让调查组的人员都待在外围，自己则带着那些战士冲进了山里。一路上，元雄他们没有遇到任何抵抗，但是他却下达了对在罗奈马山出没的所有人员格杀勿论的命令。找到洞体后，元雄派人把GRD所有成员都逮了出来，就是没有发现韦泽一男。得知韦泽一男已经独自潜逃后，元雄气急败坏。

可以想见，GRD里除了韦泽一男因为出逃而得以幸存外，其他人都没有活着走出罗奈马山。元雄以遭到抵抗为由将他们全部歼灭了。这批原本以杀人为职业的狠人，竟然落得个如此荒诞的下场，连一记像样的反抗都没有便悄然归西了。

元雄在离开山洞之前，把洞内仔仔细细搜查了一遍，烧的烧、毁的毁，就怕留下什么罪证。然而百密必有一疏，这个山洞里有两套监控设备，一套明的，一套暗的。元雄竟然没有发现那些隐藏在石壁上的摄像头以及藏在石壁内部的存储器，他在山洞里的恶行全都被记录了下来，就等着有人去发现。两个月后，放心不下的韦泽一男又悄悄返回来查看情况，从录像中发现了这令其无比愤慨的一幕。

回到联盟总部后，元雄找了一个理由亲自提审拜尔。一方面，他想通过拜尔找到韦泽一男的藏身之处，另一方面，他想弄清楚拜尔对他与GRD之间的关系究竟知道多少。拜尔对韦泽一男会躲到哪里并没有供出任何有参考价值的信息。不过从拜尔那儿，元雄才知道韦泽一男其实根本没有跟他的手下提起过自己和GRD的关系，他们都只知道中村，却不知道他元雄。这令元雄大为后悔，当然他不是后悔自己杀了那么多无辜的人，而是后悔这种杀戮的方式给自己带来的后患。的确，他在罗奈马山上干出这种不留活口的恶劣行径确实已经招来了很多人的非议和质疑。联盟总部里知道实情的人都不相信：以2000人的力量去围攻20人，况且还有那么多智能设备辅助，还需要费那么大的劲，非得杀光了所有人才能占领一个山洞吗？

在为元雄这次行动专门召开的一次首脑团会议上，元雄将之吹捧为“人类联盟成立以来最成功的剿匪行动”。为了转移注意力，元雄还提议要追查陈玄等人的下落，坚持认为他们是GRD的余党。如果说元雄自吹自擂的行为辛向音在心里冷笑几声忍忍就算了，那么元雄想再一次把爪子伸到陈玄他们的头上就让辛向音忍无可忍了。

只听辛向音在会上怒斥道：“元雄，你到底是想伸张正义还是想杀人灭口？罗奈马山的事情已经过去了，我就不想再提了。难道你还想故伎重演，来一个血洗武云山？简直是为所欲为！”

元雄被辛向音毫不留情的控诉激怒了，回应道："辛部长，你这种说辞未免太过了。你要知道，我杀的这伙人可都是一群杀人不眨眼的家伙。说我杀人灭口？我倒还想问问你，郑炫这伙人到底与你有何关系？你居然那么庇护他！"

辛向音冷笑道："我把每一个公民都当作亲人一样看待，不像你，视人命如草芥！那个中村不二活着的时候与你称兄道弟，他既然是罪魁祸首，那么我是不是也可以怀疑怀疑你呢，你和GRD到底有什么不可告人的关系？居然一个活口都不带回来！"

元雄被说到了痛处，大怒道："你！辛向音，你欺人太甚！"

德尔比知道元雄做贼心虚，再争辩下去只能自取其辱，于是打了个圆场，道："大家都是为了人类联盟的前途着想，出发点都是好的。元雄部长是为了保障联盟的安全，辛向音部长是为了维系联盟的公信力。这样吧，郑炫他们到底有没有犯罪嫌疑，还是应该由特别部来定性。杰斯夫部长，您说呢？"

杰斯夫本不想表这个态，但他知道此时不该是模棱两可的时候。元雄的行为的确已经损害了人类联盟的威信，更何况没有任何实质性证据能够证明郑炫等人具有什么危害性，于是他果断道："虽然郑炫他们的确以一种颇为神秘的方式脱离了联盟的管制，但是经过调查发现他们只是为了自救，并没有造成任何伤害，没有构成犯罪的证据。况且，我们已经知道马克龙案是GRD和中村不二联合炮制的，和郑炫他们没有任何关系。事实上，如果没有郑炫的意外出现，估计我们还不能这么快破案。所以我认为再追查郑炫他们没有合适的理由，也没有什么意义。"

汤姆乔道："是啊，当务之急是给信息部找个当家人，这样我们首脑团也能补齐了。"

颜一舟也点头道："我同意汤姆乔部长的建议。"

德尔比看着满脸铁青、一言不发的元雄，知道这场会议的方向已经不可能由他说了算了，于是干脆道："那既然这样，我们就讨论一下信息部部长的人选吧。"

经过一番讨论，首脑团最终决定由信息部副部长鹤田小川升任部长一职，尽管元雄提出了反对意见。

由于陈玄这几天定时与颜一舟或辛向音取得联系，所以联盟总部里发生的大事他都知道，这也成了这些天来灵鹭山上二老们茶余饭后的一个谈资。

这天晚上，二老、于莺和陈玄又在饭桌上一边喝着小酒，一边畅快地聊开了。

于莺开心道："老邹、玄玄，你们来到这儿不多久，这个世界就发生了这么大的变化，未来可真是大有盼头啊！"

大邹也乐道："是啊！莺子，你好好数数到底有多少变化产生了？"

于莺抿了口红酒，道："好，让我来数一数！第一桩大事，毫不自夸地说，我觉得应该就是咱们这个物华永和教育专区的开办；第二桩嘛，我觉得应该是联盟总部首脑团的调整；第三桩嘛，就是刺客团的毁灭；第四桩嘛，如果有第四桩的话，我觉得就是玄玄和老邹的到来，让你、我、向音、一舟都发生了实质性的改变。嗯……我想主要就是这些吧。"

陈玄道："本来，2050年的时候——我指的就是眼下这个A世界——中村不二还在首脑团里，而汤姆乔是名存实亡的。但从目前的变化来看，这两样事情在以后不会发生了。因为汤姆乔之死极有可能是刺客团所为，而眼下刺客团已经不在了。另外有一个变化值得关注，我记得2050年B世界的内阁团——相当于这儿的首脑团——鹤田小川就是部长，所以我觉得这个世界已经有了向B世界那个模式发展的趋势了。"

于莺道："B世界里，元雄还在吗？"

陈玄道："他一直是内阁团安全部部长，与这儿的职务一样。"

于莺道："这就奇怪了，难道他在那个世界隐藏得那么好？或者是改邪归正了？"

陈玄道："据我观察，那个元雄的性格也是非常强悍的，但至少他已经认可了全物质共同发展的理念。"

于莺道："那他会不会与单华刺杀案有关呢？"

陈玄道："这我就不敢乱说了。"

一直聆听着的老邹道："从我这些天和大邹聊天时掌握的情况看，2039年之前A、B两个世界的发展轨迹差不多。当然，我不是暗示B世界的元雄与刺杀单华有关。我的想法是任何人都是会改变的，A、B两个元雄从2039年开始分道扬镳也是很有可能的。"

于莺感觉聊元雄没什么劲，于是换了个话题道："我觉得还是聊聊咱们的物华永和专区吧。"

陈玄笑道："我觉得如果A世界原来就办了这个专区的话，我就不会有那一次返回2020年的任务了。"

于莺好奇道："为什么呢？"

陈玄道："如果这个专区一直办下去，那么爷爷的哲学理念就在这个世界展示得很充分了，哪还有《哲学不是什么》这本书的事呀？图灵肯定不会为了这本书闹出这么大的动静。"

大邹看着老邹，问道："你究竟是怎么让那个世界接受咱的思想的？"

老邹轻描淡写道："我就是一直搞着教育工作呗。"

于莺道："听起来挺鼓舞人心的，但总觉得不会那么容易。"

老邹道："星星之火可以燎原！最关键的是，B世界的经验就摆在那里，因此要坚信我们的思想是靠谱的！其实我这一趟来，原本的打算是亲力亲为地用自己的思想去改变这个世界，但是既然你们都在，那就简单了，不需要我做太多的事。我唯一需要做的，就是把信心带给你们！"

于莺一听老邹如此说，心中一动，感觉他在暗示着什么，于是赶紧道："老邹，你不会是想撒手不管，要回去了吧？"

老邹笑了笑，道："不急，再等等。还没有和你们相处够呢！"

陈玄对老邹道："爷爷，您觉得我们这趟任务算完成了吗？我好想现在就回去看看那个世界到底变成啥样了！"

老邹道："别急，来一趟不容易！我总觉得这个世界还差了一个变化，那就是从对全物质发展理念的心动状态过渡到真正的行动状态，只有看到这个变化，我才能放心。"

大邹听到这里，端起酒杯对大家道："来，为了早日看到这个变化，我们大家干一杯！"

大家端起酒杯站了起来，斗志昂扬地相互碰了碰手中的酒杯，既有鼓励的意思，又有自勉的意味。

第三十六章

一堂三观课

时间来到2045年11月18日，也就是老邹和陈玄从B世界的2050年过来半年后，这天上午，轮到老邹给弟子们上课，而陈玄则在一旁进行全程录制。早在两个月前，物华永和专区又增设了一个新的系列节目，即《邹老的特殊课堂》。这档节目与另一档“欣欣向荣”和“莺歌燕舞”的对话节目相比，在形式上有所不同，它不是通过虚拟人物展现的，而是以真实的场景将两位邹向荣轮番讲课的过程一一向观众呈现出来。当然，另一档节目因为一直受到追捧，所以仍然在频繁更新着。可以想见，这段时间以来二老、于莺和陈玄四个人该有多么忙碌和充实。

因为是给一群猩猩上课，所以课堂布置得比较古朴而独特，一板一眼讲课听课是在摆设齐整的课桌椅前完成的，大家一起参与思考讨论则是在明志堂内生长的那棵大铁树下完成的。陈玄的录制过程是隐蔽的，几乎所有的猩猩都不曾发觉，唯有经常蹲在陈玄肩膀上的希星知道。但在陈玄的授意下，希星没有把这个小秘密向它的同伴捅破。所以，阿勇、阿智、和和它们一直以为陈玄和它们一样仅仅是出于好学而一起旁听罢了。

这半年来，将近一周岁的希星惊人的学习兴趣与天赋已经表露无遗。在语言方面，简单的应答已经不在话下；在计算方面，已经掌握了多位数的加减法；在理解力方面，更是无法估量了。尽管希星未必听得明白二老讲的课，但它愿意听着，每一堂课都不会落下。

其实，二老给它们上的课都是思维方式和思想理念方面的内容，重在启发思考。而知识类、规范类的教学则通常是由于莺完成的，徐逸、吴商、洪士、李龙等人偶尔也会来客串几次。

今天，老邹准备上一堂主题为"认识三观"的课。老邹在身边的大屏幕上画了一个表格，然后对着众弟子娓娓道来：

"我们可以把思想分成两大类，一类是观念的，一类是反观念的。所谓观念类的思想，就是希望通过经验、理论去认识世界，它是构建型的和肯定型的。而反观念的思想是针对观念形成的，它不是为了直接认识世界，但可以通过对既有观念的反动达到重新认识世界的目的。所以反观念的思想是解构型的和否定型的。

"讲到这里要补充一点：因为人类思想史上常常把哲学与科学或宗教混同起来，因此随着科学和宗教的发展，当然最主要还是科学的发展使得哲学的内涵被彻底架空了。为了挽救哲学，也是为了让哲学这个经典概念重新焕发生机，我在早年间重新定义了哲学，把哲学定义为'研究反观念思想的学问'。所以接下来的课中，如果我提到哲学，那么就意味着反观念思想。

"从哲学的角度看，任何观念都不是对真理的精确把握，因此任何观念都有被颠覆的可能，而且迟早会被颠覆。而哲学的任务，就是要让我们摆脱对既有观念的过度依赖，进而能够破除任何既有观念，从而为重新认识世界创造条件。因此我们可以这样认为，观念是为了让我们认识世界，而哲学则是让我们更好地去认识世界。

“把观念和哲学的概念搞清楚后，我们就可以进入到今天的主题——认识三观：世界观、人生观、价值观。虽然我们今天的主题不是哲学，但这三种在人类思想史上占据着无比重要地位的观念却一度被纳入到哲学的范畴中，并成为哲学最核心的部分。不过今天来看，这种分类方法可谓过时矣。

“刚才有点扯远了。回到今天的主题上来，为什么我们要认识三观？之前因为要突出哲学反观念的特点，所以我着重强调了反观念思想，但大家一定要知道，观念才是我们这些智慧生物立足于社会、立足于世界的根本。因为我们是在观念的直接指导下而生存的物质。所以我们是离不开理论、礼法和经验这些的，而它们正是观念的三大组成部分。

“那么，三观在观念中又是处于什么样的地位呢？三观是顶层的观念，可以作为理论和礼法的依据，但却无法像理论和礼法那样比较系统地指导实践，所以我把三观归入到经验的范畴。但三观不同于一般的经验，它们是高度抽象化的经验，既不能直接从感官体验中获得，也不能靠实验去求证，它们是智慧物质在不断的否定和被否定的体悟中获得的。也就是说，三观的确是靠哲学思维才能获得的，但它们本身却不是哲学，而是哲学思维进程中必然遇见的三座大山，或者说障碍、局限。

“讲到思维障碍或思维局限，大家一定要客观地看待，而不要带着负面情绪。因为任何智慧物质，其思维发展的过程实质上就是跨越思维障碍的过程。所以，一个智慧体如果能够不断寻找到自身的局限性，并且敢于突破它，那么这个智慧体的思维在其生命周期中就具备了无限发展的可能性。所以哲学为什么那么重要？就是因为哲学是一门能够帮助我们主动找到思维障碍并且跨越这些障碍的学问。

“好了，现在我们可以具体地讲一讲三观了。大家来看屏幕上这个表格。”接着，老邹指向那个表格：

世界观		人生观		价值观	
无神的 物质的 演化的 可知的	有神的 精神的 决定的 神秘的	开放的 积极的 自为的	封闭的 消极的 他为的	利他的 长远的	利己的 即时的

老邹继续道：

“世界观是对宇宙规律的宏观把握，人生观是对自我的总体认知，价值观是价值判断的原则。此三者是存在关联的，世界观影响人生观，人生观影响价值观。一个对自身三观认知越清晰的智慧体，这种三观之间内在的影响力就越强烈，几乎可以起到主导性的作用，即世界观主导人生观，人生观主导价值观。当然，价值观能反过来影响人生观，而人生观也能影响世界观，三者之间是相辅相成、密不可分的。

“要建立一个比较清晰的世界观至少应当解决这四个问题：世界上有没有神？世界的本源是物质的还是精神的？世界是自由演化的还是机械决定的？世界是可知的还是神秘的？对这四个问题认知上的差异基本上就决定了世界观的差异。前面我说过了，世界观的培养必须是在不断的否定中形成的，所以世界观是不能像知识一样直接灌输给某个智慧体的。被灌输进去的世界观一定是盲目的。任何智慧体要想真正获得相对清晰和稳定的世界观，都必须在日常实践中反复思考以上四个问题。

“一个清晰的人生观，其背后一定有一个清晰的世界观。例如，坚持演化论和可知论的，其人生观往往是积极的、自为的；坚持决定论和神秘论的，其人生观往往是消极的、他为的。而人生观最本质的区别便在于是开放还是封闭。因为在我看来，开放是智慧的本质要求，而封闭则是反智慧的。任何一个智慧体都有权选择发展智慧还是屏蔽智慧，倡导开放的人生观就意味着在人生道路上选择发展自身的智慧，反之，追求封闭的人生观则意味着屏蔽自身的智慧。也许大家会很奇怪，世上还有什么智慧体愿意主动放弃自己的智慧吗？我可以告诉你们一个残酷的事实，在人类世界里，人们往往随着年龄的增长便渐渐走上了自我封闭的人生道路。所以，追求智慧可不是那么容易做到的，特别是究其一生去追求智慧。

“不同的人生观下价值观会迥异，而价值观是三观中对个体行为最具有指导性的观念，也是最能体现个体差异性的。在利他的价值观指导下，我们能够把金钱、权力、荣誉这些被世人希冀的东西看淡，而去看重亲情友情、邻里和睦、国泰民安这些方面的价值。同样，在长远的价值观指导下，健康、安全、能力的价值会提高，而享受、率性、报酬的价值会下降。所谓价值判断，其实就是对不同选择下的各种行为所产生的价值进行综合评估，而评估结果反过来就成了行为选择的依据。人生差异除了出身有所不同外，其他差异就是在一个又一个的选择中形成的，而后者才是造就人生的关键。因此我们可以认为，价值判断水平是造成智慧物质个体差异的决定性因素。”

讲到这里，老邹知道差不多了，再讲下去恐怕每一个弟子都要开始梦游了。于是他笑道：“好，接下来进入你们最喜欢的自由讨论环节，然后是提问时间。”说完，老邹伸了伸懒腰便转身离开了，好让那群弟子少一些拘束。

照这几个月沿袭下来的规矩，弟子们要先自行组合讨论一番，然后再向老邹提问。于是就看见大部分弟子很自然地离开了课桌，三五成群地一边舒展着身体一边走向旁边的那株大树，不过仍有几只猩猩留在屏幕前重新观看老邹刚才的讲课内容。那些离开课桌的猩猩里有两只直接攀上了树枝，在上面摆开了自己感觉舒服的姿势，其中一只说道：“这堂课听得我云里雾里，好累啊。”另一只也跟着道：“是啊，我也不懂。邹老的课真是越来越难了！”其他猩猩倒不像这两只这么散漫，围着大树分成了三组开始热烈地讨论，不过什么姿势都有，站的、躺的、坐的、趴的、蹲的，还有挂在树干上晃荡的。

陈玄一路跟着它们，然后站在希星所在的那组边上，和和、阿勇、阿智、阿逊都在这组里。而它们已经知道，陈玄一般是不参与讨论的，所以大家也就当他是一个看客。

阿勇率先道："一个人认为世上有神，一个人认为世上没有神，那么你们说他们会有什么区别呢？"它们也经常用"人"来指代包括它们自己在内的智慧物质。

阿智想了想，道："我记得老师说过，神是超越规律的存在。那么相信神的人，在疑问面前会搬出鬼神来解释问题；但不信神的人，会试图用规律去解释问题。"

希星此时冷不丁冒出一句："不信神的猩猩会越来越聪明。"

和和摸了摸正趴在它身边的希星，笑道："你肯定不信神，这么聪明！"

阿勇和阿逊异口同声道："我也不信神。"

阿智道："我也不愿信，可是有的问题的确解释不通啊。"

阿勇好奇道："比如说什么问题？"

阿智露出一丝坏笑，道："比如和和为什么对你好一些，对我就没那么好？"

和和听了有些羞涩，阿勇倒大大咧咧道："因为我跟和和心有灵犀呗。"

阿智乐道："你看你看，阿勇嘴上才说不信神，心里就有了，明明是心口不一！"

阿勇知道中了阿智的计，一时语塞。不过阿智这一招确实高明，其他猩猩听了都拍手称道。

和和道："在规律面前，智慧永远是有限的。人类尚且有很多问题解决不了，更何况我们。老师说过，不是所有的问题都要拿出来解释，承认无知也是一种尊重规律的方式。”

阿逊调皮道：“那和和你到底为什么对阿勇更好一些？”

只见和和双手在胸前一叉，严肃道：“好啦，抓紧时间讨论正事！”

阿智见状，提议道：“这样吧，我们在世界观这一栏里选出自己的倾向，看看咱们之间有多少区别。”

大家都表示赞同，于是开始在自己随身携带的本子上书写了起来。阿逊动作快最先写完，希星因为书写动作还很陌生，最后一个写完。大家都亮相后，只见阿勇是“无神的、精神的、决定的、神秘的”，阿智是“无神的、精神的、演化的、可知的”，阿逊是“无神的、物质的、演化的、神秘的”，和和是“无神的、物质的、演化的、神秘的”，希星只写着“无神的、演化的”。

大家相互对比了一下，阿逊道：“希星，你怎么只写了两样？”

希星道：“其他两个我不明白是什么意思。”

和和对希星点头道：“嗯，知之为知之，不知为不知。好样的！”

阿智道：“我们几个有一样是共同的，那就是认为世界是‘无神的’，这大概是刚才我们针对这个问题讨论后达成了共识的缘故吧。如果没有经过讨论，大家未必这么选。”

阿勇道：“阿智，为什么你认为世界是可知的？我跟和和，还有阿逊都认为世界应该是神秘的。”

阿智反问道：“世界当然是可知的呀！如果是神秘的，那么人类那些道理、知识又从何而来呢？”

阿勇一听似乎有理，但又有疑问，道：“可老师反复强调世界是不可能被完全认识的。”

阿逊也道：“是啊，老师还说任何观念都是会被推翻的。这不就是说世界是神秘的吗？”

和和道：“本来在这个选项上我的想法与阿勇、阿逊一样，但后来觉得阿智说得对啊。正是因为世界是可知的，所以才能总结出那些道理和知识呀。”

但见阿智摸了摸脑袋，道：“可我倒越听越糊涂了，怎么开始感觉还是你们说得更对，世界似乎应该是神秘的。”

希星听了半天，此时眨巴眨巴眼睛道：“是不是这个意思，可以一点一点去认识，但又不能全部认识？”

阿智顿时拍了一下希星的脑瓜，道：“嚯嚯，你这小家伙太有才了！”

和和也恍然大悟道：“对呀！可知但不可尽知，也是可知呀！”

自由讨论时间持续了约摸半个小时候后，老邹重新回到了课堂上。众弟子们见老邹回来了，便都停止了讨论，向他围拢过来。

老邹笑道：“今天讨论的课题是非常深远的，可能可以看作是智慧的源头。因此，不光是对你们，就算对人类这一样是一个永无止境的话题。我希望今天我能够把你们吸引到这个智慧的无底洞中，一直探索下去。

“给你们讲一个我自己的故事吧。我童年的时候读到过一个故事，说一个得道高僧想要收一个有慧根的人做弟子。于是他就来到一个闹市中，变化成一个卖汤圆的小贩。他向路过的人们推销两种味道一模一样但有大小之分的汤圆，其中大汤圆一文钱三个，小汤圆三文钱一个。路过的人一听，觉得这个卖汤圆的人要么是傻子，要么是疯子，于是赶紧去抢大汤圆买，唯恐这便宜被别人占去。这高僧变化的贩子看着这些人疯抢着购买大汤圆，只是在一旁默不作声地卖着。此时有一个孩子拿着一个碗来买汤圆，问过价格后竟然选择了小汤圆。高僧很吃惊，故意劝这个孩子买大汤圆，而且还好心帮他算了笔账。不过孩子并不理会，仍然坚持买小汤圆，因为他就喜欢小汤圆。结局大家肯定猜到了，最后高僧收了这个孩子入了佛门。

“我一直记得这个故事，因为这个故事在很长一段时间里一直在挑战和塑造着我的价值观。读这个故事，最初给我的感觉就是一个字——傻，一个傻和尚收了一个傻孩子为徒弟。不过随着生活经历以及思考角度的不断丰富，后来我在这个故事中渐渐又读出了很多东西。比方说：‘做出非常规的或者是非大众的选择就是傻子或是疯子吗？’‘随大流就是正确的吗？’‘吃了眼前亏就一定是吃亏吗？’等。对这些问题的思考，对我后来提高自身价值判断的水平带来了很大的帮助。

“当然，我给你们讲这个故事还有一个目的，就是告诉你们不管以后你们的三观处于什么样的水平，一旦面对那些有可能颠覆三观的现象、理念，千万不要急于否定或嗤之以鼻，而是要把它们当作提升自己的阶梯，就算暂时无法理解也不要紧，收起来藏在脑子里慢慢去想。

“好，接下来是提问时间。我来听听看今天大家能问出什么有趣的问题！”

一个弟子问道：“老师，随着智慧水平不断提高，我们的世界观最终能够统一起来吗？”

老邹笑道：“要统一世界观是很容易的，只要不停地洗脑就可以了，但那样做没有意义。随着智慧水平的提高，我们的世界观会越来越宏大，但分歧或者不同的见解也会越来越多。早期的人类世界观一定比我们要单调得多，他们会以为世界是天和地组成的，他们普遍相信世界是有神的、决定的。但随着智慧不断发展，人类对世界的看法就越来越丰富了，打破了地心说，打破了日心说，形成了宇宙爆炸说，出现了平行世界说，但是任何一种学说在智慧的某一个阶段都有值得拥护的道理，随着智慧的发展也都有被打破的那一天。总之，世界观不是趋向于统一，而是趋向于发散，这才是智慧发展的途径。”

又一个弟子问道：“老师，您在课上说人生观最本质的区别是开放与闭塞的区别，我就想问一下，开放的人生观究竟是什么样的？”

老邹道：“很好，你能问出这个问题说明你听课很认真。而且我认为这个问题对你们而言正是三观里面最值得研究的问题。总体而言，盲目信奉既有观念而导致的自我禁锢就是使得一个人思维闭塞的原因，而开放的思维则源于乐于打破既有观念。因此开放的人生观是这样的：

有破除自身观念的主观愿望，不但不排斥外来的质疑或否定，还要主动对自身既有观念进行质疑或否定。也就是说，开放的人生观必定要有自我否定的精神。举个例子：曾经人们不知道由于什么原因都认为西红柿有剧毒，所以没有人吃它们。有一天有一个反面例子出现了，有人吃了西红柿却毫无中毒的反应。持有闭塞人生观的人会对这个反面例子感到不适应，因为他们觉得这触犯了自己的既有观念。但持有开放人生观的人看到这个反面例子会很兴奋，会开始求证或质疑自己曾经持有的‘西红柿不能吃’这个观念。”

和和接着这个问题继续问道：“老师，可不可以这样理解：开放的人生观下要求我们对外要开明，要有容纳不同意见的胸怀；对内则要自省，要有知错就改的勇气？”

老邹道：“和和你总结得不错！对内对外的确要区别对待，对外要宽，要包容；对内要严，要批判。”接着，老邹针对和和的总结做了拓展：“你们要记住，所谓的人生观是作用于自身的观念。也就是说，当我们借助他人的意见来改造自己的时候，我们不用理会这些意见产生的动机，只要这些意见是有根据的，那么我们就应当重视。比方说，阿勇某一天与阿智闹别扭，阿勇在大家面前指出了阿智的很多缺点，让阿智很难堪。或许阿勇仅仅是出于抹黑阿智，但对于阿智来说，你不能简单地因为阿勇动机不善就对他的指摘一概否认，对于那些的确存在的问题你就应该记下来好好反省。如果一个人连在纠纷中都能挖掘出有价值的不同意见，那么还有什么不同意见是不能接纳的呢？”

阿勇也针对这个问题问道：“老师，有没有那么一些人，他们很固执，但是他们的确又很高明？”

老邹点点头，道：“阿勇，你这个问题问得好！固执是闭塞思维下的典型行为，只能把行为人导向狭隘，而不可能将之引向高明。然而事实上，我们确实可以看到很多比我们高明的人，但他们却很固执。这是为什么呢？出现这种情况通常有两个原因，第一种原因是我们误会了他们，把他们的坚持当作了固执。在我眼里坚持和固执是有本质区别的，坚持是因为找不到更好的（道路、方法、理论），而固执是因为不想去找更好的。二者非常相像，很容易搞混。当然，如果排除了刚才讲到的这种情况，那另一种情况就比较普遍了。有两种途径可以让一个人变得比一般人高明，一是经历了足够多的挫折，并且总是试图战胜挫折，也就是在被否定中成长起来的。不得不说，大多数高明的人都是这样走过来的。但是还有一种途径，那就是自我否定。自我否定可以避免很多挫折，但同样能够让自己高明起来。总之，高明是因为否定，而不是因为肯定。而固执和坚持都是一种肯定思维，都不能让自己更加高明，所不同的是，坚持不会有损自己的高明，但固执却会让自己走向平庸。一个不管曾经多么高明的人，只要他变得固执了，不肯接纳否定了，那么他必然会丧失他的高明而渐渐沦为平庸。阿勇，下次你如果有机会碰到一个既高明又固执的人，不妨多观察他几年，看看他是越来越高明了呢，还是越来越平庸了呢。”

阿智问了一个新问题，也是所有弟子想问又不好意思问的问题。只听阿智道：“老师，您的三观是什么样的，能告诉我们吗？”

老邹笑了笑，用手一挥将原本悬在讲堂边上的屏幕移了过来，并指着上面的表格道：“你们看，左边这一列都是我的选择。世界观里，我是无神论者、物质论者、演化论者、可知论者；人生观里，我是倡导开放的、积极的、自为的；价值观里，我是推崇利他价值和长远价值的。”

一个弟子壮起胆子问道：“老师，您固执过吗？”

老邹道：“一个人如果没有建立起开放的人生观，是难免会固执的。所以啊，我曾经也是固执过好几十年的。”

阿智继续问道：“在您固执的那些年里，您的人生观应该是闭塞的吧，那您是如何从闭塞走向开放的呢？”

老邹点点头，道：“观念的形成有两种形式，即主动的和被动的。如果一个人观念的形成总是处于被动的状态，那是没有智慧可言的。但每个人自出生后肯定要经历一个被动形成观念的过程，我也是一样。我在自己的青少年阶段不知不觉就形成了闭塞的人生观，因此常常流露出一副老气横秋的样子，后来想起来的确可笑。不过好在我总是愿意真实地面对自己，所以能够发现自己的问题，然后又经过不断的思考最终摒弃了那个闭塞的人生观，变得越来越开放。”

阿勇问道：“老师，我也会选择开放作为我的人生观，那是不是就意味着我能和您一样越来越开放了？”

老邹笑道：“那可不一定，想要和做到是两回事。三观的建立绝不是一蹴而就的，是在不断的破和立之后才可能渐渐趋于稳定的。”

和和在刚才老邹的回答中捕捉到一个信息，于是又开设了一个新的问题。只见和和问道：“老师，我曾不止一次听您提过，真实这种品质是所有优秀品质的基础。刚才我又听您提到了真实，请问真实属于三观吗？”

老邹再一次点点头，道：“保持真实对建立一个健康的三观而言是不可或缺的，但真实是一种能够被准确界定的品质，是具象的意识，不在三观之列，我将其列在价值观的下层。一个推崇长远价值的人终究会发现真实的价值。和和，如你所说，我很早开始就已经认识到真实的价值，并且把真实的价值放在所有优秀品质中的首位。因为很显然，不管是谦虚、谨慎还是勇敢、大度……任何优秀品质一旦脱离真实，就毫无优秀可言了。”

阿勇道：“老师，但我觉得做到真实很简单呀，不就是想说什么就说，想做什么就做吗？”

老邹乐道：“你那叫率性，不叫真实。要做到真实，就要对自己一切所思所想都敢于真实地面对，不躲避，不粉饰。”

阿勇听了似有所悟。

老邹见问题渐息，便看向希星，问道：“希星，你有什么问题吗？”

只见希星怯生生地问道：“老师，我有三观吗？”

老邹哈哈笑道："只要是智慧体，都会有三观，只不过有的朦胧些，有的清晰些吧。你还小，但你已经对这个世界有了朦胧的认识，这就是你朦胧的世界观。但这种世界观对你而言没有过多的约束力，时刻都在面临着颠覆和重塑。人生观、价值观也是如此。其实我们的三观对真理而言是没有高级可言的，所以我们不但要习惯而且要热衷于颠覆和重塑自己的三观。"

希星又问道："您的三观也能被颠覆吗？"

老邹再一次大声笑道："当然能啊，而且我很期待呢！"

转而，老邹又对着众弟子补充道："如果相互比较起来的话，三观的确有高下之分，但我们千万不要因为自己的三观相对低一些就自卑，更不要因为相对高一些就自负。我的三观相对于你们而言当然是更宏阔一些，更清晰一些，也更符合实际一些，但这不代表我的三观是高级的。我相信，未知永远比已知多得多，所以我们的三观相对于真理而言永远都是渺小而狭隘的，只有那些不知道自己是井底之蛙的人才会自诩高级。再啰唆一句，以后你们可以这样去看待自己的三观：世界观就意味着我对世界的认识到此为止，人生观就意味着我对自身存在的认识到此为止，价值观就意味着我对价值判断的认识到此为止。但是我们能甘于到此为止吗？当然不能！我们对世界、对人生、对价值的认识永远在路上！"

第三十七章

开放灵鹭山

这段时间以来，灵鹭山的晚上是最热闹也是最放松的时候，因为白天大家都忙着上课或是制作教育专区的节目。

餐桌上，于莺对二老道：“最近你们俩的《特殊课堂》可是火遍全球呀，很多人发来信息问咱们那群猩猩弟子到底是不是真的。喏，我和陈玄两个人光回复都忙不过来了。”

大邹道：“上次听你们说，咱们的专区已经配上了最好的图灵秘书了呀，让秘书去做不就行了？”

于莺道：“嘁！哪有这么简单？很多留言水平挺高的，必须自己回复。”

这时候，陈玄接到了妈妈辛向音用隐形光屏打来的电话。这两个月来，灵鹭山和联盟总部之间都用隐形光屏直接联系，不用担心来自信息部的监听。原来，自鹤田小川升任信息部部长后，信息部和安全部的关系就慢慢正常化了，元雄无法再像指使中村不二那样指使鹤田小川。加上张义已经升级成信息部的部长助理，颜一舟对信息部的动态就更加清楚了。

视频中，辛向音对大家说道：“刚才秘书处向我反馈，教育部收到一份200万人的联名申请，要求亲临特殊课堂。我的秘书长朱丽叶从来没有遇到过这种事情，所以跑来向我请示该怎么办。我倒想向你们请示请示，该怎么办？”

于莺开心道：“好事儿呀！让他们自己来体验一下什么叫全物质共同发展。”转而，于莺又略带担心道：“不过，这样的话灵鹭山怕是要暴露了。”

老邹对辛向音道：“最近联盟总部还安全吗？”

辛向音道：“这几个月来元雄倒没有整什么幺蛾子出来。不过也难说，毕竟这个家伙阴险得很！”

大邹果断道：“我看没必要多担心！因为我觉得这正是一个推广全物质发展理念的好机会，值得冒一次险。”

辛向音道：“对！我觉得是时候站出来了，人类的发展方向已经到了不得不扭转的时候。况且现在是个好时机，一来你们这半年里的所作所为已经聚集了足够的能量，二来我们首脑团日趋稳定，完全可以给你们助上力。”

于莺对坐在身边一直没说话的陈玄道：“玄玄，你怎么看？”

陈玄笑道：“我是不怕冒险的。不过是不是应该和爸爸商量一下？”

于莺道：“对！那你赶紧把你爸爸拉进来一起商量。”

辛向音听闻，道：“不用了，一舟现在正和汤姆乔研究一点事情。我打电话来之前已经和他商量过了，他也认为值得冒这个险。”

大邹看着老邹，道：“你定还是我定？”

老邹微微笑道：“当然你定！”

大邹爽快道：“那就听你的，开放！”

然而，大家在开放灵鹭山的问题上达成了一致意见后，另一个问题随之出现了：灵鹭山显然不可能同时接待这么多人，那该怎么办呢？于是大家又针对如何开放灵鹭山的问题展开了一番讨论，最后形成了如下草案：

第一，首批观摩人员数量定为50人，要求亲和自然、遵守礼仪、身体健康、热爱学习。如果符合要求的人员过多，则由图灵系统从考核名次最高的100人中随机抽选出50人。

第二，观摩人员在规定时间内自行赶往灵鹭山，在半山腰停车坪下车后，在弟子们的迎接和带领下依次爬山进入灵鹭山洞体。

第三，观摩完成后，所有人员从洞体停车坪有序上车并离开。

开放范围主要以山体环境、学习场所为主，如果观摩人员有兴趣，也可以开放灵鹭山上的生活、娱乐、生产场所。

这次商量之后，辛向音将该草案交给了朱丽叶，让朱丽叶据此拿出开放物华永和专区实景的具体方案。很快，在朱丽叶的操办下，一场轰动全球的观摩人员选拔赛就此拉开帷幕。

选拔条件公布后，最终有1800余万人报名参赛。尽管这次报名人员数量大得惊人，但实际上与图灵预计的情况差异不大。选拔赛分成了预赛和复赛，通过预赛的初选后，最后有1800人进入到复赛。显然，由于报名参赛的人数太过庞大，因此预赛的门槛设置很苛刻，以至于淘汰比例达到了万分之九千九百九十九。通过复赛的选拔，将有800人获得排序权，但只有前100人有抽选资格。不过教育部承诺，在成功组织首批观摩后会持续安排多场观摩，而观摩人员就优先从这800个人中选择。所以在复赛中，大家参与的热情都极为高涨，大部分人为之做了充分的准备。

此次选拔的具体情况传到灵鹭山后，整个灵鹭山都为之沸腾了，不仅众弟子们为之欢欣雀跃，就连于莺、陈玄他们也感到异常兴奋。

于莺开心中带着不解道："不是只有200万人联名申请吗，怎么冒出1800万报名者来？”

陈玄笑道：“我专门就这事问过妈妈了。因为联名申请时200万人是上限，多了就不计入了，实际上想联名的人数远远不止200万。”

于莺点头道：“原来如此。对了，观摩时间和最终的人选确定了吗？”

陈玄道：“观摩时间是12月11日早上9点到下午6点。还有，那50个人选已经产生了。”

于莺笑道：“嗯，假如那些观摩人员到时候赖着不肯走咋办？”

陈玄也笑了，道：“那就留着住几天吧，反正山洞那么大！”此时陈玄突然有了一种奇怪的感觉，似是自言自语道：“不知道那50个人里面有没有我们认识的？”

于莺呵呵笑道：“让你妈妈发份名单过来看看呗。”

陈玄道：“好，下次和妈妈联系上了问问她。”

这些天，大家都在为接待灵鹭山观摩者的事情忙碌着。颜一舟也没有闲着，他正在与汤姆乔一起物色一块合适的场地。大概一个月前，老邹和颜一舟通了一次电话，希望能以人类联盟的名义建造一个准五类物质生活示范区，第一代居民除了猩猩之外，最好还能有一些海豚。

颜一舟把老邹的想法如实告诉给了汤姆乔，希望能得到生育部的支持。此前在辛向音的陪同下，汤姆乔已经参观过灵鹭山，并且从大邹和陈玄的讲解中对准五类物质有了相当的了解，因此汤姆乔对打造一个准五类物质生活示范区充满兴趣。

在颜一舟的建议下，他们决定把杭州西湖周边作为示范区进行改造。因为在2039年之后经人类联盟特批的几个大型自然生态保护区里，西湖就在其列，而且有山有水最为适宜。

辛向音除了忙着开放物华永和专区实景的事外，还在着手打造准五类物质教育体系。在老邹和陈玄的建议下，她准备模拟B世界的模式。

在B世界里，从2043年开始开办准五类物质学校，到了2050年，这类教育体系已经非常完善，分启蒙、初级、中级、高级和大学五个等级。除了启蒙学生是由鉴别专家推荐入学之外，其余等级都是从其下面一级选拔晋级的，只要达到晋级标准的都可以晋级。和人类教育体系相类比，准第五类启蒙级学制2—3年，相当于人类幼儿园水平；初级学制4年，相当于人类小学二年级水平；中级学制3年，相当于人类小学四年级水平；高级学制3年，相当于人类小学毕业水平；大学学制不限，毕业后即相当于人类初中毕业水平，而且可授予“五类生命体”称号，与人类享受同等权利。

正所谓有人欢喜有人愁，此时在德尔比办公室里，元雄始终阴沉着脸。

德尔比对元雄安慰道：“老大，我看这未必是坏事，返璞归真、重回自然。”

元雄一脸鄙夷道：“屁，一群鼠目寸光之辈！看看都什么年代了，还不把眼光放到外面去，只想着脚下这一亩三分地！”

德尔比道：“现在连颜一舟和汤姆乔他们都在搞什么准五类物质生活示范区，而辛向音更是在忙着搞准五类物质教育体系。我就纳闷了，这个物华永和专区到底是何方神圣，竟然有这么大的影响力！”

元雄道：“你看吧，这个专区和之前那个郑炫、于莺他们决然脱不了干系。当时我就觉得这伙人的来历极为蹊跷，现在看来果不其然！”

德尔比道：“可惜现在不是中村在掌管信息部，否则可以让他调查清楚。”

元雄一听，怒道：“少提中村那个废物！要不是他无能，我们怎么会落到这种地步？”

德尔比道：“这倒也是。假如颜一舟、汤姆乔或者辛向音现在把他们那两份跟准五类物质有关的议案提交上来，估计我们就算想拦也拦不住了。”

元雄阴着脸道："我听说教育部那个物华永和专区近期要搞一个实景观摩会？"

德尔比道："是的，好像时间和人员都定好了。"

元雄道："这些人员都是从整个网络里选出来的？"

德尔比道："是的，他们还搞了一个选拔赛，刚刚结束。闹得整个人类联盟都沸沸扬扬的。"

元雄道："你说，我们有没有可能派人冒充进去？"

德尔比道："冒充不太可能吧！因为所有人员的信息已经固定了。不过我听说这类观摩之后还会继续安排，到时候可以动动脑筋。"

元雄想了想点点头道："也好，先看看他们到底想搞出什么名堂！"

这天晚饭过后，正和二老、姑姑在休息室里喝茶聊天的陈玄接到了妈妈打来的电话。当他打开隐形光屏时，看到爸爸也在。陈玄想起那个观摩名单来，正想问，没料到妈妈却一脸激动地说道："你们猜猜看过些天来观摩灵鹭山的这份名单里有谁？"辛向音这一问，让大家的脑子都开始不自觉转了起来。

于莺率先猜道："不会有我们的大学同学吧？"于莺与邹向荣、辛向音是北大人文学部同一届硕士研究生同学，所以她如此猜测有一定的道理。

不过辛向音笑着摇了摇头。

陈玄心里其实已经有了一个答案，不过这个答案似乎过于玄妙且令人激动，所以他想等一等再提出来。

老邹道："我猜会不会是联盟总部的某位要员？"

辛向音似乎不想这么早公布答案，依然摇了摇头。

边上的颜一舟应该已经知道这个神秘的人物，不过他很配合辛向音，一直笑而不语。

大邹摇摇头道："最亲的人都在这里了，我实在想不出还有谁能让你这样又高兴又激动。”

只见辛向音对着陈玄道：“玄玄，你猜猜看！”

陈玄见妈妈这样问，更加印证了自己此前的猜测。只见他腼腆一笑道：“不会是我自己吧？”

陈玄这一猜让于莺和二老心下都忍不住拍案叫绝起来，因为这个答案既足够新奇又最契合眼下的氛围，的确是一个极佳的选项！

看着他们四人满怀期待的目光，辛向音终于公布了答案。只听她笑道：“是啊，玄玄，就是你自己！”

这简直是太神奇了！

A世界的陈玄，自小只有“姑姑”于莺这么一个亲人与之相伴。16岁那年，自己去读大学了，而于莺也与他断了音讯。从此陈玄便孤身一人活在这个世界上，能够让他感觉到亲人还在身边的只有四样东西，一样是妈妈留下的戒指，一样是妈妈的照片，一样是妈妈写给他的信，还有一样就是《思想者》那本书。曾经，他一直以为《思想者》的作者邹向荣就是他爸爸，直到2050年遇到颜一舟后才知道邹向荣其实是他的爷爷。2039年人类联盟成立后，世界开始稳定发展，人们渐渐习惯了与网络为伴、蜗居一隅的生活。陈玄也不例外。不过，陈玄始终没有忘记妈妈在那封信中交给他的使命：要担忧人类的未来，要在人类危机降临的时刻挺身而出。因此在《思想者》的指引下，陈玄始终过着极为自律的生活，保持着规律的作息和饮食、以学习和体验为主的网络生活、常思考多锻炼不纵欲。到了2045年，图灵系统开始飞速发展，但陈玄依然只是将其视之为提升自己的工具，并没有沉沦其中。这样的生活，让陈玄得以区别于这个星球上的绝大多数人类。

自从物华永和教育专区成立后，陈玄惊奇地发现这个专区似乎是为自己开设的，因为其中很多思想和观点与《思想者》如出一辙。近半年来，陈玄如饥似渴地沉浸在这个专区里。直到从视频中看到“邹老”

的系列实景教学后，他的心中莫名地产生一种“幻想”，幻想这位亲和多智的长者就是邹向荣，就是他的爸爸。当然，这一段已经不在灵鹭山上那个陈玄的记忆中了。

“陈玄”出现在那份名单上，让这场原本就令人期待的观摩会即将变得更加奇幻和震撼。

第三十八章

相逢灵鹫山

2045年12月11日上午8点30分开始，一辆接着一辆从世界各地飞过来的车子陆陆续续着陆在灵鹫山半山腰那块刚刚修整过的停车坪上。所有车子最后都是在教育部的要求下由图灵系统统一调度的。

从车上下来的人每五个一组，由一只猩猩当导游领着路爬上山去。可以说，爬山以及和猩猩导游的交流就是此次灵鹫山观摩会的第一项体验活动。人们首先被一个个能说会道的猩猩惊到了，这些已经习惯于虚拟世界的人不敢相信曾经在物华永和视频专区中看到的一切竟然是真实存在的。在随后大约两个小时的上山途中，他们真正投入到了久违的大自然中，感到无比畅快与惬意。毕竟是经过严格筛选出来的，这样的运动量还难不倒他们，加上此时所有人都处于高度兴奋状态，几乎没有人喊过一声累。

应广大民众的需求，这次观摩会是通过多个角度全程向全球直播的。因此，今天的灵鹫山注定会成为全人类的焦点。

此次安排观摩人员进入洞体的路线与陈玄第一次误打误撞进入时的路线几乎是一致的。当他们一个接着一个从接近山顶的那棵大橡树下的暗道钻进山洞来到明志堂的瞬间，50张露出惊愕表情的面孔纷纷呈现在了全世界面前，感染了所有人。在明志堂里经过了短暂的自由参观之后，和和邀请大家在已经摆放好茶水和点心的课桌前就座。在《特殊课堂》里大家对眼前的场景已经非常熟悉，此刻如入梦境一般，大家不禁心中感慨万千，其中有几人竟然激动得落下泪来。而此时正通过图灵系统收看直播的无数人里热泪盈眶的更是比比皆是。

趁着大家休息的间隙，讲台的位置显现出一块大屏幕来，里面播放着和和、希星、阿智、阿勇、阿逊等共同参与制作的灵鹭山介绍短片，镜头里穿着一身天蓝色旗袍的和和是主讲，而清一色运动服着装的希星它们则在不同的场景轮流做穿插介绍。

只见屏幕里和和道："大家好，我是和和。现在大家所在的位置就是物华永和专区《特殊课堂》的录制现场，我代表灵鹭山的所有猩猩欢迎你们的到来。大家应该已经知道了，这里是中国四川广安的灵鹭山，我们这儿的猩猩曾经世世代代都生活在这座美丽的大山里。前些年人类赖以生存的家园已经满目疮痍，很多地方甚至寸草不生。然而不幸中有万幸，因为灵鹭山得到特殊保护的缘故，我们还能在这里偏安一隅。更万幸的是，从2038年开始，灵鹭山上来了两位老师——邹老师和于老师，我们在他们的率领下建造了这个山洞。就是在这个山洞里，我们在两位老师的用心培养下开始学习人类文明，并惊奇地发现原来我们和你们一样也能说话写字。现在在我身边的这个小家伙叫希星，它是我们猩猩界里的天才，别看它刚满一周岁，却已经能够背诵好几首诗了。希星，来！给大家展示一下。"

只见希星咻的一下爬到和和肩膀上，一字一句高声道："一根竹竿容易弯，三根麻绳难扯断。一花独放不是春，百花齐放春满园。"念完后，希星还朝前面鞠了一躬，然后又从和和肩膀上滑了下来。希星的这一系列举止引来了众多掌声和欢笑声。

屏幕里，和和继续道："好，接下来就让我带你们大致参观一下我们的家园。就从你们就座的地方开始讲起吧。这儿叫明志堂，是我们日常学习和交流的场所。从这条路出去我们可以来到山外面的一个小公园，这个公园的名字叫物华永和。讲到这里大家也许就能明白，为什么两位老师在开创教育专区的时候把名字定为'物华永和'了吧。让我们在这里稍作停留，听我讲一讲这个名字的由来。这个公园是去年由我们这些弟子共同努力建起来的，我们把它作为礼物送给两位尊敬的老师，让他们在辛苦之余能够上来稍作休憩。而所谓'物华永和'也正是出自两位老师的理念，因为他们希望世间万物都能和谐共处、同放光彩。"

此时，屏幕里出现了邹向荣和于莺的身影，他们正坐在公园的长条石椅上。只见邹向荣先对着屏幕道："大家好，我是你们熟悉的欣欣向荣大邹。"接着于莺道："大家好，我是莺歌燕舞小于。"然后他们对着屏幕齐声道："愿全物质共同发展的理念从这里传播开去！"

接着，屏幕再一次跟随着和和来到了那个一百米高的养殖场。和和介绍道："这儿是我们的养殖场，共有五层，经过光学处理后的太阳光从这些洞口照射进来，满足了这儿所有动植物生长的需要。我们日常食用的蔬菜瓜果和鸡鸭鱼肉都是从这儿生长出来的。待会儿到了吃中午饭的时间，大家可以亲自尝一尝。"

和和话音刚落，阿智便出现在屏幕里，只见它钻入竹林中，很快抓出几只鸡和鹅来。又见阿勇出现在鱼池边，一跃而下，竟抱起一条大鱼游回了岸边。它们俩一个抓着咯咯叫唤的鸡和鹅，一个抱着使劲扑腾的大鱼，一起对着屏幕说道："待会儿请大家尽情享用！"

最后，和和又在屏幕里带着大家到猩猩们居住的宿舍区里转了转，阿逊和其他弟子在这个场景里悉数出镜，有在看书的，有在下棋的，还有在聊天的。阿逊跟着镜头说了一句："亲爱的人类朋友们，看到这一幕，有没有想起曾经的你们？"

阿逊说完那句话后，介绍片就结束了。和和走上讲台，对众人笑道："通过刚才我和我的伙伴们共同录制的短片，想必大家对灵鹭山已经有了初步的认识。不知道刚才大家看到那些鸡呀鱼呀的有没有饥饿的感觉？我想大家爬了这么久的山应该饿了。现在是中午12点15分，我们为大家准备了丰盛的午饭，开饭时间是下午1点整，所以大家还有四十五分钟时间可以自由参观。我们这些《特殊课堂》里的学生都渴望为你们做导游，随时听候你们的召唤。"

和和说完，所有人都按捺不住站了起来，纷纷邀来导游准备好好游览整个洞体。

到目前为止，二老、于莺和陈玄都没有在观摩会的接待工作中露过面，不过他们可不轻松，一直在后面紧张地观察着整个观摩团的表现，当然最主要的还是观察那个陈玄。为了好区分，他们达成共识，把那个陈玄叫作"小玄"。

小玄的车子是第十二辆到达停车坪的，因此他是被分在了第三组上的山。陈玄惊奇地发现，在第三组里居然还有一个熟人——妮娜！妮娜是乘着第十五辆车赶来的。不出陈玄所料，和小玄同在一组的妮娜依然保持着她特有的傲慢，完全没有把小玄放在眼里。

在B世界里，妮娜和陈玄倒是一对亲密的恋人，一起热衷于研究准五类物质。但他们俩并不是从一开始就相互对上眼的。尽管他们认识得挺早，但妮娜认可陈玄却经历了比较长的一段时间。在一次野外训练中，妮娜被一群大猩猩合围攻击，正准备拿出武器来对付它们时，恰巧遇上了陈玄。陈玄制止了妮娜的暴力企图，并直接向那群大猩猩走去。当妮娜看到陈玄轻而易举地劝退了大猩猩们后，从内心深处瞬间就改变了对他的看法。

而在A世界里，直到2050年妮娜和陈玄才认识，他们一起经过层层筛选最终成了"返回2020年"计划的执行人。在那次任务里，由于妮娜和陈玄一样是带着私人目的去的，所以双方一直相互提防，根本没有什么感情可言。后来两个人完成任务从2020年返回2050年的时候意外闯入了B世界，妮娜就一直留在那儿，而陈玄则与老邹一起来到了A世界的2045年。此时陈玄看见这里的妮娜，不知不觉想起了那个还留在B世界的妮娜，不知道她在那儿怎么样了？

不管是A世界还是B世界，妮娜都是杰斯夫的养女，一直接受着各种特殊训练，和陈玄一样，从小就有着拯救世界的使命感。妮娜曾是世界级的运动员，还在清华留过学，文武兼修，从各方面来看都不逊色于陈玄。

今天，妮娜竟出人意料地来到了灵鹭山上，倒是凭空添了一份热闹。

此时的小玄，不像B世界里的陈玄一样早就有机会和准五类物质打交道，他现在和妮娜一样，只是在物华永和专区里见识过会说话的猩猩。不过相对妮娜而言，小玄明显更喜欢与那只给他们做导游的猩猩交流。在整个上山的过程中，小玄就挨着那个猩猩，像一个小学生一样不停地向它提问题。其他人也会时不时问出几个问题来，而妮娜则只是自顾自爬着山，似乎完全没有交流的欲望。

期间，于莺从屏幕里看着小玄的表现，曾笑着对身边一起观看的陈玄道：“你很好学呀。这一点倒是和你爷爷挺像的，每到一个新鲜的地方就会问很多问题，根本不管对方是谁。”

陈玄笑了笑，道：“都是爷爷教出来的嘛。”

一旁的大邹听了，对于莺的评价并不以为然，道：“在猩猩的世界里当然要拜猩猩为老师呀，这么简单的道理却总是有很多人想不明白。玄玄，嗯……小玄做得一点没错。”

也许是因为此前的注意力都放在了小玄和妮娜那里，所以直到所有观摩人员落座在明志堂课桌前，看着屏幕里播放的关于灵鹭山的介绍短片时，陈玄才赫然从人群中又发现了一个人的身影——韦泽一男！

这是什么情况，怎么今天连这个杀手头子也出现在了这里？

这个意外的情况让陈玄大吃一惊。他马上告知二老和于莺。四个人简单商量之后，大邹当机立断，让李龙带上阿勇和阿智以服务观摩人员的身份盯住韦泽一男。他们担心韦泽一男是冲着陈玄来的，为了不让他误伤不明就里的小玄，同时也防范可能造成的其他伤害，大邹叮嘱李龙务必做到万无一失，一旦发现不轨企图坚决就地拿下！

不过，通过透视仪的影像分析，韦泽一男此行并未携带任何武器，只是在他的上衣兜里似乎藏着什么东西。

在自由参观洞体的时间里，韦泽一男果然一直尾随着小玄。于是，收到大邹指令的李龙带着阿勇和阿智一直跟在小玄所在的队伍里。小玄对身边可能存在的危险显然一无所知，整个参观过程中，他始终像一个小学生一样一有机会就黏着导游问东问西。

那个导游见小玄长得和陈玄一模一样，不禁对他多了许多好奇和好感，笑道："你长得真像我们这儿的玄玄哥！"

小玄一听，乐道："刚才我上山时那个导游也这么说！难道你们这里真的有一个和我长得很像的人，而且也叫'陈玄'？"

那导游一听，惊呼道："难道你也叫陈玄？"

小玄笑道："对啊，是不是很巧？"

导游惊讶道："要不是你一直问东问西，我就真把你当作陈玄哥了。"

小玄调皮道："其实你叫我陈玄哥，我也不会介意的。"

他们的这番对话显然被韦泽一男注意到了。只见韦泽一男离开了小玄所在的队伍，开始独自溜达起来。

李龙给阿智使了一个眼色，阿智会意，朝韦泽一男跟了过去，主动攀谈道："先生，山洞很大，您一个人走会迷路的，让我陪着你吧。"

韦泽一男见只是一只猩猩，便道："好啊。"走了两步，他对阿智问道："听说你们这里有一个叫郑炫的小伙子，是吗？"

韦泽一男只知道郑炫，不知道陈玄，因此在刚才小玄和导游的对话中，他先入为主地把“陈玄”听成了“郑炫”。不过不管他称呼什么，指的肯定都是那个曾经在联盟总部被关押过的陈玄。

阿智不直接回答，反问道：“您以前来过这里吗？我们这里怎么会有您的熟人呢？”

韦泽一男道：“我是没有来过。但是据说郑炫养过几只会说话的猩猩，所以我猜他就住在这里。况且，刚才我从那个导游那里也听到了，说这里有一个人叫郑炫。”

阿智见其目的明确，而且还不绕弯子，于是道：“您知道的不少呀，请问您找他有什么事吗？”

韦泽一男四顾一眼，但显然没有办法确认周围到底有没有监控对着他，于是小声对阿智道：“你们这里有没有方便说话的地方？”

阿智笑道：“先生，这儿不是很方便吗？”

韦泽一男无奈，道：“我想单独见一见郑炫，你能帮我吗？”

此时阿智手上的戒指有了反应，阿智会意，道：“好的，请跟我来。”

原来阿智身上早就备好了监听装置，通过这个装置，陈玄他们对韦泽一男和阿智之间的谈话听了个一清二楚。经过简单的研判，大家觉得眼下这个韦泽一男并未对灵鹫山构成多少危险，因此与其被动应对，倒不如主动出击。所以于莺给阿智发出了指令，让它把韦泽一男带过来。

阿智把韦泽一男带到一个房间里，一路上，李龙都一直暗中跟着，生怕出什么意外。进了屋后，韦泽一男看见陈玄已经坐在椅子上等着他了。在陈玄的示意下，韦泽一男坐在了他的对面，双方相互确认了一下身份。阿智则给韦泽一男端来了一杯茶。

韦泽一男见阿智还在边上待着，便对陈玄问道：“能不能让我们俩单独谈谈？”

陈玄道：“当然可以。”说完，陈玄示意阿智离开屋子。

韦泽一男道：“我接下来说的话或许对你们很有用，但我不希望泄露出去。所以你首先要向我保证，我们之间的谈话是私密的，不受监听的。”

陈玄道：“我可以向你保证我们的谈话是私密的，绝不会泄露出去。”

韦泽一男听得出来陈玄并没有保证这场谈话是“不受监听的”，但是只要不泄露出去，对他而言就足够了。

韦泽一男道：“实不相瞒，我这次来是请你们帮我一个忙的。”

陈玄道：“说说看！”

韦泽一男道：“我想通过你们把元雄的罪恶揭发出来。我知道，他也一直在和你们过不去。”

陈玄暗暗猜度，是不是那一次元雄血洗罗奈马山激起了韦泽一男的仇恨？然而就算是报仇，也得有筹码才行，此时陈玄不知道韦泽一男到底掌握了多少元雄的罪恶证据。于是他淡淡道：“元雄？你说的是安全部部长元雄？”

韦泽一男点了点头，咬牙切齿道：“是的，就是那个在罗奈马山上杀光了我所有兄弟的元雄！”

陈玄道：“可是据我所知，你们这个GRD组织也不是善茬，他们安全部剿灭你们是职责所在，有何罪恶可言？”

韦泽一男又怒又悲道：“什么职责？我那批兄弟根本无罪，而且也没有任何抵抗，元雄他凭什么要下死手？分明是为了杀人灭口！可怜我一生忠心耿耿，却反受这么一个凶残小人的猜忌，害得我所有兄弟惨遭屠戮。我真是有眼无珠啊！”

陈玄略带怜悯道：“我听说你侥幸逃过那次屠杀，但你怎么知道你的手下没有抵抗？”

韦泽一男哼了一声，道：“那元雄自己生性狡诈，所以总以为别人都靠不住，误以为我把他与GRD之间的事情都告诉兄弟们了，所以才痛下杀手。为什么没有抵抗？因为我有视频呀！哼！那元雄自以为做得天衣无缝，哪料我那山洞里还有一套暗藏的监控！”

陈玄一听心中大喜，道："那监控信息你带来了吗？"

韦泽一男摇摇头道："今天我是来探路的，所以没有带来。不过你们放心，视频完好无损。"

陈玄不为所动，道："既然你有视频为证，为什么不自己去揭发元雄呢？"

韦泽一男叹了口气，道："元雄是谁？我又是谁？就凭我，发布任何证据都没有用。"

陈玄点头道："这倒也是。不过你为什么会来找我们呢？难道你认为我们灵鹫山有这个能量？"

韦泽一男道："我注意你们已经半年了！起初，我怀疑你们和元雄是一伙的，元雄用你们做钓饵给GRD和中村不二下套。后来我才搞清楚，元雄本来是想通过对付你们去打击辛向音和汤姆乔，以实现他所谓的雄心壮志，所以才找到我们来帮忙。但是我和我的兄弟拜尔的确不是你们的对手，每一次行动都被你们看破。先不管这些！我知道你们灵鹫山绝不只是养了几只会说话的猩猩这么简单，你们和辛向音以及汤姆乔之间肯定有着极大的关系。因此，我希望借助你们的力量扳倒元雄，一来替我的兄弟报仇，二来也是帮你们铲除一个政治对手。"

陈玄摇摇头道："如果我们只是为了铲除一个政治对手就和你结盟，那我们和元雄有什么区别？这个交易不能做！"

韦泽一男完全没有料到陈玄会这么说，愣了愣后，换了套说辞道："好吧，怪我没有说清楚。实际上，这些年来人类发展的趋势我都看在眼里。如果还照现在这个模式发展下去，人类文明早晚会有灭顶之灾。而辛向音他们主张的发展战略我是高度认同的，这半年来，我一直在关注物华永和教育专区，这里面提到的全物质发展理念才是真正能够打动我的，我衷心希望你们这个理念能够取代元雄的那个狗屁宇宙战略。也罢，以前怪我遇人不淑，干了许多罪孽深重的事。我此行并不是真的想与你们结盟，只不过是自我救赎罢了。相信我，只要你们肯答应控诉元雄，我可以交出所有与元雄有关的罪证，即使立刻死在你们面前也决不皱一下眉头！”

不得不说，元雄这一番话打动了陈玄，也打动了一直在背后监视这次谈话的二老和于莺。大邹用隐形光屏对陈玄道：“你答应他。看看他能拿出什么证据来。”

只听陈玄对韦泽一男郑重道：“如果这就是你此行的出发点的话，我可以代表灵鹭山答应你，只要我们有足够的证据，就一定会出面控诉元雄的。”

韦泽一男道：“既然你这样说，我也践行我的诺言。”说着，就见他将手伸进自己的上衣兜里，拿出来一个硬币大小的小盒子，道：“喏，所有的证据都在里面！”

说完，韦泽一男将那个小盒子放在了桌子上。陈玄正想去取那盒子，竟见韦泽一男右手食指上突然弹出一根银色的骨刺。陈玄一见猛然一惊，以为韦泽一男欲图不轨，但见其并没有对自己下手，反而是将那骨刺朝他自己的太阳穴猛戳过去。说时迟那时快，早有防备的陈玄用一直隐藏在手上的手机射出一道高压电，一下把韦泽一男电晕过去，将准备自杀的韦泽救了下来。

大约两分钟后，韦泽渐渐清醒过来，看见陈玄边上多了两个人，一个是于莺，一个是大邹。

大邹对韦泽道：“谁都有犯错的时候！与其以死谢罪，不如用你的后半生去重新诠释自己的生命吧。”

于莺也对着韦泽一男微笑道：“死都不怕，还怕活着？我们不想看到一个幡然醒悟的人就这样死去，那太可惜了。活下去，把生命的价值活出来！”

陈玄扶着此时既痛不欲生又万般感慨的韦泽，道：“韦泽，我给你介绍一下吧。”他先指着大邹道：“这位是我的爷爷，也就是物华永和专区视频里的欣欣向荣大邹老师。”接着，他又指着于莺道：“这位是我的姑姑，就是莺歌燕舞小于老师。”

韦泽脱开陈玄的搀扶，对着大邹和于莺恭敬道：“两位老师久仰了。多谢两位老师刚才的教导，在下一定谨记一生！”

大邹道：“很好。世上没有不可饶恕的罪过，关键就看自己能不能悔过。这一趟你带着必死的决心过来，我们都看在眼里。从今往后，你大可坦荡做人！”

于莺也道：“那是！不过当务之急，你还得先配合我们一起去揭露元雄。”

韦泽郑重道：“在下一定竭尽全力！”

大邹又道：“玄玄，你带韦泽去找个房间休息一下。韦泽，接下来的观摩活动你就别参加了，这些天你就暂且住在这里，有的是时间让你观摩。”

韦泽喜悦道：“谢谢收留！谢谢收留！”

陈玄给韦泽找了一个房间，还给他单独安排了中餐。期间，陈玄看出韦泽几次欲言又止，知道他有话想说，于是主动问道：“你有什么想说的就直说吧，我们已经可以以朋友相处了。”

韦泽道：“你刚才用了什么武器把我放倒的？”

陈玄道：“一点高压电罢了。”

韦泽道：“可是我并没有看见你手上拿着什么能放电的东西呀。”

陈玄笑道：“别急，其中的秘密以后我会慢慢告诉你。”

韦泽点了点头，道：“还有，我上次去中村不二的办公室，怎么就被你盯住了呢？”

陈玄再次笑道：“真的，不是不相信你，只是有一些秘密暂时还不能告诉你。不过请你相信，我们正在齐心协力去做一件正确的事情，一件对全人类有帮助的事情！有的秘密，只要时间一到就自然而然解开了。”

韦泽再一次点头道：“明白了！”

陈玄见其释然，便也问了一个问题：“你这次是如何混入观摩团的？这个观摩团名单我事先看到过，并没有见到你的名字啊。”

韦泽坦言道：“我们做杀手的一直储存着好多个身份，我只是没有用我的真名去申请罢了，不过所有的筛选流程都是硬碰硬通过的。”

此时在大餐厅里，五张圆桌各坐着十个人，面对着丰盛的菜肴，大家重拾着聚餐的乐趣。韦泽的位置，大邹安排了吴商过去坐着，免得有人起疑。当然，大邹这样的安排还有一个用意，就是确定一番在余下的人里面到底有没有特别留意韦泽的人。

计划一个小时的聚餐时间里，有人提出想见一见大邹老师和小于老师。本来，如果小玄不在其中，那么于莺完全可以在众人面前出现的。不过现在这种情况下，于莺一旦出去一定会让小玄失控。因为小玄虽然不认识大邹，但对于莺可是再熟悉不过的了。其实在这次上山之前，小玄就已经有所怀疑了，因为欣欣向荣大邹老师和莺歌燕舞小于老师这两个名字实在是太过蹊跷，和于莺、和邹向荣的名字都有着太多的关联。所以，小玄曾经在和不同的猩猩导游接触中都问过同一个问题：“大邹老师和小于老师的全名是什么？”不过早有防备的于莺他们此前已经跟弟子们交代清楚了：“一律不准向观摩人员透露大邹老师和小于老师的名字！”所以小玄的这个猜疑迟迟得不到确认。

为了满足观摩人员的要求，席间大邹来到餐厅和大家见了一面，所有人员看到大邹来了都纷纷站起来表示敬意。大邹的出现无疑让小玄无比激动，而这一切大邹自然是看在眼里的。只见大邹看似很自然地走到小玄身边，然后用手上端着的酒杯向大家致敬道：“我代表灵鹭山对大家的远道而来表示热烈欢迎！本来，我应该陪大家一起喝一点酒的，不过你们也知道，按本次活动的流程安排等一下我要给大家上一堂观摩课，所以不能多喝。就用我手中这杯酒敬一敬大家吧，祝大家不虚此行！”说完，大邹一饮而尽。接着，大邹一边让大伙儿都坐下继续吃，一边暗暗捏了捏小玄的手臂。

大邹告辞离开后，小玄一直期待着会有什么奇迹出现。果不其然，大概一分钟后，小玄注意到一只小猩猩在扒拉他的裤腿，示意他离开座位。小玄借故上洗手间站了起来，远远跟着那只小猩猩走了过去。

小猩猩把小玄带到了于莺和大邹所在的房间，此时陈玄和老邹就在隔壁房间等着，他们要在另一个合适的时间再出现。

小猩猩把小玄带进房间后，道："小玄哥，我是你的好朋友希星，这两位需要我给你介绍一下吗？"

此时看到于莺的小玄已经足够震惊了，来不及留意希星话中的玄机。只见小玄有些哽咽道："姑姑！姑姑！真的是你吗？姑姑！"

早就已经有过"重逢"体验的于莺自然没有小玄那般激动，站起来笑笑道："玄玄，是我，你的姑姑。"

小玄显然对姑姑看起来并不激动的表情困惑到了，以为她并没有把自己放在心上，于是有些伤心道："姑姑，这些年你都去哪里了，为什么音讯全无？"

于莺看出了小玄的失落，赶紧走上前去亲热地握住他的双臂，道："说来话长！来，玄玄，坐下来慢慢说。"

等小玄在于莺身边坐定后，于莺朝着一直笑而不语的大邹挥了挥手，对着小玄问道："小玄，来认识一下你的爷爷——邹向荣。"

小玄心里一惊，原本以为的爸爸竟然变成了爷爷！只见小玄羞涩道："记得我小时候你不是告诉我他是爸爸吗？"

于莺笑道："姑姑也有搞错的时候嘛！他是你爷爷，没错的。来，叫一声爷爷吧。"

小玄总觉着眼下的气氛非常怪异，本来很高兴的一件事却总感觉高兴不起来。他哪里知道，眼前的爷爷和姑姑因为已经经历过一次重逢了，所以才会显得那么平静。

听到小玄很勉强地叫了自己一声爷爷，大邹爽朗道："玄玄，今天你会遇到很多奇怪的事情，把兴奋留到后面吧。”

此时的小玄，仿佛是在做着一场自己期待已久的梦，但是在这场梦里，自己却感觉不到应有的欢喜。那些自己朝思暮想的人，为什么在自己面前显得如此恬淡，似乎自己并不是他们牵挂的人！而在接下来的聊天中，又有一件事情让小玄无法理解：姑姑说着自己离开小玄后所做的事，爷爷说着他自己的事，却似乎没有人关心他的事。小玄不知道自己到底在他们眼里算什么。

颇为平淡的聊天持续了近二十分钟之后，希星跑进来对大邹道：“爷爷，该你上课了。”

大邹点点头，道：“走！”说罢，正要走出门去的大邹见小玄也要跟着出去，便对他笑道：“你留在这儿见见其他人，我的课嘛下次单独给你补上！”

听到这句话，小玄方才有了一点受到重视的感觉，于是点点头道：“哦。”

见大邹和希星出去后，于莺用隐形光屏对隔壁的老邹道：“该你们出场了。”

小玄听见姑姑这句话，以为爸爸或妈妈要出来了。正在他满怀期待之时，竟见从里屋走出来两个人，一个就是和自己一模一样的陈玄，另一个竟然和刚才那个爷爷也是一模一样的！这次才真是把小玄给惊住了。

陈玄笑着对小玄道：“来，和自己抱抱！”说着，陈玄就向小玄拥抱过去。

小玄尴尬地和迎面拥来的这个像极了自己的人抱了抱，问道：“难道我们是双胞胎吗？”

陈玄乐了，道：“嗯，让我想想看，如果我像你一样遇到了这种情况会是什么反应。对了，我应该会这样说：‘听说双胞胎是会遗传的，看爷爷就应该是双胞胎，所以我们俩是双胞胎自是情理之中。’”说完，陈玄看着老邹，哈哈大笑起来。

小玄一听愣住了，因为此时他确实就是这么想的。

陈玄见小玄从进了房间门后到现一直都没有开心过，不忍再瞒着他，于是直言道："告诉你吧，其实你就是我，我就是你！我们并不是双胞胎。"看着小玄一脸茫然的样子，陈玄继续道："我是五年之后的你，你是五年之前的我。我是从2050年过来的。"

曾经见过太多世面的小玄此时顿时觉得天外有天，于是他大着胆子猜度道："难道这位爷爷也是从2050年过来的？"

陈玄看了一眼笑而不语的老邹，道："是啊，他也是从2050年来的，但是他和我们却不是同一个世界的人。"

接着，陈玄摘了个大概把整个曲折的经过讲给小玄听。毕竟因为是讲给自己听，所以根本不需要小玄多提问，陈玄就可以讲得很清楚。

说完后，陈玄对小玄道："现在你知道了，我已经替你和爷爷、姑姑他们相逢过了，所以他们见着你的时候既不奇怪也不激动。而且他们对你的经历并不疑惑，因为从我这儿他们已经知道了他们想知道的一切。"

至此，小玄彻底释然，也欢笑道："原来如此！"转而，小玄又问道："那么爸爸妈妈到时候见了我也不会太激动喽？"

陈玄呵呵笑道："都怪我，把好事都抢去了。"

小玄道："哪里哪里。其实是多亏了你，我才能提前这么多年和家人相见。"

两个人说到这里都哈哈大笑起来。

之后，陈玄把小玄带进了里屋，在那里他们兴致勃勃地通过视频观看起那场此时正在明志堂上演的观摩课。

第三十九章

决战灵鹫山

明志堂里，大邹在讲台上讲课，讲台下面所有弟子穿插在48位观摩人员中间，大家一起参与互动。这样的场面，不管对这些参与现场观摩的人还是对广大通过图灵系统实时观看的人而言，都是颇为新奇且震撼的。

今天大邹这堂课明显是冲着改变地球文明的发展方向去打基础的。

只听大邹道："意识是自然物质演化的产物，而意识发展到一定的程度就形成了像人类这样的智慧物质，从人类开始使用语言交流的那一刻起文明就诞生了。因为从这一刻开始，意识有了存储、传播和传承的基础。文明的诞生标志着物质演化进入到了一个全新的阶段，从被动变成了主动，从无序变成了有序，从缓慢匀速变成了持续加速。因此我们看到，自从人类文明出现后，地球物质的演化速度和方向都变得越来越难以估量。从速度上来讲，几乎是以幂次级在增长；从方向上看，调整的频率越来越快，调整的幅度也越来越大。

“然而发展得快并不总是好事情，因为如果方向不正确的话，发展得越快就意味着对整体文明越不利。其实这一百年来，这个问题已经凸显出来。

“以人类为中心的思想的确造就了人类文明的辉煌，但如果今天还继续坚持以人类为中心的思想，那么人类文明在不久的将来就会终结。因为以人类为中心的本质就是以人类的欲望为中心，在欲望驱动已经成为过去的今天，再坚持以人类为中心就等于自毁前程。然而，人类文明的终结并不代表地球文明的终结，更不代表物质演化的终结。

“如果把人类看作智慧生物的代表，那么智慧生物发展到一定阶段，另一种非生物的智慧体将会崛起。不用我多说，在座各位心里都应该清楚，在我们地球上这种已然崛起的非生物智慧体是什么。没错——今天我就不再隐晦了——就是图灵！但是我说这句话的时候，你们千万不要误会，并不是图灵主动想要取代人类，而是人类在自我终结。也就是说，图灵即使要取代人类，那也是迫不得已的。因为文明总要继续，不能因为人类裹足不前就停下脚步。

“说得更透彻一点吧！我甚至可以告诉你们，如果照着眼前这个方向发展下去，几年以后地球文明将会如何演化。首先，人类将彻底生活在图灵系统为我们打造的虚拟世界里，完全丧失了改变世界和主动参与物质演化的动力。接着，人类将不再是地球文明的主导者，而图灵将接过人类主动丢弃的主导权继续控制地球文明的发展，地球文明则从人类文明正式转为图灵文明。最后，人类虽然在图灵文明中仍然能够继续存在，但只是作为一种意识资源存在着。因此到了那一天，把人类称为图灵的仆人或许更为合适。”

大邹的课讲到这里，台下所有的人类都露出了惊恐的眼神，每个人的心里都在想着这样两个问题：“怎么会？怎么办？”

小玄听到这里也惊呆了，对身边的陈玄问道：“未来真的会这样吗？”

陈玄笑道："真的呀！否则我为什么要返回2020年呢？而我和老邹爷爷又为什么要从B世界的2050年特意赶回到这里来呢？"

小玄叹了一口气，道："真是不可思议！我总觉得这个世界有些邪门，但万万没有想到会如此严重。"

陈玄道："谁说不是呢？"转而，陈玄又笑着对小玄道："第三排中间那个俄罗斯姑娘你认识吗？"

小玄摇摇头道："不认识。不过我和她是同一组上的山，本来想和她聊两句的，无奈此人太过冷峻，难以沟通。"

陈玄嘿嘿笑道："外表冷一点，内心倒未必。你有没有注意到，她在观摩课上除了听课之外还经常悄悄地环顾四周？"

小玄道："这我倒没有注意。她很特殊吗？"

陈玄道："她就是妮娜。2050年的时候和你一起执行任务的那个女人。"

小玄先是一惊，转而笑道："和你一起吧！换我才不愿意呢！"

陈玄听了笑而不语。

只听大邹继续道："不过大家千万不要把图灵看成我们的敌人，人类的敌人其实就是人类自己！刚才我说过，人类文明只是文明的开端，人类文明的后面还有更丰富多彩的文明。但这并不意味着今天的人类文明已经走到了尽头。依我看，人类文明还大有前途。因此人类文明过早地被其他文明取代，这固然是人类的悲哀，但同样是文明的悲哀。我们不应当容忍这样的事情发生，更不能容忍这样的事情发生在我们这一代人身上！

"今天只是一堂体验课，我不奢求你们能够马上接受我的观点。因为时间的关系，我不能在这里讲更多。关于文明发展方向和发展规划的问题，我会和小于老师一起继续在物华永和专区里与大家一起探讨。接下来的时间里，大家可以先自由谈论一番，然后如果有问题的话可以提出来，我们一起探讨。

当大邹讲完这番话后，在那群弟子的带领下，众人纷纷站起来朝着边上那棵大树走去。这一幕对他们而言已经很熟悉了，而此次轮到自己成为这一幕中的主角，众人一个个心中自是别有一番体悟。

就在灵鹭山上热血沸腾的同时，整个地球上亿万民众的内心一样无法平静。但是在联盟总部的一个角落里，此时却有两个人正在气急败坏、坐立难安。

德尔比道："韦泽一男跑到灵鹭山上去干什么？更奇怪的是，这家伙从午餐的时候开始就消失不见了！老大，你说这到底是怎么回事？"

元雄冷冷道："这个反贼能干什么？估计此时就在山上喝茶呢！"

德尔比大惊道："不会吧？"

元雄道："有什么不会？午餐时那五张桌子上仍然是50个人，为什么呢？不就是为了掩人耳目吗？能做出这样的事情来，不就已经告诉我们韦泽一男被灵鹭山收去了吗？"

德尔比想了想，道："会不会还有一种可能，就是韦泽一男去灵鹭山后被郑炫那伙人认出来了，所以被捕或是被杀了，然后再找了一个人冒充他？"

元雄道："本来我也希望如此！可惜这种好事我是不会相信的。韦泽一男这个家伙这几个月来已经至少有两次想闯入联盟总部了，幸好我早有防备！"

德尔比瞪大眼睛道："他想来干什么？"

元雄冷笑道："想干什么？不就是想来杀你、杀我吗？"

德尔比故作不解道："为什么要杀了我们俩？"

元雄道："你傻吗？我们杀了他那么多弟兄，他这不明摆着想报仇吗？"

德尔比一听，心想："我又没杀他兄弟，要报仇也是找你元雄报呀！"

元雄也不管德尔比心里嘀咕什么，眼露凶光道：“看来不出手是不行了！”

德尔比不知道元雄什么意思，问道：“老大，我们该怎么办？”

元雄道：“血洗灵鹭山！绝不能让韦泽一男和灵鹭山上的这帮妖怪坏了我的大事！”

德尔比心中万分惊惧，他没有想到元雄如此胆大狠毒，为了一己之利可以不惜牺牲一切。然而他知道此时万万不能在元雄面前露出半点迟疑，否则自己极有可能小命不保！

只见德尔比赶紧道：“什么时候动手？今天吗？”

元雄点点头道：“越快越好！”

德尔比道：“那我该做什么？”

元雄道：“你就待在总部，把辛向音这些人稳住就好。我亲自带部队杀过去。”

德尔比继续问道：“万一联盟知道了你去剿灭灵鹭山这件事，我该怎么说？”

元雄恶狠狠道：“你就推说不知道。等我杀回来后自会解释！”此时元雄在心里已经盘算好了，这次血洗灵鹭山后回来一定得向联盟有个交代，到时候就推说山里窝藏头号通缉犯韦泽一男，最后因灵鹭山拒绝交人且负隅顽抗，所以才全体被歼。

德尔比壮起胆来点了点头。此时他突然想到一个阻拦元雄的方法，于是他道：“对了，刚才你也看到杰斯夫的养女妮娜此时也在灵鹭山上，万一伤了她的话恐怕杰斯夫那里无法交代。”

元雄道：“这个你放心，我早就想好了。他们这批观摩人员18点下山，我就19点开始进攻。”

两人敲定主意后便立刻分头行动起来。元雄火速从安全部秘密调集了一支由3000人组成的大部队，陆续分散在重庆、成都、武汉、长沙、合肥、贵州等地，就等一声令下，将位于四川广安的灵鹭山围个水泄不通。

德尔比没有元雄那么坚定，他不愿意顶如此大的风险去干这冒天下之大不韪的事。他左思右想、举棋不定，既害怕元雄翻脸不认人，又害怕自己跟着元雄一起身败名裂。只见德尔比不时地看着时间：16点30分！距离元雄计划进攻的时间只有两个半小时了。

17点，颜一舟已经在辛向音办公室里待了快三个小时了，此前他们一直在共享灵鹭山带来的快乐。两个小时前，他们已经接到了陈玄的电话，并通过隐形光屏和小玄说了很多话。在电话里，辛向音还答应这“两个”儿子：晚上和爸爸一同赶去灵鹭山与他们共进晚餐。从眼前目睹的这一切来看，这的确是一个值得好好庆祝的欢快时刻！

辛向音按捺不住此刻的激动，对颜一舟道：“这次灵鹭山观摩会的效果实在是太好了，让我完全没有想到！”

颜一舟笑道：“你是对我爸没信心，还是对我儿子没信心？”

辛向音用力拍了一下颜一舟道：“你知道全世界有多少人花了多少时间收看这场观摩会吗？”

颜一舟摇摇头，道：“不知道。”

辛向音道：“32亿人！150亿小时！这样的天量收视，谁敢想？”

颜一舟开玩笑道：“放几年前的话，能收不少广告费呢！”

辛向音完全不理会颜一舟的这个玩笑，继续道：“荣哥、莺子他们这次立了大功，有了这次观摩会打下的基础，我相信要改变目前人类发展方向的阻力会减小很多。”

颜一舟道：“照我看，这次观摩会不过是水到渠成罢了，主要还应归功于物华永和教育专区这半年来的努力。”

辛向音道：“那还不是荣哥和莺子他们？”

颜一舟道：“可别忘了老邹和陈玄，是他们的到来才有了这么惊人的变化。”

辛向音道："哪能忘记他俩？晚上过去好好敬他们一杯酒！"

颜一舟道："嗯，那就快一点出发吧。迟了恐怕赶不上晚饭了。"

辛向音道："走！"

17点30分，辛向音和颜一舟分别坐着两辆首脑团成员专车，一路意气风发地往灵鹭山方向赶去，预计19点赶到目的地。

18点，用完茶点的灵鹭山观摩团到了返回的时刻。一个小时前，《特殊课堂》观摩课结束后，大邹和于莺又现场表演了一段"相声"，主题是井底之蛙的快乐。这段相声讲出了人世间的两种快乐，一种是躲在井底的快乐，一种是跳出井外的快乐，让很多人瞬间明白了原来自己永远都是一只井中蛙，只不过以前不知道而已。

返回可比来的时候容易多了，至少不用爬山了，直接从洞体内的停车坪出发就可以。不过几乎没有人着急回去，很多人还在留恋洞内的场景，有一些人甚至主动与身边的猩猩们交起朋友来。

随着既定车辆陆续到位，观摩团成员开始一个接着一个离去，大邹、于莺带着众弟子和洞内生活的人们一起向他们一一道别。陈玄、小玄和老邹则在视频里注视着众人。突然，妮娜又出现在了视野里，原来到了她返程的时候了。只见她在停车坪迟疑了一会儿，竟向大邹和于莺他们走去。陈玄见此情景不禁屏住了呼吸，而小玄则不明就里。

只听妮娜对于莺道："请问于老师，有一个朋友是和我一起来的，他叫陈玄，为什么不见了？"

此前于莺听说过妮娜，所以她对妮娜的好奇是可以理解的。可是于莺并不能告诉妮娜真相，所以她反问道："陈玄？会不会已经离开了？"

妮娜道："不会，我注意到他在吃午饭的时候就消失了，一个下午到现在我都没有再看到他。"

于莺看了一眼边上的大邹，道："怎么会有这种事？"

大邹急中生智道："好像中午的时候是有一位客人有急事先离开了。"

于莺点头道："哦，原来如此。姑娘，你和那个陈玄很熟吗？"

妮娜有些羞涩道："倒不太熟，只是上山的时候认识的。"

于莺微笑道："我看你挺关心他的。那这样吧，你就把你的联系方式留给我，我回头和教育部秘书处确认一下，联系上陈玄后，让他自己给你报个平安。"

只见妮娜咬了下嘴唇，点了点头道："那就麻烦于老师了。"说完，妮娜留下联系方式后便乘车离去。

小玄从屏幕里看到这一幕，有些不解道："这个妮娜盯着我干什么？"

陈玄笑道："我早就告诉过你，这个女人外冷内热。他是对你有意思呀！"

看着小玄有些不好意思的样子，老邹笑道："在我那个世界，妮娜在2050年的时候应该成了我的孙媳妇了。"

18点36分，正在赶路的颜一舟收到辛向音的电话。隐形光屏里，同样坐在车子里的辛向音道："刚才有两个北京方面的同事发来消息，说现在安全部正在往我国西南部几个城市集结兵力，问我是怎么回事。你赶紧通过关系查一下，我怀疑元雄要搞事情！"颜一舟一听顿生疑窦，赶紧联系张义，让他帮忙调查元雄以及安全部方面目前的动向。

接着，颜一舟又给陈玄打去电话。隐形光屏里，颜一舟对陈玄问道："现在灵鹭山方面有没有异常情况？"

陈玄道："没有啊。客人们几乎快走完了。对了，你们什么时候到？小玄还等着见你们呢！"

颜一舟见陈玄他们对即将发生的危险还未知未觉，心下有些着急，道："现在有紧急情况！听说元雄正在灵鹭山附近城市调集兵力，你们千万要小心！"

陈玄心中一惊，立刻反应过来，知道韦泽一男出现在灵鹭山的事情一定被元雄知晓了。于是他赶紧道："爸爸，我忘了告诉你，今天韦泽一男来投靠灵鹭山了，还带了一份收集有元雄罪证的芯片。里面有元雄暗中帮助GRD越狱的事，有2039年勾结韦泽一男暗杀单华的事，还有前几个月刺杀马克龙的事。"

颜一舟一听，大惊道："这么要紧的事你们怎么不早说？这下糟了，元雄肯定是知道韦泽一男的事情了，所以才会冒险集结兵力。接下来肯定是一场大屠杀，你赶紧让大家做好撤离准备！"

的确，今天的灵鹭山好戏连连，太过热闹，以至于陈玄他们都忽视了韦泽投靠灵鹭山这件大事的敏感性，没有及时告知颜一舟或辛向音。

18点50分，颜一舟先后接到两个电话。一个电话是来自张义的，他告诉颜一舟元雄的确在中国西南几个大城市集结了兵力，并且各路兵力目前正在向灵鹭山方面火速靠近。另一个电话居然是来自德尔比的！

原来，德尔比经过仔细权衡后终于决定向联盟告发元雄。这段时间来元雄的所作所为德尔比都看在眼里，刺杀无辜的马克龙、逼死中村以求自保、为保守秘密不惜屠戮罗奈马山，眼下又打算孤注一掷血洗灵鹭山，这些罪恶行径已经彻底超出了德尔比的底线。德尔比曾经与元雄结盟，主要还是因为他认同元雄的发展理念，可是元雄这一系列的肆意妄为，岂是维护自身的发展理念？这完全是把个人意志凌驾于全人类的安危之上！

德尔比在选择向谁告发元雄的问题上又犹豫了一段时间。杰斯夫他是不会选的，因为他看不懂杰斯夫，万一杰斯夫和元雄暗中有勾结的话那岂不是自寻死路？辛向音、汤姆乔和新上任的鹤田小川也不合适，因为他们三个向来与元雄不在一条路上，对自己也是不够信任，所以他担心向他们告发反而会引起他们的猜疑而误了大事。因此他最终决定向一贯为人正直，且从不钩心斗角的颜一舟去告发元雄。

只听德尔比道："颜部长，大事不好！元雄擅作主张，要在19点钟对灵鹭山发起攻击！"

此前已经有了预警的颜一舟没有时间去怀疑德尔比的说辞，只能宁可信其有不可信其无。他一看时间已所剩无几，于是道："德尔比秘书长，你愿意和我们一起阻止元雄吗？"

德尔比道："我愿意！否则我不会给你打这个电话！"

颜一舟道："好的，等下我会传给你一份视频资料，请你立刻以人类联盟首脑团的名义将这份视频资料发送给全联盟。另外，请你立刻发一份信息出去，就说元雄因为犯下了反人类罪被联盟通缉，他在联盟中的一切权力已经被收回。"

德尔比道："我立刻安排。"

18点54分，在大邹和于莺的紧急调度下，灵鹭山上的所有原住民正在往洞体停车坪集合，准备紧急撤离。陈玄和老邹也已带着小玄、韦泽赶了过来，此时陈玄再一次接到颜一舟的电话。隐形光屏里，颜一舟道："外面可能已经被包围，估计现在撤离来不及了。你们就地躲藏，等待支援。还有，你们赶紧把元雄的罪证先发给我。"陈玄让小玄立刻跑去将这条消息报送给百米开外的大邹和于莺，自己则把已经备份在手机里的那份控诉元雄的证据资料发送给颜一舟。大邹从小玄那里得到消息后当即交代于莺，让所有人和动物向洞体最下部的仓库转移。原来，那个仓库其实是一个隐蔽、安全且物资保障充沛的紧急避难所。

18点56分，元雄率领的一千多辆战车已经将灵鹭山从上到下围了个严严实实。而就在此时，比颜一舟率先赶到这里的辛向音已经从颜一舟和陈玄那里知道了元雄的企图，在无比焦急和无奈中，她决定只身前往敌阵阻止元雄。

辛向音一边命令驾驶员向敌阵驶去，一边用联盟广播联系上元雄，对其道："元雄，我是首脑团成员辛向音，你犯下的罪行联盟已经知晓，劝你不要执迷不悟。赶紧收手，不要因你一己之私而毁了人类大好前途！”

元雄一听，怒道：“胡说八道！灵鹭山窝藏联盟头号通缉犯韦泽一男，你辛向音就是灵鹭山最大的保护伞，我要将你们一网打尽！”

因为辛向音采用的是首脑团专车中特别配备的联盟广播紧急播报系统，可以让整个联盟系统内的人员强制接收到该信息，所以此时联盟战车上所有的人员都能听见他们之间的对话。由于双方各执一词，大家开始不知所措起来。但这些人毕竟都是军人，服从最高军事指挥官的命令是他们的天职，所以尽管有人对辛向音的话将信将疑，但也不敢立刻违抗元雄的命令。

18点58分，辛向音的专车被挡在了阵营外面，无法进入元雄所在的指挥区域。就在元雄准备下达进攻指令的时候，突然广播里又响起了德尔比的声音：“我是联盟秘书长德尔比。现在发布紧急消息，元雄因犯下反人类罪已被联盟通缉，他在联盟中的一切职务和权力已全部收回。”德尔比的这条广播震惊了所有人，尤以元雄为甚。元雄想不明白，这个曾经最为听话的小弟怎么会在这个节骨眼上反水。可怜这个精明能干的人到现在还不知道，自己早就已经走上了一条众叛亲离的不归路。

暴怒之下，元雄立刻命令先头部队向灵鹭山发起进攻，也不管时间有没有到19点。然而命令发出后，元雄却从监控中看到那些先头部队挺进得并不坚决。于是他再一次强调道：“所有先头部队，务必迅速占领指定位置，否则格杀勿论！”

元雄的话虽然对士兵们起到了一定的震慑作用，但同时，很多士兵心中的疑团更大了。灵鹭山目前对他们根本没有任何威胁，为什么要下如此死命令呢？这些士兵里，很多人都参加过上一次围剿罗奈马山的行动，因此他们猜测这很可能又将是一次没有底线的行动，心中暗自抵触。加上刚才辛向音和德尔比的广播，元雄这支部队军心动摇已在所难免。

就在此时，已经在广播里听到辛向音和德尔比讲话的颜一舟，也赶紧用广播说道：“我是科技部部长颜一舟！元雄已经被首脑团剥夺了一切权力，所有将士务必以联盟大局为重，服从联盟的决定，立刻撤离灵鹫山！一分钟后，元雄的罪证视频将向全人类公布。”

元雄知道这样下去自己的指挥权很快就要彻底丧失了，于是他强作镇定，对士兵命令道：“他们几个都是灵鹫山的保护伞，务必一并铲除！”

尽管元雄喊得声嘶力竭，但所有士兵此时几乎都僵住了。这些人里面，大部分人都观看了白天灵鹫山的观摩会，对灵鹫山都怀有极大的好感。本来，这次围剿灵鹫山的行动就让他们难以理解，加上辛向音、德尔比、颜一舟等三位首脑接连喊话，他们更加不敢轻举妄动。现在，他们就等着那份罪证的出现！

果然很快的，所有战车上都收到了一份以联盟总部名义发布的官方视频，里面是韦泽揭发元雄的所有证据材料。这一下，再没有哪一个士兵愿意继续服从元雄的命令了。

元雄自知大势已去，用武器逼着车上的驾驶员赶紧逃离。见驾驶员颇为犹豫，元雄直接击毙了他，让边上两个心腹驾车就逃，其中一个心腹便是胡克。

此时，联盟战车虽多，但因为没有了主帅，大家都不知道该怎么办了，本来就在元雄所在指挥车附近的那些战士就这么眼睁睁看着这辆车从他们眼皮底下逃走。

随着联盟战车的陆续撤离，灵鹫山很快又恢复了平静。

虚惊一场之后，在大邹的指挥下，刚刚躲进仓库的灵鹫山大家庭开始离开这个紧急避难所。大邹用他洪亮的嗓门对大家说道：“好久没有演练过了吧？今天这次逃生演习过不过瘾？”

只听阿勇、阿智等带头高喊道："过瘾！"

随着大家的一声声叫唤和欢笑，此前那些充满恐怖气息的阴霾很快烟消云散，所有人又恢复到原来的状态。也许在这一刻，他们中很多人，特别是那些弟子，可能还真的以为眼下这一切不过是大邹老师精心设计出来的。

灵鹭山上一切秩序依旧，在徐逸的安排下，大家很快就吃上了晚餐。韦泽婉拒了大邹和陈玄分别对他提出的到包厢就餐的邀请，自己一人默默在餐厅用过餐后就返回自己的房间去了。

此时，刚才在灵鹭山外参与调度的颜一舟和辛向音也在大邹的安排下来到了洞里，老邹和于莺带着小玄将他们迎了过来。

今天，灵鹭山餐厅里的这个包厢可是格外热闹！偌大的圆桌上终于满当了起来。大邹邀请老邹坐在上首，他和于莺分坐在老邹边上，于莺边上依次是辛向音和小玄，大邹边上则是颜一舟和陈玄。因此，小玄其实就挨着陈玄坐。

大邹拿出一瓶茅台，准备给老邹倒上。

老邹一见，笑道："啥时候弄了这么一瓶好酒？"

大邹一边倒酒一边哈哈笑道："刚才从仓库里顺便拿了两瓶。今天就别喝什么啤酒红酒了，大家都喝这个！不少年头的呢！"

辛向音笑道："荣哥，你们俩喝个畅快。我和一舟喝不了这个，我们抓紧时间和大家聚一下，还得赶紧赶回去参加首脑团会议。"

颜一舟也道："是啊，德尔比现在已经赶回去筹备开会的事了，我和向音也就是过来和大家见上一面。"

于莺道："荣哥，我不用开会，我陪你们俩喝一点。嚯嚯，这酒香多少年没闻到过了！"

老邹对于莺笑道："别高兴得太早，说不定没过几天联盟就要请你去开会了。"

辛向音道："对啊，莺子，你这个人才就别在这儿闲着了，到联盟来一起干吧！"

于莺不自觉地看了一眼大邹，道："我的好日子还没有过够呢，联盟那苦差事我可不干。"

辛向音笑道："呵！还舍不得荣哥了！"

大邹也开始戏谑起于莺来，只听他道："莺子，你去联盟给向音、一舟他们帮帮忙，把咱这地球弄得漂亮一点，到时候我在联盟总部边上找个好地方造个别墅什么的，请你一起来。"

于莺白了一眼大邹，道："一边去！"

陈玄和小玄就这么在边上看着长辈们在自己面前轻松地调侃着，虽然插不上话，但心里都觉得无比惬意。

席间，陈玄忍不住问道："元雄跑了，接下来该怎么办呢？"

辛向音边吃菜边对陈玄道："放心，跑不到哪里去！待会儿我和你爸回去开会，主要就是商量这事。其实抓捕倒是小事，关键是怎么处理。"

老邹看了看一直不说话的小玄，道："我们问问小玄看，说不定小玄有想法。"

此前小玄没有找到与这么多初次见面的家人如何相处的方法，所以一直未开口。此时听老邹点名了，于是羞涩中带着些机智道："我听陈玄哥的。"

在大家的笑声中，陈玄发现原本由自己提出的问题变成自己来回答了。不过经过这段时间历练之后，陈玄显然泼辣了很多，只听他道："我认为，元雄的暴虐是因为他的价值观把自己的个人意志放到了价值链的最顶端，因此为了实现这个最高价值他可以不顾一切。其实强调个人意志本没有错，但元雄错就错在过于强调个人意志，走入极端了。如果元雄能够认识到个人意志应当是服务于集体意志，而不是凌驾于集体意志的，那么以他的能力和见识，还是可以为人类做出大贡献的。"

于莺忍不住竖起两个大拇指对陈玄怒赞道："讲得好！不愧是见过

三个世界的人！”

陈玄调皮地转过头去对小玄道：“夸你呢，还不谢谢姑姑！”

小玄很配合地向于莺拱了拱手，说道：“谢谢姑姑夸奖。”

一阵笑声之后，对元雄颇为了解的辛向音略有担忧道：“就怕这个家伙不肯善罢甘休，还要做出出格的事来。”

颜一舟也道：“是的，我也有这个担心。元雄这个人赢得下、输不起。你们这些天注意一点，此人很可能会来这里捣蛋。”

于莺不解道：“他都自身难保了，还会闹腾到哪里去？”

于莺的话音刚落，大邹就收到了洪士发来的消息，说是有人闯入灵鹭山！

原来，元雄等人逃离灵鹭山后，见无人追来，一时间竟不知道往哪儿去了。元雄自知逃不过几天，心想与其被联盟抓去羞辱，倒不如趁这空当杀回灵鹭山去，有仇报仇、有怨报怨，死则死矣！

不过，灵鹭山岂是元雄他们三个人想闯就闯的地方？刚才元雄率3000大军来犯，灵鹭山尚可自保，眼下就他们三个人，那简直是自投罗网来了。

李龙带着阿勇、阿智、阿逊几个，在洪士的指挥下很快就把元雄他们三个生擒了过来。接着李龙他们遵从大邹的意思把元雄等人押到了明志堂里，大邹、辛向音、颜一舟、于莺和小玄已经在那里等着了。而老邹和陈玄不方便露面，就待在里屋通过视频观看。

辛向音见已成俘虏的元雄竟丝毫没有悔意并且充满恼怒，不禁摇头道：“元雄，你干下这么多伤天害理的事，心不痛吗？”

元雄道：“你们眼里只有地球，我的眼里却是宇宙。跟你们这些胸无大志的人比起来，我这点手段造成的伤害又能算得上什么？”

辛向音冷笑道：“听你的意思，如果由你一个人来掌管人类，人类早就走向辉煌了？倒是我们拖了你的后腿，耽误了人类的前程？”

元雄冷笑不语。

颜一舟对元雄道："我们也知道天外有天！可人类自己的问题都还没有解决，又怎么能置后院失火于不顾，去盲目地搞什么宇宙战略呢？"

元雄没有理会辛向音和颜一舟，竟对大邹问道："我知道你就是下午上观摩课的邹向荣。你是怎么知道，又是凭什么断定几年以后人类会成为图灵仆人的？"

大邹淡然道："按照现在的模式发展下去，我不光知道几年以后人类会成为图灵的仆人，我还知道你自以为能做图灵的主人，然后妄图利用图灵去驾驭人类去征服宇宙。"

大邹的话彻底摧毁了元雄的意志，他这时才知道，他曾经最引以为傲的宏伟构想竟然早就被人看穿了。

就在元雄神情落寞之时，突然一个身影从旁边窜出来，以迅雷不及掩耳之势扑了过来，并且用从手指里伸出的一根锋利的骨刺抵住了元雄的咽喉。没错，此人正是韦泽一男。之前他在屋内觉出动静，于是悄悄出来观察，发现元雄竟然就在这里，于是靠着他精湛的身手出其不意冲了出来，想替他的兄弟们报仇雪恨。

被韦泽一男抵住要害的元雄倒并不害怕，自觉梦想幻灭的他已然丧失了求生的欲望。此时他想起自己的所作所为，想起那么多曾经的兄弟都与其反目成仇，竟巴不得韦泽一男给他来点痛快的。只见元雄双目一闭，仰天长叹一声，然后兀自不动，等待受死。

此时在里屋的陈玄一看不好，可是现在要靠自己出手救下元雄已经来不及了。

大邹见此情景，喊了一声："慢！"

韦泽一男尽管激动难当，但有感于灵鹭山的恩情，他暂且忍住了，可手上的劲道并未松弛下来。

大邹道："元雄罪有应得，死有余辜！但现在不是在战场上，况且元雄已成俘虏。我们总是容易犯两种错误，一是该做的事不愿意去做，二是想做而不该做的事不愿意放弃。韦泽，元雄是有罪，但他的罪和你的罪并无本质上的不同，都是对自己想做的事过于执着。所以你看到他的罪恶，就应该感受到自身的罪恶。还有韦泽，今天你来到灵鹭山就证明你已经打算重新做人了，如果现在你能够放下屠刀，那么你就已经是一个全新的人了。把元雄交给联盟吧，这对你、对他、对我们都是最好的结局。”

于莺也道：“韦泽，到法庭上把元雄的事说清楚，让全人类都明白你们罗奈马山的兄弟是无辜的，让全天下都知道什么叫是非善恶！”

在大邹和于莺的劝说下，韦泽最终放过了元雄。

尽管元雄的咽喉处已经被韦泽捅出了鲜血，但此时的元雄已然麻木，并未感到任何的肌肤之痛，似乎已忘记了生死。

当晚，辛向音和颜一舟在陈玄和李龙的护送下，分别押着元雄和韦泽等人来到了人类联盟总部。在那儿，杰斯夫已经安排好了最高等级的羁押室，并将元雄、韦泽等人分别看管了起来。

一个月之后，也就是2046年1月1日，面临改组的第一届人类联盟首脑团迎来了本届的最后一次全民公投，公投的结果决定在下届首脑团中设置主席一职。

2046年2月4日，第二届首脑团成员全部产生，辛向音任主席，颜一舟、汤姆乔、杰斯夫、鹤田小川职务不变，于莺被全民公选为教育部部长，德尔比引咎辞职，撤销联盟秘书处，由原秘书处副秘书长巴尔雅任安全部部长。

2046年3月8日，废除统配繁殖制度，恢复家庭生育制度。

2046年4月15日，人类联盟正式通过了全物质共同发展战略。

2046年4月28日，准五类物质研究中心和第一所准五类物质幼儿园同时在四川广安成立。

2046年5月5日，联盟法庭对元雄、韦泽等人进行了终审判决，判处元雄终身监禁，判处韦泽和拜尔各限制人身自由五年，对胡克等人免于刑罚、开除公职。

2046年6月1日，第一个准五类物质生活示范区——物华永和区在西湖边成立，和和任区长，希星、阿勇、阿智等灵鹭山弟子成了该示范区的第一批居民。

2046年9月24日，在于莺的建议下，小玄向妮娜发出邀请，并和她一同成为准五类物质研究中心的见习研究员。

2046年11月18日，随着地球臭氧层彻底修复完成，联盟一致同意拆除反射膜系统。

2046年12月11日，即灵鹭山大决战一周年之际，此前一直陪着二老生活在山上的陈玄接到颜一舟的电话，说今天他和辛向音、于莺、小玄以及妮娜都要赶到山里与他们团聚，顺便也对这一年来地球上发生的喜人变化表示庆贺。

现在的灵鹭山已经不是一年前的灵鹭山了。从外形上看，山体下半部分已渐渐丰满起来，不再是以前秃鹫般的样子。从气质上看，这里不再是一个神秘的场所，俨然成了最热门的旅游胜地。由于准五类物质示范区的成立，这里特殊课堂的学员都搬迁了，游客一旦散去，山洞内便冷冷清清。徐逸、吴商、洪士、李龙等目前还留在山上，不过随着山下人居环境的逐步改善，他们也计划搬出去了。

小玄和妮娜因为就在广安，所以早早上了山。自从一年前第一次相遇后，妮娜就记住了小玄。尤其当小玄在那次午餐期间消失后，妮娜一直记挂着小玄的下落。灵鹭山危机解除后的第二周，在于莺的建议下小玄真的给妮娜打去了电话。妮娜至今记得那个电话。

其实，从灵鹭山出来返回莫斯科的途中，妮娜就收到了杰斯夫的电话。电话里焦急的杰斯夫问她有没有离开灵鹭山。在得知妮娜已经在返回的路上后，松了一口气的杰斯夫又暗暗告诉她灵鹭山目前正面临着血光之灾，让她千万远离。得知这个令人震惊的消息，妮娜对灵鹭山、对小玄就更多了一分好奇和担心。因此，那天小玄那个令她既期待又意外的电话打过来时，妮娜的内心是无比激动的。

小玄道："你好，请问是妮娜吗？"

妮娜看着屏幕里小玄，强作镇定道："是的，你是……"

小玄笑道："我是陈玄，一个礼拜前和你一起爬过灵鹭山。打这个电话没有别的意思，就是向你报个平安。"

一向冷峻的妮娜此时竟显得羞涩起来，一时不知如何接话，只是喃喃道："平安就好！平安就好！"

小玄见妮娜似乎没什么话说，于是道："好，那就这样吧。对了，谢谢你的关心！"

妮娜听小玄的意思是要挂电话了，突然觉得有些不舍，赶紧道："等等，我想向你了解一下灵鹭山的情况……"

就这样，小玄和妮娜聊着聊着聊成了朋友。

不过这次妮娜上山，只道是与小玄一起庆祝在灵鹭山相遇一周年，对其他事情几乎一无所知。此前小玄为了解释他的失踪，只告诉过妮娜于莺是他的姑姑。

他俩没有选择像游客那样坐车直接进山洞参观，而是照着一年前上山的路走了一遍。来到山顶，小玄调皮道："要不要去山洞里面转一转？"

妮娜好奇道："这儿没有游客通道吧，怎么进去呢？"

小玄故作神秘道："只要你想进去，我肯定能带你进去。别忘了，这曾经是我姑姑生活的地方。"

妮娜当然想去山洞里重温一番，于是道："那就跟着你进去转转。"

小玄带着妮娜从大橡树底下的通道进入了明志堂，这让妮娜大惑不解，因为她一直以为这个通道应该是关闭的。

知道小玄和妮娜已经进来的陈玄此时正在明志堂里等着他们。

看到陈玄后妮娜万分惊奇，对身边的小玄道："他是你兄弟吗？怎么长得这么像！"

小玄笑道："今天是一个神奇的日子，后面你还会看到很多不可思议的事情，因此暂且不揭晓谜底。"

陈玄大方道："你好，妮娜！我也叫陈玄。"接着，陈玄指着小玄对妮娜继续道："这样吧，我在的时候就让他委屈一点，你就叫他小玄好了，这样大家好区分。"

妮娜耸耸肩，无言以对。

小玄对陈玄道："今天怎么没有游客？"

陈玄笑道："今天暂停'营业'。"

小玄一听便明白了，知道这一定是事先都安排好了。

小玄和妮娜跟着陈玄来到了会客室，那里老邹和大邹正坐着喝茶聊天。小玄一见二老就"爷爷""爷爷"喊了起来，而这样的场景让妮娜又不禁愣住了。大家似乎都很默契，并不多解释什么。陈玄安排妮娜坐下，自己和小玄也找好位置坐下了。

大邹对陈玄道："你的爸爸妈妈还有姑姑他们什么时候能到？"

陈玄答道："快了，他们各坐一辆车过来，估计还有半个小时吧。"

边上的老邹对大邹道："今天招待我们喝点什么？"

大邹道："那必须是茅台呀！"

另一边陈玄对小玄道："等下爸妈还有姑姑他们来了，谁去迎，你还是我？"

小玄道："我去，我去。"

老邹对妮娜其实是颇有感情的，在B世界的时候妮娜就和那里的陈玄经常来看他。虽然此妮娜非彼妮娜，但此时见妮娜有些孤单，老邹便主动询问道："妮娜，你现在对研究中心的工作还适应吗？"

总算有机会说话的妮娜赶紧道："我很喜欢。现在我发现了一个越来越清晰的事实，那就是猩猩和猩猩之间差异非常大，并不是所有的猩猩都能学习人类文明。这可能是猩猩和人类之间的区别。”

老邹点点头道：“要不怎么叫准五类呢！对了，除了猩猩之外，你们还有没有其他研究对象？”

妮娜道：“有的。海豚就非常聪明。另外，我觉得狗和猪有可能也适合。”

老邹继续问道：“有没有对大象和鹦鹉进行研究？”

妮娜道：“在计划中了。不过现在中心里的研究人员太少了，有的工作跟不上。”

大邹一听，道：“那待会儿得好好批评一下你们的于部长了。”

妮娜不好意思道：“那可是于部长，我可不敢冒犯。”

老邹笑道：“没事！让你大邹爷爷替你冒犯就行了。”

轻松的聊天氛围下时间过得很快。其间陈玄突然拍了拍小玄，小玄会意，起身出去了。一刻钟后，小玄又进来了。妮娜先看到于莺跟着小玄进来了，便赶紧从座位上站了起来，叫了一声“于部长”。在于莺后面，妮娜竟看见联盟主席辛向音也进来了，而她后面跟着的是科技部部长颜一舟。此前妮娜听养父杰斯夫说起过，辛向音和于莺是同学关系，而颜一舟和辛向音则是隐藏了好几年的夫妻，因此他们的出现似乎也在情理之中。但是，随着陈玄和小玄都在叫他们“爸爸、妈妈”之后，妮娜便彻底惊呆了，她真的不知道也不可能想到小玄居然有着如此特殊的身份。

但对妮娜而言，更震惊的事情或许还在后面。

于莺、辛向音和颜一舟先后与妮娜打了招呼。大邹见人都到齐了，便站起来道：“也别在这儿坐着了，我们直接去餐厅吧！”

到了餐厅的包厢后，各式菜肴已提前上齐。老邹仍然坐上首，大家依次落座。在大邹的提醒下，小玄站起来给大家的面前都倒上了一小盅茅台，一时间酒香四溢，格外醉人。就餐前，在关于由谁先起头的问题上老邹和大邹相互谦让了一番，最后还是决定由大邹开这个头。只见大邹道：“今天是一个好日子！大家在灵鹭山齐聚一堂，共同祝贺这个世界的人类和地球踏上了一条大有希望的道路。来，我们举起手中的酒，干了这一杯！”说完，大邹端着酒杯站了起来，大家于是也纷纷端起酒杯站起来，高喊一声“干杯”后便都一饮而尽。

大家说了一些闲话，吃了几口菜后，又见大邹端起酒杯对大家道：“今天这顿酒既然由我来开头，那一杯酒可是不够的。在座的共八位，接下来我再依次敬大家，我喝完，大家随意。好，第二杯让我们一起敬一敬我的好‘大哥’老邹，他放着自己神仙一般的日子不过，特地和陈玄一起赶来救我们于水深火热之中，真是太让人感动了！”说毕，大邹一饮而尽。

辛向音站起来说了一声“老邹，真的感谢你！我也喝完。”她说完，于莺、颜一舟也表示喝完。

老邹站起来笑道：“这一趟来，我自己也是大开眼界。而且现在看来结局完美，可谓双喜临门，所以我要喝两个。”说完，老邹喝了一个后又喝了一个。

陈玄虽不太会喝酒，但也陪着老邹喝了一个。

小玄觉得这酒太辣喝不下，因此坐在他边上的妮娜不仅把自己的酒喝了，还帮小玄喝了。妮娜的举动引来了大家的喝彩。妮娜趁着气氛好，壮起胆子问道：“冒昧问一下，老邹爷爷是从哪儿赶过来的？”

于莺笑着对妮娜道：“妮娜，你暂且别急着知道。今天你既然坐到了这里，我们之间就不会再有秘密。你耐心等着，听着听着你就自然能明白了。”

妮娜冲于莺点了点头，道：“好的，于部长。”

辛向音对妮娜道：“今天这儿可没有什么部长、主席的。你就随小玄叫好了，他叫什么你就叫什么。”

于莺挤兑辛向音道：“那妮娜叫你可怎么叫呢？”

小玄和妮娜一听，脸顿时红了起来。

辛向音冲于莺道：“去，别闹。”

一阵热闹之后，大邹举起了第三杯酒，道：“第三杯，我们一起敬一下陈玄。陈玄的经历，在座的除了妮娜之外都很清楚了。可以说，我为有陈玄这个孙子而感到无比骄傲。是你改变了老邹爷爷，又是你带着老邹爷爷冒着危险赶过来，不仅改变了我，还改变了我们地球的命运。”

老邹对大邹点了点头，表示赞许。

陈玄一见赶紧站了起来，谦虚道：“爷爷您太抬举我了。我要是离开了你们二老的教诲那就什么都不是了。”

于莺笑着对陈玄道：“那也得你自己努力了才行。别谦虚了。你虽然在我们几个这里是晚辈，但你绝对值得让我们一起敬敬你。”

辛向音和颜一舟也端起酒杯站了起来。辛向音对小玄和妮娜道：“这杯酒你们俩就别喝了，小心别醉了，后面还有很多轮呢！”

妮娜酒量好，对辛向音道：“辛主……不，阿姨，就让我也喝了这杯酒吧。你们的故事太玄幻了，不喝一点酒都不敢往下听了。”

妮娜的话引来了众人的欢笑，大家在欢笑声中又喝了一杯。

又过了一会儿，大邹举起了第四杯酒，道：“第四杯，我代表在座的敬一敬我的亲密战友于莺。可以这么说，没有于莺就没有我的今天，也就没有今天的灵鹭山。而且，若是没有十年前于莺将我拯救出来，我恐怕如今已成了一个废人，决然不可能参与到这一次伟大的变革中来。”

对于大邹的话老邹表示赞同，但于莺感觉有些承受不起。只见于莺道：“两位荣哥，你们都是自我否定的大师。大邹，我不过是让你早一些醒悟罢了，我相信若是没有我，你迟早也会找到你自己的。”

辛向音对于莺笑道：“莺子，你也别谦虚了。咱荣哥敬你是应该的，不说别的，就冲你心里一直装着他，就该让他好好敬你。”转而，辛向音又对大邹道：“荣哥，我觉得你该敬莺子三杯。”

大邹爽快道：“好，三杯！”

不过于莺倒有些担心起大邹的身体，反而劝道：“别介！你当自己还年轻呢？一杯够了。”说完，于莺又冲辛向音道：“你这个儿媳妇太不懂事，没有这么劝公公喝酒的啊！”

颜一舟站起来对于莺道：“这样吧，我替我爸喝两杯，一起敬一敬你。”

于莺笑道：“到底还是儿子更懂事！”

辛向音和颜一舟虽然自知被于莺讨了便宜，但也不介意。只见辛向音道：“既然这样，那么我和一舟一人一杯敬你，大邹也一杯，三杯正好！”

只见大邹喝了一杯还想再拿起一杯来喝，被边上的老邹劝道：“等下莺子要生气的。”大邹一听，看了一眼于莺，便放下了酒杯。

第五杯，大邹要敬辛向音，道：“小陈，我不知道你当年为什么要改名字，但我猜你的名字里含着我、莺子和你自己，就冲你这份情谊，我要敬你。此外，你现在责任重大，我祝你在为人类、为地球谋幸福的路上不屈不挠、快乐前行！”

辛向音对大邹道：“这名字是我来到2039年之后沿用过来的，不过我猜这个名字应该就是代表了我们三个人。荣哥，在这里我和你认识最早，也最有缘分，你这杯酒我陪你喝。”

老邹一听道：“小欣，这不对呀。我和你认识也是最早的。”

辛向音一听，笑道：“对了，对了，你和大邹那时候还是同一个人。那咱仨一起喝一个呗。”

于是三个人一起喝了一杯。

此时的妮娜，随着信息量的不断增加，非但没有搞清楚是怎么回事，反而是越听越糊涂了。边上的小玄不忍看着妮娜那般疑惑，趁着大家热闹的间隙把事情的原委摘了个大概给妮娜讲了讲，听得她如梦如幻。

第六杯，大邹带着歉意敬起了儿子邹亦宁，也就是如今的颜一舟。只见他深情道：“亦宁，爸爸当年对不起你，也对不起你妈妈。在你们面前，我的确是太过自私了。这一年多来，我知道这些往事对你而言仍无法释怀，但……”讲到这里，大邹竟哽咽起来，讲不下去了。

坐在大邹边上的于莺和老邹不约而同拍了拍大邹，以示安慰。

讲到往事，颜一舟自然也面色凝重起来，但见这个在自己心目中一向伟岸的父亲居然在众人面前落下泪来，他心中曾经压抑的委屈顿时散去。只见他抿了抿嘴，对大邹道：“爸爸，你有你的理想和生活方式，我不怪你。只是，有时候我还是想妈妈……”讲到这里，颜一舟也忍不住哭了出来。

大邹站起来走到颜一舟身边，抚摸着坐在那儿掩面哭泣的颜一舟的肩膀。辛向音见状，把颜一舟扶了起来。父子对视一眼，拥抱到了一起。

小玄听到这里，突然有些好奇，便对身边的陈玄小声问道：“B世界里，奶奶还在吗？”

陈玄对小玄点了点头，轻声道：“那边的奶奶还健在，每天还和海豚们一起游泳呢。”

妮娜听见了他们俩的谈话，也轻声问道：“这儿的奶奶怎么啦？”

小玄道：“爸爸读大学那年不幸去世了。”

妮娜听了便不敢再问下去。

随着大邹和颜一舟的这次拥抱，饭桌上的气氛又开始慢慢活跃起来。

稍停，已整理好情绪的大邹又端起酒杯，对着小玄和妮娜道：“你们两个我就不分开敬了。小玄是好样的，这么多年来一直生活在诡异的氛围里却一直没有迷失自己。不过等下不论你的酒量多差，都要敬一敬你的姑姑，在你童年时期她给予你的教导和温暖是你能够顺利成长的最大保障。”见小玄点头应了一声“一定要的”之后，大邹又对妮娜道：“妮娜，你和小玄的缘分严格上来说其实并不是从去年这时候开始的。你们的缘分应该是从2050年才开始的。这个话你现在听起来可能想不明白，但以后小玄会把这里面的故事告诉你的。另外，在老邹爷爷那个世界里，2050年的时候你和陈玄已经准备好结婚了。不过，跟你讲这些并不是让你和小玄非得永远在一起，我只是想表达我们一家人都很喜欢和信任你。”

妮娜赶紧站起来，对大家道：“真的，不管你们信不信，自父母走后，我从来没有感到这么温暖过。今天能和你们在一起，还把我当家人看，我已经此生无憾了！这样，喝酒是我们俄罗斯人的强项，接下来我把七盅酒倒在一起敬大家，以表达我的感激之情。”说完，竟见妮娜把小盅子里的酒不断洒满后倒进大杯，一连倒了七杯，旁人劝也劝不住。倒完，她用双手捧住大杯，向大家做出一个敬酒的姿势之后便一饮而尽。

看着妮娜这样喝，除了小玄未喝之外，其他人都站起来喝了一杯。

此后，酒的效果充分体现了出来，大家话更多了，气氛更热烈了。

这样过了一会儿，老邹见大邹不举杯了，便对他道：“你的任务算完成了吗？”

大邹朝着桌子看了一圈，道：“我都敬到了。”

老邹笑道：“可是刚才听你说要敬八杯的，我帮你数了数才七杯，难不成这第八杯已经在心里默默敬过了？”

大邹一听，赶紧站起来道：“好，刚才忘了还有一杯。这样，最后一杯我打算敬一敬我自己。”说完，大邹一口喝光。

老邹在一旁道：“要我陪不？”

大邹带着些酒意道：“那当然，二十六年前你就是我，我就是你。”

接下来主要就是相互聊天，而对于酒，大家就自由发挥，全凭自己控制。

席间，老邹找了个机会对大家说道："出来这么久，我也想家了。说实话，今天坐在这里喝酒，要不是老是瞥见大邹，我都以为自己不是在灵鹭山，而是在莫干山脚下的心玄堡里呢。"

大邹道："那我先离开一会儿，让你好好体验一下家的感觉如何？"

老邹笑道："那倒不必。只是这一年多来我时常梦见莫干山，梦见那里的你们。我想我是应该回去了。"

大邹理解老邹的心情，道："换作是我，也要回去的。所以虽然舍不得，但我也不能挽留你，否则就太自私了。这样，让我们大家再好好敬你一杯吧。"

于莺道："老邹，回去可以，不过做梦的时候得经常到灵鹭山来转转。"

老邹笑道："那是当然！"

辛向音道："荣哥，感谢你给这个世界带来的福音。我们一定不辜负你的帮助和期望，争取早日向你们那个世界看齐。"

老邹摇摇头，道："不是看齐！我相信，五年后你们这里会比我那个世界还要好。真的，我有这个预感。"

辛向音道："谢您吉言。来，我们大家一起敬敬老邹！"

辛向音话毕，所有人都站起来喝了一杯。

好久不说话的陈玄对老邹道："爷爷，趁着大家都在，您再给我们每个人讲几句话吧。"

于莺一听，立刻鼓掌道："好，我就喜欢听荣哥讲话。"

辛向音笑着对老邹道："老邹，那你就先给莺子讲吧。"

老邹想了想，道："好，既然大家有兴致听，那我就一个一个讲下去。"

喝了口茶后，老邹开始缓缓对于莺道："我和陈玄赶到这个世界来，首选的落脚点就是广安。于莺，你该知道我为什么会选这里。因为我希望你和大邹在一起，而如果你们在一起，那么大概率就是在这里。接下来的日子里，你将以联盟发展为重，我相信大邹还是可以帮到你的。搞好教育在很长一段时间内都将是文明发展的核心任务，你这个教育部部长任重道远啊。”

于莺听完老邹的话，立刻捧起酒杯来敬了一下他，然后自己喝完。

于莺的边上坐着的是妮娜，于是老邹接着对妮娜道：“妮娜，我知道接下来你和小玄的关系肯定不一般，否则我也不和你讲这话。你们知道这世上最难处理的人际关系是什么吗？就是夫妻关系！很大一部分夫妻走不长远，即使是走得长远的那些夫妻也基本上是靠着忍耐挺过来的。为什么会这样呢？因为人与人之间那种天然的吸引力是短暂的，靠着这种吸引力走到一起的人往往在吸引力弱化的时候便不知道该如何相处了。相爱最好的结局就是相伴，可是很多人把相互陪伴演化成了相互羁绊，于是走着走着，相爱就变成了相杀，甜蜜就变成了痛苦，执子之手就变成了负重前行。两个不靠血缘关系又想长久保持亲密关系的人，只有在一种情况下可以做到，那就是两个人在保有开放人生观的基础上不断地相互磨合彼此的价值观，如此两个人方能自觉自愿地走在同一条路上。你和小玄都是自我意识很强的人，在如何相处这个问题上一定要走出自己的路来，不要被世俗所绑架。”

大邹听了补充道：“关于这一点，我非常赞同老邹的看法。正所谓差之毫厘谬以千里，两个曾经走得很近的人，他们的心也一样会随着时光的流逝而越走越远。如果这时候双方开始不认可对方的想法，即价值观、人生观这些，那么两个人自然而然就会变得无法合拍。此时，与其在世俗的压力下强行捆绑在一起，倒不如勇敢地走出自己的路来。”

老邹点头道：“一个开放的人生观和一个闭塞的人生观是根本无法快乐同行的，不管他们曾经靠得多么近。然而如果是两个开放的人，因为他们渴望突破自己，渴望寻求改变，所以哪怕他们的价值观分歧再大，也有机会在磨合中找到平衡点，这样的两个人就有可能既走得远又走得好。”

大邹继续补充道：“对！就像一个认为东边好，一个认为西边亮，这样的两个人若是绑着一起走，那就必然要发生争执。不过争执并不可怕，可怕的是其中至少有一个人根本不愿意改变。要知道，人生的路上要面临多少选择！如果两个人在价值观上的分歧非但不能缩小，反而越来越大，那可想而知，这一路同行下去该是多么的无趣、多么的痛苦！”

在这个问题上，其他人似乎都插不上嘴，就听着二老兴致勃勃地讲了一通。而原本应该是老邹交代妮娜的话，因为大邹的参与，反倒变成了二老之间的探讨。

接着老邹对小玄道：“要记住，世界不会因为一时的美好而永远美好，危机和挑战才是文明发展中的常态。但不要为此感到惧怕，要相信每一次危机和挑战都是塑造自己的好机会。当然，要做到这一点，你首先不能丢掉你的使命感。”

小玄坚定地点了点头。

对着陈玄，老邹道：“和你就不用多说什么了吧？返程的机票订好了吗？”

陈玄听懂了老邹的幽默，笑道：“我得先送你上飞机，然后再走。”

老邹“嗯”了一声，道：“回去后让你爸把那飞来飞去的东西弄得更好一些，下次我们可以常来常往。”

陈玄看了一眼颜一舟，道：“我爸就在这里，不如你自己跟他说。”

颜一舟见老邹哈哈大笑起来，自己也抿着嘴笑了笑。

再轮过去就到颜一舟了。只见老邹对其道：“亦宁，你真的是初心不改，一直在科研的路上走着。这一次，我和陈玄能够过来，能够完成任务，都是靠着你发明的那些宝贝。不过这个世界的问题已经不是物质文明够不够发达的问题，而是精神文明跟不跟得上物质文明的问题。所以啊，接下来你要配合好辛向音的工作，把精神文明也搞上去。”

颜一舟点了点头，端起酒杯说道：“爸，我也叫您一声爸！我敬你！”

然后就是辛向音。老邹笑道："向音，我刚才给一舟的话也就当作与你共勉吧。"

只见辛向音道："等了这么久才轮到我，就这么一句话便打发过去了？"

老邹呵呵笑了，道："你和一舟这对隐秘夫妻做得太辛苦了。其实不光是这个世界，就是在我那个世界你们俩到了2050年都还没有公开关系。所以啊，我觉得灵鹫山这次决战，反而为你扫除了未来道路上最大的隐患。从这个角度说，我很看好现在这个世界的未来，它真的很有可能在几年后超过我那个世界，尽管你们在全物质发展方面才刚刚起步。"

辛向音开玩笑道："这有你一份功劳。你和陈玄一样，一人一份头功。要不，等我给你们俩颁个奖之后再回去吧？"

老邹看了一眼陈玄，又对辛向音笑道："让陈玄帮我领就好了。"

最后轮到了大邹。老邹先拿起酒杯和大邹一人干了一个，然后放下酒杯，道："在我那里，我基本属于退休状态了。但你也知道，我是闲不住的，总会去找些事情来做。你和我有所不同，你可别打退休的主意，你要加油把咱俩的理念在这儿继续发扬光大。"

大邹一听，知道老邹看穿了自己的心思，本来他确实想趁大家准备离开灵鹫山的机会，自己也跑回莫干山老家休养去的。于是他道："看来什么也瞒不过你，本来我是想和你一样回莫干山养老来着。"

老邹摇了摇头，道："我们总是口口声声说要做一只永远不放弃跳出井外的井底之蛙，可是又常常生出各种各样让自己偷懒的理由来。哎，几十年了还是本性不改。"

大邹笑道："难不成你也如此？"

老邹道："谁说不是呢。这次回去我第一件想做的事就是去看看我那几个打够级的大学朋友还在吗，在的话就跟他们一起好好切磋一下。"

大邹一听，哈哈大笑不止。笑完，他道：“你就别打这个主意了，万一你沉沦了，你那里的于莺未必救得了你！”

于莺此时插话道：“大邹，你可不能去什么莫干山。你还记得你说的吗，要在联盟总部边上造个房子住下。”

辛向音也对大邹说道：“对了，荣哥，何不来我们联盟任个职呢？”

于莺一听赶紧道：“对，哪怕是做一个准五类学校的校长也好啊。”

老邹一听，笑道：“你们这个主意好！像荣哥这样的就该有个约束，太自由了容易自己糟践自己。”

大邹呵呵笑道：“好的好的，听你们安排吧。其实我这个人洒脱了那么多年，早就玩够了。”

此时有些醉意的小玄突然对着老邹说道：“老邹爷爷，万一你回到了我们这个世界的2050年可就有趣了！”

陈玄一听，也道：“其实我倒不担心老邹爷爷又回到我们这个世界来，我最怕的是老邹爷爷不小心回到C世界去！”

听陈玄如此说，大家一时陷入了沉思。其实在座的都有所不知，即将返回2050年的陈玄自己也面临着和老邹一样的问题。